मिथिलेश्वर

एक और मृत्युञ्जय

(मिथिलेश्वर की श्रेष्ठ लम्बी कहानियाँ)

लोकभारती पेपरबैक्स

पहला पेपरबैक संस्करण : 2014
दूसरा पेपरबैक संस्करण : 2016

लोकभारती पेपरबैक्स : उत्कृष्ट साहित्य के लोकप्रिय संस्करण

लोकभारती प्रकाशन
पहली मंजिल, दरबारी बिल्डिंग, महात्मा गाँधी मार्ग
इलाहाबाद-211 001

वेबसाइट : www.lokbhartiprakashan.com
ईमेल : info@lokbhartiprakashan.com

शाखाएँ : 1-बी, नेताजी सुभाष मार्ग, दरियागंज नई दिल्ली-110 002
अशोक राजपथ, साइंस कॉलेज के सामने पटना-800 006 (बिहार)
36-ए, शेक्सपियर सरणी कोलकाता-700 017

इण्डियन प्रेस
इलाहाबाद द्वारा मुद्रित

मूल्य : ₹ 195

EK AUR MRITYUNJAY
by Mithileshwar

ISBN : 978-81-8031-807-8

एक और मृत्युञ्जय

(मिथिलेश्वर की श्रेष्ठ लम्बी कहानियाँ)

मिथिलेश्वर

जन्म : 31 दिसम्बर, 1950 ई. बैसाडीह, भोजपुर (बिहार)।

शिक्षा : एम.ए., पी.एच.डी. (हिन्दी साहित्य)।

प्रकाशित कहानी-संग्रह : बाबूजी (1976), बन्द रास्तों के बीच (1978), दूसरा महाभारत (1979), मेघना का निर्णय (1980), तिरिया जनम (1982), हरिहर काका (1983), एक में अनेक (1987), एक थे प्रो. बी. लाल (1993), भोर होने से पहले (1994), चल खुसरो घर आपने (2000) तथा जमुनी (2001)।

उपन्यास : झुनिया (1980), युद्धस्थल (1981), प्रेम न बाड़ी ऊपजै (1995), यह अन्त नहीं (2000), सुरंग में सुबह (2003) तथा माटी कहे कुम्हार से (2006)।

आत्मकथा : पानी बीच मीन पियासी (2010), कहाँ तक कहें युगों की बात (2011)।

लोक-साहित्य : भोजपुरी लोककथाएँ (2008 ई., भोजपुरी की 51 लोककथाओं की पुनर्रचना)।

नवसाक्षरोपयोगी एवं बाल-साहित्य : उस रात की बात (1993), गाँव के लोग (2005), एक था पंकज (2006)।

विचार-साहित्य : साहित्य की सामाजिकता (2005)।

संचयन : मेरी पहली रचना (2006 ई. विभिन्न विधाओं में लेखक की पहली रचना का अनूठा संकलन), प्रतिनिधि कहानियाँ (1989), चर्चित कहानियाँ (1994), संकलित कहानियाँ (2010 ई., एन.बी.टी.)।

सम्पादन : मित्र, 2003 से अनियतकालीन साहित्यिक पत्रिका।

पुरस्कार : अखिल भारतीय मुक्तिबोध पुरस्कार (1976), सोवियत लैण्ड नेहरू पुरस्कार (1979), यशपाल पुरस्कार (1981-82), अमृत पुरस्कार (1983), अखिल भारतीय वीरसिंह देव पुरस्कार (2003-2005)।

सम्प्रति : प्रोफेसर, हिन्दी विभाग, वीर कुंवर सिंह विश्वविद्यालय, आरा (बिहार)।

सम्पर्क : महाराजा हाता, आरा-802301 (बिहार), मो. 09431683936

कवि सम्पादक एवं कलामर्मज्ञ

श्री अनिल मिश्र के

नाम

अनुक्रम

•

भोर होने से पहले

चैत की रात का पहला पहर। मौसम में न सर्दी, न गर्मी। अत्यन्त प्यारा और सुहाना मौसम। शुक्ल पक्ष की चाँदनी में पूरा गाँव नहाया हुआ। घर में, खेत-खलिहान में, बगीचे में जो जहाँ कहीं भी सोया-बैठा है, इसी बासन्ती मौसम के आनन्द में मस्त है। आम, महुआ और पाकड़ की मोजरें तथा नीम के फूल की खुशबू पूरे वातावरण में व्याप्त है। उस सुगन्ध को लेकर बहनेवाली नर्म और गुनगुनी हवा बूढ़े शरीर में भी यौवन का संचार कर रही है। हवा के इसी झोंके के साथ 'बेलाड़ी बरम' के पास गाये जानेवाले चैता की कड़ी रह-रहकर कानों में आ पड़ती है—अमवा महुइया मोजरइले हो रामा, चइता मासे!

शादी के बन्धन में बँधे नये जोड़ों के लिए तो ऐसे मौसम की ऐसी रात प्रकृति ने जैसे उपहार के रूप में भेंट की हो। लेकिन बैजू के ऊपर इसका कोई असर नहीं। प्रकृति का यह उपहार उसके मन-प्राणों को कहीं से भी आनन्दित और उत्तेजित नहीं कर पाता है। अपने मालिक रविकान्त जी के दरवाज़े मवेशियों को खिलानेवाले नाद-चरण पर चुपचाप बैठा वह आकाश की ओर ताक रहा है। सामने के भूसावाले घर में उसकी पत्नी बनायी गयी बुधनी खाट पर बैठी उसकी प्रतीक्षा कर रही है। रविकान्त जी के छोटे भाई मनोजकान्त एवं शिवाकान्त ने भूसेवाले कमरे का ही भूसा एक ओर कराकर दूसरी ओर उसके सुहागरात के लिए जगह बनवा दी है। लेकिन शादी की यह पहली रात, जो सुहागरात कही जाती है, बैजू के लिए मानसिक रूप से अत्यन्त व्यथित कर देनेवाली रात लगती है। आज ही उसकी शादी की गयी है। उसने सपने में भी नहीं सोचा था कि अचानक इस तरह उसकी शादी कर दी जायेगी। यह शादी वह नहीं चाहता था। उसने विरोध भी किया। लेकिन उसकी बात नहीं मानी गयी और उसे पूरी तरह सोचने-समझने का अवसर भी नहीं दिया गया। एकदम जल्दबाजी में, मात्र एक घण्टे के अन्दर उसकी शादी कर दी गयी, जैसे गुड्डे-गुड़िया का खेल

हो। दरअसल यह उनके वश की बात थी, इसीलिए उन्होंने यह कर दी। लेकिन शादी मानना और न मानना, उसके वश की चीज़ है इसीलिए वह चिन्तित है कि इस शादी को माने या न माने? इसे स्वीकारे या नकार दे?

बैजू इसी गाँव का है। उन्नीस वर्ष का युवक। मेहनती और होशियार। अपने माँ-बाप की अकेली सन्तान। गाँव में उसका अपना खेत-बधार नहीं। वह गाँव के उस तबके से आता है, जिस तबके के लोग दूसरों का खेत ठीका-बटाई पर लेकर या खेतिहर लोगों के यहाँ बनिहार-चरवाह रहकर अपने जीविकोपार्जन की समस्या हल करते हैं।

बैजू के बाप भी रविकान्त जी के यहाँ बनिहार थे। यह बनिहार होते हुए भी बैजू को गाँव के स्कूल में पढ़ाते थे। वह चाहते थे कि उनका बेटा उनकी तरह बनिहार न बनकर पढ़-लिखकर नौकरी करे। इस स्थिति में सब-कुछ सामान्य ढंग से गुज़र रहा था कि अचानक दुबली होती जा रही उसकी माँ को आरा के बंगाली डॉक्टर ने टी.बी. का मरीज़ बता दिया। बैजू के बाप की परेशानी बढ़ गयी। मालिक से कर्ज़ ले-लेकर उन्होंने अपनी पत्नी का इलाज शुरू कर दिया। इस बीच असमय में ही बैजू की पढ़ाई छूट गयी। बैजू के बाप कर्ज़ से लद गये। लेकिन अपनी पत्नी को बचा नहीं सके। पूस की एक भयंकर ठण्डी रात में वह गुज़र गयी। उसके गुज़रने के बाद बैजू के बाप भी अधिक समय तक जीवित न रह सके। कर्ज़ का बोझ और बैजू के भविष्य की चिन्ता ने उन्हें जल्द ही कमज़ोर बना दिया। फिर उन्हें खाँसी हो गयी। दवा और आराम के अभाव में खाँसी दमे के रूप में तब्दील होती गयी। ऐसे ही वक़्त एक दिन हलवाही से लौटते हुए वे मूसलाधार बारिश में भीग गये। रात में जाड़ा देकर खूब ज़ोरों से बुखार आया। बुखार बढ़ता ही गया और तीसरे दिन वे भी अपनी पत्नी के पास चले गये।

माँ-बाप की मृत्यु के बाद बैजू एकदम अनाथ और बेसहारा हो गया। तब रविकान्त जी के परिवार ने उसे बहुत ढाढ़स बँधाया तथा अपने यहाँ ही उसे रख लिया। दरअसल, उसके पिता ने जो कर्ज़ लिये थे उसे चुकाने का अब यही रास्ता था। उस वक़्त उसकी उम्र तेरह साल की थी। वह बनिहारी के लायक नहीं था, इसीलिए गरुआरी के लिए उसे चरवाह नियुक्त कर लिया गया। गाय, बैल, भैंस आदि मवेशियों को सानी-पानी देना, गोबर पाथना तथा घर-बाहर के छोटे-मोटे अन्य कार्यों का भार उसके ऊपर सौंप दिया गया। उस दिन से आज तक वह इस कार्य पर बना हुआ है। वह अधिक पढ़ा-लिखा नहीं। माँ-बाप की असामयिक मृत्यु की वजह से आयी जिम्मेवारी ने उसे समझदार बना दिया। हर वर्ष हिसाब करता है। इस वर्ष जेठ की पूर्णमासी तक वह पिता के कर्ज़ से मुक्त हो जायेगा। तब वह चाहे तो रविकान्त जी के यहाँ रहे या किसी अन्य के यहाँ या शहर में जाकर मज़दूरी करे,

वह पूर्णतः स्वतन्त्र होगा। लेकिन इसी बीच अचानक उसकी शादी की यह घटना घटा दी गयी।

बुधनी की कथा बैजू से कुछ भिन्न है। वह रविकान्त जी के यहाँ नौकरानी है। चौका-बर्तन करने, घर-आँगन बुहारने, कपड़े फींचने, तेल-पानी लगाने तथा कूटने-पीसने का कार्य करती है। बैजू की तरह वह भी अनाथ और बेसहारा है। लेकिन गाँव की न होकर शहर की है, उस पर भी एक जाति की औलाद न होकर दो जातियों की पैदाइश है। जैसा कि बैजू के साथ-साथ पूरे गाँव को मालूम है, बुधनी का बाप नेपाली था और माँ आदिवासी। रविकान्त जी अपनी नौकरी से उसे गाँव लाये थे।

रविकान्त जी का परिवार एक बड़ा परिवार है तथा गाँव के सम्पन्न परिवारों में से एक है। वे तीनों भाई अभी तक संयुक्त रूप से ही रहते हैं। रविकान्त जी राँची, हटिया कारखाने में नौकरी करते थे, अब अवकाश प्राप्त कर घर आ गये हैं। उनके छोटे भाई मनोजकान्त और शिवाकान्त उसी वक़्त से घर-गृहस्थी सँभालते आ रहे हैं और अब भी सँभाल रहे हैं। रविकान्त जी तो दालान के बैठके में पड़े रहते हैं। उनके जिम्मे घर का आय-व्यय लड़के-लड़कियों की पढ़ाई-लिखाई और शादी-ब्याह का कार्य रहता है।

रविकान्त जी जब नौकरी पर थे तो एक अधेड़ उम्र के नेपाली को उन्होंने नौकर रखा था। वे उसे बहादुर कहते। रविकान्त जी के अनुसार वह परिश्रमी और वफादार नौकर था। लेकिन विधुर होने की वजह से कभी-कभी विचलित हो जाता। रविकान्त जी की ओर से उसे जो भी वेतन मिलता। निकट की एक आदिवासी महिला पर खर्च कर देता। अन्ततः उस आदिवासी महिला को अपनी ओर आसक्त करने में वह कामयाब हो गया। फिर रविकान्त जी ने उन दोनों की शादी करा दी। अब वे दोनों साथ-साथ रहने लगे। बहादुर पूर्वतः नौकर के कार्य पर बना रहा और वह आदिवासी महिला भी पहले की ही भाँति गाँवों से सब्जियाँ लाकर हटिया-बाजार में बेचा करती। एक वर्ष के भीतर ही उन दोनों से बुधनी का जन्म हुआ। बुधनी का बदन अपनी माँ की तरह पुष्ट और कसा हुआ था तथा रंग अपने बाप बहादुर की तरह गोरा और उसी की तरह भूरी-भूरी छोटी-छोटी आँखें। लेकिन बुधनी के पैदा होने के कुछ समय बाद से ही बहादुर और आदिवासी महिला के बीच तकरार शुरू हो गयी थी। बहादुर की जीवन-शैली और उसकी रुचियाँ आदिवासी महिला को पसन्द नहीं और आदिवासी महिला की हरकतें और हँडिया पीना भी बहादुर को गवारा नहीं। दोनों के संस्कार एक-दूसरे से टकराने लगे। जब कभी बात आगे बढ़ जाती तो दोनों मार-पीट कर

लेते। फिर महीनों एक-दूसरे से नहीं बोलते। इस बीच जैसे-तैसे करके कुछ वर्ष गुज़र गये। फिर अचानक एक दिन उस आदिवासी महिला ने हटिया में रिक्शा चलानेवाले एक आदिवासी से शादी कर ली। शादी के बाद वह अपनी बेटी को लेने के लिए बहादुर के पास आयी। उस समय बुधनी की उम्र पाँच-छह साल की रही होगी। लेकिन बहादुर उसे देने को एकदम तैयार नहीं था। बहादुर ने उस आदिवासी महिला से कहा—"तुमने शादी बना ली। नया खसम पा गयी। नये खसम के साथ जी लेगी—मेरा सहारा तो यह छोरी ही है।"

इस पर आदिवासी महिला ने कहा और तुम शादी बना लोगे तब?

बहादुर ने जवाब दिया—"मैं शादी नहीं बनाऊँगा।"

आदिवासी महिला ने फिर कहा—"लेकिन अगर बना लोगे तब?"

बहादुर ने तैश में जवाब दिया—"तो इस छोरी को तुम्हें सौंप दूँगा।"

बहादुर की यही बात उन दोनों के बीच तय हो गयी। वह अपने नये पति के साथ चली गयी। बहादुर के पास बुधनी रह गयी। दरअसल उसका नया पति बुधनी को ले जाना भी नहीं चाहता था। बहादुर के खून से पैदा हुई उस छोरी से उसकी कोई समता नहीं। वह तो नयी ब्याहता के कहने से आ गया था। बहादुर के निर्णय से खुश हो अपनी ब्याहता के साथ लौट गया। और बुधनी! वह तो अपनी आदिवासी माँ की अपेक्षा अपने बाप बहादुर के गले ही अधिक लगी थी। असल में वह आदिवासी महिला सब्जी बेचने या किसी अन्य कार्य के सिलसिले में सुबह से निकलती तो फिर रात के अँधेरे में ही वापस आती। इस बीच दिन भर बुधनी, बहादुर के पास ही रहती। उसे खिलाने-पिलाने और उसकी देखभाल करने का कार्य बहादुर के ही जिम्मे था, इसीलिए बहादुर के पास रहकर वह खुश थी।

रविकान्त जी के अनुसार बहादुर, बुधनी को खूब मानता था। पहले अपना जो वेतन वह आदिवासी महिला पर खर्च करता था, अब बुधनी में लगा देता। उसे नये-नये कपड़े, खिलौने और मिठाइयाँ लाकर देता रहता। लेकिन पुत्री के साथ रहना उसके भाग्य में नहीं बदा था। कुछ समय पश्चात् नेपाल से उसके एक निकट सम्बन्धी के निधन का पत्र आ गया। इस सन्दर्भ में बुधनी को रविकान्त जी के जिम्मे सौंप यह कहते हुए वह नेपाल चला गया कि जल्द ही वापस आ जायेगा। लेकिन वह फिर वापस नहीं आया। नेपाल में ही हैजे का शिकार हो सदा के लिए सो गया। इस बीच वह आदिवासी महिला भी बुधनी को ले जाने के लिए दुबारा नहीं आयी। इस स्थिति में रविकान्त के यहाँ ही पली-बढ़ी बुधनी उनके यहाँ से कहीं अन्यत्र जाने को कतई तैयार नहीं हुई। अन्ततः नौकरानी के रूप में वह उनके यहाँ ही रह गयी।

जब तक वे नौकरी करते रहे, उनके परिवार के साथ राँची में रही। अवकाश प्राप्त कर गाँव आने लगे तो वह भी आ गयी। तब से आज तक वह उनके परिवार के साथ इस गाँव में ही है। वही बुधनी आज बैजू की ब्याहता बनी भूसेवाले कमरे में बैठी है। लेकिन बैजू! रात के सन्नाटे में व्यथित मन लिये नाद पर चुपचाप बैठा अनेक चिन्ताओं एवं विचारों में खोया है। नाद के समीप खड़े नीम वृक्ष के तने से पीठ टिकाये वह लगातार बीड़ियाँ सुलगाता जा रहा है तथा बीच-बीच में खैनी भी ठोंक लेता है। वह अधिक पढ़ा-लिखा नहीं। इससे पहले किसी समस्या पर इतना सोच-विचार भी नहीं करता था। परन्तु रविकान्त जी के परिवारजनों ने अचानक बुधनी से उसकी शादी कर उसे सदियों की समझ प्रदान कर दी है। पता नहीं, भूसेवाले कमरे में बैठी बुधनी क्या सोच रही है? बैजू को तो लग रहा है। शादी के नाम पर उसके जीवन के साथ गन्दा और घिनौना मज़ाक किया है उन लोगों ने—जैसे कुत्ते के समक्ष जूठा और बासी फेंक दिया जाय या दूध में गिरी मक्खी निगल जाने को कहा जाय या अपने मुँह की कालिख पोंछकर दूसरे पर थोप दी जाय या किसी को माध्यम बनाकर मौज़ करने की स्थायी व्यवस्था कायम कर ली जाय! लेकिन वह भी सब समझता है। कोई बच्चा नहीं। ऐसा धोबियापाट मारेगा कि सब चित हो जायेंगे और वह निकल भागेगा। पर बुधनी! उसका क्या होगा? वह जब राँची से आयी थी तो कितनी ठीक थी। कितना अच्छा होता अगर आज वह उसी रूप में होती। लेकिन रविकान्त जी के घर के छोकरे ने..।

बैजू को अच्छी तरह याद है, बुधनी जब आयी थी तो चौदह-पन्द्रह वर्ष की उछलने-कूदनेवाली बछड़ी थी। सुडौल बदन और भरा-भरा उसका मुखड़ा बहुत अच्छा लगता। उसे देखने के बाद गाँव की औरतें कहतीं—बड़ी सुघर बिटिया है....रूप-रंग तो किसी रईस खानदान का मिला है, इसे .....लेकिन किस्मत की ओछी है....।

गाँव के मनचले छोकरे उसे देखने के लिए रविकान्त जी के घर के इर्द-गिर्द मँडराने लगे थे। चूँकि वह बहुरिया और घर की लड़की नहीं, नौकरानी थी, इसीलिए घर से बाहर आते-जाते लोग उसे देख ही लेते।

गाँव आने के बाद सबसे पहले बुधनी का परिचय रविकान्त जी के परिवार के उन सदस्यों से कराया गया जो कभी राँची नहीं गये थे और जिन्होंने उसे देखा नहीं था। इसी क्रम में भी उसका परिचय कराते हुए कहा गया—यह बैजू है...इसके माँ-बाप भी भगवान् को प्यारे हो गये। यह इसी घर में चरवाह है।

इतना सुन बुधनी की भूरी-भूरी आँखें एक क्षण के लिए बैजू के चेहरे पर जा टिकी थी। जाने इन आँखों में ऐसा क्या था कि बैजू अन्दर तक भीग गया था। रविकान्त

की पत्नी उसे इस तरह बैजू की ओर ताकते देख बोल उठी थीं—"तुम्हारी ही तरह इसके माँ-बाप भी इसे सौंप गये हैं। बड़ा अच्छा लड़का है....।"

पिता की मृत्यु के बाद बैजू को जिस तरह चरवाही के काम में झोंक दिया गया, वह सब उसे अच्छा नहीं लगा था। स्नेह और प्यार की जगह छोटे-बड़े कई कार्यों का भार उसके ऊपर आ गया था। इन कार्यों से थककर और ऊबकर एक दिन वह भाग चला था। लेकिन मनोजकान्त एवं शिवाकान्त के कवलेजिहा छोकरों ने उसे बस स्टैण्ड पर धर दबोचा। घर लाकर उसके ऊपर मार पड़ी और कड़ी डाँट लगायी गयी। "आइन्दा भागने की कोशिश की तो मारकर हाथ-पाँव तोड़ दिया जायेगा। अगर जाना ही है तो पिता का कर्ज़ चुकाकर जा सकता है।"

और उसने सोचा था, पिता का कर्ज़ चुकाने के बाद इस घर में एकदम नहीं रहेगा। स्वतन्त्र रूप से मज़दूरी करेगा। लेकिन बुधनी के आ जाने के बाद जाने क्यों यह घर उसे अपना लगने लगा। यहाँ से भागने की उसकी सारी योजनाएँ पानी के बुल्ले की तरह मिट गयी। कठोर कार्य करते हुए भी उसकी थकान जाती रही और इस घर में उसका मन लगने लगा।

शुरू में बुधनी की जो पहली विशेषता बैजू को नज़र आयी वह यह कि उठने-बैठने, चलने-फिरने और किसी से बातचीत करने में वह एक सलीका बरतती। शायद शहर में रहने की वजह से वह ऐसी बन गयी थी। इस क्रम में गाँव की अल्हड़ और गँवार लड़कियों से वह बिल्कुल अलग दिखती। उसके इस सलीके की ओर न चाहते हुए भी बैजू का मन आकर्षित हो ही जाता।

यह देखकर बैजू को बहुत आश्चर्य होता कि उसकी तरह बुधनी कभी थकती नहीं। सुबह उठने से लेकर रात सोने तक फुर्ती से घर के कार्यों में लगी रहती। पूरे दिन वह चिड़ियों की तरह कभी घर से आँगन, तो कभी आँगन से दरवाज़े पर फुदकती हुई नज़र आती। इस सन्दर्भ में रविकान्त जी कहते, "आदिवासी खून की बनी है। थकान तो जानती नहीं।" सचमुच गाँव की अन्य लड़कियों की तुलना में उसका परिश्रम देख सब दंग रह जाते।

बुधनी के आने से पहले बैजू का खाना घर की बहू-बेटियाँ या मालकिन लोगों में से ही कोई लाकर देती। लेकिन उसके आ जाने के बाद यह कार्य उसी के जिम्मे सौंप दिया गया। हालाँकि घर के अन्य सदस्यों को पूर्वत: बहू-बेटियाँ और मालकिन लोग ही खिलातीं। इस बारे में बैजू शुरू से ही अनुभव करता आ रहा था कि मालकिन लोग उसे बेमन से और तुनककर खाना देतीं। उनकी नज़र में वह घर का सवांग नहीं,

चरवाह था, इसीलिए बुधनी के आने के बाद इस कार्य से वे मुक्त हो गयीं। लेकिन इससे बैजू को खुशी ही हुई। बुधनी का सान्निध्य उसे मिलने लगा तथा इसी बहाने उससे एक-दो बात करने की इच्छा भी पूरी होने लगी।

शुरुआत के दिनों में ही एक दिन उसे खिलाती हुई बुधनी ने पूछा—"तुम्हारे माई-बप्पा मरे थे तो तुम कितने बड़े थे?"

बैजू ने कहा—"बारह-तेरह बरस का।"

उसने फिर पूछा—"पहले माई मरी थी या बप्पा?"

बैजू ने कहा—"माई।"

इस पर उसने पूछा—"तुम्हें किसकी याद अधिक आती है, माई की या बप्पा की?"

बैजू ने कहा—"बप्पा की।"

यह सुन बुधनी की आँखें नम हो गयी। उसने दुःख प्रकट करते हुए कहा—"मुझे भी अपने बप्पा की ही याद आती है।"

बैजू ने पूछा—"तुम्हारी माई तो ज़िन्दा है। उसकी याद नहीं आती।"

बुधनी ने कहा—"नहीं, वह दूसरे के घर की जाई बन गयी है।"

इस पर बैजू ने पुनः पूछा—"तो क्या तुम्हारी माई तुम्हें ले जाने कभी नहीं आयेगी?"

बुधनी ने इसका दो-टूक जवाब दिया—"वह आयेगी भी तो मैं उसके साथ नहीं जाऊँगी।"

इसी तरह एक-दूसरे से कहते-सुनते वे जल्द ही एक-दूसरे को जानने-समझने लगे थे तथा एक-दूसरे के प्रति सहयोग और सहानुभूति का भाव रखने लगे थे। हालाँकि बैजू के लिए मालकिन लोगों की ओर से उसे माड़ मिला दाल, बासी भात और बची हुई सब्जी ही मिलती। लेकिन इस क्रम में तनिक भी अवसर मिलते ही वह लुका-छिपाकर अच्छा खाना भी उसे खिला डालती। इस पर बैजू मुँह से कुछ कहता तो नहीं लेकिन अन्दर-ही-अन्दर उसके प्रति स्नेह और प्यार से भर जाता। वह मन-ही-मन सोचा करता कि उसके लिए तो बुधनी इतना कर भी देती है, वह तो उसके लिए कुछ भी नहीं कर पाता। उसे भी उसके लिए कुछ करना चाहिए। लेकिन वह समझ नहीं पाता उसे क्या करना चाहिए। चरवाही के एवज में जो दरमाहा मिलता है, उसका हिसाब तो वर्ष के अन्त में होता है तथा वह पिता के क़र्ज़ में ही मोजर कर दिया जाता है। इस बिन्दु पर उसने सोचा कि हर साल फागुनी शिवरात के अवसर पर पचमा 'बेलाड़ी बरम' के मेले में जाने के लिए उसे जो चार रुपये

मिलते हैं, उससे बुधनी के लिए ही कुछ लेगा। और उसने ऐसा ही किया। अँगूठी की इच्छा व्यक्त करते हुए एक बार बुधनी को उसने सुना था, इसीलिए चार रुपये की स्टील की एक चमकती अँगूठी उसके लिए खरीद लाया। लेकिन बुधनी उसे ले नहीं रही थी, कह रही था—"तुम्हारा दरमाहा तो तुम्हारे बप्पा के कर्ज़ में चला जाता है। फिर तुमने इसे कैसे खरीदी?"

बैजू ने पैसे मिलने की बात बतायी। इस पर वह बोली—"वह पैसे तो तुम्हें मिठाई खाने के लिए मिले थे...मैं अँगूठी नहीं लूँगी।"

अन्त में बैजू अँगूठी लेने के लिए उससे अत्यन्त प्रेमपूर्वक आग्रह करने लगा। तब उसने कहा—"मैं पहनूँगी तो सब पूछेंगे, कहाँ से आयी तो क्या बताऊँगी।"

बैजू ने कहा—"बता देना कि तुमने स्वयं खरीदी है।"

इस पर एक क्षण तक वह सोचती रही। फिर बोली—"अच्छा इस शर्त पर लूँगी कि तुम्हें फिर कोई चीज़ नहीं देनी होगी।"

बैजू ने उसकी आँखों में देखा। दोनों की आँखें सजल थी। उसने कहा—"ठीक है शर्त मंजूर है।"

बुधनी ने अँगूठी ले ली। लेकिन उसके बाद फिर कभी कोई चीज़ चाहकर भी बैजू उसे नहीं दे सका।

रात का पहला पहर बीत रहा होता है। बैजू चुपचाप उसी तरह बैठा रहता है। वह बुधनी के बारे में सोचता रहता है। उसे छोड़ने और अपनाने के बारे में। अगर छोड़ना होगा तो इसी समय कहीं भाग जाना होगा। इस गाँव से दूर आरा या पटना या किसी शहर में, जहाँ मज़दूरी करके वह जी लेगा। लेकिन अगर अपनाना होगा तो इसी रात आगे बढ़कर उसे गले से लगा लेना होगा...। लेकिन वह समझ नहीं पाता, क्या करे और क्या नहीं करे?

उसे लगता है, बुधनी भी सोयी नहीं होगी। उसकी तरह ही बैठकर अपनी किस्मत पर आँसू बहा रही होगी। उसके मन में आता है। चलकर बुधनी से कह दे, "तेरे पेट का पाप मेरे माथे मढ़ने के लिए ही लोगों ने इस तरह अचानक तुमसे मेरी शादी कर दी है...।"

लेकिन क्या इतनी सहजता से वह कह पायेगा? क्या इस बात को वह आज ही जान सका है, इससे पहले नहीं जानता था? इस बात का क्या जवाब देगी वह? क्या इसका अन्दाजा उसे नहीं? इसके बाद आगे बढ़ा बैजू का मन पुनः अपनी जगह वापस हो जाता है।

बैजू व्यथित मन से यह विचार करने लगता है कि बुधनी को बचाने में उसने अपनी ओर से कोई कमी तो नहीं की? क्या उसने उतना जोखिम उठाया, जितना उसे लेना चाहिए था? क्या बुधनी बिल्कुल निर्दोष है? क्या उसने उतना विरोध किया जितना उससे वह आशा करता था? और बैजू को एक-एक बात याद आने लगती है।

बुधनी जब से आयी थी, रविकान्त जी के घर के नये छोकरे उसे आँखें फाड़-फाड़कर देखने लगे थे। खासकर शिवाकान्त का लड़का रजिन्दर और मनोजकान्त का विरेन्दर। इसके अतिरिक्त भी इनके अन्य लड़के देखते। लेकिन इन दोनों की निगाहों में विशेष शैतानी छलकती रहती। रविकान्त जी का लड़का सबसे बड़ा था जो शादी-शुदा था तथा पटना में नौकरी करता था। बुधनी को निहारनेवाले छोकरों को देखकर बैजू को ऐसा लगता जैसे इन सबों ने पहले कभी लड़की देखी ही न हो। वह देख रहा था, बुधनी जिस किसी भी काम में लगी होती कई जोड़ी आँखें उसे घूरती रहती। इन आँखों में जल्द ही उन छोकरों के दोस्त-साथियों की आँखें भी आ मिलीं। बैजू के लिए उनका देखना सचमुच उस समय कष्टदायक हो जाता, जब बुधनी आँगन के इनार पर नहा रही होती। उस वक़्त वे छिपकर देखते तथा एक-दूसरे को दिखाकर लुत्फ लेते। ऐसे समय बैजू किसी काम के बहाने उनकी नज़रों के समक्ष आ जाता। वह नहा रही बुधनी और घूरती उन नज़रों के बीच दीवार बन जाना चाहता। लेकिन वे चालू लड़के समझ जाते। उस पर आँख गुरेरते हुए कहते—''इस तरह आँखों के सामने यम की तरह क्यों खड़े हो जाते हो? जाओ दरवाज़े पर गाय-बैलों को सानी दो।''

वे छोकरे उसे घूरने के साथ-साथ अवसर ढूँढ़-ढूँढ़कर छेड़ने भी लगे। पीने के लिए उससे पानी माँगते। वह पानी लेकर उनके कमरे में जाती तो पानी लेते हुए उसका हाथ दबा देते या थोड़ा-सा पानी उसके ऊपर छिड़क देते या उसे चिकोटी काट देते। इस पर नागिन की तरह फुफकार मारती हुई, कसकर उन्हें झिड़कती तथा चिल्लाते हुए आँगन में आ जाती। इस पर वे लड़के दाँत निपोरते हुए अपनी माँ एवं चाची लोगों के सामने सफाई देते कि वे तो हँसी-मज़ाक कर रहे थे, इसने तो बात का बतंगड़ बना दिया। इसके बाद मालकिन लोग बुधनी को समझा देतीं कि हँसी-मज़ाक का बुरा नहीं मानते। नयी उम्र में यह सब चलता है। इसके बाद फिर वहीं करतूते। इस स्थिति से तंग आकर एक दिन गरजती हुई बुधनी ने आँगन में कुहराम मचा दिया मलकिनी लोगों के सामने रोती हुई बोली—''मुझे इन लोगों की हँसी-ठिठोली अच्छी नहीं लगती।''

इस पर उन लड़की की भौजाई, रविकान्त जी की बहू ने मजाक के से लहजे में कहा, ''इतना लाल-पिअर काहे होती है। हँसी-दिल्लगी कर लेने से तेरा क्या घट जाता है?''

जवाब में उसने कहा—"वे लोग क्यों मुझसे हँसी-ठिठोली करते हैं? मैं उनकी कोई भौजाई जो लगती नहीं?"

इस पर भौजाई ने हँसते हुए चुटकी ली—"समझ ले कि तू भौजाई ही है...बस तेरा सारा खीस ठण्डा हो जायेगा।"

रविकान्त जी की बहू की इस बात पर घर की सारी औरतें हँस पड़ीं। बुधनी मन मारे काम में लग गयी। उसकी शिकायत को भौजी ने ठिठोली में उड़ा दिया। इसी तरह और दो-तीन बार बुधनी के विरोध को भौजी ने दिल्लगी में ही खत्म कर दिया। वे नाते में भौजी लगती थीं। मज़ाक का उन्हें पूरा अधिकार था, लेकिन बैजू को भौजी का यह रवैया बहुत खराब लगता। वह जानता था, भौजी जैसी हैं, दूसरों को भी वैसा ही देखना चाहती हैं। अक्सर देवरों के कमरों में पड़ी रहती है। बैजू ने भौजी के साथ देवरों को ऐसे गन्दे-गन्दे मज़ाक करते सुना था और ऐसी हरक़तें देखी थीं कि दंग रह जाता था। बैजू को इस बात की आशंका भी होने लगी थी कि भौजी देवरों के कहने से ही तो ऐसा नहीं कर रही? एक दिन उसने मनोजकान्त के बड़े लड़के को भौजी से यह कहते हुए सुना—"भौजी! यह पहाड़ी छोकरी तो पत्थर की बनी है। लाख ठोकर मारने पर भी टस से मस नहीं होती है...।"

सम्भव है भौजी ने अपने उस देवर की पैरवी में ही यह सब किया हो या स्वयं अपना पाँव भारी होते देख देवरों के लिए मार्ग प्रशस्त कर दिया हो। कुछ भी हो सकता है, लेकिन भौजी के इस तिरिया चरित्तर ने बुधनी को निरस्त्र कर दिया था। उस जैसी सोझिया और निष्कपट लड़की के पास इस खेलाड़ औरत का कोई जवाब नहीं छेड़खानी और हँसी-ठिठोली को नौकरानी की ज़िन्दगी का अंग मान लेने के लिए वह बाध्य हो गयी। लेकिन यह बात उसके हलक के नीचे उतरती नहीं थी, इसीलिए जब तब वह आवाज़ उठाने से बाज भी नहीं आती। लेकिन उसका परिणाम कुछ भी न ही होता। शुरू में आपत्तिजनक लगनेवाली वे बातें धीरे-धीरे उस घर की दिनचर्या में इतनी आम हो गयीं कि बुधनी द्वारा मालकिन लोगों के बीच उठायी जानेवाली आवाज़ अर्थहीन बनती चली गयी।

इस बीच जैसे-जैसे बुधनी के बदन पर जवानी के उभार दिखने लगे थे, वैसे-वैसे उन छोकरों की हरकतें बढ़ने और विस्तार पाने लगी थीं। किसी काम के दौरान अपने निकट से गुज़रती बुधनी को सुनाकर वे कोई-न-कोई बोल अवश्य बोलते—उनके कुछ बोल बैजू को अभी तक याद है। 'पानी में रहकर मगर से बैर।'

"जिस थाली में खाना, उसी में छेद करना।..."

"वन का गीदड़ जायेगा किधर।"

"बात से नहीं तो घात से...।"

"घर आयी धान, हम करेंगे नेवान...।"

उन्हीं दिनों उन छोकरों ने बैजू से एक ऐसी करतूत की जिसे याद कर आज भी उसका मन क्रोध में पागल होने लगता है। वह वैशाख का मौसम था। खलिहान में गवत अभी नहीं टूटा था। घर पर कुट्टी काटनेवाली मशीन भी खराब हो गयी थी, इसीलिए दरवाज़े पर गैड़ासी से पुआल की कुट्टी काट बैजू मवेशियों को खिलाया करता। उस दिन भी शाम के गधबेर में ठीहे के पास बैठा वह कुट्टी काट रहा था। उस वक़्त दरवाज़े पर वह अकेले ही था। मालिक लोग खलिहान से अभी नहीं लौटे थे। उसे इस तरह एकान्त में देख शिवाकान्त का बड़ा लड़का रजिन्दर उसके समीप आ बैठा और अपनापन में भरकर बोला—"बैजू! आजकल मुझसे खिसिआये हो क्या? कभी भर मुँह बोलते भी नहीं...।"

उसने जवाब दिया—"नहीं भैया, यह आप क्या कह रहे हैं। आप ही के यहाँ का खाता पहनता हूँ और आप ही से खिसियाऊँगा?"

इस पर रजिन्दर ने अपने आने की भूमिका बाँधते हुए सवाल किया—"अच्छा बोलो, एक बात कहूँ, मानोगे न?"

बैजू ने जवाब दिया 'मानने लायक बात होगी तो क्यों नहीं मानूँगा।

रजिन्दर ने अपने आग्रह को गुड़ की भेली की तरह मधुर बनाते हुए कहा—"तो क्या मैं तुम्हें कुएँ में कूदने के लिए कहूँगा...जो तुम्हारे लायक बात होगी वही न कहूँगा।"

बैजू उसके स्नेह में आ गया—"ठीक है, कहो....मानूँगा।"

इस पर अपनी बात कहने से पहले रजिन्दर ने अपनी जेब से दस का नोट निकालकर बैजू की ओर बढ़ाया—"इसे रख लो मिठाई खा लेना..।"

यह देख क्षण भर के लिए बैजू सकते में आ गया। उसकी आँखें आश्चर्य से बड़ी-बड़ी हो गयी। रजिन्दर ने पहले तो कभी ऐसा कोई आग्रह नहीं किया था। वह कौन-सी बात है, जिसे कहने से पहले वह दस का नोट देना चाहता है। उस बात को मानने की जिज्ञासा बैजू के मन में तीव्र हो गयी। उसने कहा—"रुपये रखो, पहले बात तो कहो...।"

इस पर रजिन्दर उसके और समीप घुसुकते हुए बोला—"तो सुनो..किसी से कहना मत। अपने पेट में पचाकर रखना... बुधनी तुमसे बड़ी हिली-मिली रहती है। खाना खिलाते हुए तुमसे मीठी-मीठी बातें करती है। मुझे तो अपने पास सटने तक नहीं देती। तुम चाहोगे तो मैं भी पार हो जाऊँगा। तुम्हारी बात वह नहीं टालेगी...।"

यह सुन बैजू को ऐसा लगा जैसे उसके पैर की फटी बेवाइयों में किसी ने लहकता हुआ करुआ तेल डाल दिया हो या सानी खाते बैल ने उसके पेट में सींग भोंक दिया हो, गँड़ासी की मूठ पर कसी उसके हाथ की अँगुलियाँ और कस गयी। उसके जी में आया था कि पुआल की तरह रजिन्दर को भी काटकर टुकड़े-टुकड़े कर दे। लेकिन अपनी स्थिति का चेत होते ही वह सँभल गया—"यह क्या कह रहे हो भैया...बुधनी ऐसी नहीं। और फिर वह तो आपकी बहन बुचिया और उमा की तरह है।"

बैजू की यह बात सुन रजिन्दर के चेहरे का भाव एकदम बदल गया। "क्या कहा बैजुआ?"

बैजू ने अपनी बात को सहेजने की कोशिश की—"ठीक ही कह रहा हूँ भैया...एकदम वह ऐसी वैसी नहीं है।"

इस पर रजिन्दर ने निशाना साधते हुए कहा—"कोई ऐसी-वैसी होती नहीं है बैजू बनायी जाती है। खाने के लिए चावल को सिझाना ही पड़ता है।"

इस बार बैजू ने कोई जवाब नहीं दिया। रजिन्दर ने अब धमकाने की-सी आवाज़ में कहा—"बाँट चोट कर खाओ बैजू। अकेले हड़पने की कोशिश करोगे तो जूठन भी मुहाल हो जायेगा।"

यह सुन बैजू भी तैश में आ गया—"ऐसा अहटरंग न लगाओ भैया...तुम धोखे में हो। डिहवार बाबा की कसम जो मैंने कभी बुरी दयानत उस पर की हो....। मैं गाय की पूँछ पकड़कर भी किरिया खा सकता हूँ।"

रजिन्दर ने पैंतरा बदला—"बहुत सन्त न बन बैजुआ, तू क्या है, मैं सब जानता हूँ। किरिया तो तुम्हारा उतारा हुआ है। पके गोइया मालूम पड़ते हो। लेकिन कान खोलकर सुन लो, बुधनी को तो पार करना मेरे बायें हाथ का खेल है। जिस दिन चाहूँ, उसे लाँघ जाऊँ। लेकिन मैं चाहता था कि बरियारी से न कर राय-बात से और चुपके-चुपके काम फरिया लूँ। इसीलिए कहता हूँ, छान-पगहा न तुड़ाकर तू रास्ते पर आ जा। फिर तू भी मजा मार और मैं भी....।"

बैजू को अब और बर्दाश्त नहीं हुआ। उसने गम्भीर होते हुए कहा—"मैं नौकर हूँ, आप मालिक हैं, मैं आपको क्या समझा सकता हूँ। लेकिन बुचिया और उमा की तरह बुधनी भी आपकी बहन बनकर ही आयी है। आपके घर के सिवाय न तो उसका कोई दूसरा घर है और न दूसरे भाई-बहन इस स्थिति में उसकी आबरू लूटने की बात आपको कभी नहीं सोचनी चाहिए। क्या बुचिया और उमा के बारे में आप ऐसा सोच सकते हैं?"

बैजू की यह बात सुन रजिन्दर का खून खौल गया। उसकी आँखें लाल हो गयी। वह बैजू के ऊपर तत्क्षण टूट पड़ा—"तेरी ये मजाल! 'उस दोगली नौकरानी से मेरी बहनों की तुलना करता है?" लात के देवता बात से नहीं मानते? यह ले और ले और वह मुक्के-घूसे से बैजू के ऊपर प्रहार करने लगा। अपने बचाव के लिए बैजू उठ खड़ा हुआ। उसके हाथ में गँड़ासी थी। वह रजिन्दर के वार से बचने के लिए अपने हाथ इधर-उधर कर रहा था। इसी क्रम में अचानक गँड़ासी के कोर से रजिन्दर का दायाँ हाथ थोड़ा कट गया, जिससे खून बहना शुरू हो गया। बस, रजिन्दर उसके ऊपर इस तरह पिल पड़ा कि शोरगुल की आवाज़ सुन घर में उपस्थित सभी लोग आ जुटे। फिर रजिन्दर के हाथ से बहता खून और बैजू के हाथ से गँड़ासी देख मनोजकान्त के बड़े लड़के विरेन्दर ने कुछ भी सुनने-समझने की कोशिश नहीं की। घर की औरतों द्वारा धर-पकड़ और बीच-बचाव करते-करते उसने बैजू के ऊपर दो-तीन लाठियाँ जमा दीं।

शाम गहराने के बाद दालान के कमरे में रविकान्त जी ने तीनों भाइयों के समक्ष बैजू और रजिन्दर को बुलाया। रविकान्त जी ने पहले रजिन्दर से पूछा क्यों मारपीट हुई।

रजिन्दर ने बिल्कुल मनगढ़न्त घटना बतायी—"मैं जब दरवाज़े पर पहुँचा तो देखा, नीम के पेड़ से सटकर खड़ा यह बैजू आँगन में इनार के पास बर्तन मल रही बुधनी को हाथ के इशारे से बुला रहा था तथा मुँह से सीटी बजा रहा था। मुझको बहुत खराब लगा। मैंने कहा—"गाय के नाँद में सानी नहीं है, और तू रंगबाजी कर रहा है। चल सानी डाल। इस पर यह बोला—"जाओ। जहाँ जा रहे हो, वहाँ, रोब मत झाड़ो, सब लोग मालिक ही बनते हैं। इस पर मैंने कहा—"इधर तेरा मन बहुत चढ़ने लगा, जमा दूँगा एक हाथ बस रास्ते पर आ जायेगा। बस, यह तनकर खड़ा हो गया। हिम्मत है तो हाथ छोड़कर देखो।"

इसके बाद मैंने इसके ऊपर चटकन चला दिया। लेकिन इसका मिजाज तो शोख हो गया है। गँड़ासी चलाकर इसने मेरा हाथ काट दिया।"

अब रविकान्त जी ने बैजू से पूछा—"क्या यह सच है?"

बैजू ने कहा—"नहीं, एकदम झूठ है...।" और उसने सच्ची बात बता दी। इस पर रजिन्दर चिल्ला उठा—"यह सरासर झूठ बोल रहा है।"

बैजू ने कहा—"नहीं, आप झूठ बोल रहे हैं।"

रजिन्दर ने कहा—"फिर झूठ बोलता हूँ।"

बैजू ने कहा—"आप झूठ बोल रहे हैं।"

अब रजिन्दर ने रविकान्त और भाइयों की ओर संकेत करते हुए कहा—"देख लीजिये आप लोगों के सामने ही मुँह लड़ा रहा है। उस समय भी ऐसे ही किया।"

इससे पहले कि रविकान्त जी कुछ बोलते, उनके छोटे भाई शिवाकान्त अपने को रोक नहीं सके। बैजू को डाँटने लगे—"सचमुच तू बड़ा मुँहजोर होता जा रहा है। हम लोगों के सामने भी मुँह लड़ा रहा है।"

बैजू चुप हो गया। उसे लगा, जैसे पीछे से किसी ने धक्का देकर उसे मुँह के बल गिरा दिया हो। वह न्याय की आशा से टकटकी लगाये रविकान्त जी की ओर ताकने लगा। जानता था, मनोजकान्त और शिवाकान्त की तरह रविकान्त जी बिना पक्का सबूत मिले रजिन्दर का पक्ष कभी नहीं लेंगे। इस घर में वही तो एक हीरा आदमी हैं। उनके चलते ही इस घर की इज़्ज़त और बरक़त है।

बैजू की आशा के मुताबिक, एक क्षण तक कुछ सोचने के बाद रविकान्त जी ने कहा—"तुम दोनों में कौन सच बोल रहा है, इसका कैसे पता चले? ठहरो, मैं बुधनी को बुलाता हूँ और बुधनी वहाँ बुलायी गयी।" बुधनी ने साफ़ कहा—"बैजू मुझको नहीं बुलाया।"

इस पर रजिन्दर ने आरोप लगाया—"यह तो इससे हिली-मिली है, यह कैसे कहेगी।"

यह सुन रविकान्त जी ने रजिन्दर को कसकर डाँट लगायी—"बिना देखे यह सब नहीं कहते। इसका क्या सबूत है तुम्हारे पास? रजिन्दर चुप हो गया। इधर बुधनी का चेहरा क्रोध से लाल हो उठा। लेकिन वह खून का घूँट पीकर रह गयी। रविकान्त जी को बचपन से ही अपने बप्पा की तरह मानती थी। उनके सामने अधिक मुँह खोलना नहीं चाहती।

रविकान्त ने बुधनी को विदा कर दिया। फिर बैजू ने कहा— "मैं आज-कल में पता लगा लूँगा कि किसका दोष है? फिर उससे पूछूँगा।"

इस पर मनोजकान्त ने उन्हें सुझाव देते हुए कहा—"लेकिन इसे कह दीजिये। भैया कि घर के सभी लड़के इसके लिए मालिक ही हैं, मालिक लोगों से थेथरई नहीं की जाती...।

इसके बाद रविकान्त जी ने शिवाकान्त और मनोजकान्त की नाराजगी खत्म करते हुए कहा—'तुम्हें किसी से अधिक मुँह नहीं लड़ाना चाहिए...कोई तुमसे गाली-गलौज करे या मारपीट तो सीधे आकर मुझसे कह दिया करो। मैं देख लूँगा।

बैजू दालान से मन मारे बथान की अपनी मड़ई में आ गया। उसे लगा, रविकान्त जी असली बात नहीं जान सके हैं। फिर उसे लगा, शायद जान भी गये हों। लेकिन

अपने दोनों जालिम भाइयों के आगे क्या करें? वे अलग हो जायें तो उनके भाइयों के साथ गाँव के लोगों की रोज़ मारपीट हो और रामाधार के लड़कों की तरह कचहरी दौड़ते-दौड़ते वे बेदम बने रहें और खेत-बधार बेचते जायें। लेकिन रविकान्त जी उनसे अलग नहीं हो सकते हैं...।

उस दिन बैजू ने दु:ख और पीड़ा में आकर मना कर दिया कि वह खाना नहीं खायेगा। उसकी तबीयत ठीक नहीं। इसके बाद अढ़ैया हुए बैल की तरह निढाल होकर पड़ गया। फिर काफ़ी देर तक औंधे मुँह पड़ा रहा। अचानक सबके खा-पी चुकने के बाद उसे अपनी मड़ई के पास खुर-खुराहट की आवाज़ सुनायी पड़ी। उसने माथा उठाकर देखा। रात के अँधेरे में उसकी मड़ई के समीप कोई खड़ा था। उसने पूछा था—'कौन है?'

"मैं हूँ बुधनी।" धीमी आवाज़ में उसे जवाब मिला।

वह चौंक गया—"बुधनी तुम क्यों आयी हो?"

बुधनी ने धीमे से ही कहा—'तुम्हारे लिये खाना लायी हूँ तुम्हारे माई-बप्पा इस घर में नहीं कि मनायेंगे और दुलार करेंगे।

बैजू ने कहा—"लेकिन मैंने तो खाना मना कर दिया था फिर तुम कहाँ से लायी?"

बुधनी ने बताया—"अपने खाने में से लायी हूँ।"

बैजू जानता था, बुधनी घर में सबके खा-पी लेने के बाद आखिर में खाती है। अपने उसी खाने में से वह लायी है। बैजू का मन इस आकस्मिक स्नेह से एकदम विगलित हो गया। उसका गला भर आया तथा आँखें भीग गयीं। उसे लगा बुधनी उसके लिए खाना लेकर नहीं, उसके माँ-बाप का मान-दुलार लेकर आयी है। लेकिन तत्क्षण अपने को जब्त कर उसने कहा—"मैं नहीं खाऊँगा। तुम जल्दी चली जा... कोई देख लेता तो...।"

बुधनी ने हठ किया—"खाना ले लो तो मैं चली जाऊँगी। नहीं खाओगे तो तुम्हारा ही नुकसान होगा...।"

बैजू को लगा यह नहीं हटेगी। कोई देख लेगा तो और आफ़त आ जायेगी, इसीलिए उसने कहा—"ठीक है, खाना दे दो...लेकिन इसी शर्त पर लूँगा कि तुम्हें फिर इस तरह खाना नहीं देना होगा।"

बुधनी ने उलाहना देते हुए कहा—"तुम अँगूठी का बदला ले रहे हो।"

बैजू ने उसे विश्वास दिलाया—"बिल्कुल नहीं, मैं सच्ची बात कह रहा हूँ।"

इस पर बुधनी मान गयी—"ठीक है, मुझे शर्त मंजूर है।"

बैजू ने खाना ले लिया। बुधनी वहाँ से लौट चली लेकिन इसी वक़्त रजिन्दर और विरेन्दर रविकान्त जी को लेकर सामने आ गये। वे तो इसी टोह में थे। रविकान्त जी ने लौटती बुधनी से पूछा—"कहाँ गयी थी?"

बुधनी को काटो तो खून नहीं। उसका मुँह सूख गया। भय से वह काँपने लगी। काँपती हुई आवाज़ में ही बोली—"बैजू को खाना देने।"

रविकान्त जी गरजे—"बैजू तो नहीं खाने के लिए कहा था...फिर तुम खाना क्यों ले गयी?"

बुधनी ने कोई जवाब नहीं दिया उसके ऊपर तो जैसे घड़ों पानी उलीच दिया गया हो। वह थर-थर काँपती नज़र आयी। रविकान्त जी ने कहा—"रजिन्दर ठीक कह रहा था, जाओ भागो घर के अन्दर आज के बाद फिर कभी बैजू के पास एकान्त में देखा तो तेरी खैर नहीं...।"

इसके बाद बैजू के पास आकर गरजे—"बैजुआ! आज मैंने अपनी आँखों से देख लिया... अब झुठाने की कोशिश न करना। रजिन्दर ठीक कह रहा था आज से बुधनी तुम्हें खाना नहीं देगी और न उससे तुम कोई बात चीत ही करोगे। अबकी बार तुम्हें पकड़ लूँगा तो छोड़ूँगा नहीं।"

उस दिन उसने सोचा था। यह घर अब एकदम रहने लायक नहीं। आज ही यहाँ से भाग चलना चाहिए। अब वह पहले की तरह बच्चा नहीं कि बस-स्टैण्ड पर पकड़ा जायेगा। भोर होने से पहले ही किसी शहर में पहुँच चुका रहेगा। वहाँ रिक्शा या ठेला चलाकर या कुली बनकर या नये बन रहे मकानों में मज़दूरी कर जी लेगा। रघुआ से शहर के बारे में वह जान चुका है। लेकिन बुधनी! उसका क्या होगा? क्या उसे इस तरह बीच मझधार में छोड़कर भागना उचित होगा? हालाँकि इस क्षण उसके भीतर से यह सवाल भी खड़ा हुआ कि बुधनी उसकी कौन होती है? उससे उसका नाता ही क्या? लेकिन इस सवाल का उत्तर वह आसानी से नहीं पा सका। उसने अनुभव किया उससे उसका कोई नाता नहीं फिर भी वह उसे अपनी ओर सबसे अधिक खींचती है, उसे छोड़कर वह नहीं जा सकता।

अगले दिन से बुधनी की जगह उसे बुचिया खाना देने लगी। अब वह चाहकर भी बुधनी से बतिया नहीं सकता। रविकान्त जी ने पूरे घर को यह कड़ी हिदायत दे दी कि बुधनी से उसे बतियाने तथा अकेले में मिलने न दिया जाय। बैजू ने महसूस किया था, यह एक तरह की झूठी लांछना थी, उसकी सही आवाज़ को दबाने तथा बुधनी का पक्ष लेने से उसे रोकने के लिए। उसने देखा, इस लांछना के बाद बुधनी भी सिमटी सिकुड़ी और डरी-सहमी नज़र आने लगी, उस बछिया की तरह जिसे मरखाह समझ पहले लोग उसके पास ठेंकते तक नहीं थे, लेकिन अब नाथ देने के

बाद उसे वश में कर लिया था। अब चाहकर भी वे एक-दूसरे से अपने सुख-दुःख नहीं कह सकते। गूँगे बहरे की तरह सिर्फ़ देख भर लेते।

रात का दूसरा पहर गुज़रने लगता है। समूचा गाँव निर्भेद पड़ा है। कहीं किसी के जागने की आहट नहीं, आकाश में तीन डण्डिभवा और सहतवा तारे अपनी जगह बदल चुके हैं। हवा कुछ-कुछ सिहिरावन लगने लगी है। अचानक हवा का एक जोरदार झोंका आता है और नीम के फूल आसाढ़ की पहली बरखा की तरह बैजू पर बरस पड़ते हैं। खुशबू से पूरा नाद-चरण गमक उठता है। हवा के इसी झोंके के साथ पुरुवारी बगीचे से कोयल की कूक उसे सुनायी पड़ती है—"कुहू-कुहू फिर बेखाड़ी बरम के पास गाये जानेवाले चैता की एक कड़ी उसके कानों में आ पड़ती है—"पिआ भइले डुमरी के फुलवा हो रामा चइता मासे।"

बैजू को लगता है, जो बुधनी उसे इतना मानती थी, वह इस समय भी ज़रूर उसकी राह देख रही होगी। रात में मड़ई में आकर उसे खाना खिला जानेवाली बुधनी को अगर रविकान्त जी ने रोका नहीं होता तो उससे रोज़ मिलती। वह खराब हुई नहीं, की गयी है। उससे उसका लगाव सच्चा है। ऐसी बुधनी का मन तोड़ना ठीक नहीं। चलकर उसे अपना ले और कहे—"चोट खाकर और तड़प-छटपटाकर ही सही, हम मिल तो गये...। अब हमें कोई बिलगा नहीं सकता...।"

बैजू नाद से कूदकर ज़मीन पर आ जाता है। नीम के सूखे पत्ते उसके पाँवों में दबकर चरमरा जाते हैं। शादी के लिए उसे पिअरी धोती और नयी कमीज पहनायी गयी है। उसके पाँवों में आलता तथा आँखों में काजर लगाया गया है। वह अब भी इसी रूप में हैं। उसे इस रूप में देखकर बुधनी बहुत खुश होगी। उसे भी लाल साड़ी और नथिया-झुमका में बुधनी खूब जँचेगी माना कि नथिया-झुमका असली नहीं, नकली है, लेकिन हैं तो वे नथिया-झुमका ही। अभी उनमें चमक भी तो असली ही जैसी है। बाद में वे चाहे जैसे हो जाय आज के बाद फिर उनको कौन निहारता है?

बैजू मुचड़ी धोती मुड़ी-तुड़ी कमीज़ को झारकर ठीक करता है। नीम के कोमल पत्तों की ओर ताकते हुए भरपूर जम्हाई लेता है। फिर सधे हुए क़दमों से भूसेवाले कमरे की ओर चल देता है। जानता है, कमरे के पल्ले भीतर से बन्द नहीं, सिर्फ़ भिड़काये गये हैं। हाथ रखते ही खुल जायेंगे। भीतर जल रही ढिबरी की रोशनी पल्ले की फाँकों में झाँक रही है। लेकिन यह क्या अभी दरवाज़े से एक बाँस इधर ही होता है कि उसकी आँखों के समक्ष बुधनी का आगे निकला पेट टुण्ड उठाकर खड़ी बिच्छू की तरह उसका रास्ता रोक देता है। उसे साफ़ लगता है, बुधनी के पेट के भीतर से रजिन्दर, सुखराम, जंगी... आदि के छोकरे झाँक रहे हैं, तथा मुसुकी मारते हुए

कह रहे हैं---आ जा बेटा, इस धनहर खेत की अगोरिया में आ जा। धान पक जायें तो काट-कूटकर खेत साफ़ कर देना। फिर हम बिआ डाल देंगे। ग़ुस्सा काहे करता है। खेत तुम्हारा ही है। मालिक तुम्हीं हो।''

अचानक बैजू को लगता है, जैसे नीम के पत्तों के नीचे छिपे बिच्छू ने उसके अँगूठे में ऐसा डंक मारा हो, जिसकी लहर उसकी देह के पोर में समा गयी हो या कुट्टी काटती हूई उसकी गँड़ासी पुआल से छटककर उसके हाथ पर आ लगी हो, और वह दर्द से बिलबिलाकर ठेहे की बगल में उलट गया हो। इस स्थिति में उससे अब एक कदम भी आगे नहीं बढ़ा जाता। दाँव हारे जुआरी की तरह वह वापस मुड़ जाता है। सचमुच इस शादी के नाम पर उसे खेत की अगोरिया और रखवारी के लिए ही तो तैनात किया गया है। बुधनी के पेट से घूर रही वे कातिल आँखें उसे अन्दर तक बेधती चली जाती हैं। वे आँखें कैसे वहाँ तक पहुँच गयीं और उस पर अधिकार जमाकर बैठ गयीं, इसके कारनामें बैजू को चीरकर रख देते हैं। इस सन्दर्भ में वह सोचता है कि पानी जब सर के नीचे से बहना शुरू हो गया था तो बुधनी ने उससे कहा क्यों नहीं था? इस पर उसे लगता है कि बुधनी से उसका बतियाना तो रोक दिया गया था। फिर वह कहती कैसे? इसके साथ उससे कुछ छिपा भी तो नहीं था। कहा उससे जाता है, जो जानता न हो। उसने तो सब-कुछ देखा-सुना है। खेत बेदखली और उसमें जबरन बीजारोपण। उससे कुछ भी छिपा तो नहीं...। और बैजू का मन उन काली करतूतों के बीच पहुँचकर फिर से आहत होना शुरू हो जाता है।

हँसी-ठिठोली और छेड़खानी के बाद बुधनी को चित कर देने की साजिश उन छोकरों ने शुरू की थी। रजिन्दर अपने इयार सुखराम और जंगी के साथ गुपचुप करने लगा था तथा विरेन्दर अपने इयार बबन के साथ। बैजू जब उनकी ओर से गुज़रता तो वे चुप हो जाते। लेकिन वह लख जाता। उसने सुखराम को रजिन्दर से यह कहते हुए भी सुना, "ऐसा हुमाचा मारो कि दरवाज़ा टूट जाये एक बार दरवाज़ा तोड़ दोगे तो फिर घर तुम्हारा हो जायेगा।'' बैजू के आगे बढ़ते पाँव अचानक ठिठक गये। उसे लगा, भादों के कीचड़ में राह चलते हुए घोंघे से उसका तलवा कर्र से चिर गया हो और वहाँ का पानी खून से लाल हो गया हो। उसे साफ़ लग गया था, बुधनी को दबोचने के लिए ही ये फन्दा बुन रहे हैं, जैसे बकुली को फँसाने के लिए टाही लगायी जाती है। उसका मन चिन्तित हो उठा। लेकिन उसने तय किया, टाही में फँसने से पहले ही ताली पीटकर या ढेला फेंककर वह बकुली को उड़ा देगा, उसे फँसने नहीं देगा। और फिर बुधनी, कोई बकुली तो नहीं, जंगल की बाघिन है। क्या मजाल कि कोई छोकरा उससे निपट ले। तोड़-मरोड़कर रख देगी। लेकिन बैजू को पता भी नहीं

चला और बुधनी पर फन्दा फेंक दिया गया उसे इसका तनिक भी भान न हुआ कि ताली पीटकर या ढेला फेंककर वह बकुली को उड़ा सके। उसे तो सब-कुछ बाद में मालूम हुआ।

बुधनी के ऊपर जब उन्होंने पहला फन्दा फेंका। वह जेठ का एक चिलचिलाती दुपहरिया थी। उस दिन रविकान्त जी तीनों भाई दूर के एक गाँव में बुचिया के लिए पहले से देखे-सुने एक लड़के का छेंका करने गये थे। चूँकि छेंके में तिलक के अधिकांश रुपये दे देने थे, इसीलिए रविकान्त जी तीनों भाई तो गये ही थे, बैजू और विरेन्दर को छोड़कर घर के सब लड़कों को भी साथ ले लिया था, साथ ही गाँव के कुछ गण्यमान्य व्यक्तियों को भी।

उस दोपहरी में विरेन्दर एकान्त देख सबसे पहले बैजू को आटा पिसाने के लिए मिल में भेज दिया। मिल घर से दूर था। वहाँ जाकर आटा पिसाने का मतलब शाम को घर लौटना था। अब विरेन्दर माथे में दर्द का बहाना बना अपने कमरे में जा लेटा। उसकी ओर भौजी ने आकर बुधनी से कहा कि जाकर विरेन्दर के माथे में ठण्डा तेल मल दे। उस वक़्त बुधनी अचार के लिए पहसुल से आम फाड़ रही थी। उसने अपनी जान छुड़ाते हुए भौजी से कहा—"आप ही मल दो भौजी, मुझसे वे ऐसी-वैसी बोली बोलते हैं..।"

भौजी ने जवाब दिया—"मेरी तबीयत ठीक नहीं। ठीक रहने पर मैं मल ही देती हूँ। तू जा मल दे...। आखिर तू उन सबों से इतना डरती काहे है... तू कोई दाल-भात का कौर नहीं कि वे निगल जायेंगे। भाई के पास जाते तो इतना घबराती है। ब्याह के बाद मरद के पास कैसे जायेगी?

भौजी ने उसे फिर निरुतर कर दिया। आदेश और मजाक दोनों एक साथ...। रविकान्त जी की पत्नी ने भी कहा—"जा मल दे, बुचिया और उमा की तरह तू विरेन्दर की बहन ही है...।"

बुधनी न चाहते हुए भी चल पड़ी। इसी घर का नमक खाकर नमकहरामी कैसे करे? विरेन्दर के कमरे में पहुँचकर उसकी ठिठोली को अनसुना कर अपना कार्य पूरा करने लगी। लेकिन उसने तो एकान्त में उसे निकट बुलाने का जाल रचा था। बड़े से आँगन के चारों किनारे बने ओसारे और उन ओसारों के भीतर करे। मालकिन लोगों के कमरे उस ओर तो लड़कों के इस ओर। कमरे के भीतर कुछ भी हो तो किसी को पता तक न चले। इसी स्थिति का फ़ायदा उठाते हुए विरेन्दर ने अचानक तेल मल रही बुधनी पर एक झटके के साथ हमला कर दिया। जैसे घात लगाकर बैठा बगुला मछली पर करता है। उसने बुधनी को सँभलकर सतर्क होने से पहले ही पूरी शक्ति से दबोच लिया। लेकिन वह बाघिन उससे तनिक भी उन्नीस नहीं। अपने

नाखूनों से उसका नाक-मुँह नोचते हुए उसकी बाँह में इस तरह कसकर दाँत गड़ायी कि वह उसी क्षण बाप-बाप चिल्लाते हुए उसे छोड़कर अलग हो गया। चिल्लाहट की आवाज सुन घर की सभी औरते तत्काल वहाँ आ जुटीं। उन सबों ने देखा विरेन्दर की बाँह से खून टपक रहा है तथा पीड़ा से कराह रहा है। दूसरी ओर बुधनी क्रोध से हाँफती हुई बाघिन की तरह उसके सामने खड़ी है। रविकान्त जी की पत्नी को देखते ही बुधनी उन्हें पकड़कर बिफर उठी "अब इस घर में नहीं रहबे मइया। बप्पा रे बप्पा... यह मेरी आबरू लूटना चाह रहा था मइया। कहाँ चले गये हो बप्पा...।"

बुधनी ने सारी बात रो-रोकर बता दी। लेकिन विरेन्दर ने एकदम विदेशिया नाटक के पलटू की तरह चिल्लाकर और कूद-फाँदकर सच्चाई को बिल्कुल उलट दिया। उसने कहा—"बुधनी झूठी है, फरेबी है, चालबाज है...। मैं तो बैजू को धोखेबाज और बेईमान कहकर इसे बचे रहने के लिए समझा रहा था। इस पर यह मुझसे झगड़ पड़ी, तो मैंने इसे एक तमाचा लगा दिया। जवाब में यह कटकटाकर मेरी बाँह गपक गयी।

इस पर भौजी ने कहा—"छि:-छि: बाबू जी ने तो बुधनी को बैजू से अलग रहने के लिए मना कर दिया है, फिर भी...।"

बुधनी चिल्ला पड़ी—"नहीं भौजी, एकदम झूठी बात है।"

इस पर विरेन्दर गरजा—"फिर मुँह लड़ा रही है कुत्ती।"

रविकान्त जी की पत्नी बीच में आ गयी—"बुधनी झूठ नहीं बोलती विरेन्दर।"

चाची की बात सुन हठात् विरेन्दर काँप उठा, जैसे उसकी चोरी पकड़ ली गयी हो। लेकिन घाट-कियारी का खेला वह छोकरा तत्काल अपना चेहरा रुआँसा कर रोनी आवाज़ में बोला—"तो क्या मैं झूठ बोल रहा हूँ चाची। मेरी बात पर आपको विश्वास नहीं, और इस दो पैसे की नौकरानी की बात पर विश्वास हो गया। देखिये इसने मेरी बाँह को कितना काट दिया है...।" और उसने चाची के सामने अपनी लहूलुहान बाँह कर दी। चाची धर्मसंकट में पड़ गयीं उन्होंने कहा—"डिटॉल से साफ़ करके मलहम लगा लो।"

इस पर भौजी को फिर अवसर मिल गया "कई जगह दाँत धँस गये हैं। दाँत में विष होता है। हे भगवान्! न जाने क्या होगा?"

विरेन्दर की माँ जो अब तक चुपचाप खड़ी थीं, जैसे उन्हें काठ मार गया हो लेकिन बेटे की बाँह का मामला आते ही क्रोध में आपे से बाहर हो गयीं—"अगर मेरे बेटे को कुछ हुआ तो इस बुजरी को नहीं छोड़ूँगी। यह बहुत छहिंतरहा हैं, छहितर पढ़ रही है। बैजुआ इसका भतार है और सब लोग दुश्मन-गाँव घर-टोला-पड़ोस

सबके लिए मेरा बेटा ठीक है, और इसके लिए चोर-छिनार बन गया है। मेरे बेटे की पगड़ी लूटने पर तुली है....।''

रविकान्त जी की पत्नी ने विरेन्दर की माँ को चुप कराया ''अधिक शोरगुल करने से बहुत बेइज्जती होगी, टोले-मुहल्ले के लोग सुनेंगे तो बात का बतंगड़ बनाने लगेंगे। अभी महटिया जाने में ही कल्याण है। मालिक आयेंगे तो जिसकी गलती समझेंगे उसे स्वयं डाटेंगे...।''

इस पर भौजी ने कहा—''अरे नहीं अम्माँ-बाबू जी से यह सब कहना ठीक नहीं होगा छि:-छि: वे क्या सोचेंगे।''

बुधनी अब अपने को रोक नहीं सकी—''चाहे जो हो, मैं नहीं मानूँगी, मालिक से अवश्य कहूँगी...।''

रविकान्त जी की पत्नी ने बुधनी को वहाँ से हटा दिया और भौजी ने विरेन्दर की बाँह में पट्टी बाँध दी। मामला वहीं स्थगित कर दिया गया। बैजू आटा पिसाकर आया तो शुरू में उसे कुछ भी मालूम नहीं हो सका। लेकिन रात होते-होते सब-कुछ जान गया। घर का नौकर था। उससे कोई बात छिपे भी तो कैसे?

फिर उसे लगा था, जैसे सानी खाती गाय के ऊपर पलानी टूटकर गिर गयी हो और वह बुरी तरह जख्मी हो गया हो या दतुअन तोड़ते हुए नीम की फुनगी से वह औंधे मुँह ज़मीन पर आ पड़ा हो और उसके आगे के दाँत टूटकर जीभ में धँस गये हों। वह बेचैन हो गया—क्रोध में पागल और बेचैन! लेकिन विवश-लाचार! रविकान्त जी की पत्नी ने उसे लक्ष्य कर लिया था, इसीलिए चेतावनी दी। किसी को कानोकान खबर नहीं होनी... चाहिए बैजू जुबान पर भी यह बात मत लाना। घर की इज़्ज़त घर में ही रखी जाती है...।''

दूसरे दिन रविकान्त जी छेका करके लौट आये। बुधनी से पहले ही अपनी पत्नी से उन्हें सब हाल मालूम हो गया। उस दिन बैजू को साफ़ लगा था, बुधनी के प्रति रविकान्त जी पति-पत्नी दोनों का मन तनिक भी कठोर नहीं। इस काण्ड से वे बहुत दु:खी थे। एकदम परेशान और बेचैन!

रात के दालान के कमरे में उन्होंने बुधनी और विरेन्दर को बुलाया। घर के सयानों को छोड़कर लड़कों को उसमें आने से मना कर दिया गया। लेकिन बैजू ने दालान के पिछवाड़े जंगले के पास कान सटाकर सब-कुछ सुना। रविकान्त जी के समीप पहुँचते ही बुधनी बिफर पड़ी थी 'मुझे राँची से काहे लाये बप्पा। अब इस घर में मैं नहीं रहबो बप्पा...।''

हठात् रविकान्त जी की आँखें भर गयी थीं। उन्होंने बुधनी को चुप कराते हुए पूरी बात पूछी। बुधनी ने सब-कुछ बताना शुरू कर दिया। लेकिन विरेन्दर नहीं चाहता

था कि पहले बुधनी ही सारी बात कहे इसीलिए वह बीच में ही उसे रोककर झूठा आरोप लगाने लगा। इस पर रविकान्त जी ने उसे बीच में बोलने से मना किया। बुधनी के बाद उन्होंने उससे पूछा अब विरेन्दर ने अपनी गढ़ी हुई कहानी तैश में और रोष में सुना दी। लेकिन रविकान्त जी की अनुभवी आँखों ने सच्चाई भाँप ली। उन्होंने विरेन्दर को धमकाते हुए कहा—"मुझे सब पता चल गया है विरेन्दर! झूठ न बोलो...गलती सकार कर माफी माँग लो तो छोड़ दूँगा...।"

अचानक जैसे विरेन्दर की बोलती बन्द हो गयी। उसका कण्ठ सूखने लगा फिर अपने पिता की ओर देख उसने पैंतरा बदला—"मैं झूठ बोल रहा हूँ चाचा जी और नौकरानी सच मैं आपकी किरिया खाकर कहता हूँ, यह मुझसे बैजुआ का बदला काढ़ रही है। यह झूठी है, फरेबी है...आपने तो अभी तक यह देखा ही नहीं कि इसने मेरी बाँह किस तरह काट दी है। अब मुझसे महीनों लिखा नहीं जायेगा। मेरी परीक्षा छूट जायेगी आपके डर से ही मैंने इसे छोड़ दिया नहीं तो इसकी नेटी चाँप देता।"

अब विरेन्दर के पिता से चुप नहीं रहा गया—"इस लौण्डिया के रोने-धोने पर मत जाइये भइया... यह छोकरी बहुत चलबीधर है। आपने बैजुआ के साथ इसका बोलना-बतियाना रोक दिया है। फिर भी उससे ताका-झाँकी करते हुए इसे मैंने देखा है।"

रविकान्त जी का बढ़ा ग़ुस्सा जैसे एकाएक थम गया। विरेन्दर को अब और डाँटने का मतलब अपने भाई से उलझना था, जो वे एकदम नहीं चाहते थे। गाँव में अधिकांश भाई एक-दूसरे से अलग हो गये थे, लेकिन रविकान्त जी के इसी गुण के चलते वे एक साथ थे। अलग होने की अपेक्षा साथ-साथ रहना उन्हें ज़्यादा पसन्द था, इसीलिए उन्होंने सतर-पतर लगाते हुए पहले बुधनी को वहाँ से विदा किया—"गलती चाहे विरेन्दर की हो या तुम्हारी, अब दोबारा नहीं होनी चाहिए मैं विरेन्दर से अभी और पूछूँगा...तुम जाओ...अब तुम्हें किसी को तेल नहीं लगाना है और अकेले में उनके कमरों में भी नहीं जाना है। और हाँ, किसी से यह सब कहना भी नहीं है, लोग सुनेंगे तो तुम दोनों की जगहँसाई तो होगी ही, हम लोगों की भी नाक कट जायेगी।

इसके बाद बुधनी के चले जाने पर उन्होंने विरेन्दर को समझाया—"गलती चाहे तुम्हारी हो या उसकी, कितनी गन्दी बात है। बुधनी बुचिया और उमा की ही तरह इस घर में पली-बढ़ी है। वह नौकरानी ज़रूर है, लेकिन इस घर की बहन-बेटी की तरह ही है। इस घर के सिवाय अब उसका कोई दूसरा घर भी तो नहीं। तुम उससे पहले नहीं लगते तो वह तुम्हें कभी नहीं काटती। अगर बैजुआ का ही मामला था, तो तुमको उससे क्या मतलब? हम तीनों भाई समझ लेंगे। देखो विरेन्दर अब हम

बड़ों की इज़्ज़त रखना और न रखना घर के तुम्हीं लड़कों पर है। आइन्दा से यह सब एकदम नहीं होना चाहिए...।''

उसी रात बैजू ने रविकान्त जी को अपनी पत्नी के साथ एकान्त में बतियाते हुए सुना—''अब बुधनी की शादी कर देनी चाहिए नहीं तो ये लड़के इज़्ज़त बर्बाद करके छोड़ देंगे...।''

जवाब में उनकी पत्नी ने कहा था—''तो इसमें इतना सोचना क्या? बैजुआ से कर दी जाय...।''

इस पर उन्होंने कहा था—बैजुआ से करना ठीक नहीं होगा...कोई चपरासी या दउरी-दुकानवाला मिल जाय तो बढ़िया होगा। सुख से रहेगी। अपनी बेटी की तरह साथ रहकर बड़ी हुई है। जल्दबाजी में किसी के खूँटे बाँध देना उचित नहीं...बैजुआ के पास क्या है? और फिर बैजुआ से शादी करने पर तो इसे यही रखना पड़ेगा... जिससे घर के लड़कों की मनमानी और बढ़ जायेगी। लेकिन यह दूसरी जगह चली जायेगी तो न रहेगा बाँस और न बजेगी बाँसुरी...।''

उनकी पत्नी को भी यह बात जँची। बैजू का तो मन रविकान्त जी के प्रति आदर और श्रद्धा से भर गया। वे उसे देवता लगने लगे। लेकिन दूसरी तरफ उसे पीड़ा भी हुई। माना कि उसके पास कुछ भी नहीं। लेकिन दिल तो है। फिर उसे लगा कि नहीं, रविकान्त जी ने ठीक ही सोचा है। बुधनी से शादी कर यहाँ उसे रखना, इन छोकरों को खुली दावत देना ही होगा।

बैजू ने देखा, दूसरे दिन से सब-कुछ ठीक हो गया। उन छोकरों के माथे तेल न लगाकर तथा एकान्त में उनके कमरे में न जाकर बुधनी बहुत सँभल गयी तथा अपने को मजबूत अनुभव करने लगी। धीरे-धीरे वह पहले की तरह निर्भय और निश्चिन्त भी हो गयी। छोकरों की हरकतें भी कम होती गयी। हालाँकि रोज़-व-रोज़ बढ़ती बुधनी की जवानी को छिप-छिपकर निहारने से वे बाज नहीं आते। लेकिन पहले की तरह हरकते नहीं करते। बैजू को लगा अब वह दलदल से पार हो गयी है। अब नहीं धँसेगी लेकिन बैजू का अनुमान सही नहीं था। मुँह से कुछ न बोलकर वे छोकरे और अधिक घाघ हो गये थे। ऐसे घाघ की हाथी-घोड़ा पचा जायें और मुँह से डकार तक न लें। उन्होंने ऐसा किया जिसके बारे में सपने में भी वह नहीं सोच सकता था। इस बार उन्होंने बुधनी को न सिर्फ़ दलदल में गिरा दिया बल्कि सर से पाँव तक उसे कीचड़ से सराबोर भी कर दिया...।

रात अधिया चली है। 'बेलाडी बरम' के पास से आनेवाली चैता की आवाज़ आनी बन्द हो गयी है। शायद चैता गाकर थके लोग सो गये। बैजू उसी तरह जड़ बना बैठा

रहता है। अचानक एक बिल्ली कहीं से आती है। अनाज और चूहों की खोज में उछलकर नाद-चरण पर चढ़ जाती है। लेकिन वहाँ बैजू को बैठा देख फाँदकर बगल की छेदवाली पर जा चढ़ती है। वहाँ से उछलकर रविकान्त जी के छप्पर पर चली जाती है। अब छप्पर से आँगन में उतरेगी और दही-दूध की खोज करेगी। इस बिल्ली को कई बार पीटा गया। लेकिन अपनी आदत से बाज नहीं आती। मालकिन लोगों से दही-दूध छिपाकर रखने में अगर तनिक भी ग़फ़लत होती तो चटकर जाती।

बैजू को भलीभाँति याद है, बुधनी को कीचड़ से सराबोर करनेवाली यह दूसरी घटना विरेन्दर की घटना से सात-आठ महीने बाद घटी। उस वक़्त असाढ़ का महीना था। खेतों में बीया डाला जा रहा था! अचानक इसी समय बसमाती... फुआ, जो रविकान्त जी की बहन थीं, मुसम्मात हो गयी। उनके ससुराल से खबर लेकर जो नाऊ आया उसी के साथ रविकान्त जी दोनों पति-पत्नी तत्काल वहाँ से चल पड़े। ऐसे मामलों में वे तनिक भी विलम्ब नहीं करते। वहाँ से रविकान्त जी ने दस दिनों के बाद मनोजकान्त के पास एक चिट्ठी भेजा कि तुम दोनों भाई अच्छी तरह रोपनी आदि कराना और घर-द्वार तथा खेत-बधार सब देखना। वे बहन के खेतों की रोपनी कराकर लौटेंगे, बहन के बच्चे अभी सरेख नहीं हुए है, छोड़ देने पर उनकी खेती चौपट हो जायेगी। ऐसे ही समय आँधी-पानीवाली एक डरावनी बरसाती रात को वह सब-कुछ हो गया जिसकी याद से आज भी बैजू काँटों की धँधोर में पड़कर लहूलुहान अनुभव करता है। उस रात मनोजकान्त भी अपनी ससुराल में एक लड़के की छठी पर चले गये थे। बैजू ने घनघोर पानी और उसके साथ चलनेवाली तूफ़ानी हवा को देखते हुए जल्द ही मवेशियों को खिलाकर उन्हें सारी घर में बाँध दिया था तथा स्वयं खाना खा अपनी मड़ई में जा दुबका था। फिर उसे कब नींद आ गयी, पता नहीं चला। उसकी नींद जब टूटी, आधी रात का समय था। अक्सर उसकी नींद रात के तीसरे पहर में टूटती थी। लेकिन वह बिस्तरे में दुबका रहता। पौ फटने की ललाई जब आती, तब उठता। लेकिन उस दिन चूँकि साँझ के एकदम ही वह सो गया था, इसीलिए आधी रात के आसपास ही जाग गया।

जाग जाने के बाद बैजू को भूसेवाले घर की ओर से कुछ खुरखुराने की-सी आवाज़ सुनायी पड़ी। वह कान खड़ा कर सुनने लगा कि आवाज़ भूसेवाले घर से ही आ रही है या उससे सटे हुए सारी घर से। भूसेवाले घर में चूहे हो गये थे, जो कभी-कभी गवत भरका देते थे, जिससे आवाज़ होती थी। लेकिन बैजू को चिन्ता उसको लेकर नहीं, सारी-घर में बँधी गाभिन गाय को लेकर थी। वह बियानेवाली थी। उस पर नज़र रखने के लिए बैजू को विशेष चेतावनी दी गयी थी। लेकिन बारिश अभी पूरी तरह थमी नहीं थी। ओरियान चूने की आवाज़ के चलते कुछ भी साफ़-साफ़ सुनायी नहीं पड़ रहा था। बैजू को असकत लगा। इस पाक-पानी में कहाँ उठे।

सुबह होगी तो देखेगा। लेकिन उसे फिर लगा अगर गाय बिआ गयी होगी तब? इस बार वह उठकर बैठ गया चलकर देख लेना ही ठीक होगा। लेकिन यह क्या! उसके बैठते ही किसी ने उसकी गर्दन में हाथ लगाकर बेरहमी से उसे बिछावन पर पटक दिया सुत साला उठेगा तो मुँह में पिस्तौल ठूँस दूँगा...। मुँह बन्द कर चुपचाप पड़ा रह...।''

बैजू सन्न रह गया। काटो तो उसकी देह में खून नहीं। वह आवाज़ से पहचान गया। रजिन्दर का लँगोटिया यार सुखराम था। उसके मुँह के पास पिस्तौल की नली सटाये खड़ा था। एक क्षण के लिए तो बैजू कुछ भी समझ नहीं सका। लेकिन फिर शीघ्र ही बिना किसी के बताये सारा भेद उसके सामने खुलने लगा। गाँव में चोरी, डकैती, हत्या और बलात्कार के आठ-दस काण्ड वह जानता था। ज़रूर बुधनी पर धावा बोला गया है। लेकिन वह तो घर में सोती है। इस पर जैसे सारे रास्ते बैजू की आँखों के सामने झलकने लगते हैं। बुधनी रविकान्त जी की पत्नी के कमरे से सटे ओसारे में सोती थी। उनके चले जाने के बाद वहाँ अकेले हो गयी थी। रजिन्दर को यह बढ़िया मौका लगा होगा। बस रात गहरा जाने के बाद उसने बाहर का दरवाज़ा खोलकर सुखराम को बुला लिया होगा। फिर चुपके से बुधनी की खटिया के पास पहुँचकर उन दोनों ने कपड़े से उसका मुँह बन्द कर दिया होगा और उसे टाँगकर भूसेवाले घर में ला पटका होगा। सुखराम बहुत बरियार है। गाँव में चिका, कबड्डी और फनात में आगे रहता है।

बैजू को अब साफ़ आभास होने लगा, वह आवाज़ भूसेवाले घर की ही है, सार घर की नहीं लेकिन बुधनी के साथ ऐसा। अचानक वह अपने को रोक नहीं सका...। उठकर बैठ गया। लेकिन सुखराम ने पिस्तौल की नली से उसके मुँह पर ऐसा प्रहार किया कि वह भहराकर गिर पड़ा। उसके आगे के दो-तीन दाँत टूटने से बच गये। वह कचकचाकर रह गया। थोड़ी देर बाद कोई दूसरा आया। सुखराम के हाथ से पिस्तौल ले वह खड़ा हो गया और सुखराम चला गया। यह दूसरा कौन है, वह शुरू में जान नहीं सका। अचानक उसके घुटने पर मच्छर के काटने से खुजलाहट हुई, बस उसका हाथ स्वत: उस जगह बढ़ गया। इस क्रम में पिस्तौल पकड़े उस हाथ से उसका हाथ जा टकराया जिसके गटे पर माशा उससे छू गया। अरे, यह तो रजिन्दर का हाथ है। लेकिन वह कुछ बोल नहीं सका। रजिन्दर ने क्रूरता के साथ उसके हाथ को झटकते हुए पिस्तौल की नली उसके मुँह पर फिर जमा दी। रजिन्दर ने उसके पास मुँह से कोई आवाज़ नहीं निकाली, कुछ देर बाद फिर कोई आया और रजिन्दर चला गया क्या सुखराम फिर आया है? लेकिन नहीं, यह तीसरा जंगी था। रजिन्दर का दूसरा लँगोटिया यार। उसने पिस्तौल की नली से उसका माथा ठोंकते हुए धमकाया सुबह भी तुम्हारे मुँह से यह बात नहीं खुलनी चाहिए, नहीं तो गर्दन टीपकर

बनास में फेंक देंगे। फिर तुम्हारी लाश का भी पता नहीं चलेगा। और हाँ, अभी उठना भी मत...हम यही बैठे है...उठते ही तेरा काम तमाम कर देंगे... भोर होने पर ही मड़ई से निकलना...।''

बैजू को लगा जैसे इस तूफ़ानी आँधी-पानी में उखड़कर नीम का पेड़ उसकी मड़ई पर आ गिरा हो, जिसके नीचे दबा वह चीखने-चिल्लाने से लाचार, गर्दन कटी गरई की तरह छटपटा रहा हो।

बैजू छटपटाता हुआ देर तक पड़ा रहा, अपनी मड़ई के पास की ज़मीन अपने खुरों से खुरचते हुए ढाही लगाने को तैयार जगदेव बाबा के जनभरवा भैंसे को खड़े देखते हुए। इस भैंसें ने कितने खेत बरबाद किये, कितने जानवरों की जान ली कितने किसानों के हाथ-पाँव तोड़े...तब कहीं अन्त में जाकर सिपरसन सिंह के बरछे से मरा। लेकिन सिपरसन सिंह तो पहले ही से तैयार थे। बरछा लेकर बैठे थे। वह तो निहत्था है। इसके अलावे सिपरसन सिंह उस भैंसे को मारकर जगदेव बाबा से निपटने के लिए भी तैयार थे। लेकिन क्या वह निपट सकता है। खेत की खुराटी में बिच्छू के डंक से तड़फड़ाते लौटन की तरह वह बिस्तरे पर उलटता-पलटता रहा। पेसुआ बिच्छू ने काटा था। लहर उतरने का नाम तक नहीं लेती। दर्द और दंश को अन्दर-ही-अन्दर महसूसता वह मुर्दे की तरह पड़ा रहा।

उत्पात मचाकर बारिश रुक गयी। भोर की ललाई आनी शुरू हो गयी ज़रूर हर साल की तरह मिट्टी के कई घर गिर गये होंगे..खेत की मेंड़ें डूब गयी होंगी। कई लोग तबाह हो उठे होंगे। लेकिन बिस्तरे से उठने की बैजू की इच्छा जाती रही उठने में तो उसने पहले कभी इतनी देर नहीं की थी, शायद वह अभी और देर तक पड़ा रहता कि शिवाकान्त ने आकर उसे डाँटा—''आज तुझे क्या हो गया है बैजुआ कि इस तरह पड़ा है गाय-बैल देर से खूँटा तुड़ा रहे हैं...।''

इच्छा न रहते हुए भी अब उसे उठना पड़ा। बेमन से वह सारीघर में घुसा और गाय-बैलों को खोलकर नाद-चरण पर ले आया। फिर उन्हें सानी-पानी देने लगा। लेकिन दाना तो घर से लाना था। और वह घर के अन्दर जाना नहीं चाहता था। दरवाज़े पर गेंडुर मारकर बैठे गेहुँअन को उसने देखा था। लेकिन मवेशियों को खिलाने के लिए तो घर जाना ही था, इसीलिए हृदय पर पत्थर रखकर चल पड़ा। लेकिन जाने क्यों उस दिन उसे लगा जैसे वह घर में न घुसकर किसी ऐसी गुफा में घुस रहा हो, जिसकी खुरदरी दीवारों में देह छिलवाये बिना लौट नहीं सकता...!

आँगन में पहुँचकर बैजू ने देखा, बुधनी अपनी खटिया के नीचे, रविकान्त जी की पत्नी के दरवाज़े के पास उकड़ूँ बैठी थी, देह से मार गिराई जांधिल की तरह उदास, निराश और भयभीत। वह बिल्कुल उस रधिया की तरह लगी थी, जिसके

मृत पति को मुर्दघटिया से फूँककर उसके घर आने पर उसने देखा था। एकदम उसकी तरह ही रो-रोकर सूजी हुई आँखें तथा गम से चढ़ा हुआ चेहरा। बैजू ने महसूस किया उस पर नज़र पड़ते ही बुधनी के होंठ फट पड़ने के लिए काँप उठे। लेकिन दाँत भींचकर उसने अन्दर के तूफ़ान को बाहर आने से रोक लिया। बैजू से अब और नहीं देखा गया। वह दाना लेकर भागते हुए दुआर पर आ गया। गाय के खूँटे से टकराकर दाने की हँड़िया फूटते-फूटते बची। उसने किसी तरह अपने को नियन्त्रित कर सानी-पानी मिले गवत में दाना छिड़कना शुरू कर दिया। उसके हाथ दाना ज़रूर छिट रहे थे, लेकिन मन तो गोइँठा के आड़े की तरह धधकने लगा था। उसके जी में आता था कि कहीं से एक देशी पिस्तौल जुटा, उन तीनों को एक ही साथ मुर्दघटिया पहुँचा दे। बहुत तंग आने के बाद सुमरिन ने भी तो यही किया था। एक ही साथ पाँच लोगों को सुला दिया था। उस दिन गाँव की मुर्दघटिया में एक साथ पाँच लाशें फूँकी गयी थीं। सारा गाँव भय से थर्रा उठा था। सुमरिन फ़रार रहने लगा था। साल भर बाद बाघी बगीचावाले जंगल में उसे रात में पकड़ा गया था। फिर उसे फाँसी की सजा हुई थी। यह ठीक है कि वह चला गया। लेकिन इस तरह चुपचाप देख तो नहीं सका। फिर उसे लगा, वह सुमरिन नहीं हो सकता। इस पर उसके अन्दर से सवाल उठता, क्यों नहीं हो सकता? ...

इसी क्षण आँगन से बुचिया और भौजी के चिल्लाने की सम्मिलित आवाज़ उसे सुनायी पड़ी—"बुधनी इनार में गिर गयी। इनार में गिर गयी...।"

उस क्षण न जाने कहाँ की शक्ति उसके अन्दर आ समायी कि एक ही छलाँग में वह दुआर को लाँघ आँगन के कोने में इनार के पास आ गया और सबों के जुटते-देखते कुएँ में जा कूदा। गाँव के आहर में कूद-कूदकर नहाने और बुड़की मारकर तैरने में वह पक्का था, इसीलिए बुधनी को जल्द ही छान लाया। लेकिन अब तक वह काफ़ी पानी पी चुकी थी और बेहोश हो गयी थी। उसका पूरा बदन थर-थर काँप रहा था। उसी वक़्त उसे कुम्हार के चाक पर ले जाकर बैठाया गया, तब कहीं जाकर वह पानी फेंक सकी। उसके मुँह से घड़ों पानी निकला।

बुचिया और भौजी के अनुसार बाल्टी से पानी भरते हुए बुधनी के पाँव छटक गये और वह इनार में जा गिरी। यही बात गाँव के लोग़ों से भी कही गयी। लेकिन बैजू का मन जानता था, बुधनी गिरी नहीं, कूदी थी। दुःख और पीड़ा से भरी इस ज़िन्दगी को हमेशा-हमेशा के लिए डूबो देने के उद्देश्य से।

कुम्हार के चाक से घर आकर बुधनी हफ़्तों बीमार रही—बुखार, बदन-दर्द और कै। बुचिया, उमा, भौजी आदि घर की बहू-बेटियाँ उसकी देखभाल करने लगीं। बैजू

ने अनुभव किया, मनोजकान्त और शिवाकान्त की पत्नियाँ उस पर नज़र रखने लगी थीं, खासकर इनार के पास से उसे गुज़रते देख कर। मनोजकान्त की पत्नी ने तो उसे मना भी कर दिया कि जब तक वह पूरी तरह ठीक नहीं हो जाती इनार से पानी न भरे। तो क्या रजिन्दर के उस कुकरम की भनक उन्हें मिल गयी थी? सम्भव है, मिल गयी हो। सम्भव है, न मिली हो। बैजू के लिए इस बात का कोई खास अर्थ नहीं। उस समय तो वह इस उधेड़--बुन में था कि बुधनी ने शोरगुल क्यों नहीं मचाया। उन छोकरों को क्यों नहीं काट खायी? चोर-घर पइस का करेजा मुट्ठी भर का होता है। एक आवाज़ पर वे भाग खड़े होते। इस पर उसे लगता है। उसके मुँह में कपड़ा, रजिन्दर, जंगी और सुखराम-जैसे तीन मुसटण्डे उसे चूँ भी न करने दें तो इसमें क्या अचरज। लड़ाई मर्द से मर्द की होती है और एक से एक की एक औरत से तीन मर्द की नहीं। इस स्थिति में वह कैसे काट खाये? चूँटा-माटा की तरह वे तीनों उसे जकड़े होंगे। फिर भी वह बन्द मुँह के भीतर से बाघिन की तरह घोघियायी तथा नागिन की तरह ठोंठिआयी ज़रूर होगी। लेकिन उस तूफ़ानी रात में उसके गले के भीतर की घरघराती आवाज़ किसी को न सुनायी पड़े भी तो कैसे? इस पर बैजू के अन्दर से यह सवाल भी उठा कि सुबह तो उसे चीखना-चिल्लाना चाहिए था। मनोजकान्त और शिवाकान्त से कहना चाहिए था। फिर उसे अपने अन्दर से ही यह जवाब मिल गया कि नहीं, इन लोगों से कहने से क्या फायदा? अपने दुलरुआ छोकरों के ऊपर ये कोई अरोर नहीं सुनते। सच्चाई जानकर भी उल्टे बुधनी पर ही भभक पड़ते। सम्भव है रविकान्त जी की अनुपस्थिति में बुधनी को चिल्लाने से इस घर की इज़्ज़त जाती देख उसका गला भी दबोच देते। अपने दुलरुओं में तो इन्हें कभी कोई दोष दिखता ही नहीं। उन्हें कई बार यह कहते हुए उसने सुना था—'घी के लड्डू टेढ़ी भलो'। लेकिन उसके मन ने कहा अगर रविकान्त जी होते तो बुधनी अवश्य कहती, कभी नहीं चुप लगाती। इस पर उसे लगा, तब यह होता ही नहीं। रविकान्त जी की पत्नी के रहते हुए उनके दरवाज़े से कोई बुधनी को उठा ले और रविकान्त जी के दालान में सोते हुए उसे दरवाज़े से बाहर ले जाये यह एकदम असम्भव था। बैजू इस सच्चाई को जान चुका था कि रविकान्त जी पति पत्नी दोनों बुधनी को अपनी बेटी की तरह ही समझते लेकिन चूँकि यह नौकरानी का कार्य करती और उनका परिवार संयुक्त था इसीलिए वह नहीं चाहते कि किसी को तनिक भी इस बात का आभास हो कि अपने भतीजे भतीजियों की तुलना में वे नौकरानी को अधिक मानते हैं।

धीरे-धीरे बुधनी ठीक हो चली। वह घर के काम काज भी करने लगी। लेकिन बैजू को बराबर लगता, यह पहलेवाली बुधनी नहीं जो फुदकती हुई, घर के कामों को उड़ाती-फिरती जिसे देखकर बैजू का मन अघाता नहीं। उसके

स्थान पर अब यह दूसरी बुधनी थी, जो मन मारे विवश लाचार और पराधीन लगती—बिल्कुल सर्कस की बाघिन और सँपेरे की नागिन की तरह। और रजिन्दर, वह तो अब ऐंठकर चलने लगा था। बुधनी के सामने पड़ने पर अकड़कर चलता।

उन दिनों बैजू मन-ही-मन यह मनाने लगा था कि रविकान्त जी दोनों पति-पत्नी आ जाये, ताकि डूबती बुधनी को सहारा मिल जाय। लेकिन डिहवार बाबा ने उसकी मनौती नहीं सुनी, उलटे उसे भी बुधनी से अलग हटाने के लिए कुपित हो गये। रविकान्त जी का सन्देशा लेकर एक आदमी वहाँ से आ गया कि उन्होंने बैजू को इसी क्षण बुलाया है। दरअसल, बसमाती फुआ का चरवाह अचानक भाग गया था। खेती-बारी के इस ऐन मौसम में उस गाँव में दूसरा चरवाह मिलना मुश्किल था। इसीलिए उन्होंने बैजू को बुलवाया। उन्होंने मनोजकान्त के पास लिखा कि अपने बनिहार मुनेसर से ही बनिहारी और चरवाही दोनों का काम कराना। इसके लिए उसे अलग से मज़दूरी दे दी जायेगी।

बुधनी को इस हालत में छोड़ बैजू का मन जाने को एकदम तैयार नहीं था। उसे लगता, रविकान्त जी दोनों पति-पत्नी तो अलग ही है, वह भी चला जायेगा तो उसे नोचने के लिए गिद्ध स्वतन्त्र हो जायेंगे। इस पर उसे लगा यहाँ रहकर ही वह गिद्धों से उसे कहाँ बचा पाया? उसके जानते और जागते हुए ही सब-कुछ हुआ और वह कुछ भी नहीं कर सका... इसके अलावा रविकान्त जी की बात वह टाल भी कैसे सकता है। और मन न रहते हुए भी उस लिउतहर के साथ वह चल पड़ा। चलते हुए बुधनी ने बुचिया के द्वारा उससे यह कहलवाया कि उसने मइया को बुलाया है। रविकान्त जी की पत्नी को वह बचपन में ही मइया कहती थी।

वहाँ पहुँचने के बाद बैजू ने रविकान्त जी दोनों पति-पत्नी की सबसे पहले बुधनी का सन्देशा ही सुनाया, बाद में घर का हालचाल बताया। लेकिन मइया को वहाँ से आने का साऊँज कहाँ? फूफा की मृत्यु के बाद बसमाती फुआ इस तरह देह छोड़कर भहरा गयी थी कि घर के भीतर की जिम्मेवारी उनके माथे आ गयी थी, और बाहर की खेती-गृहस्थी की जिम्मेवारी रविकान्त जी के माथे। और बैजू के माथे, वहाँ पहुँचते ही उस भागे हुए चरवाह का कार्य मढ़ दिया गया। लेकिन बैजू का मन तनिक भी नहीं लगता। उसे इस बात की आशंका सताने लगी कि बुधनी के साथ कही फिर दुबारा वह सब न हो। सुखराम की वह बात याद आते ही उसका मन काँप गया। ऐसा हुमाचा मारो कि दरवाज़ा टूट जाये...एक बार दरवाज़ा तोड़ दोगे तो फिर घर तुम्हारा हो जायेगा।''

इस पर उसे लगा, नहीं, अब वह सब नहीं हो सकता। कुएँ में गिरने के बाद से बुधनी बुचिया के पास सोती है। अब वह पहले की तरह निफिकिर भी नहीं रहती, धोखा खाने के बाद सचेत हो गयी है, लेकिन उसे लगा उनसे कोई क्या सतर्क रहेगा? चोर बदमाशों को तो बहुत रास्ते आते हैं। कब वे क्या कर डालेंगे कोई जान ही नहीं सकता। इस बिन्दु पर यह सोचकर उसने अपने मन को समझाने का प्रयास किया—मुर्दे पर चाहे एक मन माटी या नौ मन...। लेकिन उसका मन शान्त नहीं हुआ। बयान की करसी की तरह धुआँता रहा...।

रविकान्त जी दोनों पति-पत्नी के साथ जब वह लौटा, कई महीने बीत गये थे। धान की कटनी के बाद रबी की बोआई कराकर ही वह लौटा। इस बीच बसमाती फुआ बहुत-कुछ सँभल गयी थीं तथा उनकी खेती भी रास्ते पर आ गयी थी। उनके यहाँ से लौटते हुए बुधनी को देखने के लिए वह ऐसे छटपटा उठा जैसे तपिश के घाम में जलता हुआ कोई राही पेड़ के नीचे जाने के लिए छटपटाता हो। लेकिन वहाँ पहुँचने के बाद उसने अनुभव किया, जड़ में मगरा लग जाने के कारण पेड़ सूखकर ठन-ठन कर रहा है, पत्ते झड़ गये है, सूखी हुई उसकी नंगी डाले मुसहरों के गैतें से इधर-उधर काटी गयी, तपिस की लू और घाम को रोक सकने में बिल्कुल असमर्थ है। उसके तड़पते-छटपटाते मन को राहत के स्थान पर कुम्हार का आवाँ मिला और अधिक जलने और छटपटाने के लिए। उसे लगा तपिस के घाम से बचने के लिए उसके कदम छाया की तलाश में भदई कानू के धुनसार के समीप चले गये हों, जहाँ धुनसार की आग ने पहले से जल रहे उसके तन को और अधिक जलाना और झुलसाना शुरू कर दिया हो। घर पहुँचते ही जो सूचना उसे मिली, उसके लिए वह कतई तैयार नहीं था। शुरू में लोग उससे कहते भी नहीं! लेकिन दालान के निकट से गुज़रते हुए रविकान्त जी के साथ उनके दोनों भाइयों को गुपचुप करते देख उसके कदम रुक गये। अभी ही रविकान्त जी आये और ये उनके साथ इस तरह गुपचुप क्या करने लगे? पिछली बार की तरह वह पुन: दालान के जँगले के निकट कान लगाकर खड़ा हो गया। फिर मनोजकान्त के मुँह से यह सुनते ही कि बुधनी पेट से है, वह कटकर रह गया उसे लगा, जैसे खेत चर रहे घड़रोज पर चलाया गया किसी का झटहा सीधे उसे आ लगा हो, जिसने वह दर्द और पीड़ा से तड़पते हुए बगल के करहे में गिरकर लोटने लगा हो। एक क्षण तक साँड़ की ढाही से मार गिराये बैल की तरह उसने अपने को शक्तिहीन और निरुपाय अनुभव किया। लेकिन घर के अन्दर से बुचिया की पुकार सुन होश में आया—"बैजू पानी पीने के लिए चबेनी ले जा।"

वह बुझे मन से घर के अन्दर चल पड़ा।

चबेनी लेकर लौटते हुए उसने बुधनी को देखा, पीला पड़ा चेहरा, धँसी हुई आँखें, सूखे हुए हाथ-पाँव...मधेड़ के ओले-पानी से मार गिरायी रबी की खेती की तरह उजाड़ और वीरान। उसे मुसम्मात रधिया के चेहरे की याद एक बार फिर आ गयी।

चबेनी लेकर वह दुआर पर आ गया। रास्ते से थके-माँदे आने के चलते ही जलपान के लिए उसे चबेनी दी गयी थी। लेकिन वह जलपान नहीं कर सका। गाँव के नाद में चबेनी डाल दिया और सब-कुछ जानने की फ़िराक़ में बेचैन हो इधर-उधर ढूका लगकर सुनने लगा। रात गहराने तक वह बहुत-कुछ जान गया। उसने रविकान्त जी दोनों पति-पत्नी को अत्यन्त दुःखी पाया, जैसे उनकी अपनी बेटी के साथ यह सब हुआ हो उनका चेहरा उतरा हुआ, ग़मगीन और चिन्तित लगता। उसने उन दोनों पति-पत्नी को काफ़ी रात गये बुधनी के साथ अपने कमरे से निकलते हुए भी देखा। शायद एकान्त में उन दोनों पति-पत्नी के बुधनी से सब-कुछ पूछा हो। उनकी बातचीत तो वह नहीं सुन सका। लेकिन देखा, कमरे से निकलती हुई बुधनी की आँखें टप-टप चू रही थी तथा उन दोनों पति-पत्नी की आँखें भी भीगी थीं। उसके बाद उन दोनों पति-पत्नी को आपस में बतियाते हुए भी उसने सुना। मलकिन कह रही थी बुधनी ठीक कह रही है...वह झूठ नहीं बोलती...मनोजकान्त बो और शिवाकान्त बो उसके ऊपर झूठा अछरंग लगा रही हैं। बैजुआ के साथ उसका सम्बन्ध कभी ऐसा नहीं था...वह तो काफी समय से हम लोगों के साथ था...अपने लाड़लों की करतूत पर पर्दा डालने के लिए ही वे ऐसा कह रही हैं...।''

रविकान्त जी ने भी अपना दुःख प्रकट किया। ''इन छोकरों ने हमें कहीं का रहने नहीं दिया। अब हम गाँव में कौन मुँह दिखायेंगे। बुधनी का क्या होगा?''

इस बार मलकिनी पछता उठी—''अगर हम बुधनी को छोड़कर नहीं जाते तो ऐसा कभी नहीं होता। हमारी मति भी मारी गयी थी। हमें इसे भी वहीं ले चलना चाहिए था। हमने इसे पाला पोसा है...ये पखेरू इसका दर्द क्या जानेंगे...।''

बैजू को लगा, जो आशंका उसे थी, वह हो ही गयी। मनोजकान्त और शिवाकान्त के परिवारवालों ने दोष उसके ऊपर मढ़ने की तैयारी पहले ही से कर रखी है। उस रात वह इतना ही सुन सका। इसके बाद दरवाज़ा बन्द होने का वक़्त आ गया और वह दुआर पर अपनी मड़ई में चल पड़ा। लेकिन उसे लगा, रात अधिक बीत जाने के चलते उस रात आपस में उन सबों की और अधिक बातचीत नहीं हो सकी। अगले दिन पर छोड़ सब जा सोये। पता नहीं, उस रात रविकान्त जी दोनों पति-पत्नी सो पाये या नहीं, वह तो सारी रात जागता रह गया। उसने खाना भी नहीं खाया। लेकिन

यह बात उसके और गाय के सिवाय कोई और नहीं जानता। बुचिया ने जब उसे खाना लाकर दिया तो यह कहते हुए उसे लेकर वह दुआर पर चला आया कि अपनी मड़ई में ही खा लेगा। लेकिन घर का दरवाज़ा बन्द होते ही गाय को खिला दिया। वह नहीं खाने के लिए घर में ही मना कर सकता वह जानता था, घर में इसका दूसरा अर्थ प्रचारित हो जाता। उस दिन तो रजिन्दर से उसकी लड़ाई हुई थी इसीलिए खाना मना किया था। लेकिन इस बार मना करने पर तो लोग कहते कि बुधनी के साथ इसी की करतूत है तभी तो भेद खुलने के डर से खाना नहीं खाया।

उस रात अन्न-जल ग्रहण किये बिना निर्जला एकादशी की तरह वह सारी रात उपवास पर पड़ा और सोचता रहा। बाबू की मृत्यु के बाद वह एकदम अनाथ हो गया था। इस बीच बुधनी के आ जाने से कुछ-कुछ सनाथ अनुभव करने लगा था। लेकिन फिर उसे अनाथ ही बना दिया गया, जैसे उजियाने से पहले ही खेती को टिड्डियों का दल चट कर जाय। मनोजकान्त और शिवाकान्त के परिवारवालों ने अपना मलगज उसके ऊपर थोपने की जो तैयारी की है, वह उनके लिए कोई नयी बात नहीं। रजिन्दर ने भी उससे लड़ाई का सही कारण छिपाने के लिए बुधनी के साथ उसका नाम जोड़ा तथा विरेन्दर ने भी बुधनी पर किये हमले को छिपाने के लिए उसी के नाम को माध्यम बनाया। उससे आसान और निकट का आदमी उनके लिए और कौन हो सकता है, जिसके कन्धे पर रखकर निश्चिन्त हो वे बन्दूक चला सकें। लेकिन यह जानकर उसके मन को बहुत राहत मिली कि रविकान्त जी दोनों पति-पत्नी सच्चाई जान गये हैं। उन्हीं दोनों पति-पत्नी का मुँह देखकर तो वह इस घर में टिका है, नहीं तो कभी लापता हो चुका रहता...।

उस रात बैजू के मन में बार-बार यह प्रश्न उठता रहा कि सच्चाई जान चुकने के बाद रविकान्त जी अब कौन-सा कदम उठायेंगे? क्या अपने भतीजों को उचित दण्ड देंगे? उनकी थूकम फ़जीहत करेंगे? और क्या उनके भाई यह सब बर्दाश्त कर लेंगे? तब क्या भाइयों के साथ उन्हें अलग होना नहीं पड़ेगा? तो क्या वे अलग हो सकते हैं? इस पर उसे याद आया राँची से रिटायर होकर आने के बाद रविकान्त जी ने अपने दालान में जुट आये गाँव के लोगों के बीच कहा था—"राँची के मेरे मित्र आने नहीं दे रहे थे। कह रहे थे कि मैं वहीं बस जाऊँ मेरे कई मित्रों ने ज़मीन लेकर वहाँ मकान बना लिया है। लेकिन मैं अपने इस परिवार और गाँव को कभी नहीं छोड़ सकता। मेरी आत्मा तो अपने इस भरे-पूरे कुटुम्ब में ही बसती है...।"

इसके बाद इस विषय पर अपने मित्रों के साथ रविकान्त जी को बतियाते हुए उसने और कई बार सुना। उनके मित्र कहते—"भाई रविकान्त, तुम्हारे परिवार का

मेल-मिलाप देख हम दंग रह जाते है। भाइयों को कैसे प्रेम से मिलाकर रखा जा सकता है, यह कोई तुमसे सीखे। लेकिन तुम्हारे लड़के भी ऐसा कर पायेंगे तब न?''

इस पर रविकान्त जी कहते—''लड़के क्या करेंगे, यह मैं नहीं जानता लेकिन मेरे जीते-जी मेरे घर में बँटवारा नहीं होगा। घर से मेरी लाश निकलने के बाद ही दीवार खड़ी होगी।''

इन बातों को याद कर बैजू सोचने लगा, क्या ऐसे रविकान्त जी अपने भाइयों से अलग हो सकते हैं? निमन हो या जबुन, भतीजे, भतीजे ही हैं और नौकरानी, नौकरानी ही। लेकिन क्या बुधनी और नौकरानियों की तरह उनके यहाँ की मात्र नौकरानी ही है? वह किसी दूसरे घर से सिर्फ़ काम करने के लिए उनके यहाँ आनेवाली नौकरानी तो नहीं? उन्होंने अपनी बेटी की तरह उसे पाला पोसा है। उसका बप्पा बहादुर उन्हें सौंप गया है। उसके साथ हुई इस जघन्य ज़्यादती पर क्या वे चुप रह सकेंगे? उसे कुछ भी समझ नहीं आया। उसका माथा तनाव और बेचैनी से फटने लगा।

दूसरे दिन इस मसले को ओरियाने के लिए तीनों भाई एकान्त की तलाश करने लगे। घर के लड़कों को इधर-उधर टरका वे दालान में आ बैठे। लेकिन इसी समय गाँव का एक आदमी अपने खेत-बधार का कागज ले रविकान्त जी से समझने आ गया। वे नक्शा और खतियान देखने में माहिर थे। उस आदमी को विदा कर वे पुन: दालान का दरवाज़ा बन्द करना चाहते थे कि पनीवट का रसीद लेकर सरकारी कर्मचारी आ धमका। इसके बाद फिर कोई और आया। फिर घर का एक काम आ पड़ा। इस स्थिति में पूरे दिन उन्हें एकान्त नहीं मिल पाया। फलत: वे कोई बातचीत नहीं कर सके ऐसे मामले तो एकान्त की गुपचुप में ही सलटे जाते हैं, इसीलिए हार-थककर उन्होंने रात में अपनी मीटिंग शुरू की सबों के खा-पीकर सोने चले जाने के बाद वे तीनों भाई दालान में आ जमें। फिर दरवाज़ा बन्द करने से पहले मनोजकान्त ने दालान के चारों ओर घूमकर देख लिया कि कोई है तो नहीं? इस स्थिति में दालान के जंगले के पास घूमते हुए बैजू पर उनकी नज़र पड़ गयी। बस वे डाँट पड़े—''यहाँ क्या कर रहा है बैजुआ? जाकर अपनी मड़ई में सोता क्यों नहीं...?''

एक क्षण के लिए तो वह सकते में आ गया, जैसे उसकी चोरी पकड़ ली गयी हो। फिर सँभलते हुए बोला—''सार-घर में मवेशियों को देखने गया था। इसके बाद अपनी मड़ई में लौट चला। लेकिन मनोजकान्त के जाने के बाद पुन: दबे पाँव वहाँ चला आया। उससे रहा ही नहीं गया। सोचा, इस बार दालान खुलने की आवाज़ सुनते ही हट जायेगा। लेकिन अगर इस पर भी कोई देख लेगा तो कह देगा कि सारी घर

में बैलों के लड़ने की आहट सुन फिर आ गया था। लेकिन ऐसा हुआ ही नहीं। फिर दुबारा दालान खोलकर उनमें से कोई बाहर नहीं आया।

प्रारम्भ में रविकान्त जी ने बड़े भाई के अधिकार से चौंकते हुए पूछा—"इतना बड़ा काण्ड हो गया और तुम लोगों ने मुझे खबर तक नहीं की भला ऐसे मामलों में देर की जाती है...गाँव के लोग जान गये होंगे तो सारी इज़्ज़त मिट्टी में मिल गयी होगी...।"

जवाब में मनोजकान्त ने बताया—"अभी कोई नहीं जानता है भइया। हम भी तो अभी हाल में ही जान पाये हैं। वो तो दुलहिन (छोकरों की भौजी) ने मेरी पत्नी को बताया, तब हम कानोंकान जान सकें...।"

इस पर रविकान्त जी कुछ कहते कि उनसे पहले ही शिवाकान्त बोल उठे 'और मैं तो यह बस जान लेने के बाद आपको बाताने आ ही रहा था कि आपकी चिट्ठी आ गयी कि दस दिन अन्दर आप कटनी कराकर आ रहे हैं, बस मैं रुक गया।

इसके बाद मनोजकान्त एकदम फुसफुसाने की आवाज़ में कुछ कहने लगा। शायद वह यह बता रहा था कि यह सब कैसे हुआ और किसका हाथ है। चोरी-छिनारी के मामले को जिस तरह दबी आवाज़ में कहा जाता है, उसी तरह कह रहा था, ताकि रविकान्त जी को पक्का विश्वास हो सके। वह बात बैजू नहीं सुन सका लेकिन उसके बाद रविकान्त जी की बात सुन उसने पिछली बात का भी अन्दाज कर लिया रविकान्त जी ने चिह्नते हुए कहा—"बैजुआ तो काफी समय से मेरे साथ था।"

उसे लगा ज़रूर उसी के ऊपर मनोजकान्त ने इल्जाम लगाया था। तभी रविकान्त जी ने ऐसे कहा। इस पर मनोजकान्त ने जवाब दिया—"यह इधर की घटना नहीं है भइया, चार-पाँच महीने पहले की है, जब बैजुआ यहाँ था। यह कोई फुलौना नहीं कि फूँकते ही फूल जाय...।" इस पर रविकान्त जी कुछ बोलते कि फिर शिवाकान्त बीच में आ टपके—"आपको याद नहीं है भइया, जब रात में बैजू की मड़ई के पास से डाँटकर आप ही ने बुधनी को भगाया था और उन दोनों का मिलना-जुलना बन्द कर दिया यह लीला उसी समय की है।"

बैजू ने महसूस किया, रविकान्त जी को निरुत्तर करने के लिए उनके दोनों भाई बैसाखी मेला में गाय-भैंस की फेरई करनेवाले ठगों की तरह डेढ़िया पर बोल रहे थे...।

अब रविकान्त जी ने कहा—"अच्छा होगा कि बुधनी को बुलाकर पूछ लिया जाय वह सच-सच बता देगी...झूठ नहीं बोलती है।"

इस पर मनोजकान्त कुछ झल्लाते हुए बोले वह हरामजादी क्या बतायेगी भइया...दस आदमी का नाम लेगी...जिस-तिस को बदनाम करेगी...आप क्या जानते हैं कि उसके मन से यह सब नहीं हुआ है। वह डूबकर पानी पीनेवाली जलबिधरी है।

इसके बाद शिवाकान्त ने नहले पर दहला दिया था, आपका मुँह देखकर ही हम महँटिया गये है, नहीं तो झोंटा पकड़कर उसको घर से बाहर निकाल देते...।

बैजू ने महसूस किया, सच्चाई जान जाने के बाद मनोजकान्त और शिवाकान्त ने पहले ही से जमकर तैयारी कर रखी है उनके छोकरों पर कोई आँच न आने पाये। जैसा कि उनकी बातचीत से वह जान पाया है, उनकी नज़र में उनके लाड़ले खाँटी मर्द की औलाद है, हिजड़े की सन्तान नहीं। किसी नौकरानी को लाँघ ही गये तो क्या हो गया?

रविकान्त जी एक क्षण के लिए चुप हो गये, जैसे उन्हें कोई जवाब ही न सूझ रहा हो। फिर उन्होंने अपने को सँभालते हुए कहा—"मेरा मन कहता है यह काम बैजुआ का नहीं हो सकता...।"

इस पर मनोजकान्त और शिवाकान्त दोनों एक ही साथ बोल उठे तो आपको किस पर शक है?

उन दोनों की आवाज़ सख्त हो गयी थी। रविकान्त जी कुछ बोल नहीं सके बैजू ने रविकान्त जी को धर्म संकट में पड़ा अनुभव किया लेकिन उसे उन पर ग़ुस्सा भी आया। भाई भतीजा भी देखेंगे और दूध का दूध, पानी का पानी भी करना चाहेंगे, यह दोनों एक साथ नहीं होने का...।

एक क्षण बाद रविकान्त जी कुछ सोचकर बोले—"लेकिन अगर बैजुआ ने इसे अपना मानने से इनकार कर दिया तो...?"

इस पर मनोजकान्त अपना ग़ुस्सा प्रकट करते हुए बोले—"उस साले की मजाल है कि वह इनकार कर देगा...उसने कुकरम किया है, उसे सकारना ही पड़ेगा...बिना सकारे हम उसकी जान नहीं छोड़ेगे।"

ग़ुस्से से बैजू का तन-मन लहक उठा उसने मन-ही-मन कहा, कौन उसे सकरवाता है? जान जायेगी या रहेगी, यह नरक वह अपने माथे कभी नहीं लेगा? अधिक जोर जबर्दस्ती करेंगे तो सारे गाँव में भण्डा-फोड़ कर देगा। यही न होगा कि उसे मार देंगे, तो मार देंगे...। लेकिन बुधनी का क्या होगा? और उसका बढ़ा हुआ ग़ुस्सा थम

गया। उसे याद है उस वक़्त ही उस काण्ड का भण्डाफोड़ कर देने की उसकी इच्छा हुई थी। अपनी जान की उसे तनिक भी परवाह नहीं थी। मरा जायेगा, मर जायेगा। लेकिन बुधनी के बारे में सोचकर ही वह महटिया गया समूचे गाँव में हल्ला हो जाने के बाद उसकी स्थिति घूरे पर के उस मैले की तरह हो जाती, जिससे पाँव छुआने में भी लोग घिनाने लगते। साथ ही वह पुलिया पर की गैरमजरुआ ज़मीन बन जाती, जिसमें मवेशी घुसाना लोग अपना जन्मसिद्ध अधिकार समझते। उन छोकरों का तो कुछ बिगड़ता नहीं। गाँव के लोगों की नज़र में तो लड़के साँड़ होते हैं, उन्हें खुले में चरने से कौन रोक सकता है? गाय तो लड़कियाँ होती हैं, जिन्हें खूँटे पर बाँधकर रखा जाता है और बैजू का मन अँगुरबेघा घाव की तरह में भड़कने लगा लहर, टीस और पीड़ा तीनों एक साथ!

इस बार रविकान्त जी देर तक चुप रहे। शायद उनके भाई ने अखाड़े में झूठी मारकर उन्हें गिरा दिया था, उस जगन नट की तरह, जिसने जिला पाठा पहलवान गिरधरी मिसिर को झूठी मार सुला दिया था। गिरधारी मिसिर उस नट से बहुत बरियार थे। लेकिन दाँव-पेंच न जानने के चलते मार खा गये। बैजू को लगा रविकान्त जी के साथ भी वैसा ही हुआ।

यह जान चुकने के बाद कि रविकान्त जी चित्त हो गये, उनकी पीठ की धूल झाड़ते हुए मनोजकान्त ने कहा—"अब यह सोचिये कि बुधनी का क्या किया जाय? जितनी जल्द इस आफ़त को दरकिनार कर दिया जाय, उतना ही ठीक होगा।"

इस पर रविकान्त जी ने अपनी राय जाहिर की—"आरा ले चल किसी लेडी डाक्टर से अबार्सन करा दिया जाय उसके बाद किसी से शादी कर दी जायेगी। बचपन में इसी घर में पली-बढ़ी है तो किसी ठिकाने लगा देना ही उचित होगा।"

बैजू को रविकान्त जी की आवाज़ दबी-घुटी और डूबी हुई लगी, उस कटनीहार की आवाज़ की तरह, जो माथे पर धान का बड़ा बोझा उठाये किसी राहगीर को रास्ता बता रहा हो।

उनकी इस राय पर मनोजकान्त और शिवाकान्त क्षण भर के लिए कुछ सोचते रहे। फिर शिवाकान्त ने कहा—"आरा ले जाना ठीक नहीं होगा भइया। यहाँ गाँव के अधिकांश लड़के जैन कालेज में पढ़ते हैं। इलाज कराने तथा कोर्ट-कचहरी के काम में भी लोग वहाँ आते-जाते हैं। बुधनी को वहाँ ले जाना बदनामी मोल लेना होगा। सारे गाँव में बात फैल जायेगी। वहाँ हम चाहकर भी कुछ छिपा नहीं पायेंगे। यहीं किसी से गिरवा दिया जाय तो साँप भी मर जाय और लाठी भी न टूटे...।"

रविकान्त जी को भी यह बात जँची। उन्होंने भी हामी भरी—"ठीक सोच रहे हो शिवा...।"

लेकिन बैजू को इस बार फिर रविकान्त जी पर ग़ुस्सा आया। ये किस इज़्ज़त के लिए इतना सहते और चिन्तित रहते हैं? बेटी की तरह जिसे पाला-पोसा उसकी इज़्ज़त चली गयी तो कुछ नहीं, लेकिन घर की इज़्ज़त चली जायेगी तो सब-कुछ चली जायेगी। इस भय से ये काँपते रहते हैं कि गाँव के लोगों के आगे उनकी इज़्ज़त न जाय। यह इज़्ज़त क्या बला है, वह समझ नहीं पाता? हार-थककर उसने अपने मन को यह समझा दिया कि अधिक पढ़ा-लिखा नहीं होने के चलते वह इज़्ज़त के बारे में असली बात नहीं जानता। शायद वह कोई बड़ी चीज़ हो।

रविकान्त जी की हामी सुन शिवाकान्त का मन बढ़ गया। उसने रास्ता खोजते हुए से कहा—"यहाँ किससे गिरवाना ठीक होगा...? जटही चमाइन तो अब बहुत बूढ़ी हो गयी है। कहने से तैयार तो हो जायेगी। लेकिन उससे काम कराना ठीक नहीं होगा वह बात पचाती नहीं।"

बैजू जटही को जानता था। कभी न गुहनेवाली, माथे पर लटकती बड़ी-बड़ी जटाएँ, काली-कलूटी तथा दुबली-पतली नाज़ायज पेट गिराने में पूरे गाँव में माहिर छह-छह महीने का पेट गिराते उसे देर नहीं लगती। लेकिन कोई बात पचाना तो जानती नहीं। इधर-उधर मुँह चला ही देती है।

कुछ सोचकर तथा जटही का नाम सुन अब मनोजकान्त बोल उठे—"जटही और डॉक्टरनी के चक्कर में पड़ना ठीक नहीं होगा भइया! एक बार जिस खेत में रास्ता लग जाता है तो फिर बन्द नहीं होता। जब शादी ही करनी है तो इस बखेड़े में क्या पड़ना? अभी ही शादी कर दें कि एक ही साथ सब सलट जाय...।

इस पर रविकान्त जी ने शंका व्यक्त करते हुए कहा—"अभी इससे शादी कौन करेगा धोखे से अगर किसी से कर भी देंगे तो जान जाने के बाद वह इसे रखेगा?"

यह सुन मनोजकान्त घुहा छूते हुए से बोले—"धोखे से क्यों करेंगे जिसका है उसी के हवाले कर देंगे।"

इस पर रविकान्त जी के मुँह से हठात् निकल गया—"तो क्या बैजुआ के साथ।"

मनोजकान्त ने अपने मन्तव्य को साफ़ किया—"हाँ उसी के साथ। उसकी करनी, उसी की भरनी...।"

इस बार रविकान्त जी कुछ नहीं बोल सके। बैजू को लगा, अब वे नहीं बोल सकेंगे। अखाड़े में पछाड़ा हुआ व्यक्ति दुबारा हाथ नहीं मिला पाता। लेकिन उसके तन बदन में आग लग गयी। उसका मन कहता था कि वे अन्त में यही तय करेंगे। पर वह भी कोई मिट्टी का गौरैया नहीं कि उनका जो भी मन आये कर लें। उनकी मन्शा वह पूरी नहीं होने देगा।

थोड़ी देर बाद रविकान्त जी ने कहा—"लेकिन अगर बैजुआ नहीं तैयार हुआ तब? शादी के नाम से ही कहीं भाग खड़ा न हो जाय?"

इस पर मनोजकान्त ने उन्हें ढाढ़स बँधाते हुए कहा—"कहीं नहीं भागेगा उसे तैयार होना ही है। लेकिन अगर किसी बहाने भाग भी गया तो फिर चुट....।"

इस 'तो फिर' के बाद मनोजकान्त ने मुँह से कुछ न कहकर चुटकी बजा दी थी, जिसे सुन बैजू सर से पाँव तक काँप गया। चुटकी बजाने का अर्थ बहुत-कुछ हो सकता है। गाँव के लोगों के बीच चुटकी बजाने का खास अर्थ किसी का सफ़ाया करने से होता है। तो क्या ये ऐसा भी कर सकते हैं? नहीं...नहीं...बुधनी के साथ ऐसा नहीं होना चाहिए। और उसका अन्तर चीत्कार कर उठा।

उस रात, लगभग आधी रात के आसपास उनकी बैठक खत्म हुई। लेकिन बैजू फिर नहीं सो सका। उसकी पीठ में तो मछली बझाने के लिए पानी से उछाली बंसी आ धँसी थी, जिसकी पीड़ा से वह चारे की तरह छटपटाता और दाँत भींचता रहा। जानता था, इस बार फिर पीरो के बंगाली डॉक्टर से पीठ चिरवाये बिना यह टेढ़ी बंसी निकलनेवाली नहीं। लेकिन क्या वह फिर पीठ चिरवायेगा? उसका ईमान काँप गया।

अगले दिन घर में उसे कोई खास परिवर्तन नहीं दिखा। बुधनी के लुटे हुए चेहरे तथा रविकान्त जी दोनों पति-पत्नी के बुझे और उदास मुखड़े के अतिरिक्त अन्य किसी के चेहरे पर कोई चिन्ता और परेशानी नज़र नहीं आती। उन्हें देखकर ऐसा लगता जैसे रोपनी-कटनी की तरह ही वह भी उनके लिए एक काम हो, इसीलिए सोचना क्या? रोप दिये हैं तो काट लेंगे। कई बार मघेड़ की बारिश में डूबती फसल की कटनी उन्होंने समय से पहले भी की है। लेकिन क्या बुचिया और उमा के साथ भी ऐसा होने पर वे इस तरह बेपरवाह दिख सकते थे? इस पर उसे लगा, नहीं कदापि नहीं।

रात का तीसरा पहर बीत रहा होता है। बैजू उसी तरह नाद-चरण पर बैठा रहता है। वह अभी तक कोई निर्णय नहीं ले सका है। दुसाधी बधार के ठूँठे पीपल से उल्लू की कर्कश आवाज़ उसे सुनायी देती है। यह उल्लू भी अजीब पक्षी होता है। सारे पक्षियों के सो जाने के बाद जगता है और डरावनी आवाज़ में चिल्लाता है। उसके अन्दर की ज्वाला और तेज हो जाती है। उसका मन बागी होने के लिए छटपटा जाता है। लेकिन बुधनी को असहाय स्थिति में छोड़कर जाना उसे जघन्य अपराध जैसा लगता है...इस बिन्दु पर उनकी करतूतें न चाहते हुए भी उसे फिर-फिर तड़पाना शुरू कर देती हैं...।

अगली रात, रात गहरा जाने के बाद वे तीनों भाई फिर दालान के कमरे में आ जुटे। इस बार बैजू को भी वहाँ बुला लिया गया। अपने बुलाने का कारण वह जानता था। लेकिन अनजान बना चुपचाप उन लोगों के आगे जा खड़ा हुआ। उसने देखा उससे नज़र मिलाने से कतराते रविकान्त जी कुछ हैरान-से लग रहे थे लेकिन उनके विपरीत मनोजकान्त और शिवाकान्त निर्लज्ज की तरह उसे घूर रहे थे। अपनी तौलती निगाहों से उसे ऊपर से नीचे तक देखने के बाद मनोजकान्त ने प्यार से उससे पूछा—"जानते हो बैजू! तुम्हें किसलिए बुलाया गया है?"

उसके जी में आया कह दे, सब जानता हूँ। लेकिन नहीं कह सका। चुप्पी साधे रहा। इस पर मनोजकान्त ने स्वयं कहना शुरू किया..."तुमसे एक ज़रूरी बात पूछने के लिए तुम्हें बुलाया गया है। ठेगू सिंह का पँचपेड़वा आम देख रहे हो न। एक ही सीध में उनके द्वारा लगाये आम के पाँच पेड़। जानते हो न कि वह ज़मीन ठेगू सिंह की अपनी नहीं है, जिसमें वे पेड़ हैं। वह ज़मीन गैरमजरुआ है। लेकिन अब वे पेड़ किसके समझे जाते हैं?"

बैजू ने इस बार भी कोई जवाब नहीं दिया। इससे पहले कि मनोजकान्त कुछ और कहते, शिवाकान्त उनसे पहले ही बोल उठे—"रुकिये यह उतनी दूर की बात नहीं समझ सकेगा। मैं इससे एकदम नजदीक की बात पूछता हूँ—दक्खिन भर गोयँड़ के पास सड़क के किनारे की जो चाँट है, उसे देख रहे हो न वह किसी की निजी ज़मीन नहीं सड़क के लिए सरकार द्वारा छोड़ी गयी चाँट है। लेकिन हर साल उसमें भूखन धान रोप देता है तो फसल भूखन की होती है या किसी और की?"

लेकिन इस बार भी उसने कोई जवाब नहीं दिया। वे कहाँ से बोल रहे थे, उसे सब पता था, इसीलिए बोलना उचित न समझ महँटिआये रहा। इस पर गर्माते हुए मनोजकान्त ने कहा—"यह सब समझ रहा है। एक नम्बर का उड़नबाज है। जान-बूझकर दमी साधे है।" अब मैं इसे सीधे बताता हूँ—बैजुआ! बुधनी के साथ हम तेरी शादी कर देना चाहते हैं। अब तुम्हें छिप-छिपकर उससे मिलने की आवश्यकता नहीं। सदा के लिए वह तुम्हारी हो जायेगी...।

उससे अब एकदम चुप नहीं रहा गया। उसने दो-टूक जवाब दिया—"मैं उससे हरगिज शादी नहीं करूँगा।"

इस पर शिवाकान्त उसे डाँटते हुए बोले—"क्यों नहीं करेगा? किसी को बदनाम करके ऐसे ही छोड़ देगा? शादी न करनी थी तो फिर उसके साथ मुँह क्यों काला किया।"

इस बार वह भी तैश में आ गया—"मैंने उसके साथ कुछ भी नहीं किया है...यह दूसरे लोगों का काम है...।"

इस पर मनोजकान्त उसे कुछ बोलने का अवसर न दे, क्रोध में आग बबूला हो उठे तथा नीचे पड़ा अपना जूता हाथ में लेते हुए गरजे—"देख रहा है यह जूता न! जहाँ किसी दूसरे का नाम लेकर बदनाम करने की कोशिश की तो एक भी जूता नीचे नहीं गिरेगा। सारी देह नाकाम कर दूँगा...।"

अब रविकान्त जी चुप नहीं रह सके। उन्होंने बैजू को अपने निकट बुला लिया तथा मनोजकान्त को मना कर दिया कि उस पर हाथ छोड़ने का प्रयास न करे। फिर उन्होंने मद्य जुआती हुई बोली में कहा—"जो कुछ हो चुका है बैजू, वह तो अब लौट नहीं सकता। लेकिन यह तो तुम जानते ही हो कि बुधनी कैसी लड़की है? उस-जैसी लड़की फिर तुम्हें दूसरी नहीं मिलेगी। घबड़ाओ नहीं, स्थिर दिमाग़ से सोच लो। तुम्हारे शरीर में कहीं घाव हो जाता है तो शरीर का वह हिस्सा काटकर फेंक देते हो? ...घाव भरा जाने के बाद सब-कुछ ठीक हो जाता है।"

इस पर बैजू को लगा, घाव तो ज़रूर भरा जाता है। लेकिन उसका दाग जीवन भर के लिए रह जाता है, उस व्यथा को याद दिलाने के लिए। नहीं, वह जीवन भर का दर्द नहीं लेगा। उसने बेझिझक कहा—"मैं उससे शादी नहीं करूँगा।"

अब शिवाकान्त गरजे—"यह दुष्ट राय से माननेवाला नहीं भैया। इसे समझाना बेकार है। लात के आदमी बात से नहीं मानते।"

यह सुन रविकान्त जी ने शिवाकान्त को रोका—"ज़ोर-जबर्दस्ती से इसे तैयार करना ठीक नहीं होगा शिवा। यह अपने से सोच-समझ ले यह नहीं करेगा तो हम किसी दूसरे से कर देंगे—फिर यह जीवन भर हाथ मलता रह जायेगा...।"

इस पर मनोजकान्त ने कहा ठीक है, तुम्हें सोचने-समझने के लिए और दो दिन का समय दे देते हैं। अपना नफा-नुकसान बढ़िया से सोच लो और हाँ, कान खोलकर सुन लो, यह बात तुम्हारे मुँह से कहीं फूटी तो फिर तुम्हें कोई बचा नहीं सकेगा।

इसके बाद उसे छोड़ दिया गया। वह जब जाने लगा तो शिवाकान्त ने भी धमकाया—"खबरदार किये देता हूँ घर की इज़्ज़त नहीं जानी चाहिए...।"

उसके बाद उसके दो दिन कैसे कटे, वह आज नहीं नहीं समझ पाया। ऐसी उलझन और चिन्ताओं के बवण्डर में वह पहले कभी नहीं पड़ा था। बाबू की मृत्यु के समय भी नहीं। सोचते-सोचते उसका दिमाग़ पागल-सा हो उठा रविकान्त जी तीनों भाइयों के समक्ष जिस आसानी से उसने बुधनी से शादी की बात झटकार दी थी, दो दिन सोचने का समय मिल जाने पर वह आसानी से ऐसी विकट परेशानी बन गयी कि उससे छुटकारा पाने की कोई जुगत उसे सूझी नही। बाढ़ में डूब रहे व्यक्ति की तरह वह ऊभचूभ महसूस कर रहा था। लेकिन जब भी किनारा मिलने को होता, पानी

का हिलकोरा उसे दूर फेंक देता। उसे लगता, जहाँ किसी की जान दाँव पर लगी हो, वहाँ सोचने विचारने का काम कितना कठिन हो सकता है। महीनों गरुआरी के काम से वह तनिक भी नहीं थकता था। लेकिन इन दो दिनों की चिन्ताओं ने उसे बेतरह थका दिया था। उसे न दिन का चेत रहा था न रात का। न खाने-पीने की सुध थी, न मवेशियों को खिलाने की मनोजकान्त और शिवाकान्त के डाँटने पर वह जैसे सोते से जागता और मशीन की तरह उसके कदम मवेशियों के नाद-चरण की ओर बढ़ जाते। लेकिन दिमाग तो घिरनई की तरह नाचता रहता।

यह समझ नहीं पाता कि हाँ कह दे या ना? अगर हाँ कह दिया तो क्या शादी होते ही बुधनी को लेकर यहाँ से भाग चलना नहीं होगा? शादी के बाद इस घर में वह कैसे रह पायेगा? लेकिन कहाँ जायेगा? इस पर अपने अन्दर से ही उसे जवाब मिला आरा, पटना, राँची, कलकत्ता किसी भी शहर में। उसके गाँव के कुछ लोग जो बनिहारी चरवाही छोड़कर भागे है तो शहर ही न गये है। परब त्योहार पर लौटते हैं तो बताते हैं कि यहाँ से वे ठीक है। शहर में रिक्शा भी चला लेते हैं या कुली का काम भी कर लेते हैं या नये बन रहे मकानों में मज़दूरी करने लगते हैं। बहुत काम मिलते हैं और नगद पैसे भी न किसी का लेना-देना और न हर-हर, पट-पट। तो क्या वह वहीं बस जायेगा? नहीं अपना पाँव जमा लेने के बाद अपने इस गाँव में अवश्य आयेगा। अपने गिर गये मिट्टी के घर को उठायेगा। तब फिर चाहे तो वह चरवाही या बनिहारी करेगा, नहीं तो किसी का खेत ही ठीका-बँटाई पर ले लेगा। अब वह पहले की तरह अकेला तो होगा नहीं। बुधनी भी होगी। दोनों मिलकर अपनी गृहस्थी खड़ी कर लेंगे। तो क्या उस काण्ड को भूल जायेगा? उस ज़हर को पचा जायेगा? सब-कुछ देख-सुनकर हिजड़ा और मउग की तरह महँटिआये रहेगा? नहीं वह हरगिज नहीं महँटिआयेगा। शहर न जाकर बुधनी के साथ उन लौंडों को ईंट का जवाब पत्थर से देने की फ़िराक़ में ही निकल जायेगा। जब भी गँव लगेगा उन्हें धर-दबोचेगा और करनी का फल चखा देगा। यही न होगा कि बुधनी के साथ उसे लुक-छिपकर रहना होगा। जेल जाना होगा। मरना-मराना होगा। तो क्या यह सब वह कर सकता है? वह किसी ठिकाने पर नहीं पहुँच सका तो क्या वह ना कह दे? अगर ना कह दिया तो क्या चुटकी बजाने का कार्य पूरा नहीं करेंगे? फिर वह कार्य अपनी पूरी भयावहता के साथ उसकी आँखों के सामने साकार होने लगता।

गाँव में इस तरह के कई कार्य हो चुके थे। दबी जुबान अनेक घटनाएँ वह जानता था। इस घर के बारे में भी उसने सुना था कि बहुत पहले नयी उम्र में विधवा हुई इस घर की एक बहुरिया को पेट रह गया था। बतानेवालों ने बताया है कि वह परी की तरह सुघड़ थी, एकदम धप-धप गोरा चेहरा तथा कमर तक लहराते नागिन-जैसे बाल। विवाह का साल माथ लग ने से पहले ही वह विधवा हो गयी थी। अभागिन

को कोई बाल- बच्चा भी नहीं हुआ था। छत पर चढ़ती थी तो लोग टकटकी लगाकर देखने लगते जैसे दिन में ही चाँद निकल आया हो। उन्हीं दिनों दूर के रिश्ते में उसका देवर लगनेवाला एक छोकरा हर महीने आने लगा। शायद वह पटना शहर का रहनेवाला था। मुँह अईंठकर बोलता तथा शहरी चमक-दमक में रहता। लोगों के अनुसार, झूठ में वह माहिर था। लेकिन अपनी बोली से किसी को भी पिघला लेता। लोग बताते हैं कि बहुरिया के साथ उसका मेलजोल बढ़ गया था। लेकिन शहरी चालबाजों की तरह बहुरिया को धोखा दे, उसने आना-जाना बन्द कर दिया। बाद में एक दिन पता चला कि बहुरिया पेट से है। लेकिन घरवालों ने यह बात गाँव में फूटने से पहले ही बहुरिया को रात के अँधेरे में घटियाकर सुबह एकदम तड़के ही उसकी लाश मुर्दघटिया में फूँक दी। गाँववालों को बता दिया कि रात में साँप काटने में मर गयी। सँपकटी से मरने की घटनाएँ गाँव में पहले भी हो चुकी थी। लेकिन ऐसी बातें पूरी तरह छिपती कहाँ दबी जुबान लोग जान ही गये। इस सन्दर्भ में शुरू में वह नहीं जानता था कि यह घटियाना क्या होता है? लेकिन जब लोगों से इसके बारे में जानकारी मिली तो उसके रोंगटे खड़े हो गये। घटियानेवाली औरत का मुँह बन्द कर उसकी गर्दन के नीचे एक लाठी रखी जाती और दूसरी लाठी गर्दन के ऊपर। फिर दोनों लाठियों को कसकर दबाया जाता। इसके बाद जल्द की उस औरत के प्राण निकल जाते। शरीर पर मारने-पीटने और जलाने का कोई दाग नहीं दिखता। नाजायज पेट के मामले में पहले लोग यही करते थे। लेकिन अब तो ज़्यादातर गिरवा देते हैं लेकिन जिस मामले में इज़्ज़त जाने का डर होता है तो वह पहला दाँव ही दुहरा देते हैं। तो क्या बुधनी के साथ भी ऐसा ही करेंगे? और वह अन्दर तक काँप उठा। उस निर्दोष को यह दण्ड नहीं। वह तो जानता है, उसका अपना हाथ इसमें तनिक भी नहीं। उसके साथ पहले ही जो ज़्यादती की गयी है, वह क्या कम है? उसे याद कर बैजू हज़ार बिच्छुओं का डंक महसूस करता है। उसके साथ फिर यह क्रूर कर्म किया जाये, वह अब बर्दाश्त नहीं कर सकेगा। इसका दोष उसे भी तो लगेगा। जब उसके साथ यही सब होने देना था तो इनार में कूदने से उसे क्यों बचाया? तो क्या उसे बचाने के चलते हाँ कह दे? लेकिन उसके पेट में तो उन दुष्ट छोकरों का घिनौना खून है। क्या उसे अपना सकेगा? और वह माथा पीटकर रह गया। किसी निर्णय पर नहीं पहुँच सका।

उन दो दिनों के अन्दर रविकान्त जी तीनों भाइयों ने भी एकान्त में आ-आकर उसे समझाया। माल-गरुओं को खिलाकर दुपहरिया में उसे मड़ई में अकेला देख पहले शिवाकान्त आये ''बैजुआ, तुम्हे अपना जानकर समझा रहा हूँ, ऐसी उम्दा चीज़ फिर

कभी नहीं पायेगा। देखता है, कद-काठी करइल मिट्टी की बनी है, एकदम चोख! ऐसी चमरचिट है कि कभी नहीं बुढ़ायेगी...चुपचाप बिआह ले। फिर भर जिनगी चानी काट। जवानी में 'उ सब, होता ही रहता है।''

उसने कोई जवाब नहीं दिया। फिर मनोजकान्त आये—''बहुत सोच-विचार में मत पड़ बैजुआ। तू भी उसे चाहता है, वह भी तुझे चाहती है। बस, बज जाने दे बाजा...तू कहता है कि तेरा नहीं है, इसी तरह दूसरे भी कहेंगे कि मेरा नहीं है। तो फिर किसका है? उस पर किसी का नाम तो लिखा नहीं, मैं पूछता हूँ, उससे न कर तू कहीं भी शादी करेगा तो क्या गारण्टी कि निछुन माल पा जायेगा! सौ घाट का पानी पीकर आनेवाली लौंडियाँ सतवादी बन जाती है, कोई पहचान तक नहीं पाता। उस पर कुछ लिखा थोड़े ही होता है। उन सबों से तो लाख गुना बढ़िया यह बुधनी है जो बहुत ठीक है। तुम्हें अपने मरद की तरह चाहती भी है और मानती भी...।''

उसने फिर कोई जवाब नहीं दिया। जानता था, ऐसे दुष्ट लोगों से वह क्या कह सकता है? इसके बाद रविकान्त जी आये। वे दुपहरिया में न आकर रात गहराने के बाद आये। जब सब खा-पीकर से गये तो धीरे से बाहर का दरवाज़ा खोल दबे पाँव उसकी मड़ई में आ पहुँचे वह तो जगा था। उसे नींद और चैन कहाँ? रविकान्त जी ने कहा—''तुम्हारे बाप की मृत्यु के बाद मैं तुम्हें बेटे की तरह समझाता हूँ बैजू। तुम्हारा बाप भी मेरी बात नहीं उठाता था। यही आशा लेकर आया हूँ कि तुम भी मेरी बात नहीं उठाओगे। बुधनी को भी मैंने बेटी की तरह पाला है। उसके साथ जो कुछ भी हुआ, उसे बिसार कर तू उसकी बाँह थाम ले। मैंने अनुभव किया है, तुझसे उसका लगाव सच्चा है। जीवन में कौन धोखा नहीं खाता? भूल-चूक, जायज-नाजायज सबका सामना करना पड़ता है। लेकिन आदमी बराबर उसी को याद तो नहीं रखता। कपड़े के नीचे सब नंगे होते हैं। लेकिन वस्त्र पहनकर आदमी नंगेपन को ढँके रहता है। तुझे अधिक क्या समझाऊँ, तू तो खुद समझदार है। बुधनी से शादी करके तू मेरी इज़्ज़त भी बचा लेगा तथा अपना जीवन भी सँवार लेगा। किसी अनजान लड़की से शादी करके धोखा भी खा सकता है। ऊपर से देखने में तो बहुत लड़कियाँ तुम्हें जँच जायेंगी। जवानी में गदही भी परी लगती है। लेकिन सौ लड़कियों में से दो-चार के ही लुर लक्षण ठीक होते हैं। अधिकांश चरित्र की गिरी तो होती ही हैं, ऐसी कुलक्षण और कलही होती है कि मर्द का जीवन नरक बना देती हैं। भगेड़ू का जीवन देख रहे हो न? भगवान् न करे कि तुम्हारे साथ वैसा हो। इस स्थिति में बिना जानी-समझी लड़की के साथ करोगे तो कौन भरोसा? लेकिन बुधनी का कोई भी गुण-दोष तुमसे छिपा नहीं। एकदम गृहलक्ष्मी है। उजड़ते घर को बसा देगी। इसीलिए तू अपना हित-अहित बढ़िया से सोच ले। तू नहीं करेगा तो मैं तेरे साथ जबर्दस्ती नहीं

होने दूँगा। ब्याह-शादी जबरन करने की चीज़ नहीं होती। मैं किसी दूसरे लड़के से उसकी शादी कर दूँगा। इधर नहीं होगा तो गंगा उस पार से जाकर ब्याह दूँगा। लेकिन यही चिन्ता है कि दूसरा उसे कैसे रखेगा? तुम्हारे साथ रहती तो मुझे सन्तोष होता।''

रविकान्त जी अपनी बात कहकर चले गये। वह उन्हें भी कोई जवाब नहीं दे सका। उसके मन में आया कि कहे, आप तो सब-कुछ जानते हैं। फिर भी चुप्पी क्यो साध लिये हैं? माना कि बुधनी के साथ जो हुआ है, वह लौट नहीं सकता। लेकिन अपने भतीजों के बढ़े हुए मन को तो नवा सकते हैं। उन्हें ऐसा जलील करते ऐसा डाँटते-फटकारते हुए ऐसी जमकर धुलाई-खिंचाई करते कि उन्हें भी छठी का दूध याद आ जाता। यही न होता कि इससे खफा होकर आपके भाई अलग हो जाते। तो क्या होता? देखना है कि कब तक अपने भाइयों के परिवार को आप गाँती की तरह बाँधे रहते हैं...।

दो दिन कैसे बीत गये, बैजू कुछ नहीं समझ सका। यह सोचकर बहुत हैरान और परेशान हो गया कि अब क्या जवाब देगा? उसे अब तक कोई निर्णय ले लेना चाहिए था लेकिन कौन-सा निर्णय? और तालाब के किनारे खड़े शिकारी के सामने उसने अपने को जलमुर्गी की भाँति अनुभव किया पानी में डूबते निकलते। शिकारी को देखते ही पानी के भीतर डूबते हुए और पानी से उजबुजाकर ऊपर निकलते हुए।

दो दिन बीतते ही रविकान्त जी तीनों के समक्ष पुनः उसे बुलाया गया। वह उनके सामने जाने से घबड़ा रहा था। लेकिन न चाहते हुए भी उसे जाना ही पड़ा। इस बार रविकान्त जी ने पूछा—''क्या सोचा बैजू?''

पर उसने कोई उत्तर नहीं दिया। उसे कुछ सूझा ही नहीं। वह चुपचाप उन तीनों भाइयों का मुँह ताकता रह गया। इस पर मनोजकान्त ने कहा—सोचेगा क्या भैया, तैयार है...।'' फिर शिवाकान्त ने बिना उसके मुँह से हाँ, न सुने उसकी पीठ थपथपायी चाबस बेटे तुमने खूब माकूल निर्णय लिया...।'' और उसकी चुप्पी को उसकी राजी-खुशी मान वे उसकी शादी में भिड़ गये। वे और देर करना नहीं चाहते थे कि फिर से सोच-विचारकर कुछ कह सके। न लगन देखा गया, न सुदिन साधा गया। फटाफट गाँव के पुरोहित जी को बुलाकर एक घण्टे के अन्दर उसकी शादी कर दी गयी, जैसे बचपन में बुचिया और उमा मेले से खरीदकर लाये अपने वर-कनियाँ की शादी करती थीं। शादी के वक़्त उसका ग़मगीन चेहरा देख रविकान्त जी ने अपने पूरे परिवार के सामने उससे कहा—बैजू शादी के तुम बुधनी को लेकर चाहे यहाँ रहो या कहीं भी तुम्हारे ऊपर कोई दबाव नहीं होगा। लेकिन जब तक तुम्हारा गिरा हुआ

घर बन नहीं जाता तब तक यहीं रहना तुम्हारे हक में ठीक होगा। भूसेवाला घर तुम्हारे लिये खाली कर दिया गया है।''

रात का चौथा पहर बीत रहा होता है। सोच में डूबा बैजू उसी तरह नाद-चरण पर चुपचाप जमा रहता है। कभी उसके अन्दर से कोई कहता है सब सोच-विचार परे ढकेल बढ़ चल बुधनी के पास। लेकिन दूसरे ही क्षण कोई उसके पाँवों को जकड़ लेता है। उसे याद है, बाबू कहा करते थे जब भी मन आगा-पीछा करे, कोई बात पक्की नहीं करनी चाहिए। मन सथाने पर ही निर्णय लेना चाहिए। लेकिन वह समझ नहीं पाता है कि उसका खौलता मन सथाये तो कैसे? इसी उधेड़बुन में वह एक पचीसी बीड़ी पी चुका है। जेब में हाथ डालता है तो आखिरी बीड़ी बची होती है। सोचता है, इसे भी पी जायेगा तो बाकी रात कैसे काटेगा? लेकिन हाथ में आयी बीड़ी का बाक़ी रात के नाम पर उससे छोड़ते भी नहीं बनता नहीं रहेगी, नहीं पियेगा। हते हुए कैसे माने? और उस बीड़ी को भी वह सुलगाकर पीने लगता है। उसका मन अचरज में पड़ जाता है कि इतनी बीड़ियाँ वह कैसे पी गया। पहले कभी इतनी बीड़ियाँ तो वह नहीं पी सका था। एक पचीसी बीड़ी तो वह हफ़्ते भर ले जाता था। उसका मन उद्विग्न हो उठता है। वह आकाश की ओर ताकता है, समाप्त होती रात को देखते हुए उसकी बेचैनी बढ़ जाती है...। बेचैनी के इन्हीं सघन क्षणों में उसे बाबू की कही बात याद आती है कि बाढ़ में डूबते आदमी को बराबर किनारे की ओर ही ताकते रहना चाहिए। पीछे मुड़कर देखने पर तो मन हारने लगता है। उसे अपने आप ग़ुस्सा आने लगता है। ऐसा ग़ुस्सा जो सब-कुछ जलाकर राख कर दे।

अगली सुबह रविकान्त जी के घर के लोग पाते हैं कि भूसेवाला कमरा खाली है। सार-घर में बन्द मवेशी अभी तक नाद चरण पर नहीं आ पाये हैं। रोज़ की भाँति नाद-चरण पर आने के लिए वे खूँटे तुड़ा रहे होते हैं। लेकिन...।

•

गाँव का मधेसर

मधेसर फिर गाँव वापस आ गया। लटरू की हत्या के बाद वह फरार था। लोग समझ नहीं पा रहे थे कि वह पुनः लौट सकेगा या नहीं? सम्भव है, वह लौट आये। सम्भव है, न भी आये। लेकिन अगर आ जायेगा तो क्या लटरू के सवांगी उसे छोड़ देंगे? अकेला वह दर्जनभर लटरू के सवांगियों से कैसे लड़ जायेगा? हालाँकि एक खून करके हाथ साफ़ कर चुका है वह। जल्दी उनके काबू में आनेवाला नहीं। सम्भव है, धरपकड़ के दौरान उनमें से फिर किसी को मार डाले। मरता क्या नहीं करता! पर ज़्यादा सम्भव है, लटरू के सवांगी ही उसे खत्म कर दें। बदले की टोह में हैं वे। पर ऐसा कुछ नहीं हुआ। मधेसर के गाँव आने की घटना ने एक बिल्कुल नया मोड़ ले लिया। गाँव को नयी चेतना से सम्पन्न कर दिया।

असल में पिछले दिनों गाँव में जो कुछ हुआ था और मधेसर ने जो कुछ कर दिखाया था, उसके प्रति ऊपर से भले अपने संवेदना व्यक्त नहीं पा रहे थे लोग लेकिन मिट्टी में धँसे बीज की तरह अन्दर-ही-अन्दर अंकुरित हो रहे थे। शायद इसीलिए मधेसर के आते ही वह सब घटित हो गया, जिसका अन्दाजा किसी को नहीं था। गाँव के लोगों की नज़र में तो वह शुरू से अजूबा और अपने ढंग का आदमी था। गाँव की लयबद्ध ज़िन्दगी में एक अलग स्वर। गाँव की परम्परा और मान्यता को धता दिखानेवाला शख्स गाँव के सँधे जल को जलायमान बनानेवाला झोंका उसके अजूबे और नये कार्यों की चर्चा तो आये दिन गाँव में होती ही रहती थी। गाँव लौट आने की इस घटना ने तो जैसे सारे गाँव का ध्यान उसकी ओर ही केन्द्रित कर दिया। किसी-न-किसी रूप में सारा गाँव सक्रिय हो गया इस घटना के साथ...।

मधेसर इस रूप में कैसे पहुँचा, यह बात गाँव के लोगों से छिपी नहीं है। जिन टेढ़े-मेढ़े और बन्द रास्तों से होकर वह आया है, उसे देखकर गाँव के लोग दंग रह गये हैं—दंग और हर्षित! किसी-न-किसी रूप में प्रेरित भी! सदियों से बन्द दरवाज़ों

को खोल दिया है उसने। गाँव की संरचना को एक नया आयाम दे दिया है। वैसे बाह्य रूप में देखने पर पर तो वह इस गाँव का एक सजाह नवही भर मालूम पड़ता है— खूब गोरा, छरछरा, गठीले हाथ-पाँव और अँगुठिये बालवाला। वह धोती दोबर कर लुंगी की तरह पहनता है और खुले गले का कुरता लगाता है। उसके गले में एक छोटी-सी ताबीज लटकी रहती है, जिसमें गदा लेकर विराजते हनुमान जी नज़र आते रहते हैं। वह चलता है तो उसकी एड़ियाँ चट-चट बजती हैं, जैसे पूरा पाँव न रोपकर चबे पर ही चलता हो-मस्ती में उछलता हुआ। लेकिन आन्तरिक रूप में उसकी कार्य प्रणाली कुछ और होती है। इसी मधेसर ने वर्षों पहले जब पुरोहिताई से अलग बनिहारी करने का निर्णय लिया तो जैसे गाँव के लोग सकते में आ गये। उन्हें अपने कानों पर विश्वास ही नहीं हुआ। यह कैसे हो सकता है? यह तो असम्भव है। आज तक तो ऐसा हुआ ही नहीं। यह ठीक है कि उसके पास अपने खेत-बधार नहीं, कोई जमा-पूँजी नहीं और पढ़ा-लिखा भी नहीं। लेकिन है तो ऊँची जाति। एक कुलीन ब्राह्मण परिवार में पैदा हुआ। जिस जाति के लोगों ने चाहे अन्य जो भी काम कर लिया हो, पर किसी का हल नहीं जोता, कभी किसी के बनिहार नहीं बने। हल का परिहथ पकड़ना तो उनके लिए डूब मरना है। उस जाति में यह काम! छिः-छिः!

मधेसर के पूर्वज कभी इस गाँव के खासे गृहस्थ थे। लेकिन पट्टीदारी के मामले को लेकर चलनेवाले पुश्तैनी केस में वे खेत बेचते गये। उनसे छूटे हुए हिस्से घर की लड़कियों की शादी में निकलते गये। शेष ज़मीन उसके परदादा और दादा की लम्बी बीमारी में खत्म हो गयी। उसके पिता गिरधर पण्डित तो फटेहाली में पैदा हुए, फिर उसे क्या दें और कैसे पढ़ायें पुरोहिताई करके और यजमनिका में घूम-घूमकर किसी तरह जीवन बिताया। फिर भी वे विचलित नहीं हुए। अभावों और कष्टों को नियति मानकर स्वीकार किया। गाँव-विरुद्ध, जाति-विरुद्ध कभी कोई ओछा कार्य नहीं किया। वे पण्डित बनकर ही जिये और पण्डित बनकर ही मरे। इसीलिए लोगों की नज़र में उनका महत्त्व था। मरने से पहले मधेसर को भी उन्होंने पुरोहिताई के कार्य समझा दिये थे, कुछ मन्त्र रटा दिये थे और पतरा बाँधना भी सिखा दिया था। गाँव के लोगों को भी मधेसर से यही अपेक्षा थी। लेकिन उसने सबकी अपेक्षाओं को पटकनिया दे दी...।

इस स्थिति में अपनी बिरादरी के लोग उसे जहाँ भी मिलते, समझाना शुरू कर देते। गाँव की गली में, बगीचे में, बाज़ार में, खेत-खलिहान की ओर जाते हर जगह उसे घेरकर उसकी बिरादरीवाले एक ही बात समझाते कि बनिहारी करने का विचार वह छोड़ दे, पुरोहिताई न सही, कभी भी दूसरा मुनासिब कार्य कर ले जिससे उसकी जात-बिरादरी और कुल-खानदान की जगहँसाई न हो। लेकिन उसने किसी को भी अपने कन्धे पर हाथ रखने नहीं दिया। जैसे अँगोछा झटकाकर अपने बदन पर बैठी

मक्खी उड़ा देता था वैसे ही इन बातों को झटकारता चला गया। तब एक शाम उसकी बिरादरी के चुने हुए मानिन्द उसके यहाँ जा पहुँचे। उस वक़्त वह अपने दरवाज़े पर बैठकर पेटारी की रस्सी बुन रहा था। एक साथ अपने दरवाज़े पर बिरादरी के इतने गणमान्य लोगों को आया देख वह कुछ चौंका, फिर अपने प्रत्युत्पन्नमति से इनके आगमन का कारण समझ गया और गम्भीर हो गया। पण्डित सीताराम जी ने बैठते ही उसे पुचकारते हुए से कहा—''अरे बचवा तुम्हारे बारे में क्या सुना है? तू ई क्या करने जा रहा है।''

उसने तपाक से जवाब दिया—''वही जो मुझे अपने लायक उचित जान पड़ा...।''

इस पर उन्होंने उसे समझाते हुए कहा—''राम-राम! यह क्या कह रहा है? ब्राह्मण का लड़का बनिहारी करेगा! इससे तो डूब मरना अच्छा होगा।''

यह सुन वह भी तैश में आ गया, ''ब्राह्मण का लड़का भूख से मरे और बनिहारी न करे। यजमनिका में भीख माँगे और भिखारी बनकर जिये...श्राद्ध में खाने के लिए कुत्ते की तरह दौड़े। यजमान के आगे खड़ा होकर दुम हिलाता रहे। मुझसे यह सब नहीं होनेवाला...जिसे डूब मरना हो, वह जाकर डूब मरे...मैंने अपने लिये रास्ता चुन लिया है।''

पण्डित सीताराम जी को वह इस तरह जवाब दे देगा, किसी को आशा नहीं थी। साथ के लोग गर्म हो उठे। एक ने तो बिगड़ते हुए से कहा मधेसर! सीताराम बाबा को ऐसा जवाब कभी किसी ने नहीं दिया है। होश में आकर बात करो खुद तुम्हारे पिता गिरधारी पण्डित इनकी इज़्ज़त करते रहे थे वे सीताराम बाबा से छोटे थे। जब तक जिये सीताराम बाबा की कोई भी बात नहीं उठा पाये कुछ तो ख्याल करो। उनकी मान-मरजाद और इज़्ज़त-आबरू इस तरह घोर कर मत पी जाओ...।''

इससे पहले कि मधेसर कुछ कहे, नहले पर दहले की तरह एक दूसरा व्यक्ति उबल पड़ा—''इसी दिन के लिए आदमी वंश खोजता है कि उसका वंश उसका नाम रौशन करेगा, उसके किये को आगे ले जायेगा, उसकी मान-मरजाद बढ़ायेगा। लेकिन जो वंश अपने कुल-खानदान का नाम डुबाये, उस वंश से तो निरवंश अच्छा।

अब मधेसर अपने को रोक नहीं सका। खून खौल उठा उसका ''तो आखिर आप चाहते क्या है? मैंने जो निश्च्त्य कर लिया है, वहीं करूँगा...मेरे मामले में किसी को दखल देने की ज़रूरत नहीं पैसे के अभाव में इलाज न कराकर कराह-कराहकर मर गये मेरे पिता, तब आप लोग कहाँ थे? आपमें से कोई तो नहीं आया मदद के लिए। पिता की तरह मुझे भी मारने का षड्यन्त्र रच रहे हैं आप लोग! पर मैं किसी की एक नहीं माननेवाला।

इस पर दो-एक मुस्टण्ड पण्डित बरस पड़े—"तेरी यह मजाल कि तू बिरादरी की बात नहीं मानेगा। लात के देवता भला बात से मानते हैं...हम तेरी।"

लेकिन उनकी बात पूरी होने से पहले ही गरज पड़ा मधेसर। गले की ताबीज में खड़े हनुमान जी की तरह कूदकर खड़ा हो गया वह, खबरदार जो मुँह से अपशब्द निकाला। किसी का दिया नहीं खाता और किसी के बाप की खंड़ी में नहीं बसा कि डराकर जो मन आये करा लेगा। मैं किसी को कुछ नहीं समझता। मेरा क्या, मेरे तो आगे नाथ न पीछे पगहा...मुझसे जो अझुरायेगा उसे मैं सही सलामत नहीं छोड़ूँगा।

इसके बाद दोनों ओर से मारपीट की नौबत आ गयी। वे मुस्टण्ड पण्डित बाँह चढ़ाते हुए उठ खड़े हुए। मधेसर भी तरंगने लगा। पण्डित सीताराम जी ने बीच-बचाव किया 'लड़ाई-झगड़ा करने की ज़रूरत नहीं मारपीट के लिए कोई उठा तो मैं यहाँ से चला जाऊँगा।

फिर मधेसर को समझाया, "अभी तेरा नया खून है बच्चा... निमन-जबुन का चेत नहीं। होश में आकर सोचो। तेरे भले के लिए ही हम लोग कह रहे हैं। अभी शादी-ब्याह कुछ भी नहीं हुआ है तेरा। कहा न मानकर पछताओगे। हाड़े हरदी नहीं लगेगी—कौन ब्राह्मण अपनी बेटी देगा तुम्हें?"

यह सुन उसने भी आवेश में ही जवाब दिया—"मेरे बारे में चिन्ता करने की ज़रूरत नहीं है, बाबा मैं अपना भला-बुरा सब समझता हूँ । आप लोग निश्चिन्त रहिये कभी आप लोगों के सामने हाथ पसारने नहीं आऊँगा...।"

इसके बाद हार-थककर उसके यहाँ से लौट गये बिरादरीवाले। लौटते हुए अन्तिम बार कहा—सीताराम पण्डित ने—"ठीक है, बबुआ, चाहे जो मन में आये करो, लेकिन अच्छा नहीं कर रहे हो...कोई इसे भला नहीं कहेगा।"

इस पर भी करारा जवाब दिया उसने 'कोई चाहे जो कहे, मैं तो जानता हूँ कि बनिहारी करना चोरी नहीं। भरजोड़ काम करूँगा और डटकर खाऊँगा। मुझे और कुछ नहीं चाहिए। अपने पिता की मौत मैं मरना नहीं चाहता। पण्डित के झूठे लबादे से मेरा पेट भरनेवाला नहीं।

इसके बाद बिरादरीवालों ने यह तय किया कि वे मधेसर को बनिहार रखेंगे ही नहीं। अन्ततः लौट-पीटकर वह उनकी बात मान लेगा। गाँव के मुख्य खेतिहरों में तो वे ही हैं। लेकिन छोटी जाति के जो दो-तीन खेतिहर थे, मधेसर उनके यहाँ बनिहार बनने के लिए तैयार हो गया। प्रारम्भ में तो वे कुछ असमंजस महसूस करने लगे। ब्राह्मण को बनिहार कैसे रखे/ऐसा तो कभी हुआ नहीं/लेकिन जो काम उनके लोग करते हैं, वह काम और लोग क्यों नहीं कर सकते-अपने अन्दर घुमड़ते इस सवाल

का जवाब काफी समय से खोज रहे थे वे। शायद इसीलिए दबी जुबान ही सही, मधेसर को बनिहार रखने के लिए तैयार हो गये।

बनिहारी में मधेसर के आने और बनिहारी के काम को स्वाभिमानपूर्ण बनाने के बाद गाँव के बनिहारों को अचानक लगा जैसे उनकी अँधेरी ज़िन्दगी में किसी ने आकर चिराग जला दिया हो। जो कभी मालिक से भर मुँह बोलने की हिम्मत नहीं रखते, वे उनके नाजायज आदेशों को अब मानने से इनकार करने लगे थे। उनकी बदजुबानी पर अंकुश लगाने लगे थे। जाने-अनजाने मधेसर को वे अपना अगुआ मानने लगे थे। लेकिन इस चन्द बनिहारों के अतिरिक्त गाँव के एक बड़े वर्ग की नज़र में तो मधेसर काँटे की तरह चुभता जा रहा था। उसके बारे में लोगों ने ऐसी आम राय बना ली थी कि अगर मधेसर ने कुछ कहा है तो उस पर क्या सोचना? ऊटपटाँग, बेतुकी और फिजूल बात के सिवाय वह क्या कहेगा?

मधेसर की शादी भी उसके जीवन की तरह ही गाँव के लोगों को विचित्र लगी। विचित्र और वाहियात। बनिहारी से भी नीचे गिरने की घटना। सीताराम बाबा की भविष्यवाणी सच साबित हुई। उसकी शादी के लिए बिरादरी का कोई अगुआ नहीं आया। गाँव-जवार हर जगह यह बात फैल गयी थी कि अपना धर्म-कर्म छोड़ वह बनिहार हो गया है। इस जानकारी के बाद अपनी बेटी उसे देने के लिए कौन ब्राह्मण तैयार हो? लेकिन इसको लेकर उसके मन में कोई मलाल नहीं। इस सम्बन्ध में उसने कभी बिरादरीवालों से समझौता नहीं किया। बिरादरीवालों की टीका-टिप्पणियाँ, "अब कुँआरपा ढोते रहो और झख मारते रहो करनी का कैसा फल मिल रहा है, सुनकर वह मुस्कराता तथा पहले की तरह ही अक्खड़ और मस्त बना जीता रहा। टीका-टिप्पणीवाले उसकी बेफिक्री और मस्ती देख अपनी टीका-टिप्पणी से स्वयं को ही घायल अनुभव करते वे समझ नहीं पाते कि आखिर यह किस मिट्टी का बना है।

इन्हीं स्थितियों में एक रात बगल के गाँव से नाच देखकर लौट रहे मधेसर को सिवान के पास महुए के नीचे किसी औरत के होने का आभास हुआ। नजदीक से गुज़रते हुए उस औरत के सुबकने की आवाज़ भी उसे सुनायी पड़ी, हालाँकि वह मुँह दबाकर बहुत धीरे-धीरे ही सुबक रही थी। अन्दर-ही-अन्दर कुहूँकने-जैसा, लेकिन रात की नीरवता की वजह से उसकी वह मद्धिम आवाज़ भी सुनायी पड़ ही जाती थी। उस वक़्त रात आधी से अधिक बीत गयी थी। शायद एकादशी की रात थी। इग्यारह घरी अन्हरिया के बाद अब अँजोरिया की बारी थी। अंजोरिया जैसे-जैसे आती जा रही थी, अन्धकार में छिपी पगडण्डियाँ खेत-बधार और पेड़-पौधे सब दिखते जा रहे थे। मधेसर जिस पगडण्डी से गुज़र रहा था उससे आठ-दस बाँस

के फासले पर ही वह महुए का पेड़ था। वह औरत अपना माथा घुटनों के बीच दबाये उकड़ूँ बैठी थी। पगडण्डी से देखकर उसे पहचान पाना मुश्किल था कि वह गाँव की औरत है या आनगाँव की। उस पुराने और झंखाड़ महुए को लेकर गाँव में यह चर्चा भी थी कि वहाँ कोई भूतिन या किचिन रहती है। कि अमुक बाबा ने कई बार उसे देखा है। कि दूर से वह नज़र आती है, लेकिन पास जाने पर बिला जाती है। कि महुआ बीनते हुए मोहर के लड़के सन्तोष को उस किचिन ने ही पकड़ लिया था। कि हर रात नयी साड़ी पहनकर वह उसके पास आती थी और उसकी दोनों मुट्ठियों में मिठाइयाँ भर देती थी। लेकिन सुबह वे सारी मिठाइयाँ बकरी की लेड़ियाँ साबित होती थीं। बहुत ओझाई के बाद किसी तरह बच पाया। इन बातों को याद कर एक क्षण के लिए मधेसर को भी लगा कि उसे महुए के पास की उस औरत को अनदेखा कर चुपचाप अपने घर लौट चलना चहिए। भूतिन प्रेतिन को छेड़ना अच्छा नहीं होता। लेकिन दूसरे ही क्षण उसके निर्भीक और जीवट मन ने कहा नहीं, कौन है यह औरत, जान लेने में क्या हर्ज है? क्या बिगाड़ लेगी उसका? कौन उसके आगे-पीछे रोनेवाला है कि वह चिन्ता करे। आज तक वह भूतिन और किचिन के बारे में सुनता ही आया है, कभी रू-ब-रू देख नहीं सका है। आज देख ले कि भूतिन और किचिन क्या होती है? मर्द का बच्चा है वह निपट लेगा उससे। गाँव के लोग जब बताते हैं किसने कहाँ, कब और कैसे भूत-प्रेत देखा है तो वह चुप हो जाता है। इसे देख-सुन लेने के बाद वह भी तो अधिकार के साथ अपनी बात कह सकेगा।

पगडण्डी से उतर महुए की ओर चल पड़ा मधेसर। वह दबे पाँव आगे बढ़ने लगा, ताकि उसकी आहट पाकर वह बिला न जाये। फिर अपनी योजना के अनुसार चुपके-चुपके आगे बढ़ते हुए बिल्कुल उसके सामने जा खड़ा हुआ पर माथा झुकाकर जिस गम्भीर पीड़ा में डूबी वह सुबक रही थी, मधेसर की उपस्थिति का कोई भान नहीं हुआ उसे। मधेसर ने जब अचानक निकट खड़े होकर रोबीली आवाज़ में पूछा—"कौन है तू?" तो जैसे घबड़ाकर दो कदम पीछे हट गयी वह। डर से पूरा जिस्म काँप गया उसका। उसे लगा, जैसे महुए के पेड़ से कोई भूत या प्रेत नीचे कूद आया है उसके पास बहुत। साहस बटोरकर माथा उठा भयभीत नेत्रों से उसने सामने देखा। फिर मधेसर पर नज़र पड़ते ही जैसे सकुचा गयी। लेकिन उसे पहचानते ही बोल उठा मधेसर 'अरे रधिया तुम? इतनी रात गये इस माहपैतर में अकेले! क्या हुआ है तुझे? क्यों इस तरह जार बेजार हो कलप रही है?

पर रधिया ने कोई जवाब नहीं दिया। माथा झुका लिया। जैसे कोई गोपन रहस्य हो। जैसे मधेसर की नज़र में आ जाने के बाद ग्लानि से गड़ी जा रही हो। मधेसर

एक क्षण के लिए समझ नहीं पाया कि क्या करे! रधिया उसके गाँव के मगन डोम की चौथी बेटी थी—खूब सुघड़ जवान मूरत की तरह बरती हुई, एकदम भक-भक गोर...? अभी इसे नहीं ब्याहा था मगन ने। इस रधिया डोमिन के लिए गाँव के नवही मगन के दरवाज़े चक्कर लगाते रहते थे। उसे लगा, ज़रूर उन्हीं में से कोई बहकाकर रधिया को यहाँ लाया होगा और अपना उल्लू सीधा कर कहीं चम्पत हो गया होगा। वह सधी आवाज़ में पूछ उठा—"कौन तुझे यहाँ लाया? किसने धोखा दिया तू सच-सच बता दे जहाँ तक हो सकेगा, मैं तेरी मदद करूँगा।"

इस बार फट पड़ी रधिया। रोते हुए ही बोल उठी—"मुझे कोई यहाँ नहीं लाया...मैं करमजली अपने दु:ख की मारी स्वयं आयी आप अपने घर चले जायें बाबू। मेरा दरद जानकर अपना हिया मत दुखायें।"

यह सुन मधेसर का मन करुणार्द्र हो उठा। अपनी तकलीफ कभी भारी नहीं पड़ती उसे, पर दूसरे की तकलीफ सुन-कटकर रह जाता है वह। पास ही महुए के सोर पर बैठकर पूरे अपनेपन से बोल उठा—"कौन-सा दु:ख आ गया है तेरे ऊपर? तू मुझे बताकर तो देख। क्या मैं उसमें कुछ भी करने लायक नहीं।"

अब ढह गयी रधिया। बाँध टूट चली नदी की तरह बह चली—"बाबू मुझे बेच रहा है। बात पक्की कर दी है बापू से बड़ी उम्र का एक दढ़ियल मुझे देख गया है। वह कोढ़ी है उसके हाथ-पाँव चू रहे है। मैं मर जाती तो ठीक था, पर यह चोला जल्दी छूटना भी तो नहीं चाहता।"

एक क्षण के लिए मौन हो गया मधेसर। जानता था, मगन बेटी बेचता है। यह बात सारा गाँव जानता है। लेकिन कभी किसी ने इस मामले में दखल नहीं दी। मगन की पत्नी उजली चमड़ी की कश्मीरी डोमिन है। कश्मीर से भगा लाया था उसे मगन। पर गाँव के कुछ लोगों का कहना है कि वह डोमिन नहीं, कोई बड़जातिन है। जो हो, उसकी छहों बेटियाँ दूधिया, गोराई और ललछौंही रंग की ऐसी कठपुतरी तिरिया थीं कि लोग देखते तो देखते ही रह जाते। अपने दरवाज़े सिपुली, मउनी बीनने वे क्या बैठतीं कि नवहियों की ताका-झाँकी शुरू हो जाती। मगन के जिम्मे खेत-बधार नहीं, गाँव के बाहर सड़क के किनारे मिट्टी के एक दरबेनुमा घर में वह रहता। सुअर पालता तथा बाँस को चीरकर कलसुप, चंगेली, दउरा, मउर, बेना, चटाई आदि बनाता। गाँव में सिर्फ़ वही तो एक घर डोम है। गाँव की नज़र में वह पवनी है। लोग उसका सामान लेकर खाने भर अनाज दे देते। लेकिन दारू पीने, मांस खाने और जुआ खेलने की अपनी लत से वह कभी बाज नहीं आया। अपनी इसी गन्दी सोहबत की वजह से ही बेटी बेचने-जैसा घिनौना काम उसने शुरू किया। पहली बेटी जब उसने बेची तो मधेसर छोटा था, लेकिन इतना छोटा नहीं कि उसे यह घटना स्मरण

न हो। उसे याद है, पूरे गाँव में उस घटना की चर्चा हुई थी। वह घटना उसके गाँव की पहली घटना थी। उससे पहले उसके गाँव में कभी किसी ने बेटी बेची हो, ऐसा सुनने में नहीं आया था। अगर मगन भी डोम न होकर गाँव की मुख्य जातियों में से होता तो शायद गाँव उसे यह कृत्य नहीं करने देता। पर वह डोम था जिससे छुआना भी पाप था, फिर उसके कर्मों पर उचित-अनुचित का विचार क्या? जब वह डोम है तो कुछ भी कर सकता है। उसे मना क्या करना। शायद यही सोचकर लोग महटिया गये थे। जाति और कर्म के आधार पर गाँव में रहते हुए भी गाँव की सर्वमान्य ज़िन्दगी से उसे अलग करार दे दिया गया था। लेकिन होश आने के बाद से मधेसर को बराबर यह गलत लगता था कि उसके प्रति गाँव की इस तटस्थता और उदासीनता ने ही उसके बढ़े हुए मन को और बढ़ा दिया है, तभी वह एक के बाद अपनी तीन बेटियों को बेच चुका है। मधेसर को अपने गाँव की इस धारणा पर बराबर ग़ुस्सा आता है कि जिस कार्य पर अंकुश नहीं लगाना चाहिए उस पर अंकुश लगाया जाता है और जिस पर अंकुश की सख्त ज़रूरत होती है उसे अपनी परिधि से बाहर का मान लिया जाता है। यह ठीक है कि मगन डोम है, अछूत है, नीच है। शुभाशुभ कर्म का उसे विचार नहीं। लेकिन मात्र इसीलिए वह बेटी बेचता है, इसे अधिकारपूर्वक नहीं कहा जा सकता। गाँव के लोग आये दिन उसे चोरी-डकैती के मामले में फँसाते रहते हैं, हालाँकि सब जानते हैं कि वह चोर डाकू नहीं असल में गाँव के जिन मनचलों की दाल उसके यहाँ नहीं गल पाती वे उस पर चोरी-डकैती के दो-चार मुकदमें ठोंक देते हैं। इसीलिए इस कार्य के लिए जहाँ एकभर मगन का संस्कार दोषी है, वहाँ दोभर गाँव के लोगों का घृणित दबाव। ख़ैर अब तक वह चुप रहा। अब तक मगन की किसी बेटी ने भी अपनी रक्षा के लिए उससे गुहार नहीं लगायी, पर अब जबकि रधिया अपनी पीड़ा जाहिर कर चुकी है उसे बीच में आने से पीछे नहीं हटना चाहिए। वह भरपूर दिलासा देते हुए बोल उठा—"तू चुप हो जा और घर चल मैं सुबह तेरे पिता मगन से बात करूँगा। जब तू नहीं चाहती है तो तुझे जबरन नहीं बेचने दूँगा।"

वह कलप उठी, "आपकी बात मानेगा वह। बाप नहीं कसाई है। पेशगी थाम चुका है। कल सुबह ही वह कोढ़ी आकर ले जायेगा। मुआ बिगना भी नहीं आया। कहकर छल कर गया। मेरी तकदीर ही ओछी है।"

"कौन बिगना?" सहसा पूछ उठा मधेसर।

"लखिया दीदी के ननदोई का छोटा भाई।" सुबकते हुए ही बताया रधिया ने मधेसर की आँखों के सामने काले रंग और खोदखोदाह चेहरेवाला डोम का एक दुबला-पतला छोकरा तैर गया। वह अक्सर रधिया के यहाँ आता था। रधिया के साथ उसे सुअर चराते, बगीचे में लकड़ी तोड़ते और बँसवार में बाँस काटते हुए मधेसर

ने कई बार देखा था। उसे अब यह समझते देर नहीं लगी कि बिगना के साथ भाग जाने के लिए ही रधिया यहाँ आयी है। शायद दोनों ने एक-दूसरे से शादी करने का वादा किया होगा लेकिन बिगना नहीं आया। इस पर विश्वास दिलाते हुए उसने कहा—"तो इसमें रोने की क्या बात है। किसी कारणवश वह नहीं आ सका होगा। चलो तुझे उसके गाँव तक छोड़ आता हूँ।"

यह सुन जैसे रधिया के भीतर की नारी अपने आहत अभिमान से तड़प उठी—'वह डर कर नहीं आया। कहकर धोखा दिया। उस मउगड़े मर्द पर भरोसा करके ही तो पछता रही हूँ। वह मेरी बाँह क्या थामेगा? अब मैं पलटकर भी उसकी ओर नहीं ताकूँगी। मेरे भाग्य में जो बदा होगा, वहीं होगा।'

यहाँ एक क्षण के लिए फिर असमंजस में पड़ गया मधेसर। अब क्या करे रधिया के लिए? अन्तत: हार थककर उससे ही पूछा—"तो तुम ही बता, क्या करूँ तेरे लिये?"

इस पर भरपूर अपनेपन से उसकी ओर ताक उठी रधिया—"क्या करियेगा मेरे लिये। भगवान् ने जब डोमिन बनाकर भेजा है तो दु:खों से छुटकारा कहाँ?"

मधेसर ने देखा, ऐसा कहते हुए रधिया की इच्छाभरी निगाहें जिस तरह उस पर आ टिकी थीं कि सर से पाँव तक सिहर गया वह। ऐसी नज़रों से रधिया ने तो उसे पहले कभी नहीं देखा था। अपने अन्दर बिजली की दौड़ती लहर उसने महसूस की। चाँदनी रात में एकटक ताकती रधिया की मोहक आँखों में वह समाता चला गया। वह अपने का हारता हुआ महसूस करने लगा। उसकी सारी मर्दानगी और हेकड़ी जैसे काफूर हो गयी। इससे पहले भी रधिया उसे देखती थी। हल-बैल लेकर रोज़ रधिया के दुआर से ही वह गुज़रता था। खेत-बधार जाने का वही रास्ता था। पर ऐसा कभी महसूस नहीं किया था उसने। अब चाहकर भी वह अपने को रोक नहीं पाया, "तो मेरे साथ रहेगी तू?"

रधिया की आँखों की मोहकता और गहराई अब और बढ़ गयी। भिड़के हुए कपाट जैसे खुल गये, "क्या आप मुझे रख लेंगे?"

मधेसर का मर्द जाग गया, "तू तो जानती है, मैं जल्दी कुछ कहता नहीं और जो कहता हूँ उसे करके रहता हूँ..।"

बस लोट गयी रधिया मधेसर के पैरों पर। अपने को पूरी तरह सौंप दिया मधेसर के हवाले।

सुबह दिन चढ़े तक रधिया के माँ-बाप उसे खोजते रहे। गाँव के भीतर और बाहर छान मारा उन्होंने। पर कहीं न मिली वह पेशगी थमा चुका वह कोढ़ी भोर होते ही आ धमका था। इस बीच जाने किसने मगन के यहाँ यह सूचना दे दी कि रधिया

मधेसर की जोरू बनकर उसके यहाँ बैठ गयी है। गाँव में जल्दी कोई बात छिपती भी तो नहीं। और वह भी मधेसर के घर की बात! बस मगन दोनों पति-पत्नी हाँफते-चिल्लाते मधेसर के दरवाज़े आ पहुँचे...। मगन ने पहुँचते ही मधेसर पर अपना क्रोध व्यक्त किया, "किसी की बहू-बेटी को बहकाना अच्छा नहीं होता है। हम डोम हैं तो क्या, हमारी भी इज़्ज़त है। हम मर-कट जायेंगे लेकिन यह सब बर्दाश्त नहीं करेंगे। हमारी बेटी सीधे मन से वापस कर दीजिये नहीं तो?"

"नहीं तो क्या कर लेगा तू?" गरजकर सामने आ गया मधेसर।

"जबान सँभालकर बात कर, नहीं तो राख लगाकर तेरी जबान खींच लूँगा। जहाँ आँख दिखाने की कोशिश की तो मारकर हाथ-पैर तोड़ दूँगा। खबरदार जो फिर ताव में आकर कुछ कहा—मैं लुच्चा-लफंगा नहीं कि तेरी छोरी को बहकाने-फुसलाने गया था।

यह सुन मगन दोनों पति-पत्नी नटरस पसारते हुए चीखने-चिल्लाने, रोने-पीटने और गिरने-पड़ने का नाटक करने लगे। लोगों को जुटाने के लिए ही वे यह ढरनच कर रहे थे। फिर देखते-ही-देखते गाँव के काफी लोग वहाँ जुट आये। भीड़ एकत्रित करने के बाद जैसे बल मिल गया उन्हें। वे फिर मधेसर के दरवाज़े आ लगे। इस बार गम्भीर होते हुए मधेसर ने कहा—"देख मगन, तू मेरे दरवाज़े पर डोमयो उज न कर, नहीं तो मुझसे बुरा कोई न होगा। तू कान खोलकर साफ़-साफ़ सुन ले रधिया को बहका-फुसलाकर मैं नहीं लाया, अपनी राजी-खुशी वह स्वयं मेरी जोरू बनी है। अब तू नाक रगड़कर मर जायेगा तब भी तेरे यहाँ नहीं जायेगी।"

इस पर भीड़ को सुनाते हुए कहा मगन ने, "यह झूठ है...मेरी रधिया ऐसा नहीं कर सकती..।"

इस बार फिर डपट पड़ा मधेसर, 'बिना सच्चाई जाने झूठा बनायेगा तो चीरकर रख दूँगा। रधिया को मैं तेरे सामने बुला देता हूँ अगर उसने कह दिया कि मैंने उसे भोरा कर भगाया है तो फिर तू जो कहेगा वह मैं मान जाऊँगा...।

इसके बाद अन्दर जाकर रधिया को सामने ले आया मधेसर। रधिया ने आते ही चिल्लाकर कहा, "भाग जा यहाँ से, कसाई! तू बाप नहीं जल्लाद है। तेरे-जैसे पापी का अब मैं मुँह देखना नहीं चाहती...मैं अपनी राजी-खुशी आयी हूँ। इन पर बहकाने-फुसलाने का जो आरोप लगायेगा, उसे मैं कच्चा चबा जाऊँगी। ये आदमी नहीं देवता है।

रधिया का जवाब सुन गाँव के लोग सन्न रह गये। मगन दोनों पति-पत्नी को काटों तो खून नहीं। निरुत्तर और बेआधार हो गये वे। न चाहते हुए भी उन्हें लौट आना पड़ा।

इस तरह रधिया के साथ शादी हुई मधेसर की। इस विचित्र और अनोखी शादी क़ी चर्चा गाँव की सीमाओं को लाँघकर पूरे जवार में फैल गयी। मधेसर के बिरादरीवालों ने खूब नाक-भौं सिकोड़ी और उसके नाम पर छी-छी, थू-थू की। लेकिन उससे मिलकर टीका-टिप्पणी करने का साहस नहीं हुआ किसी को। बनिहारी की इस घटना के बाद उसके बीच आने के लिए तो जैसे कसम खा ली थी उसकी बिरादरी ने। वे यह मान कर ही सन्तोष करने लगे कि मधेसर को जब जाति-बिरादरी से बाहर निकाल दिया है तो फिर उसके कुकर्मों या सुकर्मों की क्या गिनती? उसके जो जी में आये करे?

बाद में बीतते समय के अनुसार ठण्डी हो गयी यह चर्चा। अजूबी और अनोखी लगनेवाली यह घटना लोगों की इच्छा-अनिच्छा के बावजूद गाँव की सर्वमान्य ज़िन्दगी का अंग बन गयी। निषिद्ध और वर्जित चीज़ें शुरू में ग्राह्य नहीं होतीं, पर जब मज़बूती से आ टिकती हैं तो उनके अस्तित्व को स्वीकारने के लिए बाध्य हो जाते हैं लोग। तब उनके प्रति उनकी आपत्तियाँ भी स्वत: ध्वस्त होने लगती है। मधेसर की शादी के साथ भी यही हुआ।

लेकिन रधिया से शादी के बाद खर्च बढ़ गया मधेसर का। पहले एक देह के लिए बनिहारी की आय काफी पड़ती थी उसे। पर जोरू बनकर आ बैठी थी रधिया गृहस्थी की नयी व्यवस्था करनी थी उसे। उसके साथ जो भी बनिहार थे, अपनी घर-गृहस्थी की व्यवस्था के लिए कभी भरपेट खाते नहीं और उनके बदन पर साबुत कपड़े भी नहीं होते। लेकिन यह जीवन स्वीकार नहीं था मधेसर को। वह हाड़ तुड़ाकर कमाना जानता था तो भरपेट खाना और ढंग से रहना भी इसीलिए कर्ज़ लेना प्रारम्भ कर दिया। रधिया ने मना किया तो समझा दिया एक-एक पाई चुका दूँगा सबका। अभी तू नयी बहुरिया है..। अभी तुझे बढ़िया नहीं खिला पहना सका तो बाद में कुछ करके भी क्या करूँगा। तू चिन्ता न कर। ज़रूरत भर ही ले रहा हूँ..अभी जैसे ज़रूरत बराबर नहीं रहेगी...।''

और रधिया को मना लिया था उसने। गाँव के लोग भी उसे कर्ज़ देने में आना-कानी नहीं करते थे। सब देख रहे थे, उस-जैसा खटनेवाला बनिहार दूसरा नहीं। जिसके यहाँ रहता, उसकी खेती चमक जाती। शायद इसीलिए लोग एक-दूसरे से उसका कर्ज़ वसूल कर उसे अपने यहाँ रखने की होड़ लगाये रहते। इस दौरान गाँव में बनिहारों को जिस कड़े ब्याज पर कर्ज़ दिये जाते, उससे कम ब्याज पर ही उसे कर्ज़ मिलते। यहाँ भी वह अपवाद साबित हुआ। और इन कर्जों की वजह से तनिक भी चिन्तित और फिक्रमन्द नज़र नहीं आया। उसकी ज़िन्दादिली और मस्ती पूर्ववत् बनी रही। बेचारा बने बनिहारों से वह अक्सर कहा करता, 'जब रोने से कोई देनेवाला नहीं तो सीना तानकर जीना सीखो। हम अपने बूते जी रहे हैं। किसी के आसरे और

आसार पर नहीं। वे हमें कर्ज़ से तो माना नहीं दे रहे...कमाकर चुका देंगे या काम कर सधा देंगे..।

मधेसर कभी गाँव के लिए इतना महत्त्वपूर्ण बन जायेगा कि तमाम गिला-शिकवा त्याग लोग उसे सर आँखों पर उठा लेंगे और उससे सलाह मशविरा करेंगे, ऐसी आशा किसी को नहीं थी। पर यह सम्भव हो गया। गाँव की स्थिति बदल गयी। ऐसा बदलाव जिसकी कल्पना कभी किसी ने नहीं की थी। हालाँकि मधेसर लम्बे समय से यह देखता आ रहा था कि नन्हटोली के हरिजन और पिछड़े अपने कामों से फुर्सत पा रात में देर तक एक जगह बैठते थे और खुसुर-फुसुर करते थे। ऐसी बात नहीं कि बड़टोली को इसकी भनक नहीं, पर उन्हें यह विश्वास नहीं था कि उनके खेतों में काम करनेवाले और उनके टुकड़ों पर जीनेवाले उनसे लोहा लेने की तैयारी करेंगे और ऊँच-नीच का भेद त्याग बराबरी का दर्जा देने के लिए उन्हें बाध्य कर देंगे। वे तो पुश्तों से उन्हें परजा-पवनी और आसामी समझते आ रहे थे। पर उनकी इस सोच को झटक दिया था उन्होंने। कहते हैं, बाहर की हवा लगी थी उन्हें कुछ लोग आकर ट्रेनिंग दे जाया करते थे। हथियारों से लैस किया उन्हें संगठित होना सिखाया और मुकाबला करना भी। शायद यह उसी का परिणाम था कि वे ईंट का जवाब पत्थर से देने लगे। पहले की भाँति बड़ टोली के लोगों की गाली-बात सह जाना तथा अपने हक और अधिकारों के मामले में भी चुप बने रहना उन्होंने छोड़ दिया। बड़टोली के लोग गरजते-धमकाते, तो वे भी उसी लहजे में जवाब देते। वे लोग मारते-पीटते तो संगठित होकर वे भी हमले पर उतारू हो जाते। शायद यह परिवर्तन समय की देन थी। शायद यह उनकी संगठित शक्ति का कमाल था। जो हो, दोनों ओर से जोर-आजमाइश शुरू हो गयी थी।

इसी जोर-आजमाइश और खींचतान के बीच इधर के शिवकरण और उधर के मुनेसर की हत्या हुई। एक को बाजार से लौटते हुए शाम के धुँधलके में मारा गया तो दूसरे को हथियारों से लैस लोगों ने घर से खींचकर मारा। इन दोनों हत्यांओं के बाद पूरा गाँव दहशत में डूब गया। अशान्त क्षेत्र घोषित होने पर जिला प्रशासन ने कुछ समय के लिए वहाँ पुलिस चौकी कायम कर दी। पुलिस के जवान गाँव की पाठशाला में आ ठहरे और बनाने-खाने लगे। हालाँकि उनके आने से कोई अन्तर नहीं पड़ा। वे तो जैसे शहर की भीड़भाड़ से अलग गाँव में पिकनिक मनाने आये थे। दोनों पक्षों की तकरार से उन्हें कोई खास मतलब नहीं था। वे तटस्थ बने अपनी ड्यूटी बजाते रहे। इधर लोगों ने अकेले और रातों में निकलना बन्द कर दिया। दोनों ओर के लोग हर वक़्त अपने पक्ष के साथ गोलबन्द होकर ही रहने लगे। इधर

के लोगों के बीच यह खबर उड़ती रहती कि उधरवाले हथियार लेकर गड्ही में छिपे हैं। कि उनके लोग उस बगीचे में तैनात हैं। कि ऊख के खेत में घात लगाकर बैठे हैं कि उनका किसी ओर भी निकलना खतरे से खाली नहीं। उनके साथ बाहर के लोग भी हैं और बाहर के हथियार भी। कई गाँवों में अपना झण्डा फहरा चुके हैं कि इस गाँव पर अब नज़र है उनकी। कि उन्हें हर वक़्त तैयार रहना चाहिए। कि उनके चढ़े हुए मन को अगर नहीं कुचला गया तो गाँव में रहना मुश्किल कर देंगे...।

इसी भाँति उधर के लोगों के बीच भी इससे मिलती-जुलती चर्चाएँ फैलती रहतीं कि अपने लठैतों को जुटा लिया है उन्होंने कि नन्हटोली जलाने की तैयारी कर रहे हैं। कि पुलिस को ले-देकर अपने पक्ष में कर लिया है कि उनके बच्चों, औरतों और बूढ़ों तक को नहीं बख़्शेंगे वे कि उन्हें डरना नहीं है कि वे ऐसे भी मर रहे हैं वैसे भी सही, कि जान की बाजी लगाकर इस बार छक्के छुड़ा देना है उनका।

इस बीच रातों में बम फटते और बन्दूकों की आवाज़ें होती। माहौल और भयानक हो उठता। दोनों दल एक-दूसरे से भयभीत भी थे और एक-दूसरे के प्रति आक्रामक भी। लेकिन इस दौरान मधेसर जैसे पहले अकेला था, वैसे अब भी अकेला ही रह गया था। किसी पक्ष ने भी पूरे विश्वास और सच्चे मन से नहीं स्वीकारा था उसे। इधर के लोगों के व्यवहार से उसे लगा था कि ये उसे ब्राह्मण ज़रूर समझते हैं, लेकिन चुँकि वह बनिहार है, नन्हटोली के लोगों के साथ काम करता है और डोमिन से शादी कर चुका है, इसीलिए उससे छनके रहते हैं। उसे भीतर से अपना आदमी नहीं मानते। इसी भाँति उधर के लोगों के व्यवहार से भी उसे लगता कि बनिहार होने और डोमिन से शादी करने के चलते वे उससे अपना जुड़ाव अवश्य महसूस करते। कुछ हद तक अपने पक्ष का आदमी भी समझते। लेकिन चूँकि वह ब्राह्मण था, इसीलिए पूरी तरह उसे अपने हलक के नीचे नहीं उतार पाते। कुछ दूरी बनाये ही रहते, जिसे वह लख जाता....। फलत: वह किसी और का नहीं हुआ। पहले की तरह ही मस्ती और अक्खड़ता से जीता रहा।

पर खेती-गृहस्थी से सम्बन्धित गाँव के सारे कार्य तो अब बन्द हो गये थे। अपने घरों और गिरोह से निकलना मुश्किल था, फिर कार्य की चिन्ता कौन करे? इस बीच अकेला मधेसर बेरोक-टोक इधर-से-उधर मँडराता फिरता। इधर की गली में उधर की गली में। उसके क़दमों की आहट सुन लोग हथियार सीधा करते। लेकिन यह जानते ही कि मधेसर है, हथियार गिरा लेते। वह उनका अपना नहीं, लेकिन दुश्मन भी तो नहीं। कुछ हद तक तो दोनों ओर के लोग उसे अपना ही समझते। असल में वह एक ऐसी स्थिति में पहुँच गया था, जहाँ दोनों पक्ष उसे बाँट सकने में असमर्थ थे। वह दोनों का था और दोनों का नहीं भी था, इसीलिए उस दौरान वह अकेले पूरा

गाँव था। पुलिस को कुछ पूछना होता तो आसानी से वही उपलब्ध होता। इधर के लोगों को किसी चीज़ की ज़रूरत होती तो वही जुटाता। उधर के लोगों की अनिवार्य आवश्यकता उसी के द्वारा पूरी होती। गाँव में आये पत्रकार और बाहर के लोग उसी से जानकारी लेकर लौटते।

इन्हीं क्षणों में एक शाम उधर के टेंगरी के बेटे की अब तक की घड़ी लग गयी। वह तीन दिनों से बीमार था। उसे चाहते हुए भी अस्पताल नहीं ले जा सका था टेंगरी। डर था कि घर से मरीज लेकर निकलते ही टोह में छिपे उधर के लोग भून देंगे गोलियों से परिणामत: इलाज के अभाव में उसकी बीमारी बिगड़ गयी थी। उसकी दोनों पसलियाँ एक-एक बित्ता चलने लगी थीं और बदन तवे की तरह जलने लगा था। रह-रहकर वह आँखें तरेड़ देता। टेंगरी दोनों पति-पत्नी उसे घेरकर बिलख रहे थे फिर न जाने उनके मन में क्या आया कि बगल से गुज़रते मधेसर को बुलाया। स्थिति से अवगत होते ही मधेसर का मन विकल हो उठा। बस, तत्क्षण उसे बच्चे को अपनी चादर में ढँककर वह अस्पताल ले चल पड़ा। टेंगरी के दिये रुपये उसने पेट में खोंस लिये।

तेज कदमों से चलकर मधेसर उस बच्चे को कस्बे के अस्पताल में ले आया। उसे देखने के बाद डाक्टर ने तत्काल कई सुइयाँ लगवायी और खाने की गोलियाँ दीं। डाक्टर के अनुसार अब और देर होती तो बच्चा नहीं बचता। उसे लेकर दो रोज़ अस्पताल में ही रुक जाना पड़ा मधेसर को। तीसरी रात जब उसकी स्थिति में काफी सुधार आ गया तो आवश्यक दवाइयाँ ले पुन: उसे चादर में छिपा गाँव लौट आया। टेंगरी पति पत्नी तो सीधे गिर गये उसके पैरों पर, ''आदमी नहीं तुम देवता हो..। तुम्हारी नेकी का बदला मरकर भी हम नहीं चुका पायेंगे..।'' नन्हटोली के और लोगों की श्रद्धायुक्त नज़रें भी उसके चेहरे पर आ टिकीं...। उस घटना ने उन सबकी नज़रों में महान बना दिया उसे।

इधर एक रात बड़टोली के हरगोविन्द की बहू भी प्रसव पीड़ा से कराह उठी। दिन से ही उसे दर्द उठना शुरू हुआ, पर रात गये तक बच्चा नहीं हुआ। दर्द से तड़पते हुए दाँत भींच लेती। पसीने से लथपथ हो चुकी थी। चेहरे पर स्याही मार गया था और रह-रहकर काँप उठती। नयी बहू थी। पहली प्रसूती। घर के लोग परेशान और हताश थे। इस आफत में यह समस्या। नहीं बचेगी अब बहू। इससे पूर्व या तो चमरटोली की औरतें आकर बच्चे पैदा करा जाती थी या दर्द होते ही लोग लेकर अस्पताल भाग जाते थे। लेकिन दोनों में से एक भी अब सम्भव नहीं। पाठशाला में ठहरी पुलिस तक यह खबर भेजी जाये तो रात में वे भी आने से रहे। रात में चाहे जो हो जाये पाठशाला से वे नहीं टकसते। वे इतने मूर्ख नहीं कि दो दलों की मोर्चाबन्दी के बीच रात में आयें। चाहे सारा गाँव रात में खत्म ही क्यों न हो जाये, दिन होने

पर ही वे उसका मुआयना करेंगे। और फिर किसी के रोग-बीमारी से उन्हें क्या मतलब? उन्हें तो गाँव में तब जाना है जब खून हो जाये। बिना खून हुए गाँव में जाकर वे क्या तहकीकात करेंगे?

पर यह खबर सुनते ही वहाँ आ पहुँचा मधेसर। हरगोविन्द के घर से दो-तीन घरों के बाद ही था उसका घर। हरगोविन्द की बुढ़िया ने जब रोते हुए सब हाल कह सुनाया तो उसने एक क्षण भी विलम्ब नहीं किया। उपचार के अभाव में बहू मर रही है, यह सुन तड़प उठा वह। नर्स ले आने के लिए बुढ़िया ने जो रुपये दिये उसे लेकर भाग चला कस्बे के अस्पताल की ओर। जानता था टेंगरी के बच्चे का इलाज जहाँ कराया था, वहाँ कुछ मशहूर नर्सें थी जो प्रसव कराने में माहिर थीं। पर वहाँ पहुँचने पर इतनी रात गये और वह भी अशान्त गाँव में चलने के लिए कोई नर्स तैयार नहीं हुई। फिर मधेसर द्वारा पर्याप्त रुपयों का लालच और सुरक्षा की गारण्टी देने के बाद एक बूढ़ी नर्स राजी हुई। पर सवारी की समस्या खड़ी हो गयी। वह कस्बे के सुलेमान इक्केवाले का घर जानता था। अनुनय-विनय कर सोये हुए सुलेमान को जगाया और मुँहमाँगा भाड़ा देने का वादा किया, तब कहीं जाकर तैयार हुआ सुलेमान।

गाँव की सड़के के किनारे इक्का रुकवाकर नर्स को ले जब गाँव में घुसा मधेसर तो खन्दक के भीतर से कड़ककर पूछा किसी ने, "कौन है? खबरदार जो भागने की कोशिश की।"

बेतकल्लुफी से जवाब दिया उसने, "मैं मधेसर हूँ।"

पर नर्स तो डर से काँप उठी। उसके हृदय की धड़कने बढ़ गयी। इस पर मधेसर ने उसे दिलासा दी कि उसके जीते जी कोई बाल बाँका भी नहीं कर सकता।

फिर आगे बढ़ने पर उधर के लोगों ने भी कड़ककर यही पूछा। लेकिन उसका नाम सुनकर वे भी शान्त हो गये। हरगोविन्द की बहू के पास पहुँचकर बताया नर्स ने कि बच्चा पेट में उलट गया है कि और कुछ देर में जच्चा-बच्चा दोनों से हाथ धोना पड़ता। बड़ी कुशलता से उसने बच्चा सीधा किया और भोर होने से पहले परसउती भी कर दी। लड़का हुआ। हरगोविन्द का पहला नाती। खुशी में तो जैसे पागल हो उठे हरगोविन्द उनके पाँव तो ज़मीन पर पड़ते ही नहीं थे। नर्स को मुँहमाँगी बख्शीश दी। मधेसर के हाथों इक्केवाले को भी पर्याप्त रुपये भिजवाये। खुशी में मधेसर को भी बहुत-कुछ देना चाहा उन्होंने लेकिन कुछ भी लेने से उसने इनकार कर दिया। तड़पती बहू के लिए नर्स बुला लाया तो मिहनताना लेगा? इतना गया गुज़रा नहीं वह।

हरगोविन्द ने बाँहों में भर लिया उसे। वे समझ नहीं पा रहे थे कि क्या कहकर मधेसर का अहसान व्यक्त करें। गला भर आया उनका और मन माफिक शब्द उन्हें

नहीं मिले। बड़टोली के अन्य लोग भी उसके प्रति अपनेपन और स्नेह से अभिभूत हो उठे। उनमें से कइयों ने अपने उद्‌गार भी व्यक्त कर डाले। "अपना खून है...आखिर काम आ ही गया...।"

मधेसर जानता था, बड़टोली के लोग यही कहेंगे। लेकिन इन टीका-टिप्पणियों से मुक्त हो गया था वह पुराने पंख गिरा चुके पक्षी की तरह। उसे अब इस तरह की टीका-टिप्पणियाँ बच्चों के हाथ का झुनझुना लगतीं।

गाँव में भय और आतंक की यह स्थिति और इस तरह मोर्चाबन्दी लगातार कई दिनों तक बरकरार रही। बड़टोली के लोग सोचते कि उनके खेतों में काम करके जीनेवाले अधिकांश नान्ह आखिर घर में बन्द रहकर कब तक खा पायेंगे और कितनी देर तक उनसे लड़ सकेंगे? उन्हें उकसाकर लड़ानेवाले लोग बैठाकर खिलानेवाले नहीं। जब घर का बचा-खुचा अनाज खत्म हो जायेगा तो भूख से बिलबिलाकर स्वयं आ पाँव पकड़ लेंगे। पर नन्हटोली के लोगों की सोचावट कुछ और ही थी। अब वे नहीं झुकेंगे उनके सामने मर जायेंगे तो मर जायेंगे, लेकिन पहलेवाली दासता स्वीकार नहीं करेंगे। अगर वे बनिहारी, चरवाही और मज़दूरी छोड़ देंगे तो परती रह जायेंगे खेत उनका सारा मलिकाँव ग़ायब हो जायेगा। कुछ ही दिनों में धधकते घाम और बरसते मेघ में स्वयं हल चलाकर देखें तो पता चलेगा? एक ही दिन में खटिया पकड़ लेंगे। सब-कुछ तो वे करते हैं। उन्हीं के परिश्रम पर वे मालिक बने हैं और उन्हीं के साथ यह व्यवहार। देखना है, घर में बन्द रहकर कोठिला का अनाज कब तक खा पाते हैं? भूख से मरने लगेंगे तो उनके कोठिले लुट लेंगे। ऐसे भी मरते हैं, वैसे भी सही।

लेकिन बीतते समय के अनुसार दोनों ओर की गर्मी ठण्डी पड़ने लगी लोगों का जोश और ताव में आना स्वत: समाप्त होता गया। शायद यही सोचकर दोनों पक्षों ने मधेसर के माध्यम से सुलह-सपाटा का आदान-प्रदान शुरू कर दिया। मधेसर दोनों पक्षों का विश्वासपात्र बन गया। उन क्षणों में उनके लिए सिर्फ़ वही एक माध्यम था—संकट टालने का एकमात्र आधार। शायद इसीलिए उस वक़्त उनकी नज़रों में वह सर्वाधिक प्रिय और उपयोगी व्यक्ति था। दोनों पक्ष उसकी बाट जोहते रहते तथा उसकी अगवानी में आँखें बिछा देते। उसके माध्यम से ही वे एक-दूसरे से संवाद की स्थिति में आये और पिछली स्थिति को प्राप्त हुए। गाँव में रहकर एक-दूसरे के बिना उनका काम चलनेवाला नहीं था। एक-दूसरे के प्रति असहयोग और विरोध से तो उनका जीना दूभर हो उठा था। किसके ऊपर बीतेगी, यह कहना मुश्किल है। दोनों क्षतिग्रस्त होते और दोनों बर्बाद इसीलिए सिर्फ़ दो हत्याओं के बाद ही चेत गये उसके गाँववाले। अन्य गाँवों के परिणाम से तो वे पहले ही अवगत थे।

मधेसर ने अनुभव किया इस युद्ध से चाहे और कुछ हुआ हो या न हुआ हो, लेकिन एक-दूसरे के प्रति मरखाह बनना छोड़ दिया है लोगों ने। बनिहार, चरवाह और मज़दूर पहले की तरह ही वही थे, और खेत मालिक भी वही अन्तर सिर्फ यह आया था कि बनिहार, चरवाह और मज़दूर अब पहले की तरह अपमानित, तिरस्कृत और उपेक्षित नहीं थे तथा अकारण किसी के ग़ुस्से का भाजन भी नहीं। उनकी मर्जी के खिलाफ कोई अब उनसे बेगार नहीं ले सकता था उन्हें गाली देना और मारना तो जैसे पानी में आग लगाना था। अब वे भी सीना तानकर जीने लगे थे मधेसर को यह अच्छा लगा। वह तो यह चाहता ही था।

लेकिन जैसे-जैसे गाँव की स्थिति सामान्य होती गयी, मधेसर का महत्त्व फिर घटता गया। असल में एक समय-विशेष के अन्दर मधेसर को स्वीकार तो कर लिया था लोगों ने। लेकिन देर तक उसे स्वीकारे रखना उनके लिए ग्राह्य नहीं था। कसाम भई, दु:ख बिसरी की कहावत चरितार्थ करने लगे थे लोग। पर इसको लेकर मधेसर के मन में कोई रंजिश नहीं। वह जानता था। सारा संसार मौके का यार होता है। इसीलिए भाव-कुभाव की परवाह किये बगैर वह पहले की ही भाँति मस्त बना रहा। उसकी दिनचर्या और जीवन-शैली में कही कोई परिवर्तन नहीं आया। और शायद आगे चलकर भी अपने ढर्रे पर ही वह जीता जाता, लेकिन उसके द्वारा लटरू की हत्या ने सब-कुछ अस्त-व्यस्त कर दिया। गाँव छोड़कर भाग जाने के लिए बाध्य हो गया मधेसर।

लटरू की हत्या उससे सायास नहीं अनायास हुई। उसका यह कतई इरादा नहीं था कि लटरू को जान से मार दे। जवाबी प्रहार में उसके प्राण-पखेरू उड़ गये तो वह क्या करे? उसने जो किया था उसका सबक तो उसे सिखाना ही था।

यह घटना आसाढ़ मास की थी। धान की खेती के शुरुआती मौसम की बारिश अभी नहीं हुई थी, लेकिन खेतों में हल चलाना शुरू हो गया था। दो चास करके खेतों को तैयार रखना था ताकि बारिश होते ही बिया पड़ सके। अगर बारिश न भी हो तब भी रहट या बोरिंग से बियड़ की टोपरी में पानी चढ़ाकर बिया तो डालना ही था। आसाढ़ में अगर बिया नहीं पड़ा तो रोपनी, कटनी का सारा समय ही निकल जायेगा। तब खेती मजिगर नहीं होगी। लेने के देने पड़ जायेंगे इसीलिए सब लोग बिया डालने के लिए खेतों को तैयार करने में लगे थे।

मधेसर भी जिनके यहाँ बनिहार था, उनके बियड़ की टोपरी में हल चला रहा था। वह एक चास कर चुका था। आज उसे दूसरा चास करके कुदाल से कोनासिल बना देना था। फिर हेंगा चलाकर ढेलों को भुरभुरा करना था। बहुत लोग हेंगा खेतों

में पानी चढ़ाकर एक ही बार चलाते थे। लेकिन मधेसर दो बार हेंगा चलाना पसन्द करता था। एक बार ढेलों के ऊपर से भुरभुरा बनाने के लिए तथा दूसरी बार खेत में पानी हो जाने के बाद उसे समतल करने के लिए।

इधर रधिया घर पर मधेसर की रुचि का खाना तैयार कर रही थी। उसके खाने के समय का अन्दाज कर, खाने की थाली कपड़े से ढँक उसे माथे पर रख लिया तथा लोटे का पानी हाथ में ले चल पड़ी बधार की ओर। हलवाही के दिनों में जब काम साधारण होता घर आकर खा जाता मधेसर लेकिन जब काम अधिक और जल्दबाजी का होता तो रधिया उसे वहीं ले जाकर खिला देती।

घर से निकल गाँव की गलियों को पार करती हुई बाहर आ गयी रधिया। यहाँ से एक मोटी पगार पकड़ आगे बढ़ चली। यह पगार सड़क से जा मिलती है। फिर सड़क एक बगीचे के किनारे से होकर आगे बढ़ती है। उसके बाद सतहवा नीम-गाछों के उस पार हल जोतता हुआ नज़र आता है मधेसर। उसे दूर से ही देख खिल उठता है तथा हल खड़ा कर अँगोछे से हाथ-मुँह झाड़ता हुआ समीप के नीम गाछ की ओर बढ़ चलता है। वह भी उस पर नज़र पड़ते ही हुलसित-पुलकित हो उठती है। पास पहुँचकर हाथ-मुँह धुलाती है। फिर आँचल से हवा करते हुए खूब प्रेम से उसे खिलाती है।

बराबर की भाँति सड़क के बगीचे के निकट पहुँचते ही लटरू पर नज़र पड़ जाती है रधिया की। उसका मन खीझ और ग़ुस्से से भर उठता है। बगीचे के किनारे छाँव में बैठकर अपने खेतों में हल जोतवा रहा था लटरू। दो बनिहार दो किनारों से हल चला रहे थे उसके बियड़ में। अगोरिया में बैठा था कि बनिहार सुस्ताएँ नहीं और देहचोरई न करें। धन और संवागियों के घमण्ड में चूर रहता। गाँव में उससे अधिक खेत हैं उसके और अधिक लउरधर भी। सात भाई तो वह स्वयं है। बड़ा होने के नाते लटरू घर का मुखिया है, लेकिन एक नम्बर का पातकी और हरामी। रधिया पर नज़र पड़ते ही मुँह से सी-सी करते हुए ऐसे घूरने लगता है जैसे उसकी आँखों में तनिक भी हया और शर्म न हो। जब वह कुँवारी थी तब भी यह मुआ उसके दरवाज़े का चक्कर लगाता और आँखें मटकाता रहता था। बाबू को दारू पिला और उसकी चेट गरम कर लखिया दीदी पर अपना उल्लू सीधा कर चुका था। अब बराबर तीखी नज़रों से उसे ही वेधता रहता। बाबू के यहाँ से मधेसर के यहाँ आ जाने के बाद भी अपनी हरकत से बाज नहीं आया। उसने इस बारे में एक बार मधेसर से भी कहा तो समझा दिया उसने "घूरने दे साले को वह जानता है कि तू अब किसकी जोरू है। तुझे छूने का साहस नहीं कर पायेगा। तू निफिकर होकर आया-जाया कर। 'हाथी चले बाजार कुत्ता भौंके हज़ार की तरह...।'

लेकिन मधेसर को वह कैसे बताये कि उस पर ध्यान न देने पर भी उसकी घृणित आँखों की चुभन से बौखला उठती है वह। लखिया दीदी को लूटनेवाले पर खून खौल उठता है उसका मधेसर के साथ रहते-रहते उसका प्रभाव आ गया है उसके अन्दर अब वह अपने को मगन डोम की असहाय छोरी महसूस नहीं करती। हालाँकि गाँव की उस लड़ाई के बाद कुछ समय के लिए अपनी इस हरकत को छोड़ दिया था लटरू ने। लेकिन भला लती की लत छूटती है। वह तो ओढ़ा हुआ नकाब था। अवसर अनुकूल होते ही फिर शुरू हो गया यह पातकी...।

बगीचे के करीब उसके पहुँचते जैसे ही लटरू की नज़र उस पर पड़ी वह आँखें फाड़-फाड़कर उसे घूरने लगा और मुँह से सीटी बजाने लगा। मधेसर के कहे अनुसार उसे अनदेखा करके वह बढ़ जाना चाहती थी पर लटरू का मन तो जैसे बढ़ता जा रहा था। बोल बोलना शुरू कर दिया, "एक नज़र इधर भी मालामाल कर दूँगा..कोई जानने भी नहीं पायेगा।"

यह सुन बाघिन की तरह उस ओर मुड़ी वह क्या बोला रे मुआ! अपनी माँ-बहन को मालामाल कर मुँह झौंसा दूँगी तुम्हारा कच्चा चबा जाऊँगी क्या समझ रखा अपने को? खबरदार जो फिर डुभकी-डुभकी चलायी।

रधिया की यह तीखी जुबान सुन ताव में आ गया लटरू, "अरे डोमिन रधिया तेरी ये मजाल। तेरा बाप मगन मेरे सामने आँख उठा देख नहीं सकता मधेसर की रखनी क्या हो गयी तू, तेरा दिमाग सातवें आसमान में पहुँच गया। हम तुझे मधेसर की बिअही नहीं मानते। भला डोमिन ब्राह्मण की बिअही कैसी? तू तो उसकी रखनी है और फिर रखनी का क्या? जैसी उसकी वैसी सबकी।"

इस पर रधिया शेरनी की तरह झपट पड़ी। वह तो जैसे उस नीचे से लड़ने के लिए बेचैन थी। लखिया दीदी का संचित ग़ुस्सा फट पड़ा उसके अन्दर से नासपीटा! मुँहझौंसा! बडेंरा? मुझे लखिया न समझ। मैं तेरा एक करम बाकी नहीं छोड़ूँगी। और माथे की थाली उस पर फेंक तथा पानी भरे लोटे से उस पर वार कर चिल्लाती हुई दौड़ चली मधेसर की ओर।

खाने का समय हो जाने के चलते मधेसर उसी की ओर ताक रहा था। वह मन-ही-मन खीझ भी रहा था क्यों देर कर रही है रधिया? लेकिन जैसे ही खाली हाथ बेतहाशा दौड़ती आ रही रधिया पर उसकी नज़र पड़ी तो वह सन्न रह गया। एक क्षण के लिए उसका मन अशंकित हो गया। ज़रूर कुछ गड़बड़ हुआ है। फिर बिना अधिक सोच-विचार किये हल-बैल खेतों में ही छोड़ तत्क्षण कुलाँच लगा दी रधिया की ओर। रधिया के रोने और चिल्लाने की आवाज़ें आ रही थीं। लेकिन दौड़ते होने की वजह से उसे साफ़-साफ़ सुनायी नहीं पड़ती थीं। फिर वह पलक झपकते पहुँच

गया रधिया के पास। रधिया ने उसे एक ही साँस में सब-कुछ बता दिया। तनिक ठहरकर सुस्ताने और इत्मीनान से बताने का धैर्य उसे कहाँ! वह तो चोट खायी नागिन की तरह फुँफकार रही थी। बस, खून उतर आया मधेसर की आँखों में। दौड़ चला वह लटरू की ओर। कहीं ऐसा नहीं कि वह भाग निकले, इसीलिए मिनटों में ही पहुँच गया वहाँ। पहले रधिया कहती थी कि अक्सर घूरता है लटरू, तो महटिया जाता था वह। शायद इसी से मन बढ़ गया था उसका अब उसे बिना हड़काये उचित नहीं।

लेकिन मधेसर के पहुँचने से पहले ही लटरू जवाब देने की भूमिका बना चुका था। अपनी गलती छिपाने के लिए मधेसर को देखते ही ताव में आ गया, "तूने इसका मन बिगाड़ दिया है मधेसर। मैंने कुछ नहीं किया इससे अकारण उलझ गयी मुझसे देख इसने मेरी क्या गत कर दी है।" और रधिया द्वारा थाली-लोटा फेंककर प्रहार करने से दाल-भात में सने अपने कपड़े और बदरंग हुलिये को मधेसर के सामने कर दिया। लेकिन मधेसर पर इस नाटक का कोई असर नहीं हुआ। उसने आक्रामक स्वर में कहा—"रधिया मुझे सब बता चुकी है। उसने तो कुछ नहीं किया तेरे साथ। असली कसर पूरा करने आ गया हूँ। अब तू सीधे-सीधे बता क्यों छेड़ा उसे?"

इस पर अपने झूठ को छिपाने के लिए तेज आवाज़ में बोलने और तरंगने लगा लटरू, "मुझे उस डोमिन की बात पर विश्वास है और मेरी बात पर नहीं वह तुझे गंगा लँघा देगी मधेसर कई-कई घाट का पानी पीकर आयी है तुम्हारे पास...।"

यह सुन बीच में ही गरज उठा मधेसर, "चुप हरामी! जहाँ अब एक शब्द भी रधिया के खिलाफ निकाला तो जीभ खींच लूँगा तेरी...।"

इस पर तन-बदन लहक उठा लटरू का। अपने धन, अपनी संवागियों और उखमंजी देह की गर्मी बर्दाश्त नहीं कर सका, "तो मधेसर तेरी यह मजाल! बदजात! कमीना! तू मुझे गाली दे रहा है...। अपनी औकात समझकर बात कर तेरे-जैसे दो-दो बनिहार खटा रहा हूँ खेत में पहचानता है तू किससे बात कर रहा है?"

जवाब में मधेसर की वही सख्ती बनी रही, "तुझ नीच को मैं बचपन से ही पहचानता हूँ। खेत और संवागी होने से ही कोई बड़ा नहीं हो जाता। देखता हूँ, तेरे खेत का संवागी क्या कर लेते है मेरा? आज मैं तुझे छोड़नेवाला नहीं..। जल्दी बता कि तूने क्यों छेड़ा रधिया को?"

असल में मधेसर पहले वार करना नहीं चाहता था। वह चाहता था कि जिस बल पर लटरू ने छेड़ा है रधिया को, उस बल का उत्तेजना में आकर उससे भिड़ जाये...। और सचमुच यही हुआ। आवेश में आ गया लटरू। उसका पारा एकदम गर्म हो गया। शायद उसके मन में भी यह लग गया कि मधेसर सिर्फ़ बकतूत करने आया है। इसकी हिम्मत कहाँ कि वह इससे लड़ाई करे, इसलिए एकदम तैश में आ

गया वह, "तू बकतूत छोड़कर यहाँ से भागता है कि उठाऊँ गोजी। मारकर तेरी खोपड़ी फोड़ दूँगा..सब बकवास खत्म हो जायेगी...।"

"तो चोरी और सीनाजोरी दोनों! असलजदा की औलाद हो तो उठाओ गोजी...।" ललकारा मधेसर ने। बस, गोजी उठाकर टूट पड़ा लटरू। मधेसर तो यही चाहता था। लटरू के प्रहार को हाथों पर ही रोक लिया उसने और गोजी छीनकर उसकी धुनाई शुरू कर दी। इस पर उछड़कर बाज गया वह मधेसर से। बस, मल्लयुद्ध छिड़ गया दोनों के बीच। एक भैंस का दूध अकेले पीता था लटरू। सोचता था कि जिधर से पकड़ेगा मधेसर को चमोर कर रख देगा। लेकिन उससे टकराने के बाद लगा उसे जैसे किसी पत्थर की चट्टान से आ टकराया हो। जल्द ही पस्त हो गया वह—पस्त और पानी-पानी। फिर मधेसर ने उसे बाँहों में पकड़ बच्चों की तरह उठा लिया और एक टीले पर कसकर बजार दिया। उसने उसके हाथों और पैरों को मोड़कर बजारा था कि उसके हाथ-पाँव टूट जायें और अपनी करनी का फल भोगने के लिए अपंग बनकर जिये। लेकिन उसकी बाँहों से छटपटाते हुए उल्टी दिशा में गिरा लटरू। कुजगहा चोट लगी उसे। ऐसी चोट कि आह भी न निकल पायी मुँह से। छटपटाया और शान्त हो गया। यह देख मधेसर के होश उड़ गये। अरे, यह तो मर गया। वह तो सिर्फ़ हाथ-पाँव तोड़ना चाहता था। अब क्या होगा? यह तो गजब हो गया...।

अब तक लटरू के खेत में काम करनेवाले बनिहार घटनास्थल पर जुट आये थे। दूर खेतों में काम करनेवाले अन्य बनिहारों और खेत मालिकों को भी इसकी सूचना मिल गयी थी। लटरू के बनिहार चाहते तो तत्क्षण घटनास्थल पर पहुँचकर बीच-बचाव कर सकते थे। पर वे जान-बूझकर देर से आये। वे तो चाहते ही थे कि लटरू के निरंकुश मन पर कोई चाँप चढ़ाये। उसे सेर का जवाब सवा सेर से दे। पर यह तो हत्या हो गयी।

बिजली की तरह यह खबर बधार से गाँव में पहुँची। बस, उसी क्षण लटरू के संवागी भाला, बरछा, गँडासा, लाठी और बन्दूक ले दौड़ चले वहाँ। उनकी संख्या एक दर्जन के आसपास थी। अगर उनमें से हर आदमी बारी-बारी से मधेसर से फरिया लेना चाहता तो वह नहीं भागता। लेकिन वे एक साथ आ रहे थे और एक साथ ही उस पर प्रहार भी करते, इसलिए वह भाग चला वहाँ से। भागने से पहले रधिया से कहा उसने, "तू अकेली किसी से मत उलझना...चुपचाप घर चली जा...।"

शायद मधेसर को भागते हुए लटरू के संवागियों ने देख लिया था, इसीलिए पीछा करने लगे लेकिन छाँव में बैठकर मस्ती काटनेवालों से धूप में जलनेवाला

मधेसर भला कब पकड़ में आनेवाला था। देखते-ही-देखते गाँव के सिवान को लाँघकर वह बगल के गाँव में घुस गया। फिर वहाँ से निकलकर अगले गाँव में चला गया। वे शाम गहराने तक उसे पकड़ने के लिए दौड़ते और हो-हल्ला करते रहे लेकिन हाथ नहीं आया वह।

इस बीच मौका पाकर अपने घर भाग आयी थी रधिया और बाहर का दरवाज़ा बन्द कर आँगन में गड़े महावीरी झण्डे को पकड़ रो रही थी। उसका कलेजा धक-धक कर रहा था। कहीं मधेसर को पकड़ न लें ये दुश्मन। एक आदमी पर इतने, क्या लड़ेगा वह। झण्डे में लहराते महावीर जी को गोहराने लगी कि अब वही उसकी रक्षा करें। उसे अपनी चिन्ता नहीं। उसका क्या? लोग मार दें या छोड़ दें? वह जिस ज़िन्दगी से उबरकर आयी है, वह तो मौत से भी गयी-गुज़री थी। उस नरक से उसे मुक्त किया है मधेसर ने...। वह अपने को मिटा देगी, लेकिन मधेसर के साथ कुछ भी अप्रिय होता नहीं देख पायेगी।

इधर मधेसर को न पाकर रधिया को मारने के लिए लटरू के संवागी जुट आये उसके दरवाज़े। डोमिन की इस लौंडिया के चलते ही सब हुआ है। इसे खत्म कर दें। न रहेगा बाँस, न बजेगी बाँसुरी...इसी ने आग लगायी है। सौ चूहे खाकर बिल्ली चली हज करने। सतवन्ती बनी है साली...।

लेकिन गाँव के लोगों ने बीच बचाव किया, "मेहरारू को मारना उचित नहीं। मर्द का बदला उसकी मेहरारू से क्या लेना...?" टेंगरी और हरगोविन्द तो बिल्कुल सामने आ गये, "किसी को हाथ नहीं उठाने देंगे मधेसर की पत्नी पर...? मधेसर को पकड़कर जो चाहे फरिया ले... उसकी औरत से किसी को क्या लेना-देना...।"

लड़ाई के दिनों की मधेसर की भूमिका यहाँ कारगर हो गयी थी। सामान्य स्थिति में किसी के उपकार और सहयोग को भले ही याद न रख पायें लोग, आपात् स्थिति तो उन्हें स्वत: सचेत और जागरूक बना देती है।

इस दौरान मगन भी आ गया था अपनी पत्नी के साथ और घड़ियाली आँसू बहाना शुरू कर दिया था, "मेरी रधिया का कोई दोष नहीं। क्या कर सकती है वह उसका वश ही क्या। मधेसर की करनी का दण्ड उसे नहीं। जोरू की बात मान कर चलनेवाला मर्द मधेसर नहीं। उसके मन में जो आता है, वहीं करता है रधिया तो उसके खूँटे की गाय है। उसे मारना गो-वध करना है...।"

मधेसर के साथ रधिया के भाग आने के बाद यहाँ दूसरी बार आया था मगन, इसीलिए नहीं कि बेटी की जान संकट में है, बल्कि इसलिए कि अब जब मधेसर भाग गया है, तो सम्भवत: रधिया को लौटा ले जायेगा वह और नये सिरे से फिर सौदा कर सकेगा उसका...।

लटरू के संवागियों को न चाहते हुए भी मानना पड़ा। गाँव का एक बड़ा वर्ग रधिया की रक्षा के लिए खड़ा हो गया था। अन्ततः खून का घूँट पीकर लौट गये वे।

इस बीच पुलिस आकर अपना कोरम पूरा कर चुकी, लेकिन पुलिस पर न तो वे निर्भर ही थे और न तनिक विश्वास ही। गाँव के कई मामलों में पुलिस की निरर्थकता वे देख चुके थे, इसीलिए खून का बदला खून ही उनका उद्देश्य था। उसे ढूँढ़कर तड़पा-तड़पाकर अगर नहीं मारा तो इतने संवागी और इतने खेत होकर क्या किया?

मधेसर के जाने के बाद रधिया अकेली बच गयी...अकेली और मधेसर के लिए चिन्तातुर, प्रारम्भ में मगन ने बहुत प्रयास किया कि वह उसे वापस ले जा सके। लेकिन मगन की एक न सुनी उसने। मगन द्वारा अधिक जिद करने पर कसकर झिड़क दिया उसे। मगन ने चाहकर भी जोर-जबर्दस्ती नहीं की। जिसके लिए लटरू-जैसे खेतिहर की हत्या कर दी है मधेसर ने, उसके साथ जोर-जबर्दस्ती करने पर वह बख्शनेवाला नहीं। शायद यह सोचकर ही महटिया गया मगन।

रधिया ने अनुभव किया कि मधेसर की अनुपस्थिति में, गाँव की पिछली लड़ाई में उसकी भूमिका अब ढाल बन गयी थी। उसे लगा, पीठ पीछे ही किसी की करनी को याद करते हैं लोग। आँख के सामने रहते तो ईर्ष्या-द्वेष से सन्तुलन कायम नहीं रख पाते। इस स्थिति में रधिया चाहती तो मधेसर के नाम पर लोगों से उधार-पैंचा लेकर काम चला सकती। एक पेट के लिए बहुत की ज़रूरत भी नहीं थी उसे। पर ऐसा करना उसने कतई मुनासिब नहीं समझा। लोगों की सुरक्षा उसे मिल रही थी, इसे ही उसने पर्याप्त माना। वह काम जानती थी। बाँस खरीद लायी और चटाई, बेना, कलसूप झपोली, खाँची, मउर आदि बनाने लगी। काम में लगे होने की वजह से अकेलापन भी जाता रहा और गृहस्थी भी चल निकली। इस स्थिति में मधेसर के कर्ज़दाताओं ने भी उसे परेशान नहीं किया। उन्हें विश्वास था, मधेसर जब भी आयेगा, उनका कर्ज़ चुका देगा। वैसे रधिया ने भी कर्ज़दाताओं को आश्वस्त कर दिया था कि धीरे-धीरे एक-एक पैसा चुका देगी सबका...।

इस दौरान शुरू में अपने को कोसती रहती वह कि स्वयं अपने पैर पर कुल्हाड़ी मारी है उसने। डोमिन की औलाद, अपना नीमन जबुन नहीं सोच सकी। लटरू के खिलाफ पति को न उकसाती तो वे नहीं मारते उसे। मुआ बोल-बोलकर क्या कर लेता? बोलता रहता! कान बन्द कर आती-जाती रहती। घर तो नहीं उजड़ता उसका। पर उस पर तो सामत सवार थी। वह सोझिया देना चाहती थी उसे। वह निर्लज्ज तो

मुँह बिदोरकर चला गया। अब खुद सोझिया गयी वह। देवता-जैसे पति को बनवास दे डाला...।

लेकिन आगे चलकर अपनी यह धारणा गलत लगने लगी उसे। उसके पति ने जो भी किया, ठीक ही किया। अगर वैसा नहीं किया होता तो आज उसे अकेली पाकर गाँव के मनचले जीना दूभर कर देते। लेकिन उसके पति द्वारा लटरू की हत्या याद कर सब थम गये हैं। अपने बढ़े हुए मन को रोक लिया है उन्होंने। रधिया ने उन्हें आपस में फुसफुसाते हुए भी सुना है, "इसे हाथ लगाना आग में खेलना है। जब लटरू को मारते देर नहीं लगी मधेसर को तो और किसी को वह क्या समझता है? एक हत्या करके भटक खुल गयी है उसकी... अब किसी को भी मारने में उसे आहस नहीं...।"

रधिया का मन ऐसे अवसरों पर पति को याद कर जार-बेजार हो जाता है। अपनी उपस्थिति के दौरान जो सुरक्षा उसे पति से मिलती थी, न रहने पर भी वह स्थिति बहाल कर दी है पति ने। ऐसे पति को पूजती रहेगी वह जीवन भर। उसके नाम पर कभी बट्टा नहीं लगने देगी। यह उसके किसी जन्म के पुण्य का ही प्रभाव था कि ऐसा पति मिला। पति वियोग की पीड़ा से तड़प उठती वह। आँखों से प्रेम के आँसू बरस पड़ते। ऐसे क्षणों में महावीरी झण्डे के पास बैठकर सच्चे मन से प्रार्थना करती रहती, वह कौन सो संकट मोर गरीब को जो तुमसों नहि जात है टारो...।"

इधर आये दिन गाँव में मधेसर को लेकर नयी-नयी खबरें उड़ती रहतीं..! कि सोन उस पार के एक गाँव में है वह, जहाँ अपना नाम बदलकर एक गृहस्थ के यहाँ बनिहारी पकड़ लिया है...। कि शहर में जाकर रिक्शा चला रहा है कि अयोध्या में जाकर साधु हो गया है...। कि आतंकवादियों के एक गिरोह में जा मिला है...। कि वह कहीं बाहर नहीं गया है, इधर-उधर ही छिपकर रह रहा है...। कि कब क्या कर दे, कुछ ठीक नहीं...। लेकिन कुछ ही दिन के बाद ये खबरें मन्द पड़ गयीं। लोग गाँव की नयी समस्याओं और नयी घटनाओं में दिलचस्पी लेने लगे। मधेसर को एक तरह से भूल चले थे लोग कि अचानक एक रात, रात के अन्तिम पहर जेठ की गर्म हवा की तरह सनसनाती हुई यह खबर पूरे गाँव में फैल गयी कि लटरू के संवागियों ने मधेसर को घेर लिया है। कि मधेसर रात में अपनी पत्नी से मिलने आया था। कि उसकी भनक लटरू के संवागियों को लग गयी थी। कि वे उसके घर को घेरकर खड़े हैं। कि अब वे मधेसर को छोड़नेवाले नहीं...।

घटनास्थल पर पहुँचकर गाँव के लोगों ने पाया कि सचमुच लटरू के संवागी लाठी, बरछा, गँड़ासा और बन्दूक से लैस मधेसर के घर की मोर्चाबन्दी किये हुए थे। वे पूरी तरह मुस्तैद और तत्पर थे कि मधेसर किसी ओर से भी भागने न पाये—

न आगे के दरवाज़े, न पीछे के निकसार से, छप्पर फाँदकर पिछवाड़े की गली से साथ ही वे इस बात के लिए उद्यत भी थे कि जल्द-से-जल्द उसे पकड़कर उसका काम तमाम कर दें, इसीलिए उसका दरवाज़ा जोर-जोर से पीट रहे थे। लेकिन किवाड़ नहीं खोल रहा था मधेसर। किवाड़ के भीतर से गरजकर चेतावनी भी दी उसने—"अगर किवाड़ तोड़कर किसी ने घुसने की कोशिश की तो चौखट लाँघते ही दो टुकड़े कर दूँगा उसे। जिस पर मौत सवार हो, वह आये...।"

लटरू के संवागियों ने किवाड़ की फाँक में टार्च की रोशनी फेंककर देखा, सचमुच मधेसर हाथ में चमकता गँड़ासा लिये किवाड़ के पास काल की तरह खड़ा था। किवाड़ तोड़कर घुसना खतरे से खाली नहीं। उसे मारने के लिए लटरू के संवागियों के समक्ष अब दूसरा निरापाद रास्ता उसके घर में आग लगा देना था। घर और अपनी पत्नी के साथ जलकर मर जायेगा या फिर जलने से बचने के लिए बाहर भागेगा तो बन्दूक से भून देंगे या भाले की नोक पर उसे टाँग लेंगे। अपनी इस योजना को अंजाम देने के लिए किरासन और सीढ़ी के लिए अपने कुछ आदमियों को दौड़ा चुके थे वे। कच्ची ईंटों और खपड़ैल छतों का बना पुश्तैनी मकान था मधेसर का। सीढ़ी से खपड़ैल छप्पर आग लगायेंगे। लेकिन खबर पाते ही गाँव के लोग जुटने लगे और इस कार्य को रोकने के लिए उन्हें समझाने लगे। अगर जुटनेवाले अधिकांश लोग सिर्फ़ लटरू के संवागियों के पक्षधर होते तो आये दिन घर जलाकर मार दिये जानेवाले अभागों की तरह मधेसर पति-पत्नी को भी जलाकर मार दिया गया होता। लेकिन जुटनेवाले अधिकांश किसी-न-किसी रूप में मधेसर से ही हमदर्दी रखते थे। और ऐसे कार्य बिना गाँव के एक बड़े वर्ग के समर्थन के घटित नहीं होते। साथ ही लटरू के सवांगियों ने पहले से इसकी तैयारी भी तो नहीं की थी। उनके अपने घर मुश्किल से एक-आध मीटर किरासन था और किरासन तो गाँव की विभिन्न दुकानों से लेना था, जहाँ किसी के यहाँ आधा कनस्तर था तो किसी के यहाँ दो-चार लीटर, तो किसी के यहाँ वह भी नहीं। इस पर भोर होने से पहले के इस ब्राह्म मुहूर्त्त में दुकानदार या तो सोये मिलते या दिशा-फराकित को निकले। काफी भाग-दौड़ के बाद कुछ कनस्तर किरासन और सीढ़ी वहाँ से आये थे। पर अब तक सारा गाँव जुट आया था और लोगों ने इस कार्य पर रोक लगा दी थी। यहाँ मधेसर के कर्ज़दाताओं का कहना था कि मधेसर मर जायेगा तो उनके कर्ज़ की भरपायी कौन करेगा? उसे मारने से पहले वे कर्ज़ चुका दें उनका या जब वे मधेसर से अपना कर्ज़ वसूल कर लें, तब वे उसे मारें... इसके अतिरिक्त टेंगरी और हरगोविन्द-जैसे लोग सीधे-सीधे उठ खड़े हुए मधेसर के पक्ष में कि इस तरह वे उसका घर नहीं जलाने देंगे। उससे निपटने का यह कोई तरीका नहीं...। असल में गाँव के पिछले युद्ध में मधेसर की भूमिका यहाँ फिर स्मरण हो आयी थी सबको।

इस बीच खिड़की से स्वयं मधेसर ने भी दहाड़ना शुरू कर दिया था, "मेरी पत्नी की बेइज़्ज़त करना चाहा था लटरू ने... और जब मैं उससे पूछने पहुँचा तो मुझ पर भी प्रहार कर बैठा। इस पर मैं उसे मारूँ नहीं तो क्या छोड़ दूँ? उसकी तरह जो भी करेगा, मैं उसके साथ वही करूँगा...।"

लटरू के संवागियों को यह देखकर गहरा आश्चर्य हो रहा था कि 'नन्हटोली' के लोग और 'बड़टोली' के लोग जो अक्सर अलग-अलग ही रहते थे, इस मौके पर एक हो गये थे। शायद यह देखकर ही मधेसर को मारने का उनका सारा उत्साह जाता रहा। अपने खुद के पसीने से भीगने लगे वे। किस-किस से उलझें? मधेसर तक कैसे पहुँचें...? उनका मुँह नोचने के लिए सारा गाँव तैयार है सम्भव है अधिक विवाद करने पर खुद उनकी धुनाई हो जाये। भीड़ के लोग जिस तरह से गर्म और उत्तेजित होते जा रहे थे, उसके द्वारा कुछ भी असम्भव नहीं था। बस, भीगी बिल्ली बन लटरू के संवागी लौट चले वहाँ से। लौटते हुए अपनी लाज बचाने के लिए यह कहते गये 'देखते है, कब तक गाँव बचाता है तुम्हें? कब तक घेरे रहते हैं लोग...? कभी-न-कभी तो अकेले मिलोगे, फिर सुलट लेंगे हम..तुझे छोड़ेंगे नहीं...।'

जवाब में इस बार दरवाज़ा खोलकर बाहर निकल आया मधेसर, "जब इच्छा हो फरिया लेना...मैं भागनेवाला नहीं सारा गाँव जानता है कि लटरू कैसा था...? किसी-न-किसी के हाथों तो उसे मरना ही था... मुझसे भिड़ गया, इसीलिए वह काम मुझे ही करना पड़ा...।"

लटरू के संवागियों के जाने के बाद वहाँ एकत्रित गाँव की भीड़ हर्षित हो उठी—'हर्षित और रोमांचित भी। आगे क्या होगा, कुछ कहा नहीं जा सकता। सम्भव है, लटरू के सवांगी मधेसर को मारने का फिर प्रयास करें। सम्भव है, गाँव की सामूहिक शक्ति और सामूहिक निर्णय के खिलाफ वे चूँ तक न बोलें! आगे का हाल भविष्य के गर्भ में। फिलहाल तो सारे गाँव की चर्चाओं का विषय हो गया है मधेसर। भीड़ के लोग उचक-उचककर देख रहे हैं। घरों की खिड़कियों और छतों से औरतें उसे निहार रही होती हैं। जिसकी नज़र अभी तक उस पर नहीं पड़ी है, वह भीड़ को चीरते हुए उसे देखने के लिए आगे बढ़ रहा होता है..। मधेसर अपनी पत्नी के साथ अपने दरवाज़े पर पहले की भाँति दृढ़ता के साथ खड़ा है... अपनी उसी मस्ती और अक्खड़ता के साथ...।

●

जमुनी

शाम हो चली और जमुनी ने अभी तक पागुर नहीं की है। जिउत के परिवार की बेचैनी बढ़ती जा रही है। आँगन के बरामदे में निर्जीव-सी पड़ी जमुनी को देख-देखकर जिउत का परिवार बेहाल है। खूँटे से जमुनी का पगहा खोल दिया गया है। उसके गले में बँधी रहनेवाली गरौंटी भी हटा दी गयी है। अपने मवेशियों के बीमार होते ही जिउत खूँटे से उनका पगहा खोलना तथा गले में बँधी गरौंटी हटाना कभी नहीं भूलता। कौन जाने, कब क्या हो जाये? रस्सी में बँधे मवेशी के मरने की पीड़ा से वह परिचित है। उसकी बछिया रस्सी में बँधी ही मर गयी थी। वह जानता था, रस्सी में बँधे मवेशी के मरने पर 'लक्षण लगने' का दोष लगता है, इसीलिए वह गाँव के लोगों को सच्ची बात बताना नहीं चाहता था। कौन इस बखेड़े में फँसे उसने जान-बूझकर तो ऐसा किया नहीं था। रोज़ की भाँति बछिया को खूँटे में बाँध दिया था। सुबह वह मरी हुई मिली। उसने पाया, उसकी मृत्यु रस्सी में बँधने के कारण नहीं, साँप के काटने से हुई थी। उसकी लाश के नीचे दबकर मरा करैत भी पाया गया। अब इसमें उसका क्या दोष? लेकिन पत्नी ने उक्त घटना गाँव से छिपाने नहीं दी। उसके अनुसार शायद सचमुच दोष लगता हो। जिस बात को सारा गाँव मानता है, उसमें सच्चाई नहीं, यह वह कैसे माने? छिपाने पर तो दोष और बढ़ता ही है। प्रकट कर देने पर उक्त दोष के निराकरण के रास्ते भी मिल जाते हैं, लेकिन वह जिउत ही जानता है कि वे रास्ते कितने कष्टप्रद होते हैं। 'लक्षण लगने' के दोष से मुक्त होने के लिए बछिया का पगहा गले में लटकाकर उसे दरवाज़े-दरवाज़े भीख माँगनी पड़ी थी तथा पुरोहित जी के बताये अनुसार कई अनुष्ठान करने पड़े थे, तब कहीं जाकर उस दोष से वह मुक्त हो सका था। इसीलिए जमुनी के बीमार होते ही उसने सबसे पहले उसे बन्धनयुक्त कर दिया, लेकिन फिलहाल उसकी चिन्ता जमुनी के बन्धनमुक्त और बन्धनयुक्त होने को लेकर नहीं। जमुनी उसके परिवार की सिर्फ़

भैंस ही नहीं, सब-कुछ है, उसके परिवार की ज़िन्दगी है पहले की अपेक्षा आज वे जो राहत की साँस ले रहे हैं, वह जमुनी के चलते ही सम्भव हो सका है तथा आगे की योजनाएँ भी जमुनी पर ही निर्भर हैं, इसीलिए जमुनी के न रहने की कल्पना मात्र से ही उसके होश उड़ने लगते हैं। इससे पहले जमुनी जब भी बीमार पड़ती थी, जल्दी ही ठीक हो जाती थी, लेकिन पता नहीं जमुनी को इस बार क्या हो गया है? जिउत का परिवार कुछ भी समझ नहीं पाता है।

जाड़े की साँझ। जल्द ही अँधेरा घिर जाता है। जिउत की बेटी रतिया लालटेन जलाकर बरामदे की खूँटी पर टाँग देती है। जिउत जमुनी के पास पूर्ववत् बैठा उसे सहला रहा होता है—कभी उसके पैरों को, तो कभी उसकी पूँछ को, तो कभी उसके माथे को। उसने अपना कम्बल भी जमुनी को ओढ़ा दिया है तथा स्वयं एक चादर लपेट लिया है। पहले भी ऐसा कई बार वह कर चुका है। अपने और अपने मवेशियों के बीच कम्बल की ज़्यादा ज़रूरत जिसके लिए महसूस हुई है, उसे ही ओढ़ा दिया है। इस पर तो जमुनी उसकी गृहलक्ष्मी है—अन्नदाता! आश्रयदाता! जीवनदाता! उसका ध्यान जमुनी पर ही टिका रहता है तथा नज़रें जमुनी को ही निहार रही होती हैं। मवेशी-डॉक्टर ने बताया है, जब जमुनी पागुर करने लगे तब समझना कि उसकी बीमारी दूर हो चली, लेकिन पता नहीं, जमुनी कब पागुर करेगी? उसे पागुर करते देखने के लिए जिउत का मन अधीर और विह्वल है। वह मन-ही-मन डिहवार बाबा को गोहराता है।

जिउत की पत्नी जोगनी, जिउत से कुछ ही दूर पर बैठी करसी पर पानी गरम कर रही होती है। डॉक्टर ने गरम पानी के साथ दो-दो घण्टे पर दवा देते रहने के लिए कहा है। वह पानी गरम कर जिउत को देती जाती है, जिसमें दवा मिलाकर जिउत काँड़ी से जमुनी को पिला दिया करता है। इस दौरान करसी का धुआँ पूरे बरामदे में पसरते हुए आँगन में भरता जा रहा है, लेकिन जिउत का परिवार इस धुएँ का अभ्यस्त है। यह धुआँ मवेशियों के साथ-साथ उन्हें भी मच्छरों से त्राण दिलाता है तथा जाड़े की सर्द रातों की कठोरता को तोड़ता रहता है। कभी इस करसी में जोगनी आलू सिझा लेती थी। किसी किसी शाम अपने पूरे परिवार के लिए लिट्टी भी पका लेती थी, लेकिन जमुनी का इस तरह पड़े देख आज उसे करसी के सुलगने और धुआँने का भी होश नहीं। उसकी जमुनी को क्या हो गया? किसने नज़र लगा दी? वह गाँव के गोरेया बाबा को पीठा चढ़ाने, काली माई को चुनरी ओढ़ाने तथा बरम बाबा को लंगोटा पहनाने की भखौटी मन-ही-मन भाखती रहती है। जानती है, जमुनी के ठीक हो जाने पर उसकी इतनी भखौटी सुन जिउत बिगड़ेगा। उसे गाली-बात भी सुनायेगा, लेकिन इसकी उसे परवाह नहीं। जमुनी ठीक हो जाये, वह जिउत

की गाली-बात सह लेगी। इस तरह जमुनी को पड़े हुए देखना उसके लिए असह्य है...।

जिउत की बेटी रतिया लालटेन जलाने के बाद बरामदे के एक कोने में बिछे पुआल पर अपने छोटे भाई परभू को लेकर बैठ चुकी है। परभू को भूख लगी है। वह खाने के लिए ठुनक रहा है। रतिया दबे पाँव उठती है और घर के अन्दर से चूड़ा-गुड़ लाकर उसे देती है। पर वह भात-दाल माँग रहा है। रतिया उसके कान में फुसफुसाते हुए समझाती है—"तुझे खाने की ही पड़ी है देख रहा है जमुनी कितनी बीमार है...। जो दिया है चुपचाप खा ले नहीं तो बाबू सुनेंगे तो उठाकर पटक देंगे। सबका मन कुफुत में पड़ा है... कौन खाना बनायेगा? जब तक जमुनी ठीक नहीं होगी, कुछ नहीं बनेगा भगवान् जी को सुमिरो कि जल्दी जमुनी ठीक हो जाये...।"

रतिया की बात सुन परभू का ठुनकना बन्द तो नहीं होता, पर कम हो जाता है। उसे याद है, एक बार पहले भी जमुनी बीमार पड़ी थी और खाने के लिए वह रोया-चिल्लाया था तो सबने उसे डाँट लगायी थी। बाबू ने तो गुस्से में एक-दो चाँटे भी जमाये थे। उस घटना को याद कर बिना रुचि के ही वह चूड़ा-गुड़ खाने लगता है।

रतिया ने आज सुबह से ही चूल्हा नहीं जलाया। दिन में पड़ोस से भात माँगकर परभू को खिला दिया, लेकिन शाम को किसी के यहाँ कुछ माँगने तक नहीं जा सकी। बार-बार दूसरों के यहाँ हाथ पसारना उसे अच्छा नहीं लगता। इस तरह जमुनी को पड़े देख उसके पाँव भी तो जम गये हैं। कुछ भी करने की इच्छा जाती रही है। जमुनी के बीमार पड़ते ही घर के सारे उत्साह और खुशियों को जैसे पाला मार गया है। जमुनी के इस रूप में रहते हुए उससे चूल्हा नहीं जलेगा। जमुनी को किसी ने माहुर तो नहीं दे दिया या टोना-टोटका तो नहीं कर दिया। दरवाज़े पर हाथी की तरह मस्त जमुनी को देख कितने मुदइयों का कलेजा फट रहा था। ज़रूर उन्हीं में से किसी ने कुछ किया है। वह सुरूज बाबा को गोहराती है कि जमुनी को ठीक कर दें...।

जिउत का बड़ा बेटा सरभू, अलिआर को बुलाने गाँव में गया है। अलिआर ओझा गुणी है। 'ऊपर वार' देखता है। दवाई के साथ-साथ यह भी हो जाये तो ठीक रहेगा। कोई कोर-कसर बाकी तो नहीं रह जायेगा। जिउत के मन में ओझाई और दवाई को लेकर कोई द्वन्द्व और विरोध नहीं। राम जाने कौन लह जाये? उसकी जमुनी चाहे जैसे ठीक हो जाये। उसने सरभू से अलिआर के साथ-साथ सिपरसन को भी बुला लाने के लिए कहा है। सिपरसन माल गरुओं का गँवई वैद्य है। कस्बे के मवेशी डॉक्टर के आने से पहले वही गाँव के माल-गरुओं की दवाई करता था। उससे भी दिखा लेना चाहिए। जाने किसके हाथ में जश हो...।

गरम पानी में दवा घोलकर पिलाते हुए जिउत की आँखों के समक्ष जमुनी के प्रारम्भिक दिन कौंध उठते हैं। जमुनी उसकी खरीदी हुई भैंस नहीं, घर की पोसी पाड़ी है—अपनी भुअरी की जनी हुई। उसे खिला-पिलाकर जिउत ने भैंस बनायी है। हालाँकि जब वह पाड़ी थी तभी उसे खरीदने के लिए आये दिन फेरहा उसके दरवाज़े चक्कर लगाते थे, लेकिन महँगे दाम में भी पाड़ी बेचना जिउत ने मुनासिब नहीं समझा। पाड़ी की कद-काठी, उठान और रंग-रूप देख उसी वक़्त उसे लग गया था कि यह अव्वल भैंस तैयार होगी। उसकी साँवली-सलोनी और चिकनी-चमकीली काया देखकर ही उसने जमुनी नाम रख दिया। पके हुए खुबसूरत जामुन की तरह ही उसे अपनी यह भैंस लगी है। शायद यह नाम उसकी भैंस को भी पसन्द है, इसीलिए जल्दी ही इस नाम को पहचान गयी। चाहे नाद में सानी खा रही हो या मैदान में घास चर रही हो, जमुनी नाम सुनते ही माथा उठा, दोनों कान खड़े कर ताकने लगती है। सानी-पानी से भरे नाद में जमुनी का नाक बुड़ा-बुड़ाकर खाना जिउत को कितना अच्छा लगता है। नाक बुड़ा-बुड़ाकर खाते हुए जमुनी की याद उसे विशेष आती रहती है। जमुनी के स्वस्थ होने की अव्वल पहचान जिउत के लिए वही है। उसी रूप में जमुनी को देख वह स्वयं भी स्वस्थ अनुभव करता है तथा अपने परिवार को भी हरा-भरा पाता है।

जमुनी का यह तीसरा बिआन है, लेकिन अभी स्वयं भी तो वह दो दाँत की ही पाड़ी है। यह बात गाँव के बहुत-कम लोग जानते हैं कि जमुनी उदन्त ही गाभिन हो गयी थी। उसका पहला और दूसरा बिआन उदन्त रूप में ही हुआ। लोगों को इस बात पर जल्दी विश्वास नहीं होता। हालाँकि इसके मूल में जमुनी का ऊँचा डील-डौल तो है ही जिउत द्वारा उसे जमकर खिलाया जाना भी है। घर के सानी-पानी के अतिरिक्त हरिअरी उसे सालों भर जिउत जुटाता रहा है। जेठ के दिनों में जब टोला-पड़ोस के अन्य मवेशी हरिअरी से वंचित हो जाते हैं, तब भी जिउत बगीचे की मेड़ों और कुएँ की जगत के आसपास से ढूँढ़कर जमुनी के लिए हरिअरी उपार ही लेता है।

सरभू, अलिआर को लेकर आ जाता है। कहता है—''सिपरसन काका थोड़ी देर में आयेंगे...करीम की बीमार बकरी देखने गये हैं काकी ने कहा है कि आते ही उन्हें भेज दूँगी।''

जिउत अलिआर को आदर से अपने पास बैठाता है। देखता है, अलिआर के हाथ में टार्च है। बदन पर साबुत धोती-कुर्ता। पैरों में जूता। कन्धे पर गमछा। जिउत जानता है, अलिआर की ओझाई चल गयी है। यही अलिआर फटी बनियान और घुटनों तक धोती पहन नंगे पाँव नज़र आता था। हालाँकि उसकी अपनी छोटी-सी खेती-गृहस्थी भी है, लेकिन उस खेती-गृहस्थी का यह चमत्कार नहीं। यह उसकी

ओझाई का कमाल है। धिनहु ब्रह्म के देवास का तो यह प्रसिद्ध ओझा है ही, आसपास के गाँवों में भी अब बुलाया जाने लगा है। हालाँकि गाँव के पढ़े-लिखे लड़के उसे ढोंगी और पाखण्डी समझते हैं। उसके खिलाफ़ आवाज़ भी उठाते हैं। कुछ लोगों को इन लड़कों की बातें सही भी लगती हैं, लेकिन अधिकांश लोगों का विश्वास अलिआर की ओझाई के प्रति बना रहता है। जिउत को निर्णायक रूप में यह जानकारी प्राप्त करने की कभी मुहलत ही नहीं मिली कि अलिआर झूठा है या सच्चा? सम्भव है, झूठ रचकर ही वह जी रहा हो। सम्भव है वह ओझाई करता भी हो, उसके हाथ में जश हो। सच क्या है, इस विवाद में पड़ने का समय जिउत के पास कहाँ? उसकी जमुनी किसी भी तरह ठीक हो जाये, उसके लिए सबसे बड़ा सच यही है...।

अलिआर पूछता है—"कब से बीमार पड़ी है जमुनी? अभी परसों ही तो मैंने इसे ठीक देखा था। सुबह तुम्हारी गली से गुज़र रहा था तो तुम इसे दुह रहे थे...वह अपनी पड़रू को चाट रही रही थी... तब तो यह बिल्कुल ठीक थी...।"

जवाब में जिउत कहता है—"हाँ, उसी दिन शाम से बीमार पड़ी है। दिन में सरभू चराने ले गया था। शाम को खूँटे पर आयी तो पैर पटकती रही। दाना-भूसा छुआ तक नहीं। उसके बाद से अभी तक एक गाल भी नहीं खा पायी है। कल से तो इसका बदन गरम भी रहने लगा...।"

अलिआर उसके बदन को छूकर देखता है। फिर टार्च जलाकर चारों ओर से उसका मुआयना करता है। इसके बाद एक क्षण तक आँख मूँदकर होठों में कुछ बुदबुदाता है। फिर आँख खोलते हुए जिउत को आत्मीय झिड़की लगता है—"तुम बहुत सोझिया हो जिउत भाई... तुम्हें आग-पाछ कुछ भी नहीं सूझता-भला धेन माल दरवाज़े के बाहर दुहा जाता है....वह भी जमुनी की तरह दुधारू धेन। न जाने किस-किस की नज़र पड़ती रहती है...।

यह सुन जोगनी झट बोल पड़ती है—"मैंने कई बार मना किया है, लेकिन इन्हें मेरी बात कब माननी। इन्हें तो गाँव के लोगों को दिखाना है कि मेरी भैंस इतना दूध करती है। कि गाँव में इसकी जोड़ की भैंस किसी के यहाँ नहीं।

इस पर जिउत जोगनी को डाँटते हुए कहता है—"तुम चुप भी रहोगी या अपना परगन सुनाती रहोगी दरवाज़े के बाहर मैं कोई पहली बार थोड़े दुह रहा था... पहले भी कई बार दुह चुका था...।"

इस बार जोगिनी नहले पर दहला जमाते हुए कहती है—"इसी से तो तुम्हारा मन चसक गया था। तुम्हारी उसी करनी का फल आज हम भोग रहे हैं...।"

इस पर अलिआर बीच बचाव करते हुए कहता है—"घबराने की ज़रूरत नहीं है भौजी। इसे पड़ोस की ही एक डायन ने नज़र की है। तुम याद करो भौजी, तुमसे

मट्ठा माँगने एक औरत आयी थी। तुम उसे मट्ठा देने के लिए घर के अन्दर गयी। उसी वक़्त उसने भैंस को अपना शिकार बनाया। काफी दिनों से वह इसे अपनी नज़र पर चढ़ाये थी...।''

जोगनी यह सुन घबराती हुई कहती है—''कई कलमुँही मट्ठा माँगने आती है...वह कौन चुडैल है भाईजी उसका नाम बताइए मैं उसे छोड़ूँगी नहीं... मैं जानती तो मट्ठा के बदले उसके माथे पर अंगारे उलट देती। उसका नाम बता दीजिये भाई जी...।''

अब जिउत अपने को रोक नहीं पाता है। बीच में आ जाता है—''नाम जानकर क्या करोगी? नाम बताने की ज़रूरत नहीं है अलिआर भाई जो हो, अगर तुम्हें लगता है कि उसने किया है तो अपनी ओर से तुम उसका इन्तजाम करो... बात बढ़ाने से अब क्या लाभ?''

जिउत जानता है, अलिआर द्वारा किसी डायन का नाम बताना एक बड़े आफत में पड़ना है। अव्वल तो अलिआर किसी का नाम बताता नहीं। ऐसे ही पैंतरा बाँधता रहता है, क्योंकि नाम बताने से वह भी तो सीधे-सीधे उलझ जाता है, जो उसकी ओझाई के लिए अच्छा नहीं होता। इसके बावजूद कभी-कभार किसी से अपनी पुरानी दुश्मनी साधने के लिए वह नाम बता भी देता है। ऐसे ही उसने जनेसर सिंह के बेटे की बीमारी का कारण भीखम बो को डायन बता दिया था, लेकिन यह क्या? भीखम बो का नाम सुनते ही जनेसर सिंह अपने भाइयों के साथ लाठी लेकर भीखम बो के दरवाज़े पहुँच गये थे कि चल मेरे बेटे को ठीक कर। जवाब में मुसम्मात भीखम बो के देवर और भतीजे भी लाठी लेकर टूट पड़े थे। इसके बाद दोनों ओर से वह मार हुई कि गाँव के लोग याद करते हैं। जनेसर सिंह के एक भाई की बाँह सदा के लिए टूट गयी तथा भीखम बो का एक भतीजा मरते-मरते बचा। भीखम बो के भतीजे अलिआर को भी ढूँढ़ रहे थे, लेकिन उनसे पुरानी दुश्मनी के चलते अलिआर सतर्क था। वह अपने संवागियों के बीच गोलबन्द होकर रहने लगा था। उस मामले को लेकर भीखम बो और जनेसर सिंह के परिवार सालों के बीच आज तक मुकदमा चल रहा है। इस मुकदमें में अलिआर, जनेसर सिंह की ओर से गवाह है। हालाँकि यह मुकदमा चल रहा है। हालाँकि यह मुकदमा डायन के आरोप पर मार होने को लेकर नहीं है। वकील ने इस मुकदमें को नये दाँव-पेंच से सजाया है ऐसा कि दोनों पार्टियाँ आजीवन लड़ती रहें। इसीलिए जिउत नाम जानने के पक्ष में कदापि नहीं। एक तो जमुनी बीमार है, यही परेशानी उसके लिए काफी है, दूसरी आफत वह क्यों मोल ले...?

अलिआर, जिउत की बात समझ जाता है। ओझाई करते-करते वह लोगों को पहचानने लगा है। जो जैसा होता है और जितना चाहता है, अलिजार वैसा ही और उतना भर ही इन्तजाम करता है, ताकि उस घर के लिए उसकी माँग बनी रहे। वह अपने को सहेजते हुए कहता है—'मैं नाम नहीं बताऊँगा जिउत भाई...ओझा का यह धर्म भी नहीं कि वह किसी डायन का नाम बताये। इससे ओझाओं का सत जाता रहता है। यह तो कुछ लोग बाध्य कर देते हैं...जिद पकड़ लेते हैं...नहीं तो मैं बताता ही नहीं।'

फिर वह जोगनी से कहता है—"भौजी, नाम जानकर क्या करोगी? मैं जो कहता हूँ वह करो! उसकी करनी का ऐसा फल चखा दूँगा कि फिर कभी इस घर की ओर आँख उठाकर भी नहीं ताकेगी। मुझे एक गोइठे पर आग सुलगाकर दे दो तथा एक लोटे में साफ़ जल। थोड़ी-सी पिअरकी तोरी और मुट्ठी भर लोहबान...।"

जोगनी जानती है, पिअरकी तोरी और लोहबान घर में नहीं। वह अपने अँचरा के खूँट से कुछ पैसे सरभू को देती है—"जल्दी साव जी के यहाँ से पिअरकी तोरी और लोहबान लेते आ..। साव जी ने दुकान बन्द कर ली हो तो घर जाकर उनसे ले लेना। वे भीतरवाले दरवाज़े से निकालकर दे देते हैं।"

सरभू पैसे ले फुर्ती से चल देता है। वह तो जैसे तैयार बैठा है कि जमुनी के लिए कुछ भी लाना हो तो वह उठा नहीं रखेगा। इधर जोगनी गोइठे की एक बड़ी-सी चिपरी ले उस पर आग सुलगाने लगती है। यह देख रतिया बिना माँ के कहे, परभू को सोते छोड़ पितरिया लोटा माँजकर उसमें साफ़ जल भरने लगती है।

अलिआर के पास चिपरी की आग और लोटे का साफ़ जल पहुँचते-पहुँचते सरभू पिअरकी तोरी और लोहबान लेकर आ जाता है। जैसे वह यह गया, वह आया! वह कुछ हाफ रहा होता है। शायद दौड़ते ही आया गया है।

सामग्री एकत्रित हो जाने के बाद अलिआर अपनी ओझाई शुरू करता है। सबसे पहले वह जलती आग में लोहबान डालता है। इसके बाद अपने मुँह से विचित्र ध्वनि निकालते हुए पचरा गाता है तथा पिअरकी तोरी आग में फेंकता जाता है। लोहबान की तीखी गन्ध पूरे घर में फैल जाती है—अजीब तरह की गन्ध! इस बीच अलिआर के मुँह से निकलती विचित्र ध्वनि "हे काली कलकत्तेवाली! मेरा वचन न जाये खाली!" तथा पट-पट करके जलती तोरी की आवाज़। पूरा वातावरण रहस्यमय और डरावना लगने लगता है। इस दौरान कभी लोटे का जल हाथ में लेकर अलिआर जमुनी के बदन पर भी छिड़कता है। ठण्डे जल का स्पर्श होते ही जमुनी का बदन थर्रा उठता है। यह देख जोगनी और रतिया का हृदय खुशी से भर-भर आता है। उन्हें लगता है, अलियार ने डायन की चपेट से जमुनी को मुक्त करना शुरू कर दिया

है, लेकिन जिउत और सरभू उतने आश्वस्त नहीं हो पाते। अपनी भैंस को प्रतिदिन धोते हुए उन्होंने अनुभव किया है, जल का पहला फुहार पड़ने पर जमुनी का बदन इसी तरह थर्राता है। फिर भी उनके मन के किसी-न-किसी कोने में यह आशा बँधी रहती है कि शायद अलिआर की ओझाई सुन ले। अगर अलिआर की ओझाई न भी सुने तो भी उन्हें इस बात का अफसोस तो नहीं रहेगा कि उन्होंने सिर्फ़ दवाई ही दी, ओझाई नहीं की। इसीलिए वे चुपचाप ओझाई देखते रहते हैं।

अलिआर की ओझाई अभी पूरी भी नहीं होने पाती है कि अचानक बाहर का दरवाज़ा खटखटाता है। दरवाज़े पर खटखटाहट की आवाज़ सुनते ही सबों को लग जाता है, सिपरसन आ गया है। सरभू तेज़ी से उठकर दरवाज़ा खोलता है। सबका अनुमान सही है। वह सिपरसन को लेकर अन्दर आता है, लेकिन यहाँ जिउत एक क्षण के लिए झेंप-सा महसूस करता है। उसे एक ही समय अलिआर और सिपरसन, दोनों को नहीं बुलाना चाहिए था। दोनों के क्षेत्र अलग-अलग हैं और विश्वास के धरातल अलग-अलग लेकिन वह क्या करे? उसके पास समय ही कहाँ? मरता क्या नहीं करता? क्या अलिआर और सिपरसन नहीं जानते कि वह मजबूर है। और फिर पहली दफा तो दोनों एक ही जगह नहीं जुटे हैं। गाँव में कई लोगों के यहाँ बीमार मवेशियों की एक ओर अलिआर ने ओझाई की है तो दूसरी ओर सिपरसन ने दवाई। वे दोनों जानते हैं कि परेशान आदमी किसी एक डाल पर बैठा नहीं रह सकता। जब तक उसे राहत नहीं मिल जाती है, इधर-उधर हाथ-पाँव मारता ही रहता है। हालाँकि इस बिन्दु पर शुरू में विश्वास के धरातल पर उन दोनों में काफी विरोध था। कई बार वे लड़ भी गये थे, लेकिन चूँकि एक ही गाँव में उन्हें रहना है और कई केस में लोगों के बुलाने पर एक ही साथ जुटना है, इसीलिए बीतते समय के अनुसार एक-दूसरे के मामले में टाँग न अड़ाते हुए अपना काम करना उन्होंने सीख लिया है। फिर भी अकेले होने पर जितनी सहजता वे अनुभव करते हैं, एक-दूसरे के आमने- सामने होने पर वैसी सहजता नहीं महसूस करते।

अलिआर जानता था, सिपरसन आनेवाला है, इसलिए उस पर कोई खास असर नहीं पड़ता है। वह पहले से इस स्थिति के लिए तैयार था। वैसे मन-ही-मन वह चाह रहा था कि सिपरसन के आने से पहले ही अपना कार्य पूरा करके चल दे तो ज़्यादा अच्छा रहेगा, इसीलिए वह तेजी से अपना कार्य निबटा रहा था, लेकिन सिपरसन आ ही गया।

इधर सिपरसन नहीं जानता था कि वह जहां जा रहा है वहाँ अलिआर पहले से मौजूद है, इसीलिए दरवाज़े के भीतर घुसते ही लोहबान की गन्ध से उसका माथा ठनक जाता है। फिर न चाहते हुए भी उसकी नज़र अलिआर पर चली ही जाती है।

उसका मन कसैला हो जाता है। जब ओझाई ही करानी थी तो उसे बुलाने की क्या ज़रूरत? ऐसी जगहों से उसका मन लौट जाने को करता है, लेकिन 'गऊ-गुहार' का मामला समझ वह लौट नहीं पाता। अनबोलता गऊ को क्या पता, वह तो कष्ट में पड़ी है। उसे कष्टमुक्त करना सिपरसन अपना मुख्य उद्देश्य मानता है। इस उद्देश्य के आगे इन छोटी-छोटी बातों की क्या बिसात? जिउत भाई ज़रूर उन दोनों को बारी-बारी बुलवाते, लेकिन यह सोचकर कि रात गहराने के बाद कोई नहीं जायेगा, उन्होंने दोनों को बुलवा लिया। अब पहले वाला गाँव तो रहा नहीं। रात गहराने पर अब कोई कहाँ निकलता है?

और सचमुच जिउत ने यही सोचा था। किसी एक को बुलाकर उसी के सहारे सारी रात काट देने का जोखिम यह उठाना नहीं चाहता। वैसे उसे इस बात का विश्वास भी था कि यह जान चुकने के बाद कि अलिआर आया है 'गऊ-गुहार' के नाम पर वहाँ आने से सिपरसन अपने को रोक नहीं पायेगा। 'गऊ-गुहार' को वह अपने जीवन में सबसे अधिक महत्त्व देता है। जिउत ने देखा है, सिपरसन अगर खाने पर भी बैठा हो और गऊ की पीड़ा की गुहार उस तक पहुँची हो तो वह खाना छोड़ चल पड़ा है। माल-गरुओं का इलाज उसने अपने बाबा से सीखा है। उसके बाबा मवेशियों के उससे भी बड़े वैद्य थे। वह जब छोटा था, तभी से अपने बाबा के साथ मवेशियों का इलाज करता आ रहा है। जाने यह कौन-सी जुगत जानता है कि मरखाह-से-मरखाह मवेशी भी उसका हाथ चाटने लगते हैं। मवेशियों के पेट में घुसकर और उनके सींग के पास सटकर वह घण्टों बीमार मवेशी के साथ रहता है, लेकिन कभी किसी मवेशी ने उसे नहीं मारा और न मवेशियों की सेवा में वह कभी थका ही। मवेशियों के दुःख-दर्द को वह पहचान जाता है और उन्हें रोगमुक्त करने में भिड़ जाता है। घास-पात के बीच छिपी जड़ी-बूटियों की अच्छी पहचान उसे है। किस मवेशी को, किस बीमारी में कौन-सी जड़ी दी जायेगी, वह तत्काल बता देता है, लेकिन इस सबके बावजूद उसने अपने इस कार्य को पेशा नहीं बनाया। मवेशी के ठीक हो जाने पर सिपरसन को जो दे दिया जाता है, ले लेता है। कभी हाँ-ना नहीं करता। गऊ-सेवा को वह अपना पवित्र धर्म मानता है। इस विषय में मोल-भाव करना पाप समझता है, लेकिन लोगों ने भी उसे काम नहीं दिया है। बिना किसी खेती-गृहस्थी के वह अच्छा खाता और पहनता है, किन्तु जब से कस्बे में मवेशी अस्पताल खुला है, लोग उसे कम बुलाने लगे हैं। उसकी अपेक्षा शहर से आये मवेशी डॉक्टर में लोगों का विश्वास ज़्यादा रहने लगा है, पर सिपरसन इससे दुःखी नहीं। माल गरुओं का कष्ट हरने के लिए पढ़-लिखकर डॉक्टर आये हैं। यह उसके जानते अच्छी बात है, लेकिन वह कहता है अंग्रेजी सुइयाँ और दवाइयाँ उसकी जड़ी-बूटियों का मुकाबला कभी नहीं कर सकतीं...।

जिउत उठकर सिपरसन के पास आ जाता है और उसे जमुनी के पास ले आता है। सिपरसन जमुनी को निहार-निहारकर देखता है, खूब गौर से उसका गला, पेट और थन को हाथों से दबाकर जाँचता है। उसके बदन को सूँघता है। फिर जिउत से पूछता है—"यह कब से बीमार पड़ी है? शुरू में इसकी बीमारी के क्या लक्षण थे? वे लक्षण वही रहे या बदले? दाना-भूसा छोड़कर कब से इस तरह थउसी है?"

इस बीच अलिआर की ओझाई पूर्वत: जारी रहती है। वैसे अब वह पचरा तेज आवाज़ में न गाकर धीमी आवाज़ में गाने लगा है। जिउत सिपरसन को एक कोने में ले जाकर बैठाता है तथा जमुनी की बीमारी के बारे में विस्तार से बताता है। एक भी बात छोड़ता नहीं। जानता है, डॉक्टर-वैद्य से बीमारी का पूरा हाल बताना अच्छा समझा जाता है।

सिपरसन जमुनी को देखने और जिउत की पूरी बात सुनने के बाद एक निर्णय पर पहुँच जाता है। कहता है—"परेशान होने की ज़रूरत नहीं जिउत भाई...मैंने इसकी बीमारी पकड़ ली है। पिछले साल अगहन में धनेसर की भैंस को भी यही बीमारी हो गयी थी। एक जड़ी है, जिसे पीसकर गुड़ के साथ एक-एक घण्टे पर देते जाओगे तो रात-भर में यह ठीक हो जायेगी?

जिउत पूछता है—"कौन-सी जड़ी है?"

सिपरसन बताता है—"यह जड़ी तो मैं अपने यहाँ बराबर रखता था, लेकिन इस समय खत्म हो गयी है। अभी वह बिरम महतो के बँसवार में मिलेगी।"

यह सुन जिउत एक क्षण के लिए मौन हो जाता है। सिपरसन भी मौन बना रहता है। शायद दोनों यह सोच रहे हैं कि इस रात में बिरम महतो के बँसवार से जड़ी कौन लायेगा? गाँव में आये दिन जिस तरह हत्याएँ हो रही हैं और जिस तरह वैमनस्य फैल गया है उसे देखते हुए रात के इस घने अँधेरे में बँसवार में जाना खतरे से खाली नहीं। गाँव जाति के आधार पर कई खेमों और गुटों में बँट गया है। दिन में सदियों से चले आ रहे सम्बन्धों का निर्वाह किसी तरह लोग कर लेते हैं, लेकिन रात होते ही लोगों पर हैवानियत का भूत सवार हो जाता है। रात के अँधेरे में, कब कौन किसकी गर्दन उड़ा दे, कुछ कहा नहीं जा सकता? अब तो यह देखा नहीं जाता कि व्यक्ति दोषी है या नहीं? देखा सिर्फ़ यह जाता है कि वह किस जाति या वर्ग का है?

सरभू ताड़ लेता है, पिता जिउत और काका सिपरसन असमंजस की स्थिति में है। वह उनके पास जाकर विषय से अवगत होता है। फिर जड़ी के लिए बँसवार जाने को उद्यत हो जाता है। यह देख सिपरसन का उत्साह भी जाग उठता है—"मैं स्वयं

जाकर जड़ी उखाड़ लाता हूँ... तुम तो घास-पात के बीच उसे पहचान भी नहीं पाओगे।"

लेकिन सरभू, सिपरसन को अकेले नहीं जाने देता। इससे पहले कि जिउत कुछ कहे, सरभू और सिपरसन जड़ी के लिए चल देते हैं।

सरभू और सिपरसन के जाने के बाद जोगनी और रतिया भी चिन्तित हो उठती हैं। जिउत तो चिन्तित है ही बिरम महतो का बँसवार गाँव के पुरूबारी छोर पर है। जाने कब लौटेंगे। हे भगवान्, वे सकुशल लौट आयें। लेकिन इन लोगों के विपरीत अलिआर कुछ और ही सोच रहा होता है। वैसे तो सिपरसन की उपस्थिति में भी वह अपनी ओझाई जारी ही रखे हुए था, पर कुछ धीमा पड़ गया था। अब पूर्ववत तेज हो जाता है। उसने लक्ष्य कर लिया है, जिउत का विश्वास उसकी अपेक्षा सिपरसन पर अधिक है, इसीलिए वह जल्दी-जल्दी ओझाई समाप्त करने लगता है। फिर जैसा कि उसने सोचा था, सिपरसन और सरभू के लौटने से पहले ही खड़ा होते हुए जोगनी से कहता है—"मैंने सब इन्तजाम कर दिया है भौजी, उसके बाण को काट दिया है...। अब सिर्फ़ सायर स्थान पर दारू ढरकाना और मुर्गी काटना बाकी है। इसके बाद तो उसे भैंस छोड़कर भागना ही है।"

अलिआर ने महाजन देखकर ही अपनी फर्माइश की है। अपनी फर्माइश के पीछे अपने प्रति महाजन का विश्वास और उसकी सामर्थ्य को वह सदैव ध्यान में रखता है। अगर महाजन श्रद्धालु है और आर्थिक दृष्टि से तंगी में नहीं, तो उसके यहाँ वह खँसी काटने, वस्त्र अर्पित करने और देवास के नाम पर सवा मन धान निकालने का आग्रह करता है। पर यहाँ जिउत की स्थिति-विश्वास को देख सिर्फ़ मुर्गी और दारू का न्यूनतम आग्रह करता है, लेकिन इस आग्रह पर भी एक क्षण के लिए जिउत का परिवार असमंजस की स्थिति में पड़ जाता है! मुर्गी और दारू का नाम सुन जोगनी जिउत की ओर ताकती है और जिउत जोगनी की ओर! फिर दोनों कातर दृष्टि से अलिआर की ओर ताकने लगते हैं। उनकी आँखों की भाषा अलिआर समझ जाता है। अपनी स्थिति पर तरस खाने का आग्रह उनकी आँखें कर रही होती हैं। जवाब में वह मँजे हुए खिलाड़ी की तरह कहता है—"इतना तो करना ही होगा भौजी! सायर को बिना सन्तुष्ट किये कुछ नहीं हो सकता।"

इसके बाद न चाहते हुए भी जोगनी अँचरा के खूँट से चन्द सिक्के निकाल अलिआर की हथेली पर रख देती है—'मुर्गे का चूजा ही ले लेना भाई जी और एक पौवा ही दारू! इतने में ही सायर को मना लेना हाथ सकेत में है, नहीं तो मनमाफिक चढ़ावा देती...।

अलिआर उन सिक्कों को लेकर चल देता है। जानता है, जिस तीसी में तेल नहीं, उसे पेरने से क्या लाभ? लेकिन घर से उन सिक्कों के निकलते ही जिउत अन्यमनस्क हो जाता है। उसका मन करता है कि जोगनी को डाँटे, क्यों दिये पैसे? पर यह सोचकर कि दोष इसमें जोगनी का क्या, असली भागीदार तो वह स्वयं है, महटिया जाता है। उसे अलिआर को नहीं बुलाना चाहिए था। पैसे लेकर वह धूर्त चम्पत हो गया। वह अपने-आप पर खीझ उठता है। स्वयं के खिलाफ ग़ुस्से से उसका मन तिक्त हो जाता है..।

कुछ देर बाद जोगनी अपनी चिन्ता प्रकट करती है—"सरभू और सिपरसन अभी तक नहीं लौटे..।"

रतिया उसकी चिन्ता को और गहरा देती है—"सरभू भैया को नहीं भेजना चाहिए था...समय ठीक नहीं चल रहा हमें खाता-पीता देख कई मोखालिफ बन गये हैं...कौन कब मुखालफत साध ले, किसी पर भरोसा नहीं किया जा सकता...।"

जिउत का मन भी चिन्तित और आशंकित है। कई आशंकाएँ उसके मन में उठ रही हैं, लेकिन अपनी प्रतिक्रिया वह व्यक्त नहीं कर पाता। अगर इन औरतों की तरह वह भी अधीर हो गया तो फिर इन्हें ढाँढ़स कौन देगा? उसे तो मर्द मानुस की तरह कड़ा बने रहना है। वह समझाते हुए कहता है—"कुछ नहीं होगा..सिपरसन भाई साथ हैं...बँसवार यहीं तो नहीं है कि वे गये और आये... और फिर बँसवार में जड़ी कहीं एक जगह रखी हुई तो नहीं है..घास-पात के बीच उसे ढूँढ़ना होता है....इसमें समय तो लगेगा ही...।"

वैसे कहने को तो जिउत कह जाता है, पर जानता है, रतिया की आशंका निर्मूल नहीं। कौन, कब मुखालफत साध ले, किसी पर भरोसा नहीं किया जा सकता। जिसकी चाकरी न करो उसकी आँख की किरकिरी तो आदमी बन ही जाता है, अपने सही-गलत कार्यों में साथ न पाने पर अपने लोग भी तो नहीं बख्शते, लेकिन वह क्या करे? इसमें उसका क्या कसूर? जमुनी से पहले वह मालिक के यहाँ बनिहार था और सरभू चरवाहा। उसके जिम्मे हल जोतने से लेकर दवरी करने तक खेती-गृहस्थी के सारे कार्य थे, सरभू के जिम्मे माल-मवेशियों को खिलाने-पिलाने से लेकर हवेली के अन्य अनेक कार्य। अपनी बड़ी बेटी मतिया की शादी में मालिक से उसने क़र्ज़ क्या लिया था, दोनों बाप-बेटे उनके यहाँ बन्धक हो गये। ऐसी चाकरी और ग़ुलामी कि अपने लिये कोई समय नहीं और अपनी इच्छा नहीं। मालिक के जायज-नाजायज आदेश का पालन तत्क्षण करना पड़ता। उनके घरवालों की नींद सोना और जागना पड़ता। बदले में किसी तरह जीने-खाने भर अनाज, अभावों से घिरी बदहाल, बेबस और व्यथित ज़िन्दगी इस जहालत भरी ज़िदगी से अगर किसी

ने छुटकारा दिलाया तो जमुनी ने। अपने पहले बिआन में ही वह लक्ष्मी बन गयी। दूध, दही और घी से घर भर दिया। पाँच महीने के अन्दर ही मालिक का कर्ज़ चुका वे दोनों बाप-बेटे आजाद हो गये—अपनी मर्जी के अनुसार काम करने और अपनी मर्ज़ी से जीने की आज़ादी, लेकिन उनकी यह आज़ादी मालिक को फूटी आँखों नहीं सुहाती। कहते हैं, "देखता हूँ कब तक भैंस पालकर बाबू बने रहते हो...तुम बाप-बेटे के चले जाने से मेरी खेती रुकनेवाली नहीं तुमसे भी तगड़े बनिहार—चरवाह मिल गये हैं..तुम अपने को समझते क्या हो? अपनी खेत की मेड़ों पर तुम्हारे मवेशियों को कभी देख लिया तो खैर नहीं। इधर उसके-जैसे लोग भी जो रातों में मीटिंगें करते हैं और अपने संघर्ष कार्यों में इधर-उधर ले जाना चाहते हैं, वे भी नाराज रहने लगे हैं कि ये बाप-बेटे अपना पूरा समय-साथ उन्हें नहीं देते। हालाँकि कई बार उन लोगों से उसने कहा है कि बाप-बेटे आपके साथ हैं लेकिन माल-मवेशियों में लगे होने की वजह से हमें समय ही नहीं मिल पाता।

और सचमुच जिउत के साथ सच्चाई भी यही है। जमुनी की ही बदौलत और तीन भैंसे उसके बथान में आ गईं। यह सिर्फ़ जिउत-जैसे लोग ही जानते हैं कि माल मवेशियों का कार्य पर्याप्त समय की अपेक्षा रखता है, तब कहीं जाकर उन्हें आबाद रखा जा सकता है। यह ठीक है कि उसके-जैसे लोगों के लिए ही ये अपने लोग संघर्षरत और गोलबन्द हैं, पर जीवन निर्वाह के इस आवश्यक कर्म को करने के बाद ही तो वह कहीं सक्रिय हो सकता है। उसने ऐसे लोगों को देखा है, जो जीवन-निर्वाह के कर्म के प्रति उदासीन बने रहते हैं और अन्य सामूहिक संघर्ष कार्यों में बढ़-चढ़कर भाग लेते हैं, लेकिन ऐसे लोग देर तक अपना वजूद कायम नहीं रख पाते, जल्द ही उन्हें मुँह की खानी पड़ती है। जीवन-निर्वाह के कर्म को वह सर्वोपरि महत्त्व देता है। पर उसके लोग इसका दूसरा अर्थ लगाने लगे हैं। खैर, वे जो भी अर्थ लगायें इस कर्ममय जीवन को वह छोड़ नहीं सकता और न इसके प्रति शिथिलता ही बरत सकता है। अब वे नाराज हैं तो वह क्या करे?

अपनी और तीनों भैंसों का ख्याल आते ही जिउत उन्हें देखने के लिए सारघर की ओर चल देता है। जमुनी में लगे होने की वजह से आज इन्हें वह स्वयं नहीं खिला सका। सरभू ने ही इन तीनों को खिला-पिलाकर सारघर में बाँध दिया है। इन भैंसों को अभी हाल ही में उसने बारी-बारी से लिया है। इनमें से एक लगहर है, दूसरी गाभिन तथा तीसरी बकेन होकर 'बीसूख' गयी है। साल-छह महीने में ये दोनों भी हरी हो जायेंगी। तब फिर उसके यहाँ दूध की नदी बहने लगेगी। फिर तो उसकी नैया आराम से किनारे लग जायेगी, लेकिन जिस जमुनी के चलते ये भैंसें, उसके खूँटे का भाग्य बनी हैं, स्वयं बीमारी से थउस गयी है। जमुनी ठीक रहे, तो ये तीन भैंसें क्या, पूरा सारघर मवेशियों से भर देगी। भैंस नहीं है जमुनी, कामधेनु है। कामधेनु!

पहले जिउत जानता था कि कामधेनु देवताओं के पास रहनेवाली कोई चमत्कारिक धेनु होती है, जो सारी मनोकामना पूर्ण कर देती है, पर अब उसे लग गया है, जमुनी-जैसी धेनु का ही नाम लोगों ने कामधेनु रख दिया होगा...।

जिउत सारघर में घुसकर अपनी इन तीनों भैंसों के बीच खड़ा हो जाता है। शायद अँधेरे में भी ये तीनों अपने 'मउआर' को पहचान लेती हैं। एक जिउत की बाँह चाटने लगती है तथा दूसरी जिउत के पेट में माथा सटा अपने कान हिलाने लगती है तो तीसरी उसे सूँघने लगती है। जिउत को अफसोस होता है, आज अपनी इन तीनों भैंसों को वह दुलार भी नहीं सका। प्राय: प्रतिदिन जमुनी के साथ-साथ इन तीनों भैसों को खिला-पिलाकर सारघर मे बाँधते वक़्त इनके माथे, सींग और पीठ पर हाथ फेरते हुए पुचकारता था। शायद उसी की प्रतीक्षा में ये अब तक खड़ी हैं। उसकी आँखें भर आती हैं। मन-ही-मन इन तीनों से माफी माँगते हुए वह इन्हें लाड़ से सहलाने और पुचकारने लगता है। ठीक इसी समय दरवाज़े पर आवाज़ आती है। शायद सिपरसन और सरभू आ गये। वह तेजी से सारघर से निकलता है, लेकिन उसके दरवाज़े पर पहुँचने से पहले ही रतिया दरवाज़ा खोल चुकी होती है। सिपरसन और सरभू लौट आये हैं।

सिपरसन कहता है—"बिरम महतो के बँसवार में गेहुँअन था, इसीलिए देर हो गयी।"

यह सुन जिउत, जोगनी और रतिया तीनों के मुँह एक ही साथ भय और आश्चर्य से खुल जाते हैं—"गेहुअन।"

सिपरसन बताता है..."हाँ जब हम बँसवार के पास पहुँचे तो चोंइ...चोंइ... की आवाज़ आ रही थी। मैं समझ गया ज़रूर साँप ने किसी बेंग को पकड़ा है। ध्यान से देखा तो एक भदेया बेंग को एक निठाह गेहुँअन ने दबोच रखा था...। अब हमें बगल के बँसवार में जाना पड़ा, लेकिन वहाँ जड़ीवाली धास हेहर और दूब में छिपी थी, बहुत मुश्किल से मिली।"

इसके बाद सिपरसन जड़ीवाली घास जोगनी की ओर बढ़ता है—"इसे पीसकर ले आओ भौजी।"

लेकिन जोगनी के उठने से पहले ही रतिया उसे लेकर फुर्ती से सिलवट के पास जाती है और जल्दी-जल्दी पीसकर एक कटोरी में ले आती है। सिपरसन उसमें गुड़ मिलाता है। फिर अन्दाज भर पानी। छोटी काँड़ी से लगभग चार काँड़ी दवा तैयार होती है। एक काँड़ी वह स्वयं जमुनी को पिला देता है तथा शेष तीन काँड़ी रात के दूसरे, तीसरे और चौथे पहर देने को कह चल देता है। जाने से पहले जिउत को यह आश्वासन भी दे जाता है कि "अगर जड़ी ने सुन ली तो रात भर में जमुनी रास्ते

पर आ जायेगी। यह जड़ी बावग (खाली) नहीं जाती। अपना असर दिखाकर ही रहती है...।''

रात का दूसरा पहर बीत रहा होता है। जोगनी, जिउत को याद दिलाती है—''पानी गरम हो गया है। मवेशी डॉक्टरवाली दवा पिला दो।''

जिउत अन्दाज लगाता है, मवेशी-डॉक्टर की दवा का समय हो गया है। वह पानी में दवा घोलकर पिलाने लगता है। जानता है, सिपरसन की जड़ी का मवेशी-डॉक्टर की दवा से कोई विरोध नहीं। सिपरसन अक्सर कहता है—''मेरी जड़ी का किसी भी दवा से परहेज नहीं। भले ही किसी बीमारी में जड़ी काम न करे, लेकिन नुकसान तो वह हर्गिज नहीं करेगी...।''

जमुनी को दवा पिलाने के बाद जिउत एक बार फिर उसे नज़र भर निहारता है कि वह तनिक भी टनमना रही है कि नहीं, लेकिन उसे कुछ भी अन्तर नहीं मालूम पड़ता। उसका मन फिर बुझने लगता है। जमुनी का माथा सहलाते हुए उसकी यादें जिउत को फिर कचोटने लगती हैं। वह समझ नहीं पाता, अपने मवेशियों की बीमारी के क्षणों में उनके अच्छे दिनों की यादें उसे क्यों परेशान करती हैं? वे यादें उसके वर्तमान को और ज़्यादा दुखाती हैं, पर चाहकर भी उन यादों से वह मुक्त कहाँ हो पाता हैं?

पहली याद उस साल के बैसाखी मेले की आती है जिसमें जमुनी को लेकर जिउत गया था। उसे अपना बछड़ा बेचना था। 'हतेअरवा' की बीमारी में उसकी गाय, बछड़ा छोड़कर मर गयी थी। उस बछड़े को तैयार कर उसे बेच देने के लिए वह मेले में आया था। जमुनी को तो सिर्फ़ मेला घुमाने के उद्देश्य से साथ लाया था। साथ ही यह अन्दाज लेने के लिए भी कि उसकी जमुनी का क्या भाव फेरहा लगाते हैं? मेले में बछड़े को वह किसी तरह मोल-भाव करके बेच पाया। उसे मनलायक दाम नहीं मिला। बछड़ा भवगर नहीं बिका, पर जमुनी को देखकर तो मेले के सारे ग्राहक और फेरहा उस पर टूट पड़े। जिउत ने जितना सोच रखा था उससे डेवढ़ा देने के लिए फेरहा तैयार थे। एक फेरहा इतना घुरिया रहा था कि जब तक मेले से जमुनी हटी नहीं, वह मँडराता रहा। जिउत का गाँव उस मेले से दूर था। मेला पाहुन (जिउत के बहनोई) के गाँव के पास था। पाहुन भी मेले में आये थे। जिउत ने यह सोचकर जमुनी को पाहुन के यहाँ रख दिया कि एक-दो दिन उनके यहाँ आराम कर घर आ जायेगी। लगहर माल को बिना आराम दिये दौड़ाना ठीक नहीं होगा। इसके बाद घर पहुँच दूसरे ही दिन जिउत जमुनी को ले आने के लिए सरभू को पाहुन के यहाँ भेज रहा था कि अचानक हाँफती हुई जमुनी उसके दरवाज़े आ खड़ी हुई। वह

चौंक गया कि जमुनी को कौन लाया? कैसे आयी? उसके साथ कोई आदमी नहीं था और न कोई आगे-पीछे आ रहा था। उसने देखा, जमुनी के गले में बँधे पगहे में खूँटा लटक रहा था। शायद पाहुन के यहाँ से खूँटा उबारकर जमुनी भाग आयी है। जिउत उसके गले से लिपट गया। जोगनी, सरभू रतिया सबकी आँखें जमुनी के प्रति अपनत्व से छलछला आयी। दूसरे घर में जमुनी से एक दिन भी नहीं रहा गया और पाँच कोस के रास्ते में कहीं भटकी भी नहीं। सीधे अपने घर लौट आयी। उस दिन जिउत, माँ से बिछड़े बेटे की तरह देर तक उससे लिपट सुख के आँसू बहाता रहा। उस दिन नाँद में उसने भूसा कम, दाना ज़्यादा दिया। देर तक उसे पुचकारकर खिलाता रहा। बाद में पाहुन और उनके घर के लोग दौड़े हुए आये कि न जाने जमुनी खूँटा उखाड़कर कहाँ भाग गयी, पर जिउत ने जब इत्मीनान से सारघर में पागुर करती जमुनी को उन्हें दिखाया तो वे आश्चर्य से दंग रह गये। उसी दिन पाहुन ने कहा—"इस भैंस को कभी बेचना मत। यह भैंस नहीं। इस भैंस में इस घर के ही किसी पुरखे की आत्मा है, जो चोला बदलकर इस रूप में आ गयी है। यह जब तक इस घर में रहेगी, यहाँ कोई कमी नहीं हो पायेगी।

जिउत को दूसरी याद उस साल भादों की उस बरसाती रात की आती है। उसने जमुनी को सबेरे ही खिला-पिलाकर तथा दुहकर अपनी उस बछिया के साथ सारघर में बाँध दिया था। उस वक़्त जमुनी के साथ-साथ वह बछिया भी थी, जिसके मरने पर उसे 'लक्षण लगने' का दोष लगा था। वह जमुनी का दूसरा बिआन था। दूसरे बिआन में जमुनी ने एक पाड़े को जना था, जो दो महीने के अन्दर ही मर गया था, पर जमुनी ने अपने दूध में कोई कमी नहीं की। बिना पाड़े के वह हाथ पर ही पेन्हा जाती और पहले की तरह ही दूध बरसाती रहती।

घनघोर आँधी-पानीवाली उस रात में जिउत सोने से पहले दो बार सारघर में जाकर देख आया कि जमुनी और बछिया ठीक हैं ना सारघर के पीछे वाली जो दीवार गीली हो गयी थी, जमुनी और बछिया को उसने वहाँ नहीं बाँधा था। आँगन से झट्टासी हवा बरामदे को पारकर सारघर में जहाँ पहुँच रही थी, जमुनी और बछिया वहाँ भी नहीं थी। उन दोनों को सारघर के दो कोनों में जिउत ने बाँध रखा था, जहाँ इत्मीनान से बैठी वे पागुर कर रही थीं। उन्हें इत्मीनान से देखकर ही जिउत चैन से सो सका था।

बिजली की कड़क, पानी पड़ने की मिश्रित आवाज़े और झट्टासी हवा का तर्जन-गर्जन। इस बीच कुछ भी सुनायी नहीं पड़ रहा था। घर के किस कोने में क्या हो रहा है, आहट ले पाना मुश्किल था? शायद इसी अवसर का लाभ उठा चोरों ने सारघर की गीली हो गयी मिट्टी की दीवार को सेंध मारकर ढोंढर किया और इसी रास्ते जमुनी को निकाल वे ले भागे। जमुनी के जाने के कुछ ही क्षण बाद किसी

चीज़ की आवाज़ सुन रतिया उठी और 'चुहानी' घर की ओर चल पड़ी। रतिया बताती है कि उसे नींद में ही लगा कि चुहानी में बिल्ली घुस गयी है और मटके का दही गिरा रही है, लेकिन चुहानी की ओर जाते हुए सारघर पर नज़र पड़ते ही वह छाती पीटकर चिल्ला उठी—"जमुनी चोरी हो गयी जमुनी चोरी हो गयी...।"

यह सुन जिउत और सरभू बदहवाश उठे। एक क्षण के लिए तो उन्हें अपने कानों पर विश्वास नहीं हुआ, पर सारघर में देखते ही उनके बदन में 'तितकी' लग गयी। उसके बाद तत्क्षण लाठी उठा वे सेंध के रास्ते ही गली में आ गये। जोगनी और रतिया को उन्होंने घर के अन्दर ही छोड़ दिया। फिर गली में आते ही गला फाड़कर चिल्ला उठे 'चोर! चोर! चोर।

लेकिन आँधी-पानीवाली उस तूफ़ानी रात में उनकी आवाज़ दूर तक पहुँच भी नहीं पायी। आसपास के दो-चार लोग मुश्किल से जुटे। ये वे लोग थे जिनके यहाँ से जिउत की 'भवधी' थी जिनके साथ दिन-रात का उसका उठना-बैठना था। जिउत जानता था, गाँव के शेष लोग उसकी आवाज़ सुनकर भी नहीं आयेंगे। अब रात में चोर-चोर की आवाज़ सुन कौन निकलता है। उसने और लोगों की प्रतीक्षा भी नहीं की। प्रतीक्षा करने और गोहार जुटाने का उसके पास समय ही कहाँ? जो चन्द लोग आये थे उनके साथ ही वे दोनों बाप-बेटे जमुनी की खोज में निकल पड़े। एक गली से सरभू और पड़ोस के कुछ लोग तथा दूसरी गली से जिउत और शेष लोग। बेतहाशा दौड़ते हुए इस गली से उस गली को लाँघते जा रहे थे, लेकिन जमुनी की आहट नहीं पा रहे थे। जमुनी के पदचिन्ह ढूँढ़ने के लिए भी वे प्रयासरत थे। अगर पाँक-पानी में उसके पदचिह्न बने भी होते तो मूसलाधार बारिश को उसे बिगाड़ते देर नहीं लगती थी, गाँव से बाहर निकल वे इस दिशा से उस दिशा की ओर थाह लेने लगे।

पानी से भरे धान के खेत! कुच-कुच अन्हरिया रात। आर-पार सब जलमग्न। हवा और पानी के थपेड़ों से गिरते-उठते धान के फसलों की विचित्र आवाज़ें। जाहिर है, चोर धान के खेतों से होकर ही जमुनी को ले जा रहे होंगे, लेकिन किस दिशा में ले जा रहे हैं, जिउत अन्दाज़ नहीं लगा पा रहा था। कभी किसी दिशा की आवाज़ सुन उसके कान उधर खड़े हो जाते, तो कभी किसी दूसरी दिशा की ओर। इस इधर-उधर की भटकन के दौरान जाने अचानक उसके मन में क्या आया कि वह पूरी शक्ति के साथ चिल्ला उठा—जमुनी...जमुनी...जमुनी!"

उसे इस तरह भर जोर चिल्लाते देख उसके साथ के लोग चिहा उठे कि जिउत को यह क्या हो गया? जमुनी तो कहीं नज़र आ नहीं रही और यह जमुनी-जमुनी चिल्लाये जा रहा है। लेकिन यह क्या? जिउत की आवाज़ की प्रतिक्रिया में पश्चिम दिशा के खेतों की ओर से छप-छप की आवाज़ें सुनायी पड़ने लगीं-पानी से भरे धान

के खेतों में किसी मवेशी के भागने और कुछ लोगों द्वारा उसका पीछा किये जाने की आवाज़ें। यह सुन जिउत और जोर-जोर से चिल्लाने लगा—"जमुनी...जमुनी मैं यहाँ हूँ।"

वह अपना होश खोकर भी जमुनी तक अपनी आवाज़ पहुँचा देना चाहता था। और सचमुच उसकी आवाज़ सुन खेतों से आनेवाली छपाक-छपाक की ध्वनि तेज़ होने लगी। अब जिउत और उसके साथ के सभी लोगों को लग गया कि जमुनी अपने मउआर की आवाज़ सुन चोरों का घेरा तोड़ भागी आ रही है और उसे पकड़ने के लिए चोर पीछा कर रहे हैं। इस बीच सरभू भी अपने साथ के लोगों के साथ वहाँ पहुँच आया था और स्थिति से अवगत हो जिउत के साथ स्वर में स्वर मिलाकर चिल्लाने लगा था—"जमुनी... जमुनी...।"

प्रारम्भ में छपाक-छपाक की आवाज़ों में चोरों की आवाज़ें भी सुनायी पड़ती थी, लेकिन निकट आने पर जमुनी को हाथ से निकला जान वे शायद उल्टे पाँव वापस हो गये। जिउत जानता था, जानवर जब मुँह फेरकर पूरे मन से भाग चले तो चार चोर क्या, दस चोर भी उसे काबू में नहीं कर पायेंगे...।

इधर जमुनी को पास आते देख जिउत, सरभू और साथ के लोग उसकी ओर दौड़ पड़े। जिउत और सरभू तो आगे बढ़ उसके गले से लिपट गये। जिउत को विश्वास था, उसकी आवाज़ सुन जमुनी कहीं नहीं बिलमेगी। वे दोनों बाप-बेटे हाँफ रहे थे। जमुनी भी बेतरह हाँफ रही थी। पानी से भरे धान के खेत में तीनों एक-दूसरे से लिपटे रहे। घर आने पर यह देख जिउत का पूरा परिवार तड़प उठा कि जमुनी के चारों पैर लाठी की मार से लहूलुहान थे। उसके बदन पर भी लाठी की मार के अनेक निशान थे। शायद चोरों ने उसे वापस न आने देने के लिए ऐसा किया था, लेकिन जिउत के परिवार ने मनोयोग से सेवा-शुश्रूषा कर उसे ठीक कर दिया...! जमुनी आ गयी थी सब धन मिल गया था।

जिउत को तीसरी याद मतिया के गौने की आती है। हाथ खाली होने पर भी उसने अपनी बड़ी बेटी मतिया की शादी कर्ज़ लेकर की। उस वक़्त जमुनी गाभिन थी। जिउत को विश्वास था, जमुनी के बिआते यह कर्ज़ मुक्त हो जायेगा तथा मतिया का गौना खूब धूमधाम से करेगा और सचमुच जमुनी के बदौलत गौने के लिए जो दिन रखा गया था, उस दिन तक न सिर्फ़ वह कर्ज़ मुक्त हो गया था, बल्कि गौने का सारा इन्तजाम भी चुटकी बजाते ही कर सका था। गौने की रात गवनहरियों को ठहराने एवं खिलाने-पिलाने की जोरदार तैयारी उसने की। जमुनी को उस दिन सरभू पर छोड़ दिया। सरभू ने ही उसे खिला-पिलाकर सारघर में बाँध दिया। जिउत तो मेहमाननवाजी में व्यस्त था। काफी रात गये तक खाना-पीना चलता रहा। खाने के

बाद दालान में बिछे पुआल पर अपने समधी के साथ बीड़ी पीते हुए जिउत बातचीत करता रहा। इस बीच थके-माँदे प्राय: गवनहारी और घर के सदस्य सो गये। जिउत की आँखें भी भरमा रही थीं, लेकिन रह-रहकर खट-खट की आवाज़ कहीं से आ जाती। जिउत ने कई बार यह सोचकर उस आवाज़ की ओर से अपना ध्यान झटक दिया कि या तो गली में से या पड़ोस के घर से या बरामदे के गोंठहुल से चूहे या बिल्ली की हरकत होगी पर अचानक जब उसे लगा यह तो सारघर से आनेवाली आवाज़ है तो वह जैसे सोते से जाग उठा। फिर तेजी से सारघर की ओर चल पड़ा। सारघर में पहुँचकर देखा, जमुनी उद्विग्न खड़ी सींग से खूँटा बजा रही है। जिउत को देखते ही ग़ुस्से से माथा झटकने लगी। उसे स्थिति समझते देर नहीं लगी। उसका मन गहरे पश्चात्ताप में डूब गया कि आज जमुनी को सारघर में आकर उसने गौ-ग्रासन क्यों नहीं दिया? प्रति रात खाना खाते वक़्त वह जमुनी के लिए दो रोटियाँ निकाल देता और सारघर में ले जाकर अपने हाथ से उसे खिलाता। शायद उन्हीं रोटियों की प्रतीक्षा में अब तक खड़ी जमुनी खूँटा बजा रही थी। जिउत का मन रुआँसा हो उठा। वह दौड़कर चुहानी से चार-पाँच पूड़ियाँ ले आया। उस दिन गवनहरियों के लिए रोटियों के स्थान पर पूड़ियाँ ही बनी थीं। उसने मनुहार करके जमुनी को खिलाया उससे माफी माँगी, उसे जी भरकर दुलार किया, तब कहीं जाकर जमुनी सहज हो पायी। फिर बैठकर पागुर करने लगी। उस रात शेष रात जिउत अपने आप पर ही खीझता रहा कि गवनहरियों की व्यस्तता में वह जमुनी को कैसे भूल गया था?

इधर जिउत की तरह सरभू, रतिया और जोगनी भी जमुनी से सम्बन्धित यादों में ही खोये थे। जमुनी के साथ जिसका जैसा जुड़ाव था, उसके जेहन में जमुनी की वैसी यादें कौंधती रहती थीं। सरभू को चरवाही से छुटकारा जमुनी ने ही दिलाया था। चरवाही के दु:ख से छुटकारे की घटना सरभू को विशेष याद आती रहती है। मतिया दीदी की शादी में बाबू ने मालिक से जो कर्ज़ लिया था, उसकी भरपाई के लिए उसे मालिक के यहाँ चरवाह बनना पड़ा था। बाबू तो उनके यहाँ पहले से ही बनिहार थे। वह नहीं जानता था, चरवाही का जीवन क़ैद से भी गया गुज़रा और तकलीफदेह होता है। जब से वह चरवाह हुआ था, आदमी कहाँ रह गया था। उसे इतना भर समय भी नहीं दिया जाता कि अच्छी तरह नित्यक्रिया से निबट सके। सुबह होते ही आदेश मिलने शुरू हो जाते—"सरभुआ यह काम सरभुआ वह काम! सरभुआ इधर आओ! सरभुआ उधर जाओ। बच्चे कुछ और काम कराते, तो औरतें कुछ और, तो पुरुष कुछ और। सबके आदेश का पालन उसे दौड़-दौड़कर तत्क्षण करना पड़ता। दरवाज़े पर माल मवेशियों को अभी सानी पानी दे ही रहा होता कि किसी काम के लिए औरतें आँगन में बुला लेतीं, तो घर के लड़के किसी काम के लिए उसे कहीं दौड़ा देते, तो खलिहान से मालिक का बुलावा आ जाता। सुबह उठने से लेकर रात सोने तक

वह चरखी की तरह नाचता रहता। इस पर भी कभी किसी काम में देरी या गफलत हो जाती, तो उसके सात पुस्तों को उधेड़ती हुई कटाह गालियाँ और निर्दयी तमाचे...! वैसे ऊपर से कहने के लिए बनिहार खेतों में हल जोतने तथा चरवाह दुआर पर माल-गरुओं को खिलाने पिलाने के लिए रखे जाते हैं। खेतों में रहते हुए बनिहार की जान का सामना तो सिर्फ़ घाम-पानी और आँधी-तूफ़ान से ही करना पड़ता, लेकिन दुआर पर रहनेवाले चरवाह की जान तो चौबीसों घण्टे साँसत में पड़ी रहती। उसे चरवाह कम पूरे घर का टहलुआ और सब-कुछ करनेवाला नौकर बना दिया जाता है। इस पर भी घर दुआर के अन्दर किसी से कहीं कोई गलती हुई तो दोष चरवाह का ही। लालटेन का शीशा फूट गया तो साला सरभुआ! कुँए में बाल्टी गिर गयी तो कमीना सरभुआ। बैल बीमार पड़ गया तो देह-चोर सरभुआ! मालिकन की छूँछी खो गयी तो चोर सरभुआ। इस नारकीय जीवन से मुक्ति के लिए बाबू से कई बार कहा था—"चाहे अन्य जिस काम में लगा दो, पर वह चरवाही छोड़वा दो...।"

पर जवाब में बाबू कुछ नहीं कहते थे, लेकिन उनकी डबडबायी आँखें और रुआँसे चेहरे से वह सब-कुछ जान जाता। मालिक के कर्ज़ का सूद रोज़ बढ़ता जा रहा था। सूद के साथ भूल चुकाये बगैर उसकी रिहाई होनेवाली नहीं। इस स्थिति में बाबू के पास सिर्फ़ एक ही विकल्प था कि वे स्वयं चरवाह बन जायें और उसे बनिहार बना दें, लेकिन बनिहारी लायक सरभू अभी हुआ भी तो नहीं था। यह ठीक है कि बनिहार का कार्य भाग दौड़ का नहीं पर कठोर परिश्रम और घठाहुर जिस्म का कार्य है। धधकती धूप, लू की लहर कड़ाके की सर्दी और मूसलाधार बारिश में भी हल जोतना पड़ता। नयी उम्र के लड़के यह सब सह नहीं पाते। इसीलिए पकी उम्र और गठीले जिस्म के लोग ही बनिहार बनाये जाते। सरभू को याद हैं, इन स्थितियों में बाबू जब अधिक चिन्तित होते, तो जमुनी के पास खड़े उसका माथा सहलाते रहते। तब जमुनी गाभिन थी। वह उसके पहले बिआन से पूर्व के दिन थे। हालाँकि सरभू के मन में अधिक दिलासा नहीं थी कि जमुनी के बिआते ही वह सब हो जायेगा, जो असम्भव बना हुआ है। जिस संकट में दोनों बाप-बेटे घिरे थे, वह एक भैंस के एक बिआन से मिटनेवाला नहीं था, लेकिन जमुनी के पहले बिआन ने ही उस संकट को पाट दिया। बाबू के हाथ पर पैसे बरसने लगे। बस, वे कर्ज़ चुकाने में भिड़ गये। सबसे पहले बाबू ने सरभू को आज़ाद किया। फिर स्वयं स्वतन्त्र हुए। उसके बाद आज तक वे दोनों बाप-बेटे फिर किसी के यहाँ बनिहार-चरवाह नहीं बने। जमुनी ने स्वतन्त्र गृहस्थ के रूप में जीने की उनकी साध पूरी कर दी।

सरभू को याद है, जिस दिन वह आज़ाद हुआ था, मालिक के घर से भागते हुए सीधे बथान में सानी खा रही जमुनी के गले से आकर लिपट गया। वह समझ नहीं पा रहा था कि अपनी खुशी का इजहार जमुनी से कैसे करे और कैसे उसे बताये

कि जो कुछ हुआ है वह उसी की बदौलत। इस स्थिति में वह घर से दाना लाकर कभी जमुनी को खिलाता, तो कभी उसकी पीठ सहलाने लगता और उसके माथे पर हाथ फेरता। फिर थोड़ी देर में उसके पाँव झाड़ने लगता, फिर उसके सींग में तेल मालिश करने लगता, फिर उसके पेट में घुसकर उसके थन में चिपकी अठइयों को चुनता। इस दौरान जी भरकर जमुनी को वह पुचकारता और दुलारता भी जा रहा था। इसके बावजूद उसका मन नहीं भर रहा था। अन्त में जमुनी को खूँटे से खोलकर उसे चराने के लिए खुले मैदान में ले गया। हरियाली भरे मैदान में आने पर जमुनी कुलाँचे भरने लगी। जमुनी को कुलाँचे भरते देख उसका मन बाग-बाग हो गया। कुलाचें भरने के बाद जब जमुनी हरी-हरी घास चरने लगी थी तो देर से जो बात सरभू के मन को उद्वेलित कर रही थी, वह बात जमुनी के कान में मुँह सटाकर उसने कह दी—"आज से तू ही मेरी सब-कुछ है जमुनी! अपनी जान से भी बढ़कर तेरी हिफाजत करूँगा...।"

और सचमुच उस दिन के बाद से जमुनी की हिफाजत में अपनी ओर से उसने कोई कमी नहीं होने दी। बाहर मैदान में जमुनी को चराते हुए उसकी चिकनी चौड़ी पीठ पर सरभू सो जाया करता। जमुनी की देह-गन्ध उसके मन-प्राणों में रच-बस गयी थी। एक बार तो जमुनी को चराते हुए उसकी पीठ पर ही वह सो गया था फिर जाने कब जमुनी सड़क से उतर जनेसर के खेत में घुस उसकी फसल चरने लगी थी। यह देख जनेसर झटहा लेकर जमुनी की ओर दौड़ा। जवाब में जमुनी भाग खड़ी हुई। बस सरभू नींद में ही उसकी पीठ से लुढ़क गया। फिर आँखें खुलते ही वह सब समझ गया। इसके बाद जमुनी और जनेसर के बीच दीवार बनकर खड़ा हो गया। जनेसर के झटहे की मार उसने स्वयं सह लीं जमुनी पर कोई प्रहार नहीं होने दिया।

इधर जिउत और सरभू की तरह रतिया की स्मृति में भी नाच रही होती है जमुनी अपनी उन असंख्य यादों के साथ जो उसके कोमल नारी-मन को और रुआँसा बनाती जा रही थी।

बाबू जमुनी को दुह रहे हैं, बिना पैर छाने यों ही। जमुनी-जैसी सोझिया धेन को छानने की क्या ज़रूरत? बिना हिले-डुले सहज, शान्त भाव से खड़ी है जमुनी और पागुर कर रही है। बाल्टी में दूध की धार घर्र-घर्र बज रही है। वह बगल में खड़ी है। एक बाल्टी भर गयी है। वह दूसरी बाल्टी बाबू को थमा रही है। पहली भरी हुई बाल्टी झट-से ले जाकर घर में छिपा देती है, किसी की नज़र न लग जाये।

चुहानी में खाना बना रही है रतिया। माड़ पसाने के बाद जमुनी के लिए पखेव तैयार कर रही है—माड़, गुड़ और गेहूँ की दलिया का पखेव। तैयार पखेव एक कठौती में लेकर वह जमुनी के पास पहुँची है। पखेव का कठौता देखते ही जमुनी माथा झटकने लगती है। पखेव पीने की आतुरता में वह आगे बढ़ आयी है। खूँटे में

बँधी उसकी रस्सी तन गयी है। खूँटा कबरने-कबरने को हो गया है। पखेव का कठौता रतिया द्वारा ज़मीन पर रखते-रखते जमुनी उसमें थूथन बुड़ा सुड़क-सुड़ककर पीने लगती है। रतिया स्नेह से उसका माथा सहलाती है। पखेव जमुनी पीती है और रतिया का मन सन्तुष्ट होता है। पखेव पीने के बाद जमुनी कठौता तब तक नहीं छोड़ती जब तक पूरे कठौते को जीभ से अच्छी तरह चाट नहीं लेती।

जमुनी का गोबर हटाने रतिया पहुँची है। जमुनी बिना कहे एक किनारे हो गयी। रतिया चुन-चुनकर सारा गोबर एक जगह जुटा रही है। इस दौरान जमुनी के पैरों के बीच निहुरकर उसे गोबर खींचना पड़ रहा है, लेकिन जमुनी कभी उसे चोट नहीं पहुँचाती और न अपनी पूँछ फटकारकर उसके कपड़ों को ही गन्दा करती...।

शाम को मच्छरों से बचाने के लिए रतिया जमुनी के पास करसी का धुआँ कर रही है। धुएँ से मच्छरों के भागते ही छटपटाती जमुनी राहत की साँस ले रही है। फिर चैन मिलते ही पास खड़ी रतिया का हाथ चाटने लगती है। रतिया के अनुभव किया है, जब भी वह जमुनी के पास खड़ी हुई है। जमुनी उसके हाथ या पाँव चाटने लगती है। जमुनी की नर्म जीभ का गरम स्पर्श। रतिया का मन एक मीठी गुदगुदी से सिहर उठता है।

दोपहर घर के कामों से निबट जमुनी का ढील हेरने पहुँची है रतिया। जमुनी बैठकर पागुर कर रही है। रतिया द्वारा ढील हेरे जाते ही वह चारों पाँव पसार चित हो जाती है। जैसे वह निफिकिर हो गयी हो...। जैसे ढीलों से मुक्ति पा उसे चैन मिल रहा हो..उसके पेअ और जोड़ों के बीच छिपी ढीलों के साथ उसके कान बाहर और भीतर चिपकी अठइयों को भी वह निकालती है।

जमुनी की इन यादों के साथ ही रतिया को अपनी बीमारी के वे दिन भी अनायास याद आ जाते है, जब वह मरने-मरने को हो गयी थी। जाने कौन-सी बीमारी उसके अन्दर घर कर गयी थी कि उसका सारा शरीर सूखकर हड्डियों का ढाँचा रह गया था। दो-चार कदम चलने पर भी आँखों के आगे चिनगारियाँ नज़र आने लगती। सदर अस्पताल के डॉक्टर ने दवा के साथ दूध-घी, मांस-मछली, अण्डा-मुर्गा, फल आदि खिलाने को कहा था लेकिन बाबू के पास इतने पैसे कहाँ कि वे यह सब खिलायें? तब गाँव के वैद्य जी ने बताया था कि थान तर का दूध इसे खूब पिलाओं। बस, बाबू ने धुक कर उसे जमुनी के थान तर का दूध पिलाया। दोनों जून जमुनी के दुहाते वक़्त गिलास लेकर उसके थान के पास वह मौजूद हो जाती। बाबू उसके गिलास में ही दुह देते और वह गटागट पी जाती। वैद्य जी ने ठीक कहा था, तीन महीने के अन्दर उसकी बीमारी भाग गयी। जमुनी ने उसकी काया को नीरोग कर दिया। अब वह पहले से भी स्वस्थ अनुभव करने लगी थी।

जमुनी की यादों में रतिया को मतिया दीदी का गौना विशेष याद आता है। दीदी की शादी तो कर्ज़ लेकर हुई थी, इसीलिए कोई उल्लास नहीं था। हाथ बँधे हुए थे। सारे अरमान और सपने दबकर रह गये थे। चाहते हुए भी बाबू कुछ कर नहीं पाये थे। अन्दर-ही-अन्दर घुटते रहे थे, लेकिन गौना के समय तक जमुनी ने उन्हें इस लायक बना दिया था कि मूँछों पर ताव देते हुए उन्होंने वह सब किया सारा गाँव देखता रह गया। पाहुन और गवनहरी एकदम खुश। गदगद। बक्सा, ट्रंक, झाँपी, झपोला, पलँग, पोशाक आदि से दो बैलगाड़ियाँ भर गयी थीं। साथ में एक चितकबरी गाय भी। दीदी के ससुर गाय के लिए शादी में ही रूठे हुए थे। उनकी वह मुराद भी पूरी हो गयी थी।

इस गौने में रतिया का भी कम हाथ नहीं था। वैसे बाबू ने तो स्वयं पूरी तैयारी कर ली थी, लेकिन गोंठहुर बेचकर जो रुपये रतिया ने छिपा रखे थे, वह इसी अवसर के लिए थे। भैंस का गोबर चुनकर गोइँठा पाथना और सूखे हुए गोइँठे को सजाकर गोंठहुर बनाना रतिया का ही काम था। यह गोंठहुर बेचकर वह स्वयं पैसे रखती। बाबू ने ऐलान कर दिया था कि गोंठहुर के पैसे रतिया से कोई नहीं माँगेगा। उस वक़्त तक आठ-दस गोंठहुर बेचकर उसने काफी रुपये इकट्ठे कर लिये थे। ऐन गौना के वक़्त बाबू के हाथ पर उसने संचित रुपये रखे तो आश्चर्य और खुशी से जैसे वे पागल हो उठे और इतने रुपये फिर तो जैसे उनका मन दरिआव हो गया। गौने की बारात उन्होंने रोककर मरजाद रखवा ली। पुए पकवान और मिठाइयों की खुशबू से सारा घर आँगन गमक उठा। उन दिनों बाबू की आँखों में उसने अपने लिये अथाह स्नेह और प्यार देखा। माँ से बाबू को यह कहते हुए भी वह कई बार सुन चुकी थी "रतिया ने तो गजब कर दिया। गोंठहुर बेचकर इतने रुपये। बेटी नहीं है रतिया, लक्ष्मी है। लेकिन रतिया को लगता कि यह सब जमुनी का ही परताप है। जमुनी नहीं थी तो चूल्हा फूँकने तक के लिए गोइँठा नसीब नहीं था। खेतों से कंड़रा बीनकर वह चूल्हा जलाती। अब जमुनी की बदौलत जो न हो जाये।

यह याद करके रतिया का मन लाज से सिहर जाता है कि बाबू उसकी शादी के लिए भी बातचीत चला रहे हैं। अब मतिया दीदीवाली स्थिति नहीं। जमुनी का आँगछ ऐसा सगुणवत हुआ कि इस समय और तीन भैंसें बथान में आ गयी हैं। लगहरों का पैसा अब उसकी शादी के लिए बटोरा जा रहा है। रतिया, बाबू की योजना जानती है, पहले बेटी की शादी, फिर मकान की मरम्मत, फिर सरभू का ब्याह। एक सुचिताह किसान की तरह सोचने लगे हैं बाबू। अब किसी लड़केवाले के यहाँ वह निहोरा नहीं करते। कई लड़कों को देख-सुनकर उन्होंने छाँट दिया है। जब भी किसी लड़के को देखकर आते हैं माँ को पूरी बात बताते हैं। कहते है—"जब तिलक दहेज देकर ही

शादी करनी है तो फिर चिरौरी क्या और जिस-तिस की खुशामद क्या? जब मन लायक लड़का मिलेगा, तभी शादी करेंगे। ऐसे लड़के से जिसके यहाँ दो-चार लगहर धेन हों। वह घर क्या जिसके यहाँ कोई धेन न हो, या फिर कोड़ने-उपजाने को अपनी ज़मीन न हो...।''

ऐसे वक़्त, जब बाबू, माँ से उसकी शादी के बारे में बातचीत कर रहे होते, वह शर्म से दोहरी हो जाती। उस वक़्त वह आँगन से भागकर सारघर में जमुनी के पास चली जाती, लेकिन ऐसे क्षणों में जमुनी भी उसे कहाँ शान्त-सहज रहने देती। अपनी नर्म जीभ के गरम स्पर्श से मीठी गुदगुदी उसके तन-मन में भरती जाती।

रतिया का मन इस बात के लिए विकल हो जाता है कि जमुनी अब उसे क्यों नहीं चाटती? कैसी बीमारी आयी कि वह चाटना भी भूल गयी? जब से वह गिरी है रतिया उसके निकट आती-जाती रही है, लेकिन उसे चाटना तो दूर, माथा उठाकर देखने का हिवाय भी नहीं रह गया है जमुनी का। रतिया की इच्छा होती है कि जमुनी के गले से लिपट जी भरकर रोये, लेकिन जानती है वह असगुन होगा। इसीलिए रुलायी अन्दर-ही-अन्दर दबाये वह विहरती रहती है।

इधर सरभू और रतिया से कहीं अधिक चिन्तित है जोगनी। उसकी यादों का तो जैसे समन्दर ही उमड़ आया है। वह माँ है और इस घर की घरनी। उसने और जिउत ने मिलकर ही यह घर बसाया है। घर के बाहर का जिम्मा जिउत पर है तो घर के अन्दर का भार उस पर। वह जानती है, उसके इस बसे घर की नींव है जमुनी, उसकी सुखी गृहस्थी को सींचनेवाली नदी, उसके छूँछे हाथ का कंगन, उसकी खाली देहरी का अनाज, उसके अँधेरे घर का दीया। पति जिउत के कन्धे की लाठी, बेटे सरभू के माथे का गमछा, बेटी रतिया के गले की ओढ़नी। उसे बनिहारिन से रउताइन बना दिया है जमुनी ने, एक खाते-पीते घर की मलिकाइन...। इसीलिए जोगनी, बीमार जमुनी को एक माँ की तरह अगोरकर बैठी है, जैसे जमुनी उसकी भैंस नहीं, अकेली सन्तान हो। जिसके जीवन-मरण का प्रश्न उसके वंश के बसने-उजड़ने का प्रश्न हो।

जोगनी वे दिन कभी नहीं भूल पाती है, जब कनेआँ बनकर इस घर में आयी थी। तब कुछ भी तो नहीं था इस घर में! मुसरी दण्ड करती थी। कोठ, भाँड़ हाँड़ी, पतुकी, डेहरी-सब खाली। उसके पिता ने सिर्फ़ घर-वर देखकर ही उसे ब्याहा था—देह-भुजा से मजबूत वर और गाँव में अपना पुश्तैनी घर। यही देखा था पिता ने। अपने पिता से ही वह यह जान पायी थी कि उसके पति के पुरखे कभी इस गाँव के अच्छे गृहस्थ थे। बीस बीघे जोत के मालिक, लेकिन अपनी आन और अपनी मूँछों की शान के लिए जिस-तिस से उलझकर केस लड़ते रहे। इस दौरान उनके खेत

बिकते चले गये। बाद में उनकी दूसरी-तीसरी पीढ़ी की सन्ताने इतनी बढ़ गयी और आपस में भी इस तरह 'डोमघाउज' करने लगीं कि उनका साथ रहना सम्भव नहीं रह गया। तब शेष बची ज़मीन का जो बँटवारा हुआ, उसमें हर फरीक को तीन बीघे हिस्सा मिला। इस तीन बीघे हिस्से में से दो बीघे खेत उसके पति के बाबा ने गाँजा पीने की अपनी शौक के मनचले मिजाज की मौज में ताप दिया। शेष एक बीघा ज़मीन उसके पति के पिता ने अपनी तीन लड़कियों की शादी और अपनी पत्नी के इलाज में स्वाहा कर दिया। उसके पति के ज़िम्मे सिर्फ़ अपना शरीर और घर रह गया। यह देख कोई भी खाता-पीता लड़कीवाला इस घर में अपनी बेटी ब्याहने के लिए तैयार नहीं था, लेकिन उसके पिता की धारणा कुछ और थी। उनका कहना कि धन-दौलत न तो कोई लेकर आता है और न जाता है। उन्होंने पर्वत को राई और राई को पर्वत होते देखा है। अगर भाग्य में लिखा होगा तो बेटी रानी बनकर रहेगी और राज करेगी। अपने पौरुष से उसका पति सब-कुछ कर लेगा, पर अगर भाग्य में नहीं होगा तो अच्छे घर में ब्याहने पर भी कुछ नहीं होगा। उसके पिता गाँव-जवार की कई ऐसी लड़कियों का उदाहरण रख देते कि कैसे अच्छे घर में ब्याहने पर भी वे सुखी नहीं हुई, जब कि गरीब घर में ब्याही कुछ लड़कियों ने अपने भाग्य से उजड़े घरों को बसा दिया, पर जोगनी अपने पिता की मजबूरी समझती थी। जानती थी, कभी उसके पुरखे भी खेत-बधारवाले थे, लेकिन अब उसके पिता भूमिहीन थे। यह बात दूसरी थी कि वे बनिहारी चरवाही नहीं करते। माल-मवेशी रखते और दूसरों का खेत ठिका-बटाई पर लेकर गृहस्थी करते। अगर जोगनी उनकी अकेली बेटी होती तो शायद कर्ज़ लेकर भी वे किसी सुचिताह घर में उसे बैठा देते, लेकिन उसकी पीठ पर एक-डेढ़ साल के अन्तर से और छह बहनें! इस स्थिति में वे उन्हें भाग्य भरोसे न ब्याहे तो क्या करें?

शादी के बाद जब जोगनी आयी तो उसका पति फुटकर मज़दूरी करता था—कभी यहाँ तो कभी वहाँ कभी इस काम में तो कभी उस काम में, खाना भी वह इधर-उधर ही खा लेता, लेकिन घरनी के आ जाने के बाद खर्च बढ़ गया था तथा घर-गृहस्थी की व्यवस्था भी उसे नये सिरे से करनी पड़ी थी। वह मज़दूरी के कामों में जी-जान से लग गया। पर जी-तोड़ मेहनत के बाद भी अपनी उजड़ी गृहस्थी सँभाल नहीं पाता। एक चीज़ का इन्तजाम करता तो दूसरी चीज़ गायब। जोगनी को लग गया, यह अकेले सिर्फ़ उसके वश की बात नहीं। उसे भी आगे आना चाहिए। जब मज़दूर की मेहरारू बनकर आयी है तो कनेआँ बनना और घुंघ तानकर बैठना क्या? बस, ब्याह के पाँचवें दिन बाद ही पति के साथ एक गृहस्थ के खेत में कटनी करने चल पड़ी। कटनी का काम उसके लिए नया नहीं था। इससे पहले भी अपने गाँव में वह कटनी कर चुकी थी। उसके पिता ठिका-बटाई पर खेत लेते थे तो अपना

काम समझकर माँ के साथ वह भी कटनी-दवनी में जाती थी, लेकिन वहाँ की बात कुछ और थी। वहाँ वह बेटी थी। वहाँ सब उसके चाचा-भइया थे, पर यहाँ के लिए तो पतोह थी—नयी पतोह! नयी ब्याहता नयी औरत सब उसके इर्द-गिर्द मँडराने लगे। कटनिहारों से लेकर खेत मालिकों तक, जिधर उसकी नज़र जाती, सब आँखें फाड़े उसे घूर रहे होते। उनके बोल और फिकरे भी उसे साफ़ सुनायी पड़ते। उन्हीं दिनों वह पहली बार यह जान पायी थी कि बेटी से पतोह होना क्या होता है? वह महसूस करती, जिउत यह सब देखकर जल-भुन रहा है, लेकिन विवश, लाचार है, पर आगे चलकर लोगों की गन्दी हरकतों तथा घिनौने इरादों के खिलाफ़ लड़ पड़ने से वह अपने को रोक नहीं सका। उसके साथ छेड़खानी करनेवाले गाँव के दो मनचले नवहियों को उसने पीट दिया, पर एक मनचले खेत-मालिक और उसके दो लठैतों ने मारकर उसे भी अधमरा कर दिया। इस स्थिति में जोगनी समझ नहीं पा रही थी कि क्या करे? अगर मज़दूरी करने गाँव में या खेत-बधार में निकलेगी तो लोग अपनी हरकतों से बाज नहीं आयेंगे। उनके लिए तो यह 'अबरा की मउगी, गाँव भर की भउजी बनी रहेगी।'' इससे बचने के लिए खाते-पीते घरों की पतोहों की तरह उसे घर के अन्दर ही रहना होगा, लेकिन वह घर के अन्दर रहे भी तो किस आसरे? किस सहारे? इन्हीं सन्तप्त क्षणों में उसे अपने नैहर के माल-गरू पुकारते नज़र आये। उन माल-गरुओं की वजह से ही उसकी माँ भरी पूरी बनी रही थी। पिता द्वारा ठिका-बटाई पर लिये खेतों में भले ही स्वेच्छा से उसने कटाई-बोआई की हो, लेकिन किसी अन्य के खेतों में बनिहारिन या चरवाहिन बनकर वह कभी नहीं गयी। उगने से डूबने तक सारा दिन अपने माल-गरुओं की देख-रेख में लगी रहती। भूमिहीन पिता मज़दूर न बनकर गृहस्थ बने रहे और माँ इज़्ज़तदार पतोहों की तरह मान और शान से अपने घर में बनी रही, तो उन माल मवेशियों की वजह से ही उसके लिए भी यही रास्ता हो सकता है, पर जिउत के पास माल-गरू खरीदने का बेंवत कहाँ? बस, उसने शादी की सगुणवती हँसुली और कंगन निकालकर जिउत के हाथों पर रख दिया तथा बैसाखी मेले में अपनी मनपसन्द भुअरी पाड़ी खरीदवा लिया। उसी भुअरी की जनी हैं जमुनी। भुअरी जब पाड़ी से भैंस बनी थी तो दु:ख के दिन कटने शुरू हो गये थे, पर जब जमुनी भैंस बनी तो वह सब-कुछ हो गया, जो सपना सँजोया था जोगनी ने। इसीलिए जमुनी की बीमारी की पीड़ा से जिस तरह व्यथित है जोगनी, वह सिर्फ़ जोगनी ही जानती है। उसका लगाया बगीचा, उसकी आँखों के सामने ही उजड़ रहा है। जाने कौन-सी चूक हो गयी उससे कि यह दिन देखने को आ गया। अगर बीमारी आनी ही थी तो उसे आती। एक कमरे में पड़ी रहती वह। अपने किसी कर्म का फल मानकर भोग लेती। अगर उसे कुछ होता भी तो उसका घर तो नहीं उजड़ता पर भगवान् न करे जमुनी को कुछ हो। फिर तो सारा घर थउस जायेगा उसका...। सब

किया-कराया बिला जायेगा। फिर जमुनी-जैसी धेन उसके घर में आ सकेगी, इसका क्या भरोसा?

जमुनी जब से बीमार पड़ी है, दूध की बाल्टियाँ खाली ढनढना रही हैं। दूध सेण्टर पर दूध नहीं भेज सकी है वह। नादी में दही नहीं जमा सकी। चाड़े पर दूध नहीं लौटा सकी। पतुकी में लयन नहीं रख पायी। मन्हान से माठा नहीं मह सकी। सब सूने और उदास पड़े हैं। उन्हें देख जोगनी के कलेजे में हूक-सी उठती हैं। वैसे सारघर में बँधी तीन भैंसों में से एक लगहर भी है, लेकिन उसका दूध तो दो-तीन ग्राहकों में भी पूरा नहीं पड़ता। दही जमाना और लयन निकालना उससे कहाँ सम्भव? वह मन-ही-मन सुरूज बाबा को गोहराती है कि जमुनी ठीक हो जाये और वे दिन फिर लौट आयें जब मन्हान चलने लगे। चाड़े में दूध खौलने लगे...लयन खराकर वह पतुकी में घी बँटोरती जाये—दूध देकर सरभू को दूध सेण्टर भेजे और घी देकर पति को बाजार। वे अच्छे दिन जोगनी की आँखों में बरबस साकार हो उठते हैं..।

भोर का समय है बिस्तरे से उठकर जोगनी सारघर में पहुँची है। अब तक उसका पति जमुनी आदि मवेशियों को सारघर से खोलकर बथान के नाद-चरण पर बाँध चुका है। वह सारघर की सफाई में लग जाती है। चुन-चुनकर सारा गोबर वहाँ से हटाती है। फिर पूरे कमरे में झाड़ू लगाती है। इसके बाद जगह-जगह गीली हो गयी ज़मीन पर राख-मिट्टी डाल उसे सुखाती है, ताकि बथान में वापस आने पर जमुनी आदि भैंसें आराम से बैठ सके। वैसे गोबर पानी का काम रतिया के जिम्मे है। सारा दिन वही निबटाती है, लेकिन सुबह में रतिया को कई काम करने होते हैं, दूध की बाल्टियाँ और गैलन माँजना, अन्य बर्तन साफ़ करना, जमुनी को दुहवाना तथा चूल्हा-चौका सँभालना इसलिए रोज़ भोर में उठकर सारा घर वही साफ़ कर देती।

सारघर साफ़ कर जोगनी चुहानी में पहुँची है। अब तक दूध दुहवाकर रतिया चुहानी में रख चुकी है। जोगनी का मन दूध की भरी हुई बाल्टियाँ देख खुशी से उछल उठता है। दूध के रूप में विराजमान लक्ष्मी के आगे वह मन-ही-मन माथा झुकाती है। फिर काम में जुट जाती है। दूध की बाल्टियों को पास ही माँज-धोकर रखे गैलनों में वह दूध भरती जाती है। सरभू साइकिल लेकर तैयार खड़ा है। वह दूध के भरे गैलन साइकिल में लटकाती है। फिर सरभू को हिदायत देती है धीरे-धीरे सँभालकर ले जाना...।''

बाज़ार जानेवाली सड़क पर अब भीड़ बढ़ने लगी है। जब से बाज़ार में दूध सेण्टर खुला है, दूध की खपत बढ़ गयी है। दूध बेचने में अब कोई झंझट और परेशानी नहीं। सीधे दूध-सेण्टर पर दूध भेज दो और नगद पैसे ले लो। इससे पहले

ग्राहकों में दूध बेचना पड़ता। बचा हुआ दूध बाल्टी में लेकर बाज़ार की चाय दुकानों की ओर भागना पड़ता। तब पैसे भी नकद नहीं मिलते। ग्राहक और चाय-दुकानदार सब माहवारी हिसाब करते, लेकिन दूध-सेण्टर खुल जाने से अब कोई दिक्कत और तूल-तपाट नहीं। इसके बावजूद अपने कुछ पुराने ग्राहकों को उसने नहीं छोड़ा है, जो शुरू से उससे दूध लेते रहे हैं। उन्हें छोड़ना वह मुनासिब नहीं समझती। उसने पति एवं बेटे से भी कह दिया, नफा-नुकसान अपनी जगह लेकिन संग साथ और ईमान धरम अपनी जगह पैर का सहारा छोड़कर हाथ के सहारे पर झूलते रहना ठीक नहीं होता।

सरभू को दूध सेंटर भेज जोगनी दही के नादे के पास खड़ी है। लाल, सजाव दही नादे में जमा है। काठी की तरह जमा दही देख यहाँ फिर जोगनी का मन हुलसित पुलकित हो जाता है। पड़ोस की रमेरस बो, हीरामबो, सुखदेव बो, सब अक्सर उसका दही देख चिहाती। उनके यहाँ तो ऐसा थक्का दही कभी जमता ही नहीं। जाने जोगनी कैसे जोरन देती है? इस पर जोगनी के मन में आता कि अपनी पड़ोसिनों से कह दे उसकी भैंस छेरी-जैसा दूध नहीं करती। मलाई की तरह गाढ़ा दूध देती है। उसके दूध का दही थक्का, सजाव नहीं जमेगा तो क्या उनकी छेर भैसों का जमेगा? पर कह नहीं पाती। जानती है, कहने पर सब जमुनी को नजरिया देंगी।

आँगन के बरामदे में पाये के पास खड़ी दही मह रही जोगनी। रस्सी में बँधा मन्हान घर्र-घर्र चल रहा है। नादा का दही टूटकर मट्ठा बनता जा रहा है। लयन ऊपर छताता चला आ रहा है। दिन का सारा दूध वह बेच देती है, लेकिन रात के दूध का एक हिस्सा दही जमाने के लिए ज़रूर रखती है! जिस घर में लगहर हो, उस घर में दही मट्ठा न हो तो फिर वह घर क्या? दही से घी भी निकल जाये और मट्ठा भी, दोहरा लाभ और फिर मट्ठा रहे तो दाल की भी ज़रूरत नहीं। मट्ठा भात मट्ठा रोटी मट्ठा लिट्टी अब तो स्थिति यह है कि बिना मट्ठा के उसका खाना ही नहीं होता। वह मट्ठा अभी मह ही रही होती है कि कटोरी लेकर पड़ोस की लड़कियाँ आ धमकती हैं। बनिहारी चरवाही के दिनों में जो उसे हेय दृष्टि से देखते थे, उनकी बच्चियाँ भी मट्ठा माँगने आती है। वह सबों को मट्ठा दे देती है। दूध, दही और घी तो बेचती ही है, मट्ठा क्या बेचे? मट्ठा के लिए कोई हाथ पसारे तो उससे बहाना नहीं किया जाता। यह तो उसका लगन-भाग है कि पड़ोसवाले मट्ठा माँगने आते हैं। उसका सीना गर्व से फूल जाता है। ऐसे क्षणों में अपने इस सौभाग्य की जनक जमुनी पर उसकी स्नेह सिक्त निगाहें जाने जनजाने चली ही जाती हैं।

मट्ठा मथने के बाद लयन खरा रही है जोगनी। पतुकी में इकट्ठे लयन को कड़ाही में उझिलकर वह आग पर चढ़ा देती है। घी करकराने और दाढ़ी जरने की

खट-मिठी आवाज़े शुरू हो जाती हैं। साथ ही निठुन शुद्ध घी की गमक से सारा घर-आँगन सुबासित हो उठता है। सप्ताह में दो दिन लयन खराती है जोगनी पहले सप्ताह में एक दिन खराती थी, लेकिन जैसे-जैसे बकेन होती जा रही है जमुनी, उसका दूध ज़्यादा घिबगर होता जा रहा है...।

जिउत बाज़ार जाने के लिए धोती-कुर्ता पहनकर तैयार है। तसले में घी देकर उसे बाज़ार भेज रही है जोगनी। पहले यहीं गाँव में ही घी बिक जाता था। मुन्शी जी लोग खरीद लेते थे। घी के पक्के शौकीन थे। पूरे गाँव में सिर्फ़ चार घर ही तो थे। घी खराने से पहले वह उनके यहाँ कह आती। वे आकर ले जाते। एकदम नकद पैसे देते। खाना-पीना तो गाँव में बस वे ही जानते थे। वे सिर्फ़ खेती पर ही निर्भर नहीं थे, नौकरी भी करते थे। बाद में नौकरी के सिलसिले में ही वे शहर बसते गये। उनके जाने के बाद शुद्ध घी के खरीदार गाँव में नहीं के बराबर रहे। छठ परब के लिए गाँव की व्रती महिलाएँ शुद्ध घी ज़रूर खरीदती हैं, लेकिन वह अवसर तो साल में सिर्फ़ एक बार आता है। शेष दिन तो घी बेचने के लिए उसे पति को बाज़ार ही भेजना पड़ता है।

जिउत को बाज़ार भेजने के बाद अभी और कई काम निपटाने हैं जोगनी को। जिउत और सरभू के घर से बाहर जाने की स्थिति में जमुनी आदि भैंसों को अब सानी भी तो उसे ही गोतना है। अभी तो सिर्फ़ एक नाद ही खा पायी है जमुनी। तीन नाद खाने पर ही उसका पेट चढ़ता है। इस दौरान अभी तक मुँह भी नहीं धो सकी है वह। इस बीच रतिया दो-तीन बार आवाज़ लगा चुकी है—"मुँह धोकर मुँह में मीठा डाल ले माई, नहीं तो खराई मार देगी।"

लेकिन खराई मारने की कभी परवाह नहीं की है जोगनी ने। यह तो उसका सोहाग भाग है कि वह इतना व्यस्त घरनी बनी हुई है। सुकरात और बरात के अवसर पर तो उसकी व्यस्तता और बढ़ जाती है। वे दिन भी जोगनी की आँखों के समक्ष नाच उठते हैं।

सकरात से एक सप्ताह पहले का समय है। गाँव-जवार के कई लोग पैसा थमा गये है। सकरात के दिन उन्हें सजाव दही चाहिए। बिना दही-चूड़ा के सकरात परब मानेगा कैसे? जोगनी परेशान है, लेकिन खुश भी। दूध बटोरती जाती है। दोनों जून उन्हें खौलाती रहती है, ताकि फटने न पाये। फिर सकरात से पहले की रात सारे दूध में जोरन दे देती है। नादी, घइला, हाँड़ी, पतुकी, तसली, मेंटा, काँटी घर के सारे बर्तन दही जमाने में ही बझ जाते हैं। उस रात जोगनी भर नींद सो भी नहीं पाती। सारी रात दही जमाने और बिल्ली आदि से उसे बचाने में ही बीत जाती है। फिर घड़ी-भर रात रहते ही दही के लिए लोग जुटने लगते हैं! जो पहले पेशगी दे चुके हैं, उन्हें

वह पहले देती है। अन्य लोगों को बाद में, लेकिन किसी को भी पानी मिला दही नहीं देती, इसलिए जो एक बार उसका दही खा लेता है, उसे दूसरी जगह का दही भाता ही नहीं...।

लगन के दिन शुरू हो गये हैं। बारात के लिए दही चाहिए लोगों को। बिना दही के बारात का भोज सही होता ही नहीं। हालाँकि पहले दही का इन्तजाम दूसरी तरह से हो जाता था। जिसके यहाँ बारात आनेवाली होती थी, उसे गाँव के लोग अपनी लगहरों के एक शाम का दूध दही जमाने के लिए दे देते थे। बेटी की बारात के नाम पर ऐसा करते वे तनिक भी नहीं हिचकते, लेकिन उसके लिए उन्हें भोज का अंगेआ भी मिलता था—'सबहर अँगेआ'। सारा परिवार डटकर पूड़ी-बुनिया उड़ाते, पर अब वह बात कहाँ? कोई किसी को दूध देता भी नहीं है और न बारातवाले सबहर अँगेआ ही घुमाते हैं। इस स्थिति में उन्हें दही खरीदना ही है। लोग उसके यहाँ पहले ही बयाना थमा जाते हैं। फिर सकरात की तरह ही वह दही जमाने में जुट जाती है। किसी बारातवाले का बयाना उसके पति ने थाम लिया हो और समय पर वह दही न जुटा पायी हो, ऐसा कभी नहीं हुआ, लेकिन इसमें वह महत्त्व अपना नहीं, जमुनी का मानती है। उसकी वही जमुनी आज इस तरह बीमार होकर पड़ी है, उसका कलेजा तार-तार हुआ जा रहा है। हे काली माई! हे गोरेया बाबा! हे महावीर जी! हे सतगुरु! हे छठी मइया! हमारी जमुनी कसहूँ निमन हो जाये..! वह पुनः देवी-देवताओं को गोहराने और मनौतियाँ मनाने लगती है। उसके रुआँसे मन के भीतर जाने-अनजाने छठ का एक गीज बज उठता है :

चारि पहर राति जल-थल सेईले
सेईले चरण तोहार
छठी मइया...
दुखवा हरना हमार....!

रात का तीसरा पहर बीत रहा होता है। जिउत समय का अन्दाज़ लगा-लगाकर सिपरसन और मवेशी-डॉक्टर की दवा देता जा रहा है। समय का गफलत न हो, इसका ख्याल जोगनी भी रखती है। अन्दर से डूबते उतराते हुए भी जोगनी दवा देने की याद जिउत को दिलाती रहती है, लेकिन जिउत तो स्वयं तत्पर है। समय के अन्दाज में भले ही कुछ इधर-उधर हो जाये, पर दवा देना तो वह भूल ही नहीं सकता। असल में घण्टा और मिनट का हिसाब वह नहीं जानता। उसने यह जानने की कभी कोशिश ही नहीं की। इसकी उसे कभी ज़रूरत ही नहीं पड़ी। वह तो बचपन से यही जानता जा रहा है कि चार पहर की रात और चार पहर का दिन होता है। दिन में सारे वक़्त काम में लगे होने के चलते पहर गिनने की फुर्सत कहाँ रह जाती

है उसे, लेकिन रात अपने पहर का ज्ञान करा देती है। माल-मवेशियों को खिला-पिलाकर उन्हें इत्मीनान करने, बथान के पास पड़े हरिअरी, दाना-गवत, कुट्टी, गँड़ासी सब सहेजने सरिआने, पत्नी द्वारा घर के चीज़-बतुस तोपने-ढाँकने तथा खा-पीकर सोने तक वह रात का पहला पहर मानता है। फिर जब रात गहराकर शुरू हो जाती है तो उसे तीसरा पहर लगता है और जब पौ फटने का समय नियरा जाता है तो उसे यह चौथा पहर कहता है।

जिउत देख रहा है, रात के इस ढलते तीसरे पहर तक छोटे परभू को छोड़ सबकी आँखें खुली हैं। वे न तो ऊँघ रही हैं और न भरमा रही हैं। निर्जीव-सी पड़ी जमुनी को रह-रहकर उनकी आँखें निहार लेती हैं। जिउत ने अनुभव किया है, नींद का सम्बन्ध भरपेट खाने, निफिकिर होकर सोने से होता है, चिन्तित और परेशान मन से नहीं...।

खूँटी पर टंगी लालटेन की मद्धिम रोशनी पूर्ववत् बिखरी है। हालाँकि आधी रात के करीब लालटेन का तेल खत्म हो गया था। बत्ती जलने लगी थी। थोड़ी देर में फकफकाकर बुझ जाती, पर रतिया ने पुनः डालकर उसे जिला दिया है। सारी रात लालटेन जलती रहे, यह जिउत के घर के लिए अनहोनी घटना है। किरासन अब तेल के भाव नहीं, दवाई और मिठाई के भाव बिकने लगा है। उस पर भी गाँव में मिलता कहाँ है? हसन बाज़ार जाकर लाना पड़ता है, किन्तु जब जमुनी ही बीमार है तो फिर किरासन जहाँ से मिले और जैसे मिले, लालटेन तो जलेगी ही। बीमार जमुनी अँधेरे में पड़ी रहे, यह उसका परिवार देख ही नहीं सकता।

सारा गाँव निर्भेद सोया है। रात के तीसरे पहर की ठण्डी हवा रह-रहकर आ जाती है। घर के पिछवाड़े पाकड़ के पेड़ के पत्तों की सरसराहट सुनायी देती रहती है। बीच-बीच में किसी पक्षी की कर्कश आवाज़ भी, शायद पाकड़ पर कोई उल्लू बैठा है। घर-आँगन, बाहर-भीतर, सब जगह एक मनहूस सन्नाटा छाया है। छप्पर के रास्ते चितकबरी बिल्ली दो-तीन बार आ चुकी है। उसे आँगन में आते और चुहानी में घुसते हुए सबने देखा है, लेकिन किसी ने भी डाँटने और रोकने की आवश्यकता महसूस नहीं की। चुहानी में न तो रात का बना खाना ही है और न दूध-दही ही। निराश बिल्ली आँगन में चक्कर काटती रही। फिर घात लगाकर, एक कोने में सरक रहे चूहे को उसने दबोच लिया। जिउत चाहता तो आवाज़ लगाकर या ढेला फेंककर चूहे को भगा सकता था। घात लगाकर बैठी बिल्ली से आगाह कर देता, लेकिन ऐसा उससे नहीं हो सका। उसके परिवार के किसी अन्य ने भी ऐसा नहीं किया। जमुनी की बीमारी ने उन्हें अन्दर से बुत बना दिया था—हतप्रभ निरुपाय! उदासीन और किंकर्त्तव्यविमूढ़।

जिउत जानता है, जमुनी-जैसी भैंस रखना ठठा नहीं। पहले जो दाम हाथियों का था, वही आज भैंसों का हो गया है। उसके-जैसे अधिकांश लोग गाय-भैंस न पालकर बनिहारी, चरवाही और मज़दूरी में इसीलिए लग जाते हैं कि मवेशी खरीद सकने की आकात नहीं रखते, सरकार की ओर से उसके-जैसे लोगों को गाय-भैंस खरीदने के लिए बैंक से कर्ज़ ज़रूर मिलता है, लेकिन इस माध्यम से गाँव के जिन दो-चार लोगों ने कर्ज़ लिया, इसकी सच्चाई वे ही जानते हैं। खुशामद और पैरवी के साथ-साथ ब्लॉक ऑफिस से लेकर बैंक के बाबुओं तक को जो चढ़ावा पड़ता है कि लेने के देने हो जाते हैं। जितने का बबुआ नहीं, उतने का झुनझुना...। इस स्थिति में कम दाम की बाछी या पाड़ी खरीदने या किसी सुचिताह गृहस्थ की बाछी या पाड़ी लेकर उसे अधिया पर पोसने के सिवाय और कोई चारा नहीं। अगर जमुनी उसके घर की पोसी हुई पाड़ी न रहती तो उस-जैसी भैंस वह क्या खाकर खरीदता? जमुनी-जैसी भैंस खरीदने में निमन-निमन गृहस्थों को आन्ही आ जायेगी। इसीलिए जमुनी की बीमारी और उसके न रहने की कल्पना, उसके लिए असहय है।

जिउत समझ नहीं पाता है कि माल-गरुओं को ऐसी बीमारी क्यों होती हैं? अगर उसे कोई बता दे कि वह अपने माल-गरुओं को ऐसे रखेगा तो उसके माल-गरू कभी बीमार नहीं पड़ेंगे तो वह उस रास्ते से इंच भर भी नहीं हटेगा, पर ऐसा कोई रास्ता किसी ने सुझाया ही नहीं। न सिपरसन-जैसे गँवई वैद्यों ने और न मवेशी-डॉक्टरों ने ही। परिणामतः वह झेलता रहा है। मवेशियों की रोग-बीमारियों का कोई पता-ठिकाना भी तो नहीं, कब, कौन रोग आकर ग्रस ले, कोई नहीं जानता। ऐसे-ऐसे रोग कि नाम सुनते ही जाड़ा हो जाये। अचानक इसी सिलसिले में हतेअरवा रोग की याद भी जिउत को आ जाती है। बस, उसके रोंगटे खड़े हो जाते हैं। वह काँप उठता है। बाप-रे-बाप! वह रोग नहीं, साक्षात् माल-गरुओं का काल है। गाँव के-गाँव मवेशी घुलटते चले जाते हैं। बीमारी का पहले से कोई लक्षण भी नहीं और न इलाज कराने का समय ही। मवेशी ऐंठा जाता है और गिरकर छटपटाते हुए खत्म हो जाता है। राम ने करे वह रोग फिर कभी उसके गाँव में आये। कई बार वह रोग उसके गाँव को उजाड़ चुका है। उसका मारा उठकर पानी नहीं पीता। कइयों का घर तो आज तक आबाद नहीं हुआ। उसकी सोनपुरिया गाय भी चली गयी। सोनपुर मेले से खूब देख-सुनकर उसने वह गाय ली थी। वह एक नम्बर की गाय थी। पर 'हतेअरवा' ने उसे कहाँ छोड़ा? यह तो गनीमत है कि सिर्फ़ उसी गाय के सिरे ही बीता। कई लोगों के तो बथान-के-बथान साफ़ हो गये...।

अचानक 'हतेअरवा' की बीमारी याद आते ही उसका ध्यान जमुनी की ओर चला आता है। अरे यह क्या! जमुनी पागुर कर रही है। एक क्षण के लिए तो उसे

अपनी आँखों पर विश्वास ही नहीं होता। सुखद आश्चर्य से उसकी आँखें बड़ी-बड़ी हो जाती हैं। हठात् वह समझ नहीं पाता कि जो देख रहा है, वह सच है या भ्रम? शायद यह जानने के लिए ही वह जोगनी, रतिया और सरभू की ओर ताकता है, लेकिन वे तो पगुराती जमुनी को उससे पहले से ही निहार रहे होते हैं। उनके चेहरे खिले हुए हैं तथा आँखें आश्चर्य से उसकी तरह ही बड़ी-बड़ी हुई हैं। जिउत की आँखों में उनकी आँखें मिलते ही दोनों ओर से खुशिया बहने लगती हैं, पर चाहते हुए भी वे कुछ बोल नहीं पाते। शायद उनके टोकने से जमुनी को टोक लग जाये। वे दम साधे उस खुशी को पीते रहते हैं और स्नेह से उसे निहारते रहते हैं। उनकी आँखें जमुनी पर अमृत बरसाती रहती हैं। शायद मवेशी-डॉक्टर की दवा का असर हो! शायद सिपरसन की जड़ी काम कर गयी हो! शायद अलिआर की ओझाई लह गयी हो! जो हो सब मन-ही-मन भगवान् की कृपा मान रहे थे कि उसने उनकी सुन ली, जमुनी को बख्श दी..।

रात का चौथा पहर अब बीत रहा होता है। पौ फटने की ललाई आनी शुरू हो जाती है। जोगनी और रतिया की आँखें रह रहकर खुशी से भीग जाती हैं, लेकिन वे फुर्ती से उसे पोंछ लेती हैं। लोर चूना तो असगुन होगा।

जिउत और सरभू की खुशी दबाये नहीं दबती। बरबादी के कगार तक पहुँचकर वे बच गये थे। गले तक लबालब भरी खुशी को वे जैसे सँभाल नहीं पा रहे थे...।

इस बीच पसरी हुई जमुनी अब घुटने मोड़कर बैठ जाती है। उसके बदन में हरकतें शुरू हो जाती हैं। ज़मीन पर पड़े अपने माथे को उठा वह सीधा करती है। अपनी पूँछ फटकारती है। कानों को हिलाती है। फिर माथा घुमाकर जिउत, जोगनी, रतिया और सरभू की ओर ताकते हुए उठ खड़ी होती है। शायद अपने नाद-चरण के पास चलने और खाना माँगने का संकेत वह करती है। इसके बाद जाने जमुनी के खड़े होने में और पलटकर देखने में ऐसा क्या था कि जिउत, जोगनी, रतिया और सरभू जैसे एकदम से बदन झाड़कर उठ खड़े होते हैं। फिर तो उनकी फुर्ती और तत्परता देखते ही बनती है। धोती खूँटकर जिउत कमर से खोंस लेता है और कन्धे से गमछा उतारकर जमुनी को झाड़ते-पोंछते हुए दुलारते-पुचकारते नाद-चरण के पास ले चलता है। जोगनी लूगा-कुरती ले तेजी से कुएँ के पास नहाने चल देती है। सबसे पहले आज नहा धोकर वह सुरूज बाबा को जल देगी तथा उन देवी-देवताओं को पूजेगी, जिनकी कृपा से जमुनी ठीक हुई है। इसके बाद बरुआरी के काम में लग जायेगी। कई काम करने हैं आज।

सरभू माथे पर मुरेठा बाँध तथा कमर कस सारघर में बँधे अन्य मवेशियों को निकालने चल देता है। एक नये उत्साह से अब वह भर गया है। सारघर से मवेशियों

को निकाल वह हरिअरी ले आने जायेगा। आज चुन-चुनकर ऐसा मुलायम घास गढ़ लायेगा कि जमुनी भी खायेगी तो कहेगी...! और रतिया चूल्हा जलाने चल देती है। खुशी में उसके पाँव तो ज़मीन पर पड़ते नहीं। आज वह भात, दाल और सब्जी, तीनों बनायेगी। ऊपर से चटनी और चोखा भी।

जिउत का घर उत्साह और उल्लास से गहगहा उठता है। नहीं लगता, उन्होंने सारी रात जागकर काटी है। किसी के भी चेहरे पर रतजगे की थकान और आलस नहीं। घर की जाती हुई खुशियाँ लौट आयी हैं। जमुनी नाद में नाक बुड़ा-बुड़ाकर फिर सानी खाने लगी है...।

•

एक और मृत्युञ्जय

राघव शरण ने अस्थायी कार्यों को कभी पसन्द नहीं किया। जो कार्य स्थायी नहीं, उसमें उन्होंने हाथ ही नहीं लगाया और अगर लगाया तो फिर अपने लिये उसे स्थायी बनाकर ही छोड़ा। चन्द दिनों का स्वर्गीय सुख भी उन्हें प्रिय नहीं। कम या अधिक, सुख जो भी मिले, बराबर मिलता रहे। उनकी मान्यता रही कि अपने लिये मनुष्य जो भी सुख अर्जित करे, वह स्थायी रूप में अर्जित करे, ताकि उसका उपभोग सदैव करता रहे।

अपने इसी दृष्टिकोण के तहत प्रारम्भ में जब वे अस्थायी नौकरी में आये तो अनवरत प्रयत्न और अथक परिश्रम के फलस्वरूप उसे स्थायी बनाकर ही शान्त हुए। अब सहज ही उन्हें नौकरी से निकाला नहीं जा सकता। किराये के मकानों में अस्थायी रूप से रहना भी उन्हें कष्टदायक प्रतीत होता था। मकान मालिक कभी भी मकान खाली करने के आदेश दे देते। फलत: रुपये एकत्रित कर उन्होंने नगर में अपना बढ़िया मकान बना लिया। अब किसी मकान मालिक की उन्हें परवाह नहीं। स्वयं या परिवार के साथ कहीं आने-जाने में उन्हें भाड़े का वाहन कभी समय पर मिल जाते तो कभी नहीं मिलते, इसीलिए उन्होंने कार एवं स्कूटर दोनों खरीद लिये। उनकी पत्नी को सिनेमा देखने का बेहद शौक! लेकिन अस्थायी रूप में नगर के कभी इस हॉल में तो कभी उस हॉल में जाना उन्हें स्वीकार्य नहीं परिणामत: उन्होंने वीडियो और रंगीन टी.वी. ले लिया। इसी तरह अच्छे होटलों एवं पार्कों में मिलनेवाले अधिकांश सुखों को उन्होंने अपने घर पर ही एकत्रित कर लिया। अब उन्हें किसी चीज़ की ज़रूरत नहीं। समर्पित सुन्दर पत्नी और तमाम आधुनिक सुख स्थायी रूप में उपलब्ध। वे आनन्द और चैन की वंशी बजाने लगे। लेकिन अचानक इसी बीच पैंतालीस की उम्र में ही पेट की एक भयंकर बीमारी की पकड़ में आ गये। जाँच-

पड़ताल के बाद चिकित्सकों ने उसे लिवर कैन्सर घोषित की तथा उन्हें चन्द दिनों का मेहमान बताया...

राघव शरण की ज़िन्दगी में यहीं से भयंकर परिवर्तन शुरू होता है। उनके पाँव के नीचे की ज़मीन खिसकती जान पड़ती है। उनकी सारी आशाओं पर पानी फिर जाता है। पूरी दुनिया उन्हें बदली हुई जान पड़ने लगती है। उन्होंने सारे स्थायी सुखों का इन्तज़ाम कर लिया था। लेकिन अब कोई भी सुख उनके किसी काम का नहीं। अब वे ही स्थायी नहीं हो सके तो इन स्थायी सुखों की कैसी उपयोगिता? अपना पिछला किया-कराया सब बेकार लगने लगता है। कितनी आशाएँ एवं उम्मीदें सँजोकर उन्होंने यह सुखद दुनिया बसायी थी। लेकिन सब-कुछ छोड़कर बीच में ही चले जाने की बारी आ गयी। वे बेहद दुःखी, चिन्तित एवं गमगीन रहने लगते हैं।

राघव शरण के ऊपर एकाएक आये इस आसन्न संकट से उनके परिवार के लोग भी व्यथित एवं परेशान हो जाते हैं। राघव शरण द्वारा अर्जित सुखों का ही इस्तेमाल परिवार के सभी सदस्य कर रहे थे। वे अपने तईं लिवर कैन्सर के इलाज़ की बेहतर से बेहतर सुविधाएँ उन्हें मुहैया कराने लगते हैं। लेकिन कोई फ़ायदा नहीं! फिर भी अपने सन्तोष के लिए लगे रहते हैं। लेकिन राघव शरण की चिन्ता उनकी अपेक्षा कहीं गहरी होती है।

राघव शरण अनुभव करते हैं, एक ओर खुद उनके अर्जित सुखों का मोहक संसार है तो दूसरी ओर सामने साक्षात् काल खड़ा है जो शीघ्र ही उस मोहक संसार से उन्हें विलग कर देगा। राघव शरण की जीवन-दृष्टि और चिन्तन में यही से बदलाव शुरू होता है। उन्होंने सबसे पहले शरीर के स्थायित्व की बात ही क्यों नहीं सोची? अन्य सुखों का अर्जन क्यों किया? वे कितने मूर्ख साबित हुए? कितना बड़ा धोखा खाया? शरीर गलाकर उन्होंने सब-कुछ हासिल किया। उनका परिश्रम देखकर लोग दंग रह जाते थे। भौतिक सुखों को एकत्रित करने के लिए वे पागलों की तरह लगे रहे। न कभी समय पर खाना खाया, न आराम किया। लम्बे संघर्ष के बाद अब सुख भोगने के लिए वे तैयार हुए थे कि अचानक सब-कुछ छोड़कर चले जाने की बारी आ गयी..।

राघव शरण को अपने मुहल्ले के लोगों की मूर्खता याद आ जाती है। आधुनिक सुविधाओं से पूर्ण उनका घर और समृद्धि देख सब उनके नक्शे कदम पर चलने लगे हैं। उनकी ही तरह तमाम भौतिक सुखों को स्थायी रूप में एकत्रित करने के लिए जी- जान से लगे हैं। उन्हें लगता है, सिर्फ़ उनके मुहल्ले के लोग ही क्यों, पूरा देश और पूरी दुनिया इसी उद्देश्य में लगी हुई है! लेकिन क्या वे नहीं जानते कि मृत्यु कभी भी उन चीज़ों से उन्हें अलग कर देगी? फिर इस तरह जान लुटाकर वे

उनका संग्रह क्यों करते हैं? इस पर उन्हें एक जवाब यह सूझता है कि स्वयं न सही उनके बाल-बच्चे तो उपभोग करेंगे और उनका नाम लेंगे। लेकिन यह जवाब उन्हें वाजिब नहीं लगता। मरने के बाद वे देखने तो जायेंगे नहीं कि उनके बाल-बच्चे सुख पा रहें या दु:ख हैं। बाल-बच्चे समझदार होंगे तो विरासत में पिता के कुछ न छोड़ने पर भी सुख-समृद्धि एकत्रित कर लेंगे और नासमझ होंगे तो विरासत की सारी सम्पत्ति चन्द मिनटों में ही लुटा देंगे। इसीलिए बाल-बच्चों के लिए ही लोग स्थायी सुखों का संग्रह करते हैं यह तर्क सार्थक नहीं। तब फिर लोग ऐसा क्यों कहते हैं? इस पर उन्हें लगता है, पूरी दुनिया उनकी तरह ही भ्रम और धोखे में है। यथार्थ स्थिति का ज्ञान किसी को नहीं। मृत्यु को सब भूले बैठे हैं। अचानक जब मृत्यु सामने आती है तब उन्हें ज्ञान होता है। लेकिन उस वक़्त ज्ञान के सदुपयोग के लिए समय तो बचता नहीं। सिर्फ़ अफ़सोस रह जाता है।

राघव शरण सोचते हैं, मनुष्य ने जंगलों-पहाड़ों को काटकर गाँव और नगर बसाया। कल कारखानों का निर्माण किया। अपने रहने, खाने, पहनने और ऐशो-आराम का सारा प्रबन्ध किया। तब फिर मृत्यु पर विजय प्राप्त करने की कोशिश क्यों नहीं की? इस पर उन्हें स्वत: जवाब मिलता है, मनुष्य मृत्यु पर विजय प्राप्त करने के लिए शुरू से ही प्रयत्नशील रहा है। विभिन्न चिकित्सा-पद्धतियों के माध्यम से चिकित्सक मरनेवाले रोगियों को बचाने के लिए ही प्रयासरत होते हैं। अमेरिका आदि अनेक विकसित देशों में हिमीकरण पद्धति से अब भी अरबपतियों की लाशें उस वक़्त के लिए सुरक्षित रखी जा रही हैं जब विज्ञान मृतकों को जीवित बनाने में सक्षम हो सके। लेकिन पता नहीं, कभी ऐसा हो सकेगा भी या नहीं?

अपनी जानकारी के तहत राघव शरण को एक-एक कर अनेक चेहरे याद आते हैं जो कैन्सर की बीमारी की चपेट में आये थे, दवा कराते-कराते थक गये, लेकिन ठीक नहीं हुए। उनमें पूँजी रखनेवाले कुछ लोगों ने विदेशों में जाकर ऑपरेशन कराया। फिर भी नहीं बच सके। इस सन्दर्भ में राघव शरण ने अनुभव किया है, कैन्सर किसी बीमारी का नहीं, मृत्यु का ही नाम है। कैन्सर की क्यों, मृत्यु के लिए दुनिया की प्राय: सभी बीमारियाँ सिर्फ़ बहाना भर हैं। वास्तविक बीमारी तो मृत्यु है। राघव शरण ने ऐसे लोगों को भी मृत्यु का शिकार होते देखा है, जिन्हें कोई बीमारी नही थीं। भले-चंगे थे। लेकिन अचानक हार्ट अटैक हुआ और गुज़र गये। कुछ अच्छी सेहतवाले व्यक्ति प्रतिदिन की भाँति बिस्तरे पर सोये तो सोते ही रहे। कुछ लोग ऑफ़िस से थके-हारे घर आकर चाय पीये और चले गये। रास्ते में, दफ़्तर में खेत-खलिहान में कब मृत्यु पकड़ ले कुछ पता नहीं मृत्यु के लिए अब किसी बीमारी का भी बहाना नहीं। चिकित्सकों ने बीमारियों के इलाज़ के लिए विभिन्न पद्धतियाँ विकसित की तो मृत्यु साक्षात् सामने खड़ी हो गयी और सब पस्त हो गये। लेकिन

राघव शरण दूसरों का मरना सुन और देखकर पहले कभी भी इस तरह मृत्युभय से आक्रान्त नहीं हुए थे। अगर पहले इस तरह आक्रान्त हुए रहते तो यह आलीशान भवन और इसके अन्दर प्रायः सभी सुखों का निर्माण वे नहीं करते। उनसे होता ही नहीं। इसीलिए उनकी व्यथा गहरी है। अभावों के बीच रहनेवालों की मृत्यु उन्होंने देखी है। सहज रूप से वे मृत्यु को स्वीकार कर लेते हैं। उनकी तरह भय से घबराते-छटपटाते नहीं। लेकिन चाहकर भी अपने वैभवपूर्ण संसार का मोह राघव शरण त्याग नहीं पाते हैं।

राघव शरण की चिन्ताएँ निरन्तर बढ़ती जाती है। जब से चिकित्सकों ने कैन्सर की घोषणा करते हुए उन्हें चन्द दिनों का मेहमान बताया है, सोते-जागते, उठते-बैठते हर वक़्त मृत्यु उन्हें भयभीत किये रहती है। वे व्यग्रता एवं बेचैनी से यह सोचते रहते हैं कि कितना अच्छा होता अगर वे ही जाते। क्या कोई ऐसी राह नहीं जिस पर चलकर इस शरीर को स्थायित्व प्रदान किया जा सके? वे दूर तक अपनी दृष्टि दौड़ाते हैं। प्रायः सभी चिकित्सा-पद्धतियाँ और अन्य उपाय उन्हें मृत्यु के समक्ष पराजित नज़र आते हैं। इस सन्दर्भ में अचानक अध्यात्म एवं भारतीय धर्मग्रन्थों की ओर भी उनका ध्यान जाता है। उनके मित्र सदासुख पिछले काफ़ी समय से सन्तों की संगति में रहने लगे हैं। जब भी मिलते हैं, आध्यात्मिक बातों की चर्चा प्रारम्भ कर देते हैं। राघव शरण ने उनकी बातों को कभी पसन्द नहीं किया। उन्हें यह सब फालतू, निस्तार और मनगढ़न्त बातें लगती। लेकिन अब उन्हीं बातों में उन्हें सार नज़र आने लगता है तथा उनका आकर्षण तेज़ी से उस ओर बढ़ने लगता है।

सदासुख बताते हैं कि मरने पर शरीर का नाश हो जाता है, लेकिन आत्मा नहीं मरती...।

सदासुख यह भी बताते हैं कि देह और आत्मा का सम्बन्ध अभेद होता है।

सदासुख कहते हैं, सदियों पहले अपने यहाँ शुक्राचार्य के पास वह संजीवनी विद्या थी, जिससे मरे हुए व्यक्ति को भी वे जिला देते थे। लेकिन आज वह विद्या विलुप्त हो गयी है। रामायण और महाभारत के कई चरित्र आज भी सशरीर जीवित हैं। उदाहरणस्वरूप हनुमान जी, विभीषण, अश्वत्थामा, वेदव्यास, शुकदेव जी बलि आदि।

सदासुख बताते हैं, अपने देश में अभी भी अनेक साधु-सन्त और योगी, संन्यासी हिमालय पर्वत पर रहते हैं, जिनकी उम्र कई सौ वर्षों की हो गयी है।

राघव शरण के दादा धार्मिक व्यक्ति थे। वे एक प्रसिद्ध सन्त के शिष्य थे। घर पर नियमित रूप से पूजा-पाठ करते तथा पूरे मन से धार्मिक ग्रन्थों का अध्ययन करते। उनकी मृत्यु के बाद लाल रंग के कपड़े में बँधे धार्मिक ग्रन्थ वर्षों से आलमारी

के एक कोने में पड़े रहे। कभी किसी ने नहीं छुआ। लेकिन राघव शरण उस बण्डल को खोल वेद, पुराण, उपनिषद्, रामायण, महाभारत आदि का अध्ययन शुरू कर देते हैं। घर के लोग समझते हैं, सामने उपस्थित मृत्यु को देख अपना परलोक सुधार रहे हैं। लेकिन वे तो एक-दूसरे सत्य की खोज में थे मृत्यु पर विजय पाने का सत्य।

राघव शरण अनुभव करते हैं, उनके जीवन की अवधि कम है तथा प्राचीन धार्मिक ग्रन्थ विपुल मात्रा में हैं। अल्पावधि में सब पढ़ लेना सम्भव नहीं। पता नहीं, सत्य वे पा भी सकेंगे या अध्ययन के क्रम में ही गुज़र जायेंगी।

कैन्सर की बीमारी और मृत्यु चिन्ता से राघव शरण का बदन पीला, उदास, निस्तेज और दुबला होने लगता है। उनकी पत्नी अपने जाते सुहाग को देख छिप-छिपकर रोती रहती है। सारा परिवार दुःख और व्यथा में डूबता जाता है। राघव शरण के न रहने की कल्पना मात्र से ही उनके परिवार के होश उड़ने लगते हैं। ऐसे ही समय एक रात अपने बिस्तरे पर पड़े-पड़े राघव शरण की व्यथा और बेचैनी चरम पर पहुँच जाती है। उन्हें लगता है, कायरों और बुजदिलों की तरह वे चुपचाप आनेवाली मृत्यु का इन्तज़ार कर रहे हैं। कि उन्हें इस तरह हाथ-पर-हाथ रखकर नहीं बैठना चाहिए। कि इस महल में छिप-कर जब वे मृत्यु से बच नहीं सकते तो फिर यहाँ क्यों छिपे हैं? सत्य की खोज में क्यों नहीं निकलते? जोख़िम मोल लेकर और घर-परिवार को त्याग कर ही सत्य को पाया जा सकता है। मृत्यु आनी होगी तो कहीं भी आयेगी। बैठकर धीरे-धीरे काल के गाल में जाने की अपेक्षा काल को परास्त करने के लिए संघर्ष-यात्रा पर चल देना ही बेहतर होगा...। आधी रात की इस वेला में जब घर-परिवार और सारा शहर सोया है, गौतम बुद्ध की तरह अपनी पत्नी, बाल-बच्चे, महल और सारे वैभवों को त्याग चल देना चाहिए...।

और राघव शरण चल देते हैं...!

घर से भागने के बाद राघव शरण ने कैसे रातों-रात वह शहर छोड़ दिया? कि कैसे विभिन्न तीर्थों एवं धर्म-स्थलों में घूमते हुए उन्हें सन्तों को संगति प्राप्त हुई? कि कैसे जंगलों और पहाड़ों से गुज़रते हुए हिमालय की तराई में एक सिद्ध महात्मा का उन्हें दर्शन हुआ? कि कैसे उस महात्मा ने उन्हें अपना शिष्य बनाया? कि कैसे गुरुदेव के निर्देशन में योग-साधना से वे अवगत हुए! कि अपने गुरुदेव के आदेशानुसार एक निर्जन स्थान में कैसे वे लम्बे समय तक साधनारत रहे? कि कैसे उन्हें अमरत्व की प्राप्ति हुई? यह लम्बी कहानी है। यहाँ विस्तार से उसका जिक्र सम्भव नहीं। उनके बारे में संक्षिप्त सूचना यह कि घर से भागने के १२० वर्ष बाद अमरत्व प्राप्त कर वे वापस लौट चलते हैं।

हज़ारों मील की लम्बी यात्रा के फलस्वरूप राघव शरण जब अपने शहर पहुँचते हैं तो पाते हैं कि उनका वह शहर आश्यचर्यजनक रूप से बदल गया है। वे पहचान नहीं पाते हैं कि यहीं उनका शहर है, जिसके हर मुहल्ले और चौराहे से वे परिचित थे। जिसकी हर गलियाँ जानी-पहचानी थीं। अपने इस छोटे शहर को टहलने के क्रम में ही इस छोर से उस छोर तक नाप लेते थे। लेकिन अब वह शहर यह रहा ही नहीं। शहर के बाहर दूर तक फैले जंगल का कहीं अता-पता नहीं। उस जंगल में एक-से-एक हिंसक जानवर रहते थे। लेकिन उस जंगल के स्थान पर ऊँची-ऊँची अट्टालिकाएँ बन गयी हैं। शहर का सबसे बड़ा मुहल्ला बस गया है। उस मुहल्ले को देख कोई यह सोच ही नहीं सकता कि कभी यहाँ घना जंगल होगा। शहर के बाहर की बस्तियाँ नदी नाले और मैदान सब शहर की परिधि में आ गये हैं। शहर ने अपने आसपास के इलाकों को अजगर की तरह लील लिया है। शहर के बाहर के प्राकृतिक दृश्य और शहर को स्वच्छता प्रदान करनेवाले वातावरण सब शहर की पेट में समा गये हैं। उन्हें यह देख गहरा आश्चर्य होता है कि उनका साफ़-सुथरा छोटा शहर एक प्रदूषणयुक्त महानगर में बदल गया है। उन्हें यह सब अच्छा नहीं लगता। यह सब क्यों हो गया? कैसे हो गया? अपने जिस शहर का सपना सँजोये वे लौटे थे, वह शहर कहाँ चला गया? उनका मन तिक्त हो जाता है।

राघव शरण को बहुत पूछताछ करने के बाद अपने शिवपुरी मुहल्ले का पता मिलता है। उनके मुहल्ले का नाम शिवपुरी से कैसे सुन्दरपुरम् हो गया, उन्हें कोई जानकारी नहीं मिलती। वह तो एक-दो बुड्ढे बताते हैं कि सुन्दरपुरम् ही पहले का शिवपुरी मुहल्ला है, तब वह जान पाते हैं।

अपने मुहल्ले में पहुँच राघव शरण पाते हैं कि शहर की तरह उनके मुहल्ले का नक्शा भी पूरी तरह बदल गया है। न वे गलियाँ हैं। न वे मकान। लोगों ने अपनी इच्छानुसार इतना परिवर्तन किया है कि अब वह मुहल्ला रहा ही नहीं। उन्होंने सोचा था बिना किसी से पूछ सीधे अपने मकान पर पहुँच जायेंगे। लेकिन अब उन्हें अपना मकान पहचान में ही नहीं आ रहा। सारी दोपहरी पूरे मुहल्ले का चक्कर लगाते-लगाते जब वे थक जाते हैं और परेशान हो उठते हैं तो पूछना शुरू करते हैं। अपने तीनों पुत्र ज्वाला प्रसाद, बाला प्रसाद और लाला प्रसाद का नाम लेकर पूछते हैं कि उनका घर कहाँ है? जवाब में लोग बताते हैं कि उस नाम के आदमी यहाँ नहीं। इस पर वे बहुत दुःखी हो जाते हैं। क्या वे किसी दूसरे शहर और किसी दूसरे मुहल्ले में पहुँच गये हैं?

राघव शरण के दिमाग़ में एक बात सूझती है। अब वे जिस किसी से अपने पुत्रों के बारे में पूछना चाहते हैं, पहले उसका हुलिया लेने लगते हैं कि वह इस मुहल्ले

में कब से रह रहा है? इस सन्दर्भ में वे पाते हैं, स्थायी रहनेवाले नहीं के बराबर हैं। अधिकतर किरायेदार है। कुछ मकान मालिक भी मिलते हैं। लेकिन किरायेदारों की तरह ही अस्थायी। दूसरी जगह का मकान बेच यहाँ ले लिया और स्थायी रूप से यहाँ रहेंगे, इसकी भी कोई निश्चिन्तता नहीं। कहीं भी और कभी भी मकान बेच देंगे। खरीद लेंगे।

राघव शरण चिन्ता में पड़ जाते हैं कि अपना मकान वे कैसे ढूँढ़े? मुहल्ले के स्थायी बाशिन्दे तो अब रहे नहीं। वे महसूस करते हैं, उनके ज़माने के इस स्थायी मुहल्ले की स्थिति चलती हुई ट्रेन की हो गयी है जिस पर लोग समयानुसार उतरते-चढ़ते हैं। उन्हें इन्हीं यात्रियों में अचानक पीर के मज़ार के बूढ़े मौलवी साहब मिल जाते हैं, जो बाताते हैं, ज्वालाप्रसाद, बालाप्रसाद और लालाप्रसाद वर्षों पहले दिवंगत हो चुके हैं कि उनके लड़के भी बूढ़े हो गये कि उनके नाती-पोते भी जवान हो गये हैं।

पुत्रों के निधन की सूचना से उनका मन व्यथित हो जाता है। उन्हें लगता है, पुत्र जब गुज़र गये तो उनकी माता तो पहले ही गुज़र गयी होगी। एक क्षण तक दुःखी मन से सोचने के बाद जब वे अपना नाम लेकर मौलवी साहब से पूछते हैं कि उस नाम के आदमी के बारे में वे जानते हैं तो बताते हैं, नहीं। तब वे मौलवी साहब से अपने दिवंगत पुत्रों का निवास पूछ दुःखी मन से वहाँ चल देते हैं।

अपने घर के समीप पहुँच राघव शरण को गहरी पीड़ा होती है। उनका मकान कहाँ चला गया, जिसे वे अब तक ढूँढ़ते रहे थे? उन्होंने अपने हाते में चारों तरफ़ काफ़ी ज़मीन छोड़कर बीच में मकान बनाया था। मकान एक तल्ला था। ऊपर छत पर सिर्फ़ एक बड़ा-सा कमरा था। शेष छत जान-बूझकर उन्होंने खाली छोड़ दी थी। गर्मी की रातों में तारों भरे आकाश के नीचे वे अपने परिवार के साथ खुली छत पर सोते। जाड़े के दिनों में अपने मकान के बगल की खाली ज़मीन में फूल-पत्तियों के बीच धूप का सेवन करते। उन्होंने ऐसा मकान बनाया था कि उस मकान में रहकर सुविधापूर्वक समय-समय पर धरती और आकाश का सेवन किया जा सके। लेकिन वे देखते हैं, अब उस स्थान पर एक विशाल बहुमंजिली इमारत खड़ी है नीचे से लेकर कई तल्ले ऊपर तक छोटे-छोटे क्वार्टरों की शृंखलाएँ उनके एक मकान की जगह पर लगभग साठ क्वार्टर एक-दूसरे के ऊपर खड़े हैं और सब भरे हुए। पता नहीं इनमें सिर्फ़ उनके परिवार के लोग ही हैं या अन्य किरायेदार भी। उन्हें अपना यह परिवर्तित मकान बिल्कुल अरुचिकर प्रतीत होता है। धरती-आकाश के बीच टँगे कबूतरखाने की तरह। इन दड़बेनुमा घरों में लोग कैसे रहते हैं? क्या उन्हें ऊब और घुटन महसूस नहीं होती? क्या धरती और आकाश के नैसर्गिक सुख-सौन्दर्य का पान वे नहीं करना चाहते। उनके वंशजों ने उनके मकान की यह कैसी दशा कर दी? क्यों

उन्होंने उसे इस रूप में परिवर्तित किया? सब-कुछ जानने की दु:खद जिज्ञासा उन्हें बेचैन कर देती है। मकान से बाहर आ रहे एक व्यक्ति को वे अपनी ओर मुखातिब करते हैं—"सुनिये।"

वह व्यक्ति नज़र उठाकर उनका हुलिया देखता है। फिर जवाब देता है—"मैं एक ज़रूरी काम में हूँ। मुझे फुर्सत नहीं।"

वे कहते हैं—"एक मिनट मेरी बात तो सुन लीजिये।"

इस बारे में वह आदमी उनकी ओर देखता भी नहीं। जाते हुए ही कहता है—"इन क्वार्टरों में बहुत लोग रहते हैं। किसी से कुछ माँग लीजिये।"

वह आदमी चला जाता है। राघव शरण फटी-फटी आँखों से उसे देखते रहते हैं। उस व्यक्ति ने उनके साथ कैसा अशिष्ट व्यवहार किया? क्या वह उनके परिवार का ही कोई सदस्य है या किरायेदार वगैरह? कोई भी हो! दरवाज़े पर आये अतिथि के साथ भला ऐसा व्यवहार किया जाता है?

अपने शहर और मुहल्ले का अरुचिकर परिवर्तन देख राघव शरण का सारा उत्साह तो ऐसे ही समाप्त हो गया था, इस घटना के बाद तो वे और अधिक उदासीन हो उठते हैं। चुपचाप खड़े-खड़े उस जानेवाले व्यक्ति के बारे में सोचते रहते हैं। अन्तत: यह सोचकर अपने मन को हल्का करते हैं कि उनकी तगड़ी क़द-काठी, माथे और दाढ़ी से लम्बे, घने बाल, साधु-संन्यासियों की वेश-भूषा देखकर ही उस व्यक्ति ने उनकी उपेक्षा की है। उसे लगा है, कुछ माँगने के उद्देश्य से आये हैं। लेकिन उनके ज़माने में तो साधु अतिथियों का स्वागत किया जाता था...?

पुन: एक व्यक्ति उस मकान से निकलता है। वे उस व्यक्ति के समीप लपकते हुए आवाज़ लगाते हैं—सुनिये।

वह व्यक्ति भी पलटकर उनका हुलिया देखता है। फिर बिना मुँह से कुछ बोले हाथ के इशारे से उन्हें मकान की ओर बढ़ जाने का संकेत करते हुए बिना रुके आगे बढ़ जाता है। राघव शरण अनुभव करते हैं, पहले व्यक्ति की तरह यह व्यक्ति भी उन्हें भिखमंगा समझकर ही आगे बढ़ा है। लेकिन किसी से बातचीत किये बिना सिर्फ़ वेश-भूषा देख उसके बारे में कोई धारणा बना लेना कितनी ग़लत बात है।

इस बार बाहर से एक व्यक्ति आता है और उस बहुमंजिली इमारक की ओर बढ़ता है। राघव शरण पुन: आवाज़ लगाते हैं— "एक मिनट सुनियेगा भाई।"

लेकिन वह व्यक्ति न तो पलटकर उनकी ओर देखता है, न मुँह से कुछ बोलता है और न हाथ से कोई संकेत ही करता है। शायद आते हुए उसने उन्हें देख लिया है। वह तेजी से सीढ़िया चढ़ते हुए तीन-मंजिले के एक क्वार्टर के सामने के बालकनी में पहुँच जाता है, जहाँ से खड़ा हो उन्हें हिकारत की नज़रों से घूरने लगता है।

राघव शरण महसूस करते हैं, तीनों व्यक्तियों ने उनकी उपेक्षा की। पहले से दूसरे और दूसरे से तीसरे की उपेक्षा उन्हें ज़्यादा कड़वी लगी। अब किसी और से कुछ भी पूछने की उनकी इच्छा जाती रही। अपने ही दरवाज़े पर उन्हें कितना अपमानित होना पड़ रहा है। घर से बाहर पहाड़ों एवं जंगलों पर रहने की अवधि में उन्होंने सुना था कि देश का सर्वांगीण विकास हो रहा है। गाँवों एवं शहरों को आदर्श के साँचे में ढाला जा रहा है। लोगों को शिक्षित बनाने के साथ-साथ उनके जीवन को सुखी एवं समृद्धिशाली बनाने का प्रयास जारी है। राघव शरण सोचते हैं, क्या यह उसी प्रयास का परिणाम है? उनकी पीड़ा और बढ़ जाती है...।

उनके साथ उन तीनों व्यक्तियों ने ऐसा बेरुखा व्यवहार क्यों किया, इस विषय पर बहुत विचार करने के बाद वे इस निष्कर्ष पर पहुँचते हैं कि आगन्तुकों या अजनबी लोगों के प्रति उनका दृष्टिकोण ऐसा ही बना दिया गया है। दूसरी बात वे यह महसूस करते हैं कि वे तीनों बहुत जल्दी में थे। शायद उनके पास एक मिनट भी अतिरिक्त समय नहीं। लेकिन यह ठीक तो नहीं। मनुष्य का दृष्टिकोण ऐसा हो जाय और वह इतनी जल्दबाजी में रहने लगे कि बुनियादी मानवीय गुणों से वंचित हो जाय तो फिर मनुष्य और पशु में अन्तर ही क्या रह जायेगा? वे भारी मन लिये चुपचाप खड़े रहते हैं। मकान से बाहर जाते एवं भीतर आते व्यक्तियों से अब वे कुछ भी नहीं पूछते।

देर तक राघव शरण को इस तरह खड़े देख नीचे के क्वार्टर के दरवाज़े पर एक वृद्ध महिला उपस्थित होती है। उसके हाथों में भिक्षा देने के लिए एक पात्र है, जिसमें अनाज के कुछ दाने हैं। राघव शरण को वह समीप बुलाती है। राघव शरण का अन्तर मर्माहत हो जाता है। अपने जिस घर के लिए अमरत्व प्राप्ति कर वे व्यग्रता से वापस लौटे हैं, उस घर के सामने अब उनकी हैसियत मात्र एक भिखारी है। वे एक क्षण के लिए पूर्वत: खड़े रहते हैं। फिर अपने पीड़ित मन को दृढ़ करते हुए वृद्धा के समीप चल देते हैं कि इसी बहाने उससे अपने बेटो-पोतों की जानकारी प्राप्त करेंगे।

जब राघव शरण उस वृद्धा के समीप पहुँचते हैं वह भिक्षा-पात्र उनकी ओर बढ़ाने लगती है। इस पर वे हाथ जोड़कर जवाब देते हैं 'माता जी, मैं कुछ माँगने नहीं आया। वर्षों पहले यहाँ मेरा मकान था। मेरे परिवार के लोग थे। उन्हीं की खोज में आया हूँ।'

इस पर वह वृद्धा पूछती है—"किन लोगों की?'

वह बताते हैं—"ज्वाला प्रसाद, बाला प्रसाद एवं लाला प्रसाद की?'

वृद्धा कहती है—"इन लोगों को मैं नहीं जानती। इनका नाम पहले कभी मैंने नहीं सुना है...।"

वे वृद्धा से पूछते हैं —"आपके पति हैं? शायद वे कुछ बता सके...?"

वृद्धा जवाब देती है—"वे तो वर्षों पहले दिवंगत हो चुके हैं।"

इस पर वे पुन: प्रश्न करते हैं—"तब आपके परिवार में और कोई पुरुष पात्र?"

वृद्धा कहती है—"मेरा लड़का है। बैंक में नौकरी करता है, दफ़्तर गया है। शाम को आयेगा। लेकिन फिर नाइट कॉलेज चला जायेगा। उसके पास एक मिनट का भी समय नहीं...।"

राघव शरण पूछते हैं—"अच्छा यह तो बताइये कि यह आप लोगों का अपना घर है या आप लोग किराये पर हैं?"

वह कहती है—"हम लोग किराये पर हैं।"

राघव शरण के चहरे पर पुन: चिन्ता की लकीरें उभर आती हैं। अब वे क्या करें? किससे पूछे? किंकर्त्तव्यविमूढ़ की स्थिति में उस वृद्धा के समक्ष खड़े रहते हैं। इस पर वह कहती है—"उस दायीं ओर के क्वार्टर में प्रसाद टाइटिल के एक व्यक्ति रहते हैं। शायद वे आपको कुछ बता सकें। और वृद्धा हाथ के इशारे से उस क्वार्टर की ओर संकेत करती है। इसके बाद वे तत्क्षण उस क्वार्टर के समीप चल देते हैं।"

उस क्वार्टर के समीप पहुँचकर राघव शरण देखते हैं, नरेश प्रसाद के नाम का एक बोर्ड लगा है। वे दरवाज़े पर दस्तक देते हैं। अन्दर से एक सत्रह-अठारह साल की क्वाँरी कन्या आती है। फिर उनका हुलिया देखे बिना उनसे कुछ पूछे वापस चल देती है। शायद उन्हें भिखारी समझ कुछ ले आने जा रही हो। लेकिन वे आवाज़ लगाकर बीच में ही उसे रोक लेते हैं—"बेटी, मैं कुछ माँगने नहीं आया। इस मकान में नरेश प्रसाद रहते हैं?"

वह कहती है—"हाँ वे मेरे डैडी हैं।"

इस पर वे कहते हैं—"मुझे उनसे मिलना है।"

कन्या अन्दर चली जाती है। फिर शीघ्र ही वापस आती है—"आपका क्या नाम है? आप कहाँ से आये हैं?"

वे जवाब देते हैं—"मेरा नाम राघव शरण है। मैं हिमालय की तराई से आया हूँ।"

कन्या अन्दर जाती है। फिर वापस आती है—"क्या काम है? किसी मन्दिर आदि के लिए चन्दे की बात है क्या?"

वे कहते हैं—"नहीं, मैं कुछ भी लेने नहीं आया। उनसे मुझे एक आवश्यक जानकारी लेनी है।"

वह पुनः अन्दर जाती है। फिर बाहर आकर कहती हैं—"इस समय डैडी आराम कर रहे हैं। शाम पाँच बजे आइयेगा।"

वे अनुनय के-से स्वर में कहते हैं—"बेटी मैं बहुत दूर से आया हूँ और देर से जानकारी के लिए भटक रहा हूँ।"

कन्या फिर अन्दर चली जाती है। इस बार आँखों पर चश्मा लगाये एक वृद्ध अन्दर से आते हैं—"क्या काम है? आप कौन हैं?"

राघव शरण एक क्षण तक वृद्ध को देखते हैं। फिर पूछते हैं—"ज्वाला प्रसाद, बाला प्रसाद एवं लाला प्रसाद के बारे में आप जानते हैं?"

इस पर वे वृद्ध राघव शरण के चेहरे पर अपनी नज़रें टिकाते हुए कहते हैं—"उनके बारे में आप क्या जानना चाहते हैं? मैं बालाप्रसाद का ही पुत्र हूँ।"

बस, इतना सुनते ही राघव शरण का चेहरा खिल उठता है। वे आप की जगह तुम का सम्बोधन करते हुए सुखद आश्चर्य से बोल उठते हैं—"तुम बाला प्रसाद के पुत्र हो? युग-युग जियो बेटा! मैं तुम्हारा दादा राघव शरण हूँ। यह मेरे मकान की कैसी दुर्गति बना रखी है तुम सबों ने? परिवार का हाल सुनाओ! और कौन-कौन लोग बचे हैं परिवार में...?"

इस पर वे क्रोध प्रकट करते हुए सख्त शब्दों में कहते हैं—"ऐ साधु! यहाँ तुम्हारी दाल गलनेवाली नहीं। दुनिया बहुत आगे बढ़ चुकी है। मैंने अपने बाल धूप में सफ़ेद किये हैं। किसी और को मूर्ख बनाना। यहाँ से अपना रास्ता नापो।"

यह सुन राघव शरण के होश उड़ जाते हैं। अचानक वे आसमान से ज़मीन पर आ गिरते हैं। उन्होंने सोचा था कि घर पहुँचने पर उनके वंशज सुखद आश्चर्य से उछल पड़ेंगे कि उनके मुहल्ले से होते हुए यह खबर सारे शहर में फैल जायेगी। कि लोग उनका दर्शन करने एवं आशीष पाने उमड़ पड़ेंगे। कि उनके वंशज उनका पाँव पखारेंगे। आरती उतारेंगे। उनकी पूजा करेंगे। लेकिन यहाँ तो बिल्कुल उल्टी बातें घटित हो रही हैं। लोगों को यह क्या हो गया है? लोग ऐसा कैसे बन गये हैं...?

राघव शरण भौंचक हो उस वृद्ध की ओर ताकते रहते हैं। उस वृद्ध के पास आस्था और विश्वास नाम की कोई चीज़ नहीं। अपने जिस घर और परिवार में स्थायी रूप से रहने के लिए वे अमरत्व प्राप्ति कर लौटे हैं, क्या यही उनका घर और परिवार है? अगर ये लोग उन्हें पहचान भी लेते हैं तो क्या ऐसे लोगों के बीच वे रह पायेंगे? एक दुःखद पश्चात्ताप भरे अन्तर्द्वन्द्व के बीच वे घिर जाते हैं। उन्हें चुपचाप खड़े अपने ऊपर टकटकी लगाये देख वे वृद्ध कहते हैं—"किसी गाँव में चले जाओ साधु। वहाँ ठगना आसान होगा। यहाँ किसी को ठग नहीं पाओगे...।"

और वे वृद्ध तिरस्कार भरी निगाहों से उन्हें घूरते हुए अन्दर चले जाते हैं। राघव शरण की इच्छा होती है, वर्षों का मोह त्याग वापस लौट जायें। अब यहाँ रहा ही क्या? फिर यह सोचकर कि उनका परिवार बड़ा था, अन्य सदस्यों से भी मिल लें अन्य सदस्य कैसे हैं? कौन-कौन बचे हैं? सबको देखने-जानने की जिज्ञासा से वे रुक जाते है।

कुछ समय बीत जाता है। चिन्ताओं में डूबे वे ऐसे ही खड़े रहते हैं। अचानक वह कन्या किसी कार्यवश दरवाज़े की ओर फिर आती है। उन्हें पूर्वत: दरवाज़े पर खड़े पा तेजी से अन्दर लौट जाती है। इस बार वे वृद्ध ग़ुस्से से तमतमाते हुए आते हैं—"क्या विचार है साधु! सीधे मन से वापस जाओगे या पुलिस को बुलाना पड़ेगा...।"

राघव शरण कहते हैं—"ईश्वर साक्षी है बेटा! मैं किसी को ठगने या किसी से कुछ भी लेने नहीं आया...अपने घर-परिवार के लोगों की जानकारी ले और उनसे मिल चला जाऊँगा...।"

वे वृद्ध कहते हैं—"इससे बड़ा फ़रेब और क्या करोगे? जो दादा सैंकड़ो वर्ष पहले कैन्सर की बीमारी से मर चुके उनके नाम पर धोखा देने आये हो।

इस पर राघव शरण कहते हैं—"मैं कैन्सर से मरा नहीं था बेटा! तुम्हारे बाप बाला ने बताया होगा, मैं आधी रात को घर से भाग गया था...फिर जंगलों और पहाड़ों की खाक़ छानते हुए मुझे सन्तों की संगति प्राप्त हुई थी। इसके बाद वर्षों की साधना के पश्चात् यहाँ लौटा हूँ।"

वे वृद्ध कुटिल भंगिमा प्रदर्शित करते हुए कहते हैं—"अच्छी कहानी गढ़ ली है साधु! लेकिन तीर्थ के पण्डे तो तुमसे भी आगे कई पीढ़ियों का इतिहास अपने पास रखते हैं। पर अब कोई मूर्ख नहीं रहा। तुम तो सिर्फ़ एक दिवंगत व्यक्ति का नाम बेच रहे हो। यहाँ तो कई लोगों ने अपने को ईश्वर घोषित कर दि है...उनमें कुछ ईश्वर अभी भी जेलों में बन्द हैं।"

राघव शरण चौंक उठते हैं—"क्या कहा! लोगों ने अपने को ईश्वर घोषित कर लिया है और ईश्वर जेलों में बन्द हैं...हे भगवान्, यह सब मैं क्या सुन रहा हूँ।"

वे वृद्ध कहते हैं—"भोले न बनो साधु! वे सब तुम्हारी तरह ही हैं। प्रपंच छोड़कर कहीं और प्रस्थान करो।"

राघव शरण को यह समझ में नहीं आता कि इस आदमी से वे बात आगे बढ़ाये तो कैसे? एक ही भाषा में दोनों की जीवन-दृष्टि का अन्तर इतना विकसित हो चुका है कि एक-दूसरे के लिए शब्दों का अर्थ पूर्णत: बदल गया है। राघव शरण सोचते हैं कि अपने कथन को विश्वसनीय बनाने के लिए कौन-सी बात कहें, कोई सूत्र उन्हें

हाथ नहीं लगता। अन्ततः निराश हो अनुनय के से स्वर में कहते हैं—"ज्वाला प्रसाद और लाला प्रसाद के पुत्र कहाँ हैं?'

इस पर वे वृद्ध कहते हैं—"उनकी जानकारी लेकर क्या उन्हें भी धोखा देने पहुँचोगे लेकिन यहाँ कोई धोखे में नहीं आयेगा।"

राघव शरण कहते हैं, "नहीं, नहीं... मैं अपने को कैसे बताऊँ कि... मेरी प्रार्थना है मुझे कुछ जानकारी दे दो।"

इस पर वे कहते हैं—"क्या जानकारी लोगे? ज्वाला प्रसाद के बाल-बच्चे नहीं हुए। वे वर्षों पहले गुज़र गये। मैं अपने बाप का अकेला हूँ। मुझे एक लड़का है और एक लड़की। लाला प्रसाद के चार लड़के और तीन लड़कियाँ है। वे काफ़ी समय से दिल्ली में रह रहे हैं। उनके बच्चे विदेशों से शिक्षा लेकर लौटे हैं। वे अपने गेट पर भी तुम्हें खड़ा नहीं होने देंगे। मेरी तरह उनके पास समय नहीं कि तुम्हारे साथ वक़्त जाया करें।"

इसके बाद राघव शरण पूछते हैं—"ज्वाला प्रसाद आदि की माता का निधन कब हुआ? कैसे हुआ?"

वृद्ध कहते हैं—"इसकी मुझे कोई जानकारी नहीं।"

अब राघव शरण पूछते हैं—"ज्वाला प्रसाद आदि की तीन बहने थीं—सुनन्दा, सुनयना और सरस्वती उनके परिवार का क्या समाचार है। वे लोग कहाँ है कौन-कौन बचे हैं?

वृद्ध कहते है—"किसी पण्डे के गिरोह के आदमी मालूम पड़ते हो साधु पूरी जानकारी लेकर आये हो...लेकिन आज के इस वैज्ञानिक युग में अब किसी को भी छल नहीं पाओगे। मुझे ज्वाला प्रसाद आदि की बहनों के बारे में विशेष जानकारी नहीं पुराने सम्बन्ध आज नहीं चलते... किसकी इतनी फुर्सत है?"

अब राघव शरण पूछते हैं—"पुराने मकान की जगह यहाँ यह कबूतरखाना कैसे खड़ा हो गया?"

वृद्ध कहते हैं—"इसे कबूतरखाना कहते हो साधु! ये क्वार्टर बहुत आरामदायक एवं सुविधाजनक हैं। विज्ञान के विकास की देन हैं ये क्वार्टर कि इतनी कम ज़मीन में इतने फ्लैट्स बन गये। इन फ्लैटों में जागरूक लोग रहते हैं..उनके समक्ष तुम्हारी दाल गलनेवाली नहीं। पुराना मकान किसी को पसन्द नहीं था... काफ़ी ज़मीन के बीच एक छोटा-सा मकान...ज़मीन की बर्बादी थी। वर्षों पहले ज्वाला प्रसाद आदि ने ही भवन निर्माण से सम्बन्धित एक बिल्डर के हाथों पुराना मकान और सम्बन्धित ज़मीन बेच दी थी। नये सिरे से बन जाने के बाद इसी में का एक क्वार्टर मैंने अपने लिये ले लिया है...और क्या पूछोगे? अब तो जान छोड़ो मैं रिटायर्ड आदमी हूँ इसीलिए

इतना समय भी दे दिया। और लोग तो तुमसे बातचीत ही नहीं करेंगे इतना कहकर वे वृद्ध अन्दर चले जाते हैं। राघव शरण भौंचक हो खड़े रहते हैं। कुछ वर्षों के अन्तर में ही वे अपने घर-परिवार के लिए कितने अजनबी बन गये हैं। अगर वे जानते कि दुनिया इतनी बदल जायेगी तो इस दुनिया के लिए इतनी आसक्ति पालते ही नहीं। उन्हें गहरा पश्चात्ताप होने लगता है। अमरत्व प्राप्ति के बाद पहली बार थकान का अनुभव करते हैं। फिर समीप ही एक कोने में खुले आसमान के नीचे कुश की अपनी आसनी बिछा बैठ जाते हैं।

शाम घिरने लगती है। विभिन्न दफ्तरों से कार्य कर औरत-मर्द तथा स्कूल कॉलेजों से पढ़कर लड़के लड़कियां वापस आने लगते हैं; उनके हाते की बहुमंज़िली इमारत के सामने स्कूटर, मोटर साइकिल, जीप, कार और रिक्शों का ताँता लग जाता है। विभिन्न सवारियों से उतरकर लोग सीढ़ियों के सहारे अपने-अपने दड़बों में घुसते चले जाते हैं। राघव शरण को यह देखकर गहरा आश्चर्य होता है कि इतने लोग इस इमारत में कैसे अँट गये और कैसे रह लेते हैं? उनकी आँखों के सामने अतीत का वह दृश्य घूम जाता है जब इस जगह प्रकृति के खुले वातावरण में उनका एक छोटा-सा प्यारा मकान था...। क्या लोगों के रहने के लिए अब पर्याप्त जगह नहीं रह गयी। या इसी तरह दड़बों में रहना ही लोगों को पसन्द है, उन्हें कुछ भी समझ नहीं आता।

राघव शरण अपने पोते को लेकर सोचते हैं कि उसे उनकी बातों पर तनिक भी विश्वास नहीं। अगर विश्वास न भी होता तब भी सहानुभूतिपूर्वक उनकी पूरी बात तो उसे सुननी चाहिए थी। उनकी बातों की सत्यता की जाँच करनी चाहिए थी। लेकिन जैसे पहले ही से धारणा बनी हो कि उनकी तरह के लोग पाखण्डी होंगे, उसी तरह का व्यवहार उसने किया। तो क्या उनकी वेश-भूषा में पहले भी किसी ने आकर उसे धोखा दिया है? अगर ऐसा हुआ है तो उसे बताना चाहिए था। फिर उनके कानों में अपने पोते का यह कथन गूँजने लगता है कि कई लोगों ने अपने को ईश्वर घोषित कर दिया है और कई ईश्वर जेलों में बन्द हैं। तो क्या यह सब भी यहाँ होने लगा है? हे प्रभु! मैं यह सब क्या सुन रहा हूँ? क्या यह मेरा शहर नहीं? मेरा घर परिवार नहीं? सब-कुछ इस रूप में कैसे बदल गया?

शाम गहरा जाती है। अचानक एक युवक मोटर साइकिल से आता है और उनके पोते के क्वार्टर की ओर चल देता है। वे गौर से उसे देखने लगते हैं। शायद उनके पाते का लड़का हो। उनके पोते ने बताया था कि उसे एक लड़का और एक लड़की है। लड़की को तो वे देख ही चुके हैं। लड़की की तरह ही नाक-नक्स देख उन्हें लगता है अवश्य यह उसी का लड़का है। फिर उनकी आँखें स्नेह से भर जाती हैं। अपने परिवार की तीसरी पीढ़ी को वे देख रहे हैं।

वह युवक क्वार्टर के अन्दर जाता है। फिर शीघ्र ही बाहर आता है और इधर उधर नज़र घुमाकर किसी को ढूँढ़ने लगता है। फिर उन पर नज़र पड़ते ही उनके समीप बढ़ चलता है। उनका मन खुशी से हुलसित पुलकित होने लगता है। घर के अन्दर उनके बारे में जानकारी प्राप्त कर उनके पोते का लड़का उनसे मिलने आ रहा है। लेकिन समीप आने पर इससे पहले कि अपना आशीष भरा हाथ वे उसके माथे पर रखते वह क्रुद्ध शब्दों में कहता है—"तो तुम्हीं हो जो मेरे डैडी को धोखा देने आये हो। अभी आज के अखबार में तुम्हारी तरह ही एक विदेशी गुप्तचर के पकड़े जाने की खबर आयी है...इसी लिबास में तथा इसी तरह बाल-दाढ़ी बढ़ाकर वह जासूसी करता था अभी अपना रास्ता लोगे या पुलिस को बुलवाऊँ?"

राघव शरण के मुँह में स्नेह-आशीष के शब्द भरे थे। लेकिन अचानक उनकी बोलती बन्द हो जाती है। उनके पोते का लड़का तो उनके पोते से भी बेरुखा और अमानवीय है! वे अवाक् हो उसके चेहरे की ओर ताकने लगते हैं कि उनके वंशज कितने गये गुज़रे हैं।

उन्हें चुप देख वह युवक पुनः पाँव पटकते हुए गरजता है—"गूँगे बहरे हो क्या? तुम्हीं से पूछ रहा हूँ... यहाँ से हटोगे या पुलिस को खबर करूँ?"

एक क्षण के लिए राघव को समझ में नहीं आता कि क्या करें। फिर स्वतः उनके मुँह से बोल फूट पड़ते हैं—"बेटा, इस रात को कहाँ जाऊँ? किसी से कुछ भी माँग नहीं रहा। किसी को कुछ भी अनिष्ट पहुँचाने नहीं आया। रात-भर मुझे रहने दो। सुबह चला जाऊँगा...।"

वह युवक क्रुद्ध नज़रों से एक क्षण के लिए उन्हें घूरता है। फिर वापस क्वार्टर में चला जाता है।

राघव शरण के अन्दर दुःख, पीड़ा, आश्चर्य एवं पश्चात्ताप के भाव चरम पर पहुँच जाते हैं। वे इस जगह के मालिक थे—इस परिवार के स्वामी। लेकिन यहाँ के अब वे भिखारी, पाखण्डी और जासूस बन गये है। उनकी इच्छा होती है, चिल्ला-चिल्लाकर इस बहुमंजिली इमारत में रहनेवाले तमाम लोगों को अपनी कहानी बता दें। लेकिन फिर उन्हें लगता है, उनकी बात लोग क्यों सुनेंगे? अगर सुनेंगे भी तो कतई विश्वास नहीं करेंगे। उल्टे उन्हें सिर-फिरा पाखण्डी या घुसपैठी समझ दण्डित करना शुरू कर देंगे। इसीलिए अन्दर से उफनते हुए भी कुछ कह नहीं पाते। अपने भीतर के तूफ़ान को अन्दर-ही-अन्दर जज़्ब करते रहते हैं।

राघव शरण के अन्दर क्रोध की शुरुआत यहीं से होती है। उन्हें लगता है कि "बिनु भय होहिं न प्रीति। अधिकार माँगने से नहीं मिलता। अपने अधिकार एवं हक के लिए लड़ना ही पड़ता है। उन्हें अदालत की सहायता लेनी चाहिए। अदालत से

जब अपने होने की प्रामाणिकता लेकर आयेंगे तब उनके वंशजों को पता चलेगा। लेकिन फिर उन्हें लगता है, अदालत में उनके वंशजों की तरह ही लोग होंगे। वहाँ न तो कोई उनकी बात मानेगा और न सुनवायी ही करेगा। उनकी तरह के लोग तो अब रहे नहीं। इस बिन्दु पर पहुँचकर वे महसूस करते हैं कि युग के परिवर्तन के साथ सारे मूल्य एवं नियम कानून इस तरह बदल गये हैं कि वे बिल्कुल अकेले पड़ गये हैं—नक्क़ारखाने में तूती की आवाज़ की तरह।

शाम रात में बदल जाती है। रात का पहला पहर शुरू हो जाता है। बहुमंज़िली इमारत के विभिन्न क्वार्टरों में बिजली की बत्तियाँ जल रही हैं। सड़क के किनारे की ट्यूबलाइट प्रकाशमान हो जाती है। स्त्री-पुरुष के विभिन्न जोड़े हाथ में हाथ डाले सड़क पर निकल आते हैं।

राघव शरण एक कोने में छिपकर बैठे सब-कुछ देख रहे हैं। क्या ये पति-पत्नी हैं या ग़ैर औरत-मर्द? ग़ैर औरत-मर्द इस रूप में नहीं हो सकते। अवश्य ये पति-पत्नी ही होंगे! लेकिन पत्नी-पत्नी हैं तो क्या प्रेमाभिव्यक्ति के लिए एकान्त स्थान इन्हें नहीं मिलता? इस तरह सड़क पर खुलेआम एक-दूसरे का हाथ थामे चलना घोर अनैतिक एवं अशिष्ट कार्य है। नयी उम्र के बाल-बच्चों पर इसका कितना बुरा असर होगा?

वे देखते हैं, बहुमंजिली इमारत के सामने रंग-बिरंगी पोशाकों में इत्र और सेण्ट की खुशबू बिखेरते अनेक युवक जुटने लगते हैं। फिर मुँह से अलग-अलग ढंग की ध्वनियाँ निकालते हैं। प्रत्युत्तर में बहुमंज़िली इमारत की विभिन्न खिड़कियाँ खुल जाती है, जहाँ युवा लड़कियों के चेहरे दिखायी पड़ने लगते हैं। किसी खिड़की से पत्र गिराया जाता है। किसी खिड़की से मुआयना करने के बाद लड़की शीघ्र ही अपने प्रेमी के पास नीचे उतर आती है। फिर आलिंगन एवं प्रेमालाप का दृश्य शुरू हो जाता है...।

कुमार्ग की ओर बढ़ रही इस नयी पीढ़ी को देख राघवशरण सोचते हैं कि क्या इनके अभिभावक इससे अवगत नहीं? फिर उन्हें लगता है, सब क्वार्टरों से तो लोग देख ही रहे हैं। देखते हुए भी न देखने का अभिनय कर रहे हैं। तो क्या यह सब वर्जित नहीं रहा? घोर व्यभिचार और अनाचार का युग आ गया...।

राघव शरण देखते हैं कि अचानक जीन्स की पैण्ट पहने पतली-पतली टाँगोंवाला एक युवक सिगरेट पीते हुए उनके पोते के क्वार्टर के समीप आ जाता है। फिर मुँह से सीटी बजाता है। जवाब में उनके पोते की कन्या तत्क्षण बाहर आ जाती है। वह युवक कन्या का हाथ अपने हाथ में लेता है। फिर एक किनारे सटकर खड़े दोनों गुपचुप करने लगते हैं।

राघव शरण का खून खौल जाता है। उनके खानदान की लड़की इस रूप में और छोकरे की यह मजाल! पीठ पीछे ये जो कुछ करें, अपनी आँखों के सामने वे यह कदापि बर्दाश्त नहीं करेंगे। हालाँकि उन्हें लगता है, परिवार के लिए अब तो वे कुछ रहे नहीं। यहाँ हस्तक्षेप करने का परिणाम भी अच्छा नहीं होगा। फिर भी वे अपने को रोक नहीं पाते। तत्काल उन दोनों के बीच पहुँच जाते हैं। वे दोनों अचानक उन्हें अपने समीप आया देख घबरा जाते हैं। वे सबसे पहले कन्या को दुत्कारते हैं "शर्म नहीं आती तुम्हें...भला सयानी लड़की गैर युवक के साथ इस तरह मिलती है....पूरे खानदान की इज़्ज़त मिट्टी में मिला रही हो...भागो घर के अन्दर नहीं तो एक तमाचा कस कर लगाऊँगा...।"

वह लड़की माथा झुकाये घर के अन्दर चली जाती है। अब वे उस युवक को पकड़ते हैं—"किसी दूसरे के घर पहुँच उसकी लड़की को कुपथ पर ले जाते तुम्हें तनिक भी भय नहीं! भ्रष्ट, कुमार्गी, कुपथगामी आइन्दे से इधर कभी पाँव मत रखना नहीं तो दोनों टाँगें तोड़ दूँगा...।"

वह युवक उनकी लम्बी-तगड़ी क़द काठी देख विरोध नहीं करता है। हाथ बाँधे वापस चला जाता है। लेकिन उसकी भृकुटी तनी रहती है।

राघव शरण क्रोध से हाँफने लगते हैं। हाँफते हुए ही अपनी जगह आते हैं और पद्मासन लगा बैठ जाते हैं। उनका मन अशान्त एवं उद्विग्न हो उठा है। वे प्रभु के नाम का जप करते हुए अपने चित्त को सहज बनाने लगते हैं।

रात का दूसरा पहर शुरू हो जाता है। प्रेमाभिव्यक्ति से लीन जोड़े अपने-अपने दड़बो में वापस चले जाते हैं। सर्वत्र सूनापन बिखर जाता है। राघव शरण का मन अभी पूरी तरह सहज भी नहीं हो पाया कि देखते हैं सड़क को लाँघकर चार-पाँच युवक उनकी तरफ़ आ रहे हैं। युवकों के हाथ में हण्टर, बेल्ट, रॉड, हॉकी आदि हैं। समीप आने पर वे पहचान जाते हैं, उनके पोते की कन्या को गुमराह करनेवाला युवक अपने कुछ साथियों को लेकर आया है। इससे पहले कि वे पास आने का कारण पूछते, वह युवक अपने साथियों से कहता है—"यही साधु है।"

इस पर एक साथी कहता है—"इसकी दाढ़ी नोच ली जाय।"

दूसर कहता—"इसका पाँव पकड़कर घसीटा जाय।"

तीसरा कहता है—"पहले जमकर इसकी मरम्मत की जाय।"

लेकिन चौथा कहता है—"साधु-सन्त मालूम पड़ता है। इस बार धमकाकर छोड़ दिया जाय। आगे फिर गलती करेगा तो दण्डित किया जायेगा।

इसके बाद उनके पोते की कन्या का आशिक वह युवक एक लम्बी चाकू राघव शरण के पेट में सटाते हुए कहता है—"ए साधु! इस बार छोड़ देता हूँ। आइन्दे से बीच में टोक-टाक किया तो समूचा रामपुरी पेल दूँगा, समझे?"

वे युवक धमकाकर चल देते हैं। राघव शरण को काटो तो खून नहीं। उनके साथ कभी ऐसा भी होगा, उन्होंने स्वप्न में भी नहीं सोचा था। हे प्रभो, अब और कौन-सा समय दिखाओगे? अन्दर-ही-अन्दर उन्हें ग़ुस्सा भी आता है कि उन छोकरों के खिलाफ़ प्रतिकार क्यों नहीं किया? चुप क्यों रह गये? या तो उन छोकरों की धुनाई कर देते या उनके हाथों पीटे जाते? शोरगुल सुन लोग-बाग जुटते तो अवश्य कोई फ़ैसला होता। इस पर उन्हें लगता है, लोग छोकरों का ही पक्ष लेते। सम्मिलित रूप से सब उन्हें पाखण्डी और घुसपैठी समझते। तब उनकी और 'भद' हो जाती।

राघव शरण के मन की अशान्ति और अधिक बढ़ जाती है। जब से वे आये हैं, कितनी उपेक्षा, अपमान और तिरस्कार का सामना उन्हें करना पड़ रहा है। किसी ने भी उनका कुशल-मंगल नहीं पूछा। एक गिलास पानी पीने का भी आग्रह नहीं किया। और तो और खुद उनके घरवालों ने भी दुत्कार दिया। उनके मुँह से अपने परिवार आसपास के लोग और पूरे शहर के खिलाफ़ बद्‌दुआएँ निकलने लगती हैं। फिर किसी तरह अपने मन को नियन्त्रित कर वे पूर्वत: प्रभु का नाम जपते हुए अपने को शान्त करने लगते हैं।

रात का तीसरा पहर प्रारम्भ हो जाता है। वे नित्यक्रिया से निबटने के लिए तैयारी करने लगते हैं। अक्सर वे ब्रह्ममुहूर्त्त में ईश्वर की उपासना करते आये हैं। लेकिन यहाँ उनकी अपनी जगह अनपहचानी हो गयी, इसीलिए वे तीसरे पहर के प्रारम्भ में ही चल देते हैं पता नहीं, कोई सरोवर या कोई वाटिका नज़दीक मिले या दूर जाना पड़े?

राघव शरण अपने मुहल्ले को पार करते हुए आगे बढ़ चलते हैं। सड़के आर पार दोनों ओर विशाल बहुमंजिली इमारतें खड़ी हैं। इमारतों के भीतर बिजली की दूधिया रोशनी जगमगा रही होती है, जो खिड़कियों एवं दरवाज़ों की दरारों से छन-छनकर सड़क पर आ रही होती है। राघव शरण अनुमान लगाते हैं कि इन इमारतों के निर्माण में काफ़ी धन लगा होगा। वर्षों पहले उन्होंने जो अपना मकान बनाया था, उसी दौरान उन्हें यह अनुभव हुआ था कि मकान बनाने का कार्य काफ़ी खर्चीला होता है। उस हिसाब से वे सोचते हैं कि इन इमारतों के निर्माण में बेशुमार सम्पत्ति खर्च हुई होगी। इस बिन्दु पर पहुँचकर उन्हें लगता है, लोगों की समृद्धि बढ़ी है। लेकिन मात्र वैभवशाली होने से ही तो मनुष्य का विकास नहीं होता। मानवता से रहित यह विकास कदापि श्रेयस्कर नहीं।

राघव शरण एक मुहल्ले को पार कर दूसरे मुहल्ले में प्रवेश करते जाते हैं। शहर से बाहर किसी सरोवर या वाटिका की तलाश में वे बढ़े जा रहे हैं। अचानक वे एक ऐसे मुहल्ले में पहुँच जाते हैं कि उन्हें अपनी आँखों पर विश्वास नहीं होता। हाँ, इमारतें नहीं सड़क के दोनों किनारे कच्ची मिट्टी के ढहते-गिरते घर तथा झुग्गी-झोपड़ियाँ खड़ी हैं। झोपड़ियों से सटकर पूरे शहर की नाली गुज़रती है, जो बेहद दुर्गन्ध देती है। इस दुर्गन्ध के बीच वे लोग कैसे रहते हैं?

राघव शरण देखते हैं, इमारतवाले मुहल्लों की भाँति यह मुहल्ला सोया नहीं है झोपड़ियों के भीतर मल-मूत्र पर रिरियाते नंग-धड़ंग बच्चे नज़र आते हैं तथा दम्पती लड़ते-झगड़ते और गुदड़े-चिथड़े के बीच सोये-बैठे। फटेहाल और अभावों से पीड़ित लोग दिखते हैं। एक झोपड़ी में मर्द अपनी औरत पर प्रहार करता है। जवाब में वह औरत मर्द पर प्रहार करती है। तब क्रोध में आकर मर्द, औरत की साड़ी पकड़कर इतने झटके से खींचता है कि फटी पुरानी साड़ी खुल जाती है। राघव शरण आगे बढ़ जाते हैं। एक-दूसरे घर में देखते हैं कि औरत क्रोध में आकर मर्द के माथे पर तसले से इस तरह प्रहार करती है कि माथा फूट जाता है। वह माथा पकड़कर बैठ रहता है। कुछ क्षण तक उस मुहल्ले का दृश्य देखने के बाद उन्हें सहज ही यह ज्ञान हो जाता है कि भीषण गरीबी के चलते ही वे यहाँ इस रूप में हैं और इस तरह आपस में लड़-झगड़ रहे हैं। एक ही शहर में इतनी विषमता? एक ओर बहुमंजिली इमारतें, दूसरी ओर ऐसी स्थिति। उनके समय में भी विषमता थी। लेकिन विषमता से एक वर्ग का जीवन-स्तर इस तरह प्रभावित हो, ऐसा कदापि नहीं था। अमीर-गरीब, बड़े-छोटे सब थे। सबों में अन्तर था। लेकिन अपने-अपने ढंग से सब खुशहाल थे।

राघव शरण आगे बढ़ते जाते हैं। शहर खत्म होता ही नहीं। क्या शहर के बाहर अब खुली ज़मीन नहीं? वे शहर के बाहर निकल जाने के लिए बेचैन हो उठते हैं तथा तेज़-तेज़ चलने लगते हैं। लेकिन मकानों के काफ़िले समाप्त होते ही नहीं। उन्हें लगता है अब कोई सरोवर या वाटिका वे नहीं पा सकेंगे। चलते-चलते ही अगर भोर हो जायेगी तो उनका नियम भंग हो जायेगा। उन्हें हर हालत में ब्रह्ममुहूर्त्त तक अपनी जगह वापस हो ज़ाना है, इसीलिए सरोवर या वाटिका की आस छोड़ अब वे शहर के भीतर ही कोई जलाशय ढूँढ़ने लगते हैं ताकि शीघ्र ही नित्य-क्रिया से निबट सकें।

अचानक राघव शरण को शहर से होकर गुज़रती एक नहर दिखायी पड़ती है। उनके व्यग्र मन को थोड़ी शान्ति मिलती है। सरोवर या वाटिका न सही, नहर तो है। किसी तरह काम चला लेंगे।

राघव शरण नहर के पास पहुँच जाते हैं। लेकिन यह क्या? नहर से तेज़ बदबू आ रही है। यह कैसी बदबू है? कहीं यह नहर न होकर शहर की गन्दगी के निकास

के लिए कोई बड़ा-सा नाला तो नहीं है? फिर उन्हें लगता है, नाला इतना बड़ा और चौड़ा हो नहीं सकता है। सथ ही नाले से इस तरह का तीखा दुर्गध भी नहीं आ सकता। दुर्गंध से ऐसा प्रतीत होता है कि नाक फट जायेगी। उबकायी आने लगेगी...।

हठात् राघव शरण की निगाह नहर के पश्चिम में दूर तक उठी विशाल चहारदीवारी और आसमान की ओर धुआँ छोड़ती ऊँची चिमनियों पर जा टिकती है। तो क्या उनके शहर में कोई बड़ा कारखाना स्थापित हो गया है? वे समझ जाते हैं, यह नहर और नाला नहीं, फैक्ट्री के गन्दे पानी के निकास का मार्ग है। वे देर से सोच रहे थे कि आसमान की हवा स्वच्छ क्यों नहीं है? अब उन्हें इसका भी पता चलता है। लेकिन उनके भरे-पूरे शहर को प्रदूषित करने के लिए यहाँ फैक्ट्री क्यों बनायी गयी? जान-बूझकर कल-कारखानेवाले बड़े नगरों में न बस वे साफ़-सुथरे इस छोटे से शहर में बसे थे। उस वक़्त बुद्धिजीवियों के बीच इस पर विचार किया जा रहा था कि औद्योगिक विकास के प्रदूषण से लोगों को कैसे बचाया जाय कई विद्वानों ने यह सुझाव भी दिया था कि भरी-पूरी बस्तियों और स्वच्छ शहरों से दूर वियावान बंजरों में कारखानों का निर्माण हो। लेकिन क्या बाद के वर्षों में इस विषय पर विचार नहीं किया गया? पहले की अपेक्षा यहाँ की हवा-पानी कितनी गन्दी और वातावरण कितना घुटन भरा हो गया है? क्या अब वे इस शहर में पहले की तरह चैन से रह सकेंगे? फिर उनके अन्दर से स्वत: जवाब आता है—वे रहें या न रहें, और लोग तो रह ही रहे हैं...।

नहर के रूप में प्रवाहित फैक्ट्री के दूषित जल से अलग हट जाने की इच्छा राघव शरण को होने लगती है। लेकिन हट नहीं पाते। न चाहते हुए भी उसी दूषित जल से नित्य-क्रिया सम्पन्न करते हैं। इसके अतिरिक्त और कोई दूसरा विकल्प उन्हें सूझता ही नहीं।

नित्य-क्रिया से निपट राघव शरण वापस चल देते है। उनका मन सन्तुष्ट नहीं हो पाया है। शुद्ध हवा-पानी से वे वंचित रह गये। उनके साफ़-सुथरे स्वच्छ शहर को कारखाना खोलकर बर्बाद कर दिया गया। अच्छा हुआ, उनके परिवारवालों ने उन्हें नहीं पहचाना अगर वे पहचान भी लेते तो क्या धूल, धुएँ और दुर्गन्ध से भरे इस शहर में अब वे रह सकते थे? उन्हें खुले और स्वच्छ वातावरण में रहने की आदत पड़ गयी है। इस जगह अब उनसे रहा नहीं जायेगा।

यहाँ राघव शरण के मन में यह प्रश्न उठता है कि देश के विकास के लिए ही तो कारखानों का निर्माण किया गया है। इससे देश की प्रगति होगी। देश आत्म-निर्भर होगा। लेकिन फिर उनके अन्दर से यह प्रश्न उठता है कि सब-कुछ मनुष्य को स्वस्थ, सुखी एवं दीर्घायु बनाने के लिए ही किया जाता है। किसी भी प्रगति और

विकास का महती उद्देश्य यही होता है। लेकिन यहाँ तो बिल्कुल विपरीत परिणाम घटित हो रहे हैं। इस ओर विशेष ध्यान जाने की आवश्यकता है, अन्यथा जिस मनुष्य के नाम पर दुनिया विकसित की जा रही है, वह विकसित तो हो जायेगी, लेकिन मनुष्य रोगी, दु:खी और अल्पायु हो जायेगा। परिणामत: वह विकसित दुनिया का सुख भोग नहीं पायेगा। लेकिन वे कहे तो किससे कहे? पीढ़ियों का अन्तराल इतना बढ़ चुका है कि संवाद की कड़ी बीच में ही टूट गयी है।

राघव शरण अपनी जगह वापस चले आते हैं। रात का तीसरा पहर बीत चुका होता है।

भोर होने पर अखबारवाले की आवाज़ से राघव शरण का ध्यान भंग होता है। वे सुनते हैं, अखबारवाला चिल्लाकर कह रहा होता है—"आज की ताजा खबर नगर के आठ व्यक्तियों की गोली मारकर निर्मम हत्या... चार बहुएँ जलायी गयी...।" तीन बैंक लूटे गये... दो अवयस्क लड़कियों के साथ बलात्कार...।

राघव शरण सोचते हैं, सुबह-सुबह यह कैसी बुरी खबर सुनने को मिली। अब तो सारा शहर बन्द हो जायेगा। कई दिनों तक शहर पर मायूसी छायी रहेगी। अचानक यह अनहोनी कैसे हो गयी?

बहुमंज़िली इमारत की खिड़कियाँ और दरवाज़े खुलते हैं। फिर अखबार लेकर बन्द हो जाते हैं। सड़क पर भीड़ नहीं जुटती। लोग प्रतिक्रिया में नहीं आते। राघव शरण का पोता भी अपने घर से निकलता है। फिर उन पर नज़र पड़ते ही कहता है—"सुबह हो गयी साधु! अब अपना रास्ता लो।" और अखबार ले घर के अन्दर चला जाता है।

राघव शरण को आश्चर्य होता है, इतने हिंसात्मक उपद्रव के बाद भी लोगों में कोई परिवर्तन नहीं। वे देखते हैं धीरे-धीरे लोग अपने-अपने कार्यों में जुटने लगते हैं। लोगों की मशीनी दिनचर्या प्रारम्भ हो जाती है। फिर लोगों की गति एवं व्यवहार देख यह अन्दाज़ा लगा पाना मुश्किल जान पड़ता है कि नगर में इतनी हत्याएँ एवं उपद्रव हुए है। राघव शरण यह समझ नहीं पाते कि लोग इन घटनाओं को इतनी सहजता से कैसे ले पाते हैं? उनके जमाने में हत्याएँ होती थीं तो हफ्तों शहर बन्द रहता था। लोग उदास एवं मायूस दिखते थे। आतंकवाद के खिलाफ़ सामूहिक ज़ेहाद छेड़ने के लिए सड़कों पर उतर आते थे। लेकिन क्या अब हत्या आदि की घटनाएँ इतनी आम हो गयी हैं कि लोग उन्हें सहजता से लेने लगे हैं?

राघव को अतीत की घटनाएँ याद आ जाती हैं। अपने इस शहर से सटे जंगलों में वे मित्रों के साथ शिकार करने जाते थे। हरियालियों के बीच घास चरते हिरण के झुण्डों में से एक-दो हिरण वे अवश्य मार लेते। उस वक़्त देखते, अपने मरे

साथियों को छोड़ आगे निकल गये हिरण अपने साथियों के लिए तनिक भी मायूस नज़र नहीं आते। पुनः आपस में अठखेलियाँ करते घास चरने लगते। तो क्या बहुमंज़िली इमारतों में रहनेवाले इन लोगों की मानसिकता पशुओं की तरह हो गयी है?

सुबह का सूरज प्रकाशमान् हो जाता है। राघव शरण अपनी बड़ी बेटी सुनन्दा को बहुत मानते थे, इसीलिए उसकी शादी दूर न कर अपने इसी शहर में किये थे, ताकि वह बराबर नज़दीक रह सके। सुनन्दा के पति का अपना मकान था। सुनन्दा के परिवार में और कौन-कौन लोग बचे हैं? वे कैसे हैं? सुनन्दा के घर के पास ही शिवदयाल का घर था। शिवदयाल उनके घनिष्ठ मित्र थे। शिवदयाल ने ही सुनन्दा की शादी करवायी थी। वे कैन्सर की व्याधि से ग्रस्त थे तो शिवदयाल ने उनके इलाज में कोई कसर बाकी नहीं छोड़ी थी। शिवदयाल का क्या हुआ? उनके बेटे-पोते कैसे हैं? सुनन्दा और शिवदयाल के परिवार से मिलने के लिए राघव शरण चल पड़ते हैं। उन्हें लगता है, युगानुकूल उनके पोते-परपोते की तरह वे भी बेरुखा व्यवहार करेंगे। लेकिन अब किसी के व्यवहार से उन्हें कोई मतलब नहीं। अपने मन की शान्ति के लिए वे जानकारी ले लेंगे। किसी से कुछ और तो उन्हें लेना है नहीं।

राघव शरण अपने मुहल्ले को पार कर आगे बढ़ जाते हैं। अपने परिवर्तित मुहल्ले की जानकारी प्राप्त करने के लिए उन्हें जितनी पूछताछ करनी पड़ी थी और परेशानी उठानी पड़ी थी, उससे कम पूछताछ और परेशानी में ही उन्हें सुनन्दा और शिवदयाल का मुहल्ला मिल जाता है। लेकिन यह क्या मुहल्ले का नाम पर कारखाने के क्वार्टरों की एक लम्बी कॉलोनी बस गयी है। एक रंग के एक-जैसे क्वार्टर। किसमें कौन रहता है, जानना मुश्किल। वे सुनन्दा के पति और शिवदयाल का नाम लेकर पूछते हैं। कुछ लोग तो कोई जवाब नहीं देते। कुछ जवाब देते तो कहते कि इन नामों को नहीं जानते। उन्हें देर से बेचैन और परेशान देख सड़क के किनारे का एक पानवाला कहता है—"साधु बाबा! जिन लोगों को आप खोज रहे हैं उनके पद और क्वार्टर नम्बर बताइये। यहाँ नाम से कोई किसी को नहीं जानता।"

वे कहते हैं—"वर्षो पहले यहाँ उनके मकान थे...।"

पानवाला कहता है—"गुज़र गये लोगों के बारे में यहाँ कोई जानकारी आपको नहीं मिलेगी...।"

राघव शरण गहरे आश्चर्य में पड़ जाते हैं। वर्षों पहले उन्हें इस बात की आशंका थी कि औद्योगिक विकास के साथ मनुष्य की वास्तविक पहचान गायब न हो जाय?

और आज वे वही देख रहे हैं। अब नाम रूप-रंग और गुण नहीं, पद और क्वार्टर नम्बर ही मनुष्य की पहचान है। लेकिन यह कतई मुनासिब नहीं।

राघव शरण को सुनन्दा और शिवदयाल के बारे में कोई जानकारी नहीं मिल पाती। निराश हो वे अपने अन्य परिचितो की खोज में चल पड़ते हैं। पता नहीं, उन परिचितों के परिवार के लोग भी मिल सकेंगे या नहीं।

अपने शहर की विभिन्न गलियों से गुज़रते हुए राघव शरण जहाँ कुछ ओर पूरी तरह परिवर्तन देखते हैं, वहीं कुछ ओर पुरानी चीज़ें भी नज़र आ जाती हैं, जैसे— कब्रिस्तान, गिरिजाघर, महावीर स्थान, चमकीली कोठी, पुरानी चीज़ें यथावत् देख राघव शरण रुक जाते है। उनकी आँखों के सामने अतीत के दृश्य गुज़रने लगते हैं। उन चीज़ों का जी भर मुआयना करने के बाद वे आगे बढ़ते हैं।

सुबह से शाम तक राघव शरण अपने शहर का चक्कर लगाते रहते हैं। फिर शाम घिरते ही अपने मुहल्ले में वापस आ जाते हैं और पूर्वतः अपनी जगह आसन बिछाकर बैठे रहते हैं। वे काफ़ी थक गये हैं। जहाँ तक सम्भव हो सका है, अपने शहर को उन्होंने घूम-घूमकर देखा है।

राघव शरण आराम की मुद्रा में अभी इत्मीनान से बैठे भी नहीं थे कि सहसा उनके पोते और परतोते की नज़र उन पर आ पड़ती है। दोनों बाप-बेटे बाज़ की तरह झपटते हुए उनके पास पहुँच जाते हैं—"फिर तुम आ गये साधु! अभी यहाँ से भागो..यहाँ डेरा-डण्डा जमाना चाह रहे हो... अब हम एक क्षण भी तुम्हे बर्दाश्त नहीं करेंगे...।"

राघव शरण को समझ में नहीं आता है कि वे क्या जवाब दें अनिर्णय की स्थिति में भौंचक हो वे उन दोनों का मुँह ताकने लगते हैं। इस पर वे दोनों चिल्लाते हैं— "देर मत करो साधु! यहाँ किसी को चकमा नहीं दे पाओगे... एक रात कहकर फिर यहाँ आ धमके... जाल बिछा रहे हो... अभी इसी क्षण यहाँ से निकल जाओ...।"

राघव शरण किंकर्त्तव्यविमूढ़ हो निश्चल बने रहते हैं। इस वक़्त वे जायें तो कहाँ जाये? इस पर वे दोनों चिल्लाते हुए उनके हाथ पकड़ खींचने लगते हैं—भागो... निकलो... अभी पुलिस बुलाते हैं...।

शोरगुल सुन और हाथापायी की स्थिति देख कुछ लोग वहाँ आ जुटते हैं। आने के बाद अधिकांश लोग उनके पोते-परपोते का ही समर्थन करते हैं। एक कहता है— "ऐसे लोग पाखण्डी होते हैं..ठगने और धोखा देने के लिए जाल बिछाते हैं...।"

दूसरा कहता है—"इस देश में घुसपैठी और विदेशी जासूस भी चलने लगे हैं इनसे सतर्क रहने की ज़रूरत है।"

तीसरा कहता है—"पुलिस बुलाकर जेल भिजवा दिया जाय।"

चौथा कहता है—"पहले खींचकर सड़क पर कर दिया जाय।"

इसी वक़्त वृद्ध महिला, जिसने उन्हें प्रसाद टाइटिल का घर बताया था, आती है उन्हें साधु-सन्त समझ लोगों से कहती है—"इस रात में छोड़ दिया जाय..साधु-सन्त लगते हैं सुबह हटा दिया जायेगा।"

इस पर उनका पोता कहता है—"कल ही इसे कह दिया था कि मत आना लेकिन फिर आ गया।"

वह वृद्धा राघव शरण से पूछती है—"सुबह चले जाओगे साधु?"

वे कहते हैं 'हाँ।"

इस पर उनका परपोता कहता है—"सीधे मन से यह कभी नहीं जायेगा।"

अब भीड़ से एक-दो व्यक्ति कहते हैं—"सुबह जाने को कह रहा है तो रात भर देख लिया जाय...।"

और इसी बात पर लोग महटिया जाते हैं। फिर उन्हें यह धमकाते हुए कि सुबह होते ही चले जाना, सब अपने-अपने दड़बों में चले जाते हैं।

राघव शरण दुःख, चिन्ता एवं घनीभूत पीड़ा से व्यथित हो उठते हैं। अगर वे जानते कि उनके साथ ऐसा होगा तो दुबारा यहाँ कदापि नहीं आते। जिस जगह के वे स्वामी थे, जहाँ उन्होंने एक-एक पैसा संचित कर अपना बसेरा बनाया था, उसी जगह से उन्हें बेरहमी से खदेड़ा जा रहा है। रह-रहकर अन्दर से उन्हें स्वयं पर गुस्सा आता। उन्हें क्यों काठ मार गया था? अपने पोते और परपोते को दो चार हाथ कसकर लगा देते। जो होता झेल लेते। अपने हक एवं अधिकार के लिए शहीद होने से भी कोई पाप नहीं।

राते गुज़रती जाती है। राघव शरण सोचते रहते हैं कितनी उमंग, कितना उत्साह एवं क्या कुछ शुभ सोचते हुए वे अमरत्व पाकर वापस चले थे। लेकिन यहाँ बिल्कुल उल्टे परिणाम हासिल होने लगे हैं। काश! उन्हें इस सत्य का ज्ञान पहले हुआ रहता कि युगान्तर का अनुभव इतना कटु होगा तो वे दीर्घ जीवन के लिए प्रयास करते ही नहीं...।

अपने युग की स्मृतियाँ हृदय में बसाये इस परिवर्तित युग पर जब वे विचार करते हैं, तो उन्हें लगता है कि जीवन की शैली बिल्कुल बदल गयी है। संस्कार बदल गये हैं। रहन सहन के ढंग बदल गये हैं। विचार और मूल्य बदल गये हैं। शहर में घूमते राघव शरण ने लोगों को देख-सुनकर और पूछकर जो जानकारी हासिल की है, उसने उन्हें और विस्मय में डाल दिया है। अब परिवार नाम की कोई चीज़ नहीं। पति कभी भी पत्नी को छोड़कर दूसरी औरत रख लेता है। पत्नी भी पति को त्यागकर गैर मर्द का वरण कर लेती है। पिता-पुत्र, भाई-भाई, भाई-बहन, माँ-बेटा कोई भी

सम्बन्ध अब पहले की तरह आत्मीय एवं मानवीय धरातल पर नहीं। हर सम्बन्ध का मेरुदण्ड अर्थ हो गया है। जहाँ बाप-बेटे साथ है वहाँ किसी-न-किसी आर्थिक स्रोत से ही बँधे हैं... आदमी निहायत अकेला और हद दर्जे का स्वार्थी हो गया है। कम समय में ज़्यादा-से-ज़्यादा सुखोपभोग के लिए लोगों ने नीति, मर्यादा, न्याय सबको ताक पर रख दिया है। पाप-पुण्य की कोई व्याख्या नहीं रही।

राघव शरण सोचते हैं कि क्या मृत्यु की याद इन्हें नहीं? मृत्यु के आगे तो इनका कोई भी छल-छद्म चलनेवाला नहीं! फिर ये मृत्यु-भय से आक्रान्त क्यों नहीं? आनेवाली मृत्यु को देखते हुए भी अपनी उच्छृंखल एवं उन्मत्त भोगेच्छा को नियन्त्रित क्यों नहीं करते? अपने नश्वर क्षणभंगुर सुख के बीच इन्हें कोई भी खलल बर्दाश्त क्यों नहीं होता? इस पर जब राघव शरण गहराई से विचार करते हैं तो उन्हें लगता है, मृत्यु सबको याद है। मृत्यु-भय से अभी अवगत हैं। शायद यही वजह है कि अल्पावधि में ही ज़्यादा-से-ज़्यादा सुखों के उपभोग में लगे हैं। कल की किसी को चिन्ता नहीं। जितने दिन भी हैं, जमकर सुख भोग लें। स्थायी कुछ भी नहीं, इसीलिए स्थायी सुख के लिए चिन्तित भी नहीं। इस बिन्दु पर राघव शरण को लगता है कि वे ही नासमझ थे। इत्मीनान से उपभोग के लिए सुखों का संचय करते रहे। फिर सामने आयी मृत्यु देख भयभीत हो गये..और अब दीर्घायु होकर लौटे तो दुनिया ही बदल गयी।

राघव शरण को महसूस होता है, इस बदले हुए युग के सभी लोग एक ओर हैं और वे अकेले दूसरी ओर! कही ऐसा तो नहीं कि वे ही गलत हों और वे सब सही? एक साथ इतने व्यक्ति गलत हो सकते हैं क्या?

राघव शरण का मन आशंकित हो उठता है। क्या मृत्यु पर विजय प्राप्त कर वे ग़लत हो गये? इस पर उन्हें लगता है—हाँ, मृत्यु सत्य है... आवश्यक है... जीवन की पूर्णता है। जो अपने समय एवं युग के अन्तर्गत नहीं मरता, वह कहीं का नहीं रहता। और अर्द्धरात्रि की बेला में जिस वक़्त पहली बार वे घर से भागे थे उसी वक़्त पुनः वापस चल देते हैं।

●

नदी की राह में

सऊदी अरब से दिल्ली पहुँचते ही आलोकनाथ अपने गाँव लौटने के लिए बेचैन हो उठा। वह सीधा रेलवे स्टेशन की ओर भागा। वहाँ उसे मगध एक्सप्रेस मिली। बस, तत्क्षण उसमें दाखिल हो गया। उसने सोच लिया था, आरा जाने के लिए जो गाड़ी पहले मिलेगी, उसी में सवार हो जायेगा। आरक्षण न सही, बैठकर या खड़े होकर भी यात्रा कर लेगा। लेकिन कहीं और रुककर अब तनिक भी समय जाया नहीं करेगा। अपना गाँव, वहाँ के लोग, अपने संगी-साथी, अपना घर-परिवार और पत्नी मालती की बेतरह याद आने लगी थी उसे। जल्द-से-जल्द अपने गाँव पहुँच जाने के लिए उसका मन आतुर हो गया था।

पूरे सात वर्षों के बाद अपने गाँव जा रहा था आलोकनाथ। सात वर्ष की अवधि कैसे व्यतीत हुई, इसका दर्दभरा इतिहास उसके मन में अंकित है। ऐसा खौफनाक इतिहास जिसके बीच उसे यह विश्वास नहीं था कि कभी अपने मुल्क लौटना हो सकेगा उसका! उसे तो लगता, सऊदी अरब की जेलों में ही मर-खप जायेगा। लेकिन अपने परिजनों और अपनी मालती से मिलना शायद शेष था उसके भाग्य में सम्भव है, मालती के प्रति उसके एकनिष्ठ और सच्चे प्रेम की ही यह विजय हो। या फिर उसकी माँ और मालती की मनौतियों का प्रभाव। उसके लिए अवश्य मनौतियाँ मान रहीं होंगी वे... या उसके कुलदेव की विशेष कृपा! जो हो, उसे तो यह सब करिश्मे और चमत्कार-जैसा ही लगा है।

कालचक्र की परिधि में घिरकर वह कैसे देश से परदेश पहुँच गया और फिर वहाँ की जेलों में बन्द होकर पर-कटे पक्षी की तरह कितना विवश-लाचार हो गया, इसे याद कर अजीब लगता है उसे। वह तो अपने गाँव से मुम्बई नौकरी के लिए पहुँचा था। उसे मुम्बई ले जानेवाले अजयपाल ने एक कारखाने में नौकरी दिलवा

भी दी थी लेकिन कुछ ही समय बाद सब-कुछ तहस-नहस हो गया। वह कारखाना जिस क्षेत्र में था उस क्षेत्र में पहले एक भयंकर साम्प्रदायिक दंगा हुआ। लोगों के अनुसार विभाजन के बाद का वह दूसरा बड़ा दंगा था। दंगे की आग अभी शान्त भी नहीं होने पायी थी कि कारखाने के पास एक शक्तिशाली बम विस्फोट हुआ। उस विस्फोट में अनेक वर्करों के साथ कारखाने के मालिक का पुत्र भी मारा गया। उसी दिन से मालिक ने कारखाना बन्द कर दिया। कारखाने में काम करनेवाले अन्य कर्मचारियों के साथ वह भी इधर-उधर काम ढूँढ़ने लगा। इस दौरान अजयपाल से उसका सम्पर्क-सूत्र एकदम टूट गया।

दंगा और बम विस्फोट के बाद अजयपाल से उसकी भेंट नहीं हुई। इस बीच मुम्बई के अपने नये परिचितों और मित्रों की संगति में वह अधिक धन कमाने के उद्‌देश्य से एक दल के साथ सउदी अरब चला गया। उसे बताया गया, वहाँ काम की कमी नहीं और वहाँ उसे मालामाल होते देर नहीं लगेगी। लेकिन मित्र बनाकर साथ ले जानेवाले लोगों ने उसे जेल भिजवा दिया।

बाद में उसे सब पता चल गया। वे लोग एक तस्कर गिरोह से सम्बद्ध थे। हिन्दुस्तान से उसे सउदी अरब लाने का उनका उद्‌देश्य अपनी तस्करी में उसे मोहरा बनाना था। लेकिन सच्चाई जानकर भी पछताने के सिवाय वह कुछ नहीं कर सकता था। दूसरे देश की जेल में कैद होकर अकेला और असहाय-निरुपाय हो गया। वहाँ कोई उसका परिचित-हमदर्द नहीं, जो उसकी जमानत करा सके और झूठे आरोप से मुक्ति दिला सके। उसने अपने घर पर भी खबर करने की कोशिश की, लेकिन कभी सफल नहीं हो सका...। कहीं किसी को संवाद तक भेजने की इजाजत नहीं। वैसे वह जानता था हिन्दुस्तान के एक गाँव में रहनेवाला उसका साधारण किसान-परिवार सूचना पाकर भी सउदी अरब पहुँच उसे छुड़ा नहीं पायेगा। ऐसी स्थिति नहीं उनकी। इस हालत में वहाँ की जेल के अन्दर मानसिक और शारीरिक यन्त्रणाओं को झेलते हुए अपने जीवन का एक-एक दिन वह एक-एक वर्ष की भाँति गुजार रहा था कि अचानक उसे रिहा करने का आदेश आ गया। शायद जुर्म साबित नहीं हुआ उस पर।

वहाँ की जेल से छूटने के बाद अपने देश लौटने के लिए प्रयत्नशील हो गया वह। लेकिन चाहकर भी तत्काल नहीं लौट सका। मार्ग-व्यय के नाम पर कुछ भी तो नहीं था उसके पास। अन्तत: हिन्दुस्तान आनेवाले एक व्यापारी-परिवार की महीनों तिमारदारी कर वह उन्हें खुश कर पाया। तब कहीं उनके साथ दिल्ली लौट सका। उस परिवार ने ही दिल्ली से गाँव जाने के लिए उसके राह खर्च का इन्तजाम किया। वे लोग तो उसकी कर्मठता व ईमानदारी से इतने प्रभावित हो गये थे कि अपने यहाँ नौकरी पर रखने के लिए तैयार थे। लेकिन घर से सात साल

की बिछुड़न कष्टकर प्रवास और पीड़ादायक अनुभव के बाद अब बिना अपने घर लौटे और अपनी मालती से मिले वह कोई काम पकड़नेवाला नहीं। उस व्यापारी-परिवार से उसने कह दिया कि घर-परिवार से मिलने के बाद वह कोई निर्णय ले सकेगा।

घर लौटते हुए आलोकनाथ का मन उस व्यापारी-परिवार के प्रति कृतज्ञता से भरा हुआ था। कितने अच्छे हैं वे लोग। एक वे धोखेबाज थे, जो मित्र बनाकर उसे ले गये और शत्रु का काम किया और एक ये हैं कि उसे संकटग्रस्त स्थितियों में फँसा देख उबार लाये। सचमुच दुनिया में हैवान हैं तो इन्सान भी। शायद इसीलिए सन्तुलन बना हुआ है। शायद इसीलिए तबाही के बाद भी दुनिया बरकरार है।

अब तक मगध एक्सप्रेस खुल चुकी थी। आलोकनाथ को अपने बैठने भर की जगह प्राप्त हो गयी थी। उसने डिब्बे में घुसते ही खाली सीट के लिए अपनी नज़र दौड़ायी लेकिन कहीं कोई सीट खाली नहीं। इस स्थिति में कद-काठी और वेशभूषा से ग्रामीण दिखनेवाले एक सज्जन के समीप पहुँच उसने निवेदन किया—"अगर आप थोड़ा खिसक जाते तो मैं भी बैठ जाता...।"

जवाब में उस आदमी ने खिसककर जगह बना दी। वह जानता था, डिब्बे में उपस्थित सफ़ेदपोश उसके लिए कभी जगह नहीं बनाते। साफ़ कह देते—"कहीं और चले जाइये... तबीयत ठीक नहीं, अब और कहाँ खिसकें? यहाँ गुंजाइश नहीं निकल पायेगी। एक और आदमी यहाँ पहले से ही विराजमान हैं... उधर गये हैं... अब आते ही होंगे...।"

इसीलिए आलोकनाथ ने वैसे लोगों से आग्रह नहीं किया। उसकी अनुभवी आँखें अब यह जान चुकी थी कि ऊपर से सफ़ेदपोश लगनेवाले अधिकांश लोग अन्दर से सहयोग और सद्भाव की भावना से शून्य होते हैं। अपने-आप के सिवाय दुनिया जहान से उन्हें कोई मतलब नहीं होता।

ट्रेन में जगह पाकर इत्मीनान होते ही आलोकनाथ का ध्यान फिर अपने गाँव-घर और मालती की ओर चला गया। स्थूल रूप से तो वह अन्य यात्रियों की तरह ट्रेन में बैठा और खिड़की से बाहर गहराती साँझ को देखता रहा। लेकिन मन और चेतना के धरातल पर अपने गाँव पहुँच गया। हर बार की तरह इस बार भी गाँव-घर और वहाँ के लोगों के स्थान पर मालती की याद ही उसे विशेष आती रही। सारे दृश्यों को दबाकर या धकेलकर मालती अपने भरे चेहरे और तीखे नाक-नक्श के साथ उसके सामने फिर आ गयी..मुम्बई की हिंसा और सउदी अरब की जेलों की विभीषिका के बीच मालती का यह लुभावना चेहरा ही उसे जीने की प्रेरणा देता रहा। सोते-जागते, उठते-बैठते, चलते-फिरते हर वक़्त

मालती का यह चेहरा उसकी आँखों के समक्ष नाचता रहता और अतीत को सजीव बनाये रखता।

अपने मामा के गाँव पहुँचा है आलोकनाथ। उन्नीस-बीस वर्ष का खूबसूरत सुडौल नौजवान। मकान के पिछवाड़े मामा के बगीचे में अमरूद तोड़ने पहुँचता है तो पाता है कि उसकी ममेरी बहन सुषमा अपनी एक सहेली के साथ वहाँ पहले से ही उपस्थित है। दोनों उचक-उचककर अमरूद तोड़ने का प्रयास कर रही होती हैं। लेकिन सफल नहीं हो पाती, अच्छे और पके हुए अमरूद फुनगियों पर लटके हैं।

उसे देखते ही सुषमा चहक उठती है और अपनी सहेली के साथ उसके समीप आने लगती है—"हमारे लिये भी भैया! बढ़िया और पके हुए...।"

लेकिन समीप आने पर उसकी सहेली को वह देखता ही रह जाता है। ऐसा बिखरा और अनुपम सौन्दर्य इससे पहले नहीं देख पाया था वह। उसके सौन्दर्य में ऐसा चुम्बकीय आकर्षण था कि वह चाहकर भी अपनी आँखें नहीं हटा पाता, जैसे उसके नैन चकोर बन गये हों।

उसे इस तरह अपलक अपनी ओर ताकते देख सुषमा की वह सहेली कुछ लजा-सी जाती है और अपने को संयत करने लगती है। सुषमा उसकी स्थिति ताड़ जाती है। फिर तत्क्षण आलोकनाथ से कह उठती है—"सिर्फ़ देखते ही रहोगे या अमरूद भी खिलाओगे। तुम्हारे देखने से ही मेरी सहेली का पेट भरनेवाला नहीं...।"

सुषमा की इस बात पर उसकी सहेली और आलोकनाथ, दोनों लजा उठते हैं। अब आलोकनाथ फुर्ती से पेड़ पर चढ़ जाता है और पके हुए अमरूद तोड़कर गिराने लगता है। सुषमा की सहेली की उपस्थिति ने जैसे उसे अतिरिक्त रूप से उत्साही और फुर्तीला बना दिया है। पर सुषमा उसे रोक देती है—"हम नीचे का गिरा नहीं खायेंगे। झोले में तोड़कर लाओ...।"

और अपने हाथ में लिया छोटा झोला सुषमा उसकी ओर फेंकती है। वह अमरूद की डाली पर से ही लपककर झोला थाम लेता है। उसे सुनायी पड़ता है, सुषमा अपनी सहेली से कह रही है—"विशुनपुर के मेरे ममेरे भैया हैं। कॉलेज में पढ़ते हैं। खूब अच्छी कविताएँ लिखते हैं...।"

अब उससे रहा नहीं जाता है। अमरूद की डाली पर से ही वह पूछ उठता है—"सिर्फ़ मेरा ही परिचय दोगी सुषमा या अपनी सहेली के बारे में भी कुछ बताओगी?"

जवाब में कहती है सुषमा—"यह मालती है, मेरी सखी! पड़ोस के रामाधार चाचा की बेटी। हमने इसी वर्ष एक ही साथ मैट्रिक की परीक्षा पास की है...।"

"तो क्या अब आगे पढ़ने का इरादा नहीं है?" पूछ उठता है आलोकनाथ वह तो बातचीत करने के लिए कोई माध्यम खोज रहा था।

इस प्रश्न का जवाब तो जैसे सुषमा के होंठों पर पहले ही से तैयार था। वह चट कह उठती है—"इस गाँव में मैट्रिक से आगे कहाँ पढ़ पाती है कोई लड़की...।"

उसके जवाब को और अधिक स्पष्ट करते हुए अब मालती भी बोल पड़ती है—"वह तो गाँव में हाईस्कूल खुल गया है, नहीं तो इस गाँव की लड़कियाँ मैट्रिक तक भी नहीं पढ़ पातीं...।"

मालती की आवाज़ आलोकनाथ के कानों में बाँसुरी की तरह बज उठती है। कितनी प्यारी आवाज़ है मालती की। उसके नाम और रूप की तरह ही मनोहारी आवाज़ उसकी आवाज़। की मिठास को पकड़ने और आत्मसात् करने के क्रम में वह अब और कुछ पूछना भी भूल जाता है। मालती की आवाज़ की मीठी ध्वनि तरंगें उसके अन्तर में बजती रहती हैं। वह झोले में चुन-चुनकर अमरूद रखते हुए पलट-पलटकर मालती को देखता भी जाता है। उसका मन तो भौंरा बना मालती पर मँडरा रहा है। उसके निर्जीव हाथ-जैसे यन्त्रवत् अमरूद तोड़ रहे हैं। मालती की औसत लम्बाई, छरहरा और कमनीय बदन सलोने हाथ-पाँव, मांसल उभार, मोहक आँखें, फुलझड़ियाँ छोड़ता रंग। उसका ध्यान इस कदर मालती की ओर केन्द्रित होता चला जाता है कि अमरूद से भरा झोला उसके हाथ से छूटकर कैसे गिर जाता है, वह समझ नहीं पाता! जब धम्म से झोला गिरता है तथा सुषमा और मालती खिलखिला पड़ती हैं तब उसकी तन्द्रा भंग होती है और वस्तुस्थिति का उसे ज्ञान होता है। अच्छा हुआ वह स्वयं नहीं गिरा। इस स्थिति में वह स्वयं भी तो गिर सकता था। अपने को संयत कर अब वह कहता है—"मैं फिर दूसरे अमरूद तोड़ देता हूँ सुषमा...झोला खाली कर मुझे दे दो।"

लेकिन इस बार जवाब मालती देती है—"झोले में से सिर्फ़ दो-तीन अमरूद ही बाहर हुए है शेष झोले में ही हैं...।"

सुषमा भी मालती की बात का समर्थन करती है—"हम इन्हें खा लेंगे भैया। अब और मत तोड़ो। तुम भी शीघ्र नीचे आ जाओ नहीं तो झोले की तरह कहीं तुम भी न टपक पड़ो।"

इस बार दोनों सहेलियाँ पुनः खिलखिला पड़ती हैं। खिलखिलाती हुई मालती तो जैसे उसके अन्दर तक उतरती चली जाती है। उसके रोम-रोम झंकृत हो उठते हैं। वह कहता है..."मैं अपने लिये अलग से तोड़ लेता हूँ सुषमा...।"

लेकिन सुषमा मना कर देती है—"नहीं...इस झोले में बहुत हैं। हम इतना नहीं खायेंगे...।"

वह नीचे उतर आता है। अमरूद से भरा झोला लिये सुषमा और मालती समीप ही खड़ी हैं। सुषमा उसकी ओर झोला बढ़ाती है—"तुम अपने लिये ले लो भैया...।"

वह मालती की ओर ताकता है। उसकी आँखें भी यही कह रही होती हैं। लेकिन उससे आँख मिलते ही उसके बदन में जैसे बिजली का झटका लगता है। वह सर से पाँव तक सिहर जाता है। अपनी स्थिति छिपाने के लिए चट बोल पड़ता है—"तुम एकाध दे दो सुषमा! मैं अधिक नहीं खाऊँगा। सुबह काफी अमरूद खा चुका हूँ।"

इस बार मालती कह उठती है—"आप स्वयं अपने लिये ले लीजिये और झोला उसकी ओर बढ़ा देती है। उसे अपने कानों पर विश्वास नहीं होता। यह मालती ने कहा है। इस आवाज़ पर तो वह पहले से ही फिदा था। इस आवाज़ को शिरोधार्य समझ झोले से अपने लिये दो अमरूद निकाल लेता है। सुषमा कहती है—"अब तुम जाओ भैया। तुम रहोगे तो मेरी सहेली नहीं खायेगी...।"

सुषमा की इस बात पर लज्जा से मालती के कपोल फिर लाल हो उठते हैं। साथ ही उसके होंठों पर दुधिया मुस्कुराहट की एक रेखा भी तैर जाती है।

आलोकनाथ वहाँ से चल देता है। कुछ आगे बढ़ पलटकर देखता है। मालती भी उसे कनखियों से निहार रही है। उसे लगता है, स्थूल शरीर लेकर बगीचे से निकल आया है वह। लेकिन अपना दिल तो वहीं मालती के पास छोड़ आया है...।

गाड़ी एक झटके के साथ आ रुकी।

आलोकनाथ की मधुर स्मृतियाँ बिखर गयी। वह पुन: अपने वर्तमान में लौट आया। शायद किसी बड़े जंक्शन पर गाड़ी आ लगी थी। उसे जगह देनेवाले ग्रामीण सज्जन उतर गये। वे यहीं तक के यात्री थे। उनके उतरने के बाद खिड़की के पासवाली पूरी सीट अब आलोकनाथ के जिम्मे आ गयी। अब तक वह बगल से खिड़की के बाहर ताक रहा था। अब खिड़की के बाहर के खुलेपन पर सीधा उसका अधिकार था।

वह देख रहा था, साँझ रात में बदलती जा रही थी। उस जंक्शन के खोमचेवाले चाय, पान, सिगरेट, समोसा की आवाज़ लगाते हुए प्लेटफार्म पर भागते नज़र आ रहे थे। आलोकनाथ ने पहले चाय पी। फिर सिगरेट सुलगा ली। भागती ट्रेन की खिड़की से बाहर सिगरेट का धुआँ फेंकते हुए वह राहत का अनुभव करने लगा। सिगरेट का काला धुआँ खिड़की से बाहर की कालिमा में जज्ब होता चला गया, जैसे बारिश की बूँदें, सागर में जज्ब होती जाती हैं।

मालती से प्रथम परिचय के बाद अपने मामा के गाँव बराबर पहुँचने लगा है आलोकनाथ मालती को देखे बिना अब उसे चैन नहीं। उससे मिलने और बात करने

के लिए बावला बन गया है वह। मालती के मन में भी अपनी प्रबल चाहत का अहसास करा दिया है शायद इसीलिए आलोकनाथ को आया देख सुषमा से मिलने के बहाने उसके यहाँ जुटी रहती है। लेकिन छुप-छुपकर आलोकनाथ को देखते रहने के सिवाय उससे मिल नहीं पाती। ऐन मौके पर कभी अपने घर से बुलावा आ जाता तो कभी आलोकनाथ के मामा-मामी ही बीच में पड़ जाते। सुषमा से उन दोनों की स्थिति छिप नहीं पाती है। अन्ततः जेठ की एक चिलचिलाती दोपहरी में अपने बगीचे के एक कोने में उन्हें जुटा देती है सुषमा और स्वयं बगीचे के दूसरे छोर पर पहरे में खड़ी हो जाती है कि किसी के आने पर पंछियों को उड़ाने के लिए आवाज़ लगाकर उन्हें हटा सके...।

एक-दूसरे के समीप पहुँच दोनों क्षण-भर के लिए अपलक एक-दूसरे को निहारते रहते हैं, जैसे उन्हें अपनी आँखों पर विश्वास ही न हो रहा हो कि सचमुच इतने निकट पहुँच आये हैं वे..फिर अचानक आलोकनाथ की सजगता अतिरिक्त रूप से बढ़ जाती है। पता नहीं, ऐसा अवसर फिर मिले या नहीं, उसे जो कुछ भी कहना सुनना है, अब देर नहीं करनी चाहिए। इसलिए बिना किसी लाग-लपेट के वह सीधे अपनी बात कह उठता है—"तुम्हारे बिना अब मुझसे एक क्षण भी नहीं रहा जाता मालती..मैं सदा के लिए तुम्हें अपना बना लेना चाहता हूँ।"

इस पर अपने अन्दर के आवेश और अपनी उद्दाम इच्छा को दबाते हुए कहती है मालती—"लेकिन यह नहीं हो सकता...।"

वह पूछता है—"क्यों?"

जवाब में फट पड़ती है मालती—"सुषमा से मुझे सब पता चल गया है तुम लोगों की अच्छी खेती-बारी है, नामी और खानदानी परिवार है। सुषमा ने बताया है कि तुम्हारी शादी के लिए जो लोग पहुँच रहे हैं वे मुँहमाँगा दहेज देने को तैयार है पर मेरे पिताजी उतना नहीं दे पायेंगे। उनके पास है ही नहीं।"

इस पर विश्वास के साथ कहता है वह—"मैं बिना दहेज के तुम्हारे साथ शादी करूँगा। तुम सिर्फ़ हाँ तो कह दो...।"

अब अपने मन का संशय व्यक्त कर उठती है मालती—"लेकिन तुम्हारे घर के लोग नहीं मानेंगे...।"

यह सुन वह निश्चयात्मक शब्दों में उसे आश्वस्त करता है—"मैं सबको मना लूँगा...।"

पर एक दूसरी कठिनाई भी है—"मालती अपने मन की दूसरी शंका भी व्यक्त करती है—"यहाँ तुम्हारा ममहर है। जिस गाँव में ममहर होता है, उस गाँव में शादी नहीं होती...।"

"मैं इसे नहीं मानता मालती।" वह साफ़ शब्दों में कहता है।

"तुम्हारे नहीं मानने से क्या होगा? हमारे घरवाले, तुम्हारे घरवाले और सारे गाँव के लोग तो मानते है।" मालती अपनी चिन्ता जाहिर करती है।

"मैं इस अड़चन को भी दूर कर दूँगा..मैं सबको मना लूँगा... मुझे सिर्फ़ तुम्हारी स्वीकृति चाहिए। आलोनाथ के अन्दर का प्रेमी मन अपनी अडिगता का पुरजोर अहसास कराने लगता है। उसका दृढ़निश्चय और मज़बूत इरादा देख अन्दर-ही-अन्दर बह उठती है मालती। उसके चेहरे की पुलकन और आँखों का समर्पण छिप नहीं पाता। बस, आलोकनाथ उसका हाथ अपने हाथ में ले लेता है। दोनों के अन्दर की विद्युत् तरंगें एक-दूसरे में प्रवाहित होने लगती हैं। अपने मन की अड़चन को सामने रखकर तो मालती आलोकनाथ के प्रेम की परीक्षा ले रही थी। उस परीक्षा में वह सफल हो गया इसलिए मालती अब उसकी थी। उसके कोमल हाथ को अपने सीने पर रख पुरुषत्वपूर्ण गर्वोक्ति से कहता है आलोकनाथ—"मुझे तुम्हारी स्वीकृति मिल गयी, बस, मैं यही चाहता था। दुनिया की कोई भी शक्ति अब तुम्हें अपनाने से मुझे रोक नहीं पायेगी। मैं सारी अड़चनों को दूर कर दूँगा...सारी बाधाओं से निपट लूँगा...।"

अपने घर अनशन पर बैठा है आलोकनाथ।

उसके छोटे-से गाँव में आँधी-पानी की तरह खबर फैल गयी है कि अपने ममहर की एक लड़की पर रीझ गया है वह कह रहा है कि उसी से शादी करूँगा, नहीं तो जान दे दूँगा। गाँव में हर किसी की ज़ुबान पर इसी बात की चर्चा है। जितने मुँह उतनी बातें। कोई कहता—"बहुत दिनों से उस लड़की से प्रेम चल रहा था उसका। लड़की के घरवालों ने अब रोक-टोक की तो शादी पर उतर आया...।"

किसी के अनुसार "अब पता चला है कि वह क्यों बार-बार ममहर की दौड़ लगाता था।"

कोई कहता—"लड़कीवालों ने अच्छा घर-बर देख जान-बूझकर अपनी लड़की से उसका प्रेम करवा दिया ताकि मुफ्त में शादी हो सके...।"

पता नहीं, आलोकनाथ के पिता होते तो इस स्थिति में क्या निर्णय लेते? बड़ा भाई पिता के स्थान नहीं ले सकता। उसके भैया समझाते-समझाते हार जाते हैं कि उससे भी अच्छी लड़की और काफी तिलक-दहेज लेकर उसकी शादी करेंगे। उसकी शादी के लिए तो अच्छे-अच्छे अगुओं की भरमार लगी है। ममहर का वह ग़रीब परिवार क्या देगा? वे लोग तो उसकी जोड़ के भी नहीं। इसके अतिरिक्त ममहर में शादी भी तो नहीं होती..। लेकिन भैया की एक नहीं सुनता है आलोकनाथ। प्रकारान्तर

से अपनी इस धमकी से भी उन्हें अवगत करा देता है कि अगर इस शादी में अड़ंगा लगायेंगे तो अपने हिस्से का खेत-बधार बाँटकर उनसे अलग हो जायेगा। अन्ततः भैया को राजी होना ही पड़ता है। रह गयी ममहर में शादी होनेवाले बात, तो अपने मामा मामी को मना लेता है। इस काम में परदे के पीछे से सुषमा और मालती भी पूरा सहयोग करती हैं। फिर जैसा वह चाहता था। वही घटित हो जाता है। बिना किसी तिलक-दहेज के मालती के साथ शादी होती है उसकी। मालती को दिये वचन के अनुसार लेन-देन के मामले में कहीं कोई अड़चन नहीं आने देता विभिन्न रस्मों के वक़्त लड़कीवालों पर जब भी दबाव डालना चाहते भैया, वह शर्म-संकोच छोड़कर सामने आ जाता। लड़कीवाले खुश हैं कि जब दूल्हा ही पक्ष में है तो घर के लोगों के ना-नुकुर का क्या अर्थ...?

मालती के यहाँ के रिवाज के अनुसार बारात हो जाती है और अपने चन्द परिजनों के साथ वहीं रह जाता है आलोकनाथ। फिर चौठारी की रस्म तक उसे वहीं रुकना पड़ता है। इस बीच मालती से भी नहीं मिल पाता वह। इसके बाद पाँचवें दिन विदा होती है मालती। वह अपने परिजनों और मालती के साथ अपने घर चला आता है। दुलहिन बनी मालती आ जाती है उसके यहाँ। उसकी चहेती मालती! उसके सपनों की रानी! उसकी इच्छाओं और आकांक्षाओं की साकार प्रतिमूर्ति!

गाड़ी फिर किसी दूसरे जंक्शन पर आ लगी। आलोकनाथ ने देखा, इस बार चाय-पान और समोसे के स्थान पर स्टेशन के अधिकांश खोमचेवाले खाने का पैकेट बेचते नज़र आये। शायद रात के खाने का वक़्त हो गया था। ट्रेन के अन्दर भी अपने साथ खाना लेकर चलनेवालों ने उसे ग्रहण करना शुरू कर दिया था।

घर लौटने की खुशी में उसे भूख नहीं। मालती की मीठी याद के बीच तो उसकी भूख जाती रही थी। फिर भी आधा दर्जन केला और एक सलाइस ब्रेड ले वह भी खाने लगा। यात्रा से बाहर का मिलावटी, बासी और गन्दा खाना वह पसन्द नहीं करता। ब्रेड और केले का खाना सर्वोत्तम मानता है। यह सुपाच्य भी होता है, इससे पेट भी खराब नहीं होता और जल्दी बाथरूम जाने की आवश्यकता भी महसूस नहीं होती। उसके घुमक्कड़ नाना ने बचपन में ही उसे यह सीख दे दी थी। इस सीख से सचमुच वह अपने को लाभान्वित महसूस करता...।

गाड़ी अपने गन्तव्य की ओर फिर चल पड़ी। आलोकनाथ की स्मृतियों ने भी अपनी रफ़्तार पकड़ ली। मालती से शादी के बाद उसके साथ ही वह पहली रात, जो सुहागरात थी, कभी नहीं भूल पाता वह। वह रात तो एक जीवन्त याद बनकर सदैव उसके मन को हरियाली की तरह छायी रहती है। क्यों बीत गयी वह रात?

वह रात इतनी छोटी क्यों हुई? क्यों अपने उन मित्रों से वह शरमा गया उस रात? अपने उन शरारती मित्रों को झटककर क्यों नहीं तत्काल पहुँच गया मालती के पास? भाभी और शादी में आयी नाते की भौजाइयों की मुस्कुराती आँखें क्यों शर्म की दीवार बन हर बार खड़ी हो जाती उसके सामने...?

सुहागरात की पूर्व वेला में अपने दालान पर बैठा है आलोकनाथ। मालती से मिलने की मधुर कल्पनाएँ सँजो रहा है अपने मन में। इस बीच भाभी ने उसे रात का खाना आदि खिला दिया है। घर में उपस्थित अन्य सदस्य व शादी में आये रिश्ते-नाते के लोग आँगन में बैठकर खा रहे हैं। वह प्रतीक्षा कर रहा है कि खाना खाकर ये लोग आँगन से हटें तो वह अपने कमरे में पहुँचे जहाँ दुलहिन बनी मालती उसकी प्रतीक्षा कर रही है। उस कमरे में जाने का रास्ता आँगन से होकर ही जाता है। आँगन के किनारे ही उस कमरे का मुख्य द्वार है। लेकिन जब भी दालान से उठकर आँगन की ओर बढ़ने की कोशिश करता तो पाता कि भाभी और घर में जुट आयी भौजाइयों की निगाहें उस पर चली आती हैं और वे मज़ाक कर उठती हैं—"क्या बात है आलोक बबुआ...आज जल्दी सोने के लिए बेचैन क्यों हो? धैर्य रखो...वह उड़कर कहीं भागनेवाली नहीं...हम पहरे पर तैनात हैं क्या चाँद का टुकड़ा फँसा लाये हो...।"

और लजाकर आलोकनाथ पीछे हट जाता। परिवारजनों व रिश्ते-नाते के लोगों के खा-पीकर सो जाने पर ही उसे जाना चाहिए। सबों के सामने आयेगा तो क्या सोचेंगे लोग! इस गाँव में किसी ने ऐसा नहीं किया। लेकिन अचानक इसी वक़्त उसके मित्र आ धमकते हैं। शरारत के लिए शायद यही रात सबसे माकूल जान पड़ती है उन्हें। मित्रों की घेरेबन्दी के बीच फँसकर तो वह और असमंजस का अनुभव करने लगता है। एक दूसरी मुसीबत बन शैतानी करने जुट आये हैं। पता नहीं, किस जन्म की दुश्मनी का बदला चुकाने पहुँच आये इस वक़्त। सबों को जैसे आज की ही प्रतीक्षा थी।

बीतती रात को लक्ष्य कर घर के अन्दर जब भी जाना चाहता तो मित्र छेड़ना और शरारत करना प्रारम्भ कर देते। बराबर के साहसी, निर्भीक और उत्साही आलोकनाथ को न जाने कहाँ का शर्म-संकोच आ घेरता है। वह इसी प्रतीक्षा के दालान में ही पड़ा रहता है कि मित्र चले जायें और घर-परिवार के लोग सो जायें, तब वह जाये। इस क्रम में लगभग रात अधिया जाती है। अन्ततः मित्रों की शरारतों और छेड़खानियों के बीच ही चल पड़ता है। ये हटनेवाले नहीं। इनका लिहाज कर अपनी यह ऐतिहासिक रात नहीं गँवानी चाहिए। पर घर के अन्दर अपनी और रिश्ते की भौजाइयों के बोल तीखी मुस्कुराहटें फिर आड़े आ जाती हैं। लेकिन इस बार उनका ख्याल भी नहीं करता और मालती के कमरे में जा पहुँचता है। वह अब और

नहीं रुक सकता। इतनी देर वह कैसे रुक गया, अब इसी पर आश्चर्य होने लगता है उसे।

अन्दर पहुँचकर देखता है, स्वर्ग की किसी अप्सरा की तरह नये कपड़ों व नये गहनों में सजी सँवरी मालती पलँग पर ऊँघ रही है। कोने में रखे स्टूल पर जल रही लालटेन को उठाकर पहले वह एक क्षण तक उसे अपलक निहारता रहता है। बहुत भाग्यशाली है वह। स्वर्ग का सितारा तोड़ लाया अपने कमरे में! क्या शादी के बाद लड़कियों का रूप ऐसा निखर आता है? मालती अब उसे सुन्दर ही नहीं, सुन्दरतम जान पड़ती है। मालती की उपस्थिति से उसका यह कमरा कितना स्निग्ध और प्यारा लगने लगा है। उसका मन करता है कि इसी तरह चुपचाप देखता रहे मालती को।

कुछ देर तक मालती को उसके आगमन का पता नहीं चलता। लेकिन जैसे ही उसकी ऊँघती पलकें खुलती हैं, वह हड़बड़ाकर पलँग से नीचे उतर आती है—"कब आये तुम? क्यों इतनी देर कर दी? क्या इसी तरह अकेले तड़पने के लिए ले आये हो।"

आलोकनाथ को तत्काल समझ में नहीं आता है कि क्या जवाब दें! फिर मालती का हाथ प्यार से अपने हाथ में ले पलँग पर उसे बैठाता है और सारी बात कह सुनाता है। इस पर मालती मुस्कुराते हुए कहती है—"तो तुम इतने शर्मीले भी हो, यह तो मैं पहली बार जान रही हूँ... मेरे गाँव आते थे तो ऐसे नहीं थे...।"

"मित्रों ने आज बहुत तंग किया मालती..." वह सफाई देता है।

"लेकिन प्रतीक्षा करते-करते तो मेरा मूड उखड़ गया है..." मालती तुनकती है।

"अब तो मैं आ गया मालती...छोड़ो भी उस बात को तुम्हारा उखड़ा मूड मैं फिर ठीक कर दूँगा...।" और आलोकनाथ अपनी जेब से सोने की एक खूबसूरत अँगूठी निकाल पहनाने लगता है मालती को। भाभी ने उसे दिन में दिया था कि बहू को मुँह दिखायी में अँगूठी पहना देना।

मालती जान जाती है, मुँह-दिखायी अँगूठी पहना रहा है आलोकनाथ। वह कहती है—"तुम मुझे मिल गये, सब-कुछ मिल गया अब किसी और चीज़ की ज़रूरत नहीं तुम्हारे चलते ही इस घर में आ गयी, नहीं तो मेरे पिताजी के पास तिलक दहेज के रुपये कहाँ? मैं तो रोज़ भगवान् को मनाती थी कि इस शादी में कोई अड़चन न आये... भगवान् ने मेरी सुन ली...।" और वह माँ विन्ध्यवासिनी के चरणों पर चढ़ाया एक शंखहार उसके गले में पहना देती है। शादी तय होने के बाद माँ की मनौती के अनुसार विन्ध्याचल गयी थी, तो देवी के चरणों में एक शंखहार चढ़ाया था उसे जतन से रखा था कि सुहागरात को तुम्हें पहनाऊँगी...।"

एक-दूसरे को अँगूठी और हार पहनाने के बाद एक-दूसरे को मिठाइयाँ खिलाते हैं वे फिर एक-दूसरे को जी भरकर प्यार करने लगते हैं। अब अपने घर के लोगों के बारे में मालती को बताने लगता है आलोकनाथ हर सदस्य की रुचियों विशेषताओं और गुण अवगुण को उसके सामने रखने लगता है, ताकि अगले दिन से इस घर के लिए कतई अजनबी न रहे वह।

अचानक इसी दौरान आँगन में खुलनेवाली खिड़की और दरवाज़े के समीप किसी के होने की आहट उन्हें होती है। उन दोनों के कान खड़े हो जाते हैं। फिर दबे पाँव चलने की आवाज़ भी आती है। साथ ही फुसफुसाहट का स्वर भी... आलोकनाथ को अब यह समझते देर नहीं लगती कि उनकी रिश्ते की भौजाइयाँ हैं। उन दोनों की पहली रात की बातचीत सुनना चाहती है, ताकि सुबह उसे और मालती को छेड़ सकें...। वह मालती को भी वस्तुस्थिति से अवगत करा देता है। इस तथ्य से अवगत होने के बाद मालती के होंठ मुस्कुरा उठते हैं व उसके चेहरे पर नारीसुलभ लज्जा की लाली दौड़ जाती है। फिर पलँग पर एक-दूसरे से सटकर लेटे हुए वे एक-दूसरे के इतने समीप हो बातचीत करने लगते हैं कि सिर्फ़ वे ही सुन पाते हैं। कमरे के बाहर कोई आवाज़ नहीं जा पाती...।

एकाएक रोशनदान से कमरे में फैलते उजाले को देख वे दोनों चौंक उठते हैं, क्या भोर हो गयी। रात इतनी छोटी कैसे हुई? आलोकनाथ को अपने मित्रों और भौजाइयों पर गुस्सा आता है। छेड़ने के बहाने उसकी आधी रात बरबाद कर दी।

मालती भी भोर का उजाला देख अपनी उन्मुक्तता पर काबू पाने लगती है। कहती है—"अब बाहर दालान पर चले जाओ... घर के लोग जग गये हैं क्या कहेंगे हमें बन्द कमरे में देखकर?"

"कहने दो जिसे जो कहना है। उनकी कहा-सुनी के चक्कर में ही तो आज की रात बरबाद हो गयी। अब मैं किसी की सुननेवाला नहीं... शरारत और छेड़खानी के नाम पर यह उनकी बदतमीजी है। ऐसे लोगों से शरमाना अपना बहुमूल्य समय गँवाना है।"

और मालती के मना करने के बावजूद उसके साथ पूर्वतः लेटा रहता है आलोकनाथ। आँगन में चहल-पहल शुरू हो जाती है। लोगों के चलने-फिरने, बोलने-चलने और घर-गृहस्थी के कार्यों में लग जाने की आवाज़ें भी सुनायी पड़ने लगती हैं। भौजाइयाँ उसके कमरे की खिड़की के पास आकर चुटकियाँ लेना प्रारम्भ कर देती हैं—"भोर हो गयी आलोक बबुआ..अब तो दरवाज़ा खोलो... बाहर दालान में तुम्हारे मित्र जुट आये हैं...सब खोज रहे हैं तुम्हें...।"

लेकिन उस पर इसका कोई असर नहीं होता ऐसे मूर्ख लोगों की बातों को कभी

आड़े नहीं आने देगा वह। रात की उनकी साजिश की प्रतिक्रिया में आज दिन चढ़े तक सोयेगा। शरमाती और ना-नुकुर करती मालती को भी समझाकर अपने पक्ष में कर लेता है। उसे अपनी माँ की आवाज़ साफ़ सुनायी पड़ती है। उसकी भौजाइयों से कह रही होती है—"शादी-ब्याह के रस्म में बहुरिया और आलोक काफी थके हैं छोड़ दो, उन्हें सोने दो। जब नींद टूटेगी तो स्वयं उठ जायेंगे...।

ट्रेन अपनी पूरी रफ्तार के साथ भागती जा रही थी और आलोकनाथ की आँखों के समक्ष दृश्य परिवर्तन होता जा रहा था। रात आधी से अधिक बीत चुकी थी। लेकिन उसकी आँखें झपकने का नाम नहीं ले रही थीं। उसके डिब्बे में उपस्थित अधिकांश यात्री अपने सोने भर जगह बना या तो लेट गये थे या बैठे-बैठे ही सो गये थे। इसके अतिरिक्त जो चालाक और पैसेवाले थे, उन्होंने बगल के स्लीपर कोच की खाली बर्थों पर कण्डक्टर को कुछ थमाकर अपना अधिकार जमा लिया था। प्रति बर्थ कण्डक्टर पच्चीस रुपये लेता था। गुज़रते समय के अनुसार खाली बर्थों की भरने और जो कुछ मिल जाये प्राप्त करने के लिए उसे पन्द्रह रुपये में ही बर्थ देने को तैयार था। लेकिन उसने नहीं लिया। जब उसे नींद आने ही वाली नहीं तो फिर वह बर्थ लेकर क्या करेगा? उसके स्थान पर खिड़की के पास कोई आराम से बैठा होता और इस तरह ठण्डी-ठण्डी हवा लग रही होती तो अब तक कभी का सो गया रहता। लेकिन उसे तो जैसे जागते रहने का वरदान हो। अपने परिचितों-मित्रों को जब वह बताता कि पिछले कई वर्षों से वह सो नहीं सका तो वे आश्चर्य प्रकट करते हैं। लेकिन यह उसका कल्पित कथन नहीं, सच्चाई है। आँख मूँदकर लेटा रहता हैं वह। उसका ध्यान और मन अतीत के साथ मालती के पास घूम रहा होता है। इस क्रम में भले ही उसके शरीर को विश्राम मिल जाता है। लेकिन नींद तो कभी नहीं आती। सुबह अन्य लोगों की तरह उठकर अपने काम में भी लग जाता है। न सोने की पीड़ा का अहसास उसे नहीं होता। शायद जागते रहने का अभ्यास हो गया है उसे...।

आलोकनाथ को अच्छी तरह याद है, पत्नी बनकर जब से मालती उसके घर आयी थी, तभी से नींद उसकी आँखों से जुदा हुई थी। सुहागरात के बाद से गँवई शर्म-संकोच त्याग मालती के कमरे में ही रहने लगा वह। घर-परिवार और टोले-मुहल्ले में टीका-टिप्पणियाँ भी शुरू हो गयीं उसके खिलाफ—"घर घुसना हो गया है... दिन-रात मेहरारू के कमरे में पड़ा रहता है...।"

गाँव-घर के लिए यह बात खासी आपत्तिजनक थी। रिवाज के अनुसार पति बाहर दालान में सोते और पत्नियाँ भीतर घर में। जिस किसी दिन पति को पत्नी से

मिलने की इच्छा होती तो रात गहराने पर चुपके से वह दालान से घर आ जाता और फिर सुबह घरवालों के उठने से पहले ही दालान पर हाजिर हो जाता लेकिन आलोकनाथ इस रिवाज को भी तोड़ देता है। मालती को छोड़कर एक रात भी नहीं रहेगा वह दालान पर। कुछ दिन तक टीका-टिप्पणी करने के बाद चुप हो जाते हैं घर और टोले के लोग। उनकी बातों पर कान न देकर उन्हें अर्थहीन बना देता है आलोकनाथ। अब उसकी नयी स्थिति सहने-स्वीकारने के अभ्यस्त हो जाते हैं सब लोग...।

लेकिन यही से अनिद्रा की बीमारी आ दबोचती है उसे। अक्सर रात गहराने तक उससे बोल-बतियाकर थकी मालती नींद की चपेट में चली जाती है। लेकिन वह सो नहीं पाता। दिराखे पर जलती लालटेन की रोशनी में वह सारी-सारी रात मालती को निहारता रहता। नींद में सो गयी मालती उसे और अच्छी लगती। कभी वह मालती के लम्बे घने बालों को सँवारता तो कभी उसकी मुलायम कलाइयों को सहलाता रहता। भँवरा बना उसके मुखकमल पर मँडराता रहता वह सारी रात। उसे विश्वास ही नहीं होता कि इतनी सुन्दर पत्नी उसके पार्श्व में सोयी है। मालती की सुन्दर हथेली को वह अपनी छाती पर रख लेता। मालती को निहारने और लाड़ करने से उसका मन ही नहीं भरता। इस दौरान जब कभी जग उठती मालती तो अपनी नर्म हथेली उसकी आँखों पर रख उसे भी सो जाने का संकेत करती। वह चाहता कि उसे नींद आ जाये पर लाख प्रयास के बाद भी वह नहीं सो पाता। उन्हीं दिनों से रात में जागने की उसकी आदत उसके स्वभाव में शुमार होती चली गयी।

मालती के लिए रात में जागने के साथ-साथ दिन में गृहस्थी के कार्यों में उसका खटना भी अखरने लगता आलोकनाथ को। गुज़रते समय के अनुसार उसे मालती के शरीर से चावल कूटने, मसाला पीसने और बर्तन माँजने की गन्ध आने लगती है। अब रात में कुछ देर तक भी नहीं जग पाती मालती। बिस्तर पर आते ही ऊँघने लगती है। थकान से उसके हाथ-पाँव ऐंठते जान पड़ते। उसका चेहरा भी कुम्हलाने लगा है..।

आलोकनाथ जानता है, गरीब घर से अमीर घर में नहीं आयी है मालती। मालती के परिवार से उसके परिवार के पास दस बीघे खेत अधिक ज़रूर हैं, लेकिन इससे जीवन स्तर में परिवर्तन कहाँ है? उसे अपने वे ग्रामवासी मूर्ख लगते हैं जो अपने से दस बीघे अधिक के जोतदार को धनी समझने हैं। उन्हें जानना चाहिए कि नगर का एक मामूली किरानी भी उन-जैसे जोतदारों से अच्छी ज़िन्दगी जीता है और उसकी पत्नी इन गँवई पत्नियों की तरह असामयिक बुढ़ापे की शिकार भी नहीं होतीं। दो-

चार बीघे अधिक खेतवालों के यहाँ तो और परेशानी है। सुविधा-सहूलियत कुछ नहीं...।

मालती के नैहर में उसकी चाचियाँ, भौजाइयाँ भरी हुई थीं। कम खेत की वजह से कार्य भी कम थे। उसने घर-आँगन बुहार दिया, भैया, चाचा बाबू जी के माँगने पर कृषि के सामान आदि दे दिया, बस, हो गया उसका कार्य। लेकिन यही तो दिन-भर खटने का सिलसिला शुरू हो गया था।

सुबह चौका-बर्तन और रसोई बनाना व सबको खिलाना। दोपहर ढेंके पर धान कूटना। शाम को फिर चूल्हा-चौका और रसोई-पानी। इसके अतिरिक्त घर की सफाई, कपड़े लत्ते की फिंचाई और तेल लगाने का कार्य अलग..रिवाज के अनुसार नयी बहू होने के चलते सास और बड़ी गोतिनी को तेल आदि लगाना पड़ता। रसोई का भार तो पूरी तरह उसी पर सौंप दिया गया था। नयी और छोटी बहू के रहते सास ननद और बड़ी गोतिनी क्यों रसोई में जायें।

मालती को ज़्यादा काम करते और परेशान होते देख आलोकनाथ की छटपटाहट बढ़ती जाती है। गाँव-घर के रिवाज के अनुसार पति को संयुक्त परिवार में दखल देना नहीं होता इसीलिए वह काफी समय तक चुप्पी साधे खून का घूँट पीता रहा लेकिन एक दिन उसकी चुप्पी टूट गयी..''मालती पर बहुत काम पड़ रहा है माँ..देख नहीं रही हो, उसका स्वास्थ्य कैसे गिरता जा रहा है? पिछली बार वह मायके गयी थी तो उसे देखकर उसके घरवाले रो उठे थे कैसी हो गयी उनकी बेटी वे कह रहे थे कि धनी घर में जाने पर मालती को और अधिक आराम मिलना चाहिए था, लेकिन वह कोल्हू का बैल बन गयी।''

यह सुन उसकी माँ बिगड़ उठी—''अभी से ही ससुराल की बात सुनने लगा तू...किस गृहस्थ के यहाँ काम नहीं होता। काम-धाम तो गृहस्थ के यहाँ का सोहाग भाग है। उनकी बेटी इतनी ही सुकुँवार थी तो क्यों नहीं ब्याहा किसी धन्ना सेठ के यहाँ। और तू औरत के बीच में न बोला कर... बड़का (बड़े भैया) कभी बोलता है इस मामले में? तेरी पत्नी खटती है तो कौन बैठा है? दो-दो पतोह और बेटियों के रहते सारा दिन तो मैं खटती रहती हूँ..मेरा खटना कभी तुझे दिखा, जिसने तुझे जन्म दिया है और चार दिन की मेहरिया का काम देख कलेजा फट रहा है तेरा। तेरी तरह बड़का भी बोलने लगा तो कैसे चलेगा यह घर...।''

माँ की बात सुन उसका क्रोध और बढ़ गया। इससे पहले कि क्रोध में वह उबल पड़े मालती बीच में आ गयी—''किसने तुमसे कहा कि मैं काम करते-करते थक जाती हूँ...किस गृहस्थ के यहाँ यह सब नहीं जाओ इण्टरव्यू की तैयारी करो... अगले सप्ताह तुम्हें इण्टरव्यू देने शहर जाना है...।'' और आलोकनाथ को माँ के सामने से

हटा दालान के कमरे तक छोड़ आती है मालती। आलोकनाथ जानता है, संयुक्त परिवार में पत्नी की ओर से बोलना अच्छा नहीं होता। इससे परिवार टूटने में देर नहीं लगती। लेकिन संयुक्त परिवार के नाम पर मालती-जैसी सुन्दर पत्नी असामयिक श्रीहीनता का शिकार हो जाये, यह भी तो उचित नहीं। मालती द्वारा सौगन्ध देने के बाद इस मामले में स्वयं बोलना तो बन्द कर देता है वह। पर मालती को ही समझाता रहता है कि किसी भी कार्य में तत्परता न बरतो। कोई भी काम धीरे-धीरे करो। सुनकर भी अनसुना करती रहो। तुम्हें हर हालत में अपने स्वास्थ्य का ख्याल रखना है।

इसके अतिरिक्त यदा-कदा काम में फँसी मालती को किसी बहाने से बुला लेता अपने पास और देर तक उलझाये रखता। ताकि इस अवधि में गृहकार्य से मुक्ति पा सके वह। लेकिन बाद में माँ द्वारा मालती को समझाना भी सुन लेता है—"उसके कहे में मत आना बहू...घर चौपट हो जायेगा..बड़की जब से आयी कभी एक लब्ज तक न कहा अपना-पराया की बात इस घर में किसी ने नहीं उठायी। सब अपने अपने बारे में सोचने लगे, तब तो इस घर को बिलाते देर नहीं लगेगी। अपनी खेती-गृहस्थी में खटता रहा बड़का और आलोक को कॉलेज में पढ़ाता रहा पर पढ़-लिखकर आलोक शहरी होता जा रहा है...मियाँ बीवी के सिवाय किसी को कुछ समझता ही नहीं..अब इस घर की मरजाद तुम पर है। उसके कहे में तुम कभी मत आना। बाँट-चोट के बाद इस घर की सारी इज़्ज़त चली जायेगी..अभी की नामी गृहस्थ की बहू बाँट बखरा के बाद कंगाल की बहू कहलाओगी।

माँ की बातों के प्रभाव में आ जाती है भोली मालती। माँ के चरण सौगन्ध खाती है—"आप एकदम निफिकिर रहें अम्माँ जी! मेरे जीते जी ऐसा कभी नहीं होगा। मेरे चाचा और बाबू जी भी जीवन भर साथ-साथ रह गये माँ और चाची मिलकर घर सँभालती रही। आप उनकी बात पर ध्यान न दें वे वैसे ही बोलते रहते हैं। मैं उन्हें समझाऊँगी...।"

लेकिन आलोकनाथ माँ की बात का अर्थ अच्छी तरह जानता है। यह विचार सिर्फ़ उसकी माँ का ही नहीं, पूरे गाँव के संयुक्त परिवारों का है। इस विचार का उद्देश्य परिवार के सदस्यों का सम्यक विकास नहीं, किसी भी तरह संयुक्त परिवार को टूटने न देना है, चाहे इसके लिए कोई तरुणी असमय में बूढ़ी ही क्यों न हो जाये।

सारी रात गाड़ी चलती रही। आलोकनाथ उसी तरह बैठा रहा और खिड़की से बाहर देखता रहा। जब भोर की लालिमा के बीच खेत-खलिहान, पेड़-पौधे, नदी-नाले, गाँव-घर सब भागते नज़र आने लगे तब उसे लगा कि सुबह हो

गयी है। अगले स्टेशन पर गाड़ी रुकी तो और साफ़ हो चुका था। स्टेशन के खुदरे विक्रेता इस बार दातौन और चाय की अवाज लगाते नज़र आ रहे थे। मुँह धोकर उसे भी चाय पी लेनी चाहिए। खाना खाने के समय तक तो वह अपने घर पहुँच ही जायेगा।

वह अक्सर नीम और बबूल के दातौन से ही मुँह धोता था। जब तक गाँव में रहा उसका यह नियम अबाध रूप से चलता रहा। लेकिन गाँव छूटते ही सारे नियम छूटते चले गये। उसके झोले में ब्रश और पेस्ट भी मौजूद है। लेकिन ब्रश न निकाल उसने एक आदिवासी लड़की से दातौन खरीद मुँह धोना शुरू कर दिया। वह दातौन नीम या बबूल का तो नहीं, पर जिस जंगली लकड़ी का था उसके खट्टे-मिट्ठे गँवई स्वाद से तरोताजा हो गया उसका मन। उसे पुनः याद हो आया अपना गाँव। उसने देखा, दातौन बेचनेवाली वह लड़की कच्ची उम्र की थी। लेकिन अपनी गोद में एक बच्ची भी लिये हुए थी। गौर करने पर उसे पता चल गया कि वह बच्ची उसकी अपनी ही थी। इसी छोटी उम्र में माँ बन गयी। क्या जानेगी इस जीवन और जगत् का सुख। इसे असमय में माँ बनानेवाला इसका पति अवश्य अशिक्षित गँवार और जाहिल होगा।

उसे भी तो उसके घर और गाँव के लोगों ने उकसाना प्रारम्भ कर दिया था इसके लिए... वह पुनः लौट जाता है उस समय में। मालती जब से उसके यहाँ आयी है, उसे पुत्रवती बहू के रूप में देखने के लिए मचल रहे हैं उसके घरवाले। उसके आगमन के एक साल होते-होते तो बोल भी सुनायी पड़ने लगते हैं उसे—"अब तक तो माँ बन जाना चाहिए था आलोक बहू को... क्यों देर हो रही है? बड़ी बहू तो साल माथ लगते ही हरी हो गयी थी...।"

लेकिन आलोकनाथ इन कूपमण्डूकों की बातों में नहीं आता। बिना नौकरी के शादी कर एक गलती के लिए तो पछता रहा है। मालती-जैसी बहू को दासी बना दिया उसके संयुक्त परिवार ने। अब उसे माँ बनाकर रही-सही कसर भी पूरी कर लेना चाहते हैं। पर इस बार उसकी दाल नहीं गलने देगा। शहर के कॉलेज में पढ़ने के बाद इतना बेवकूफ और नासमझ नहीं रह गया है। पैंतीस की उम्र में ही पचपन की दिखनेवाली भाभी की पुनरावृत्ति नहीं होने देगा। मालती को हर्गिज वह भाभी नहीं बनने देगा। भैया-जैसी लीक पर बँधी, पिछड़ी ज़िन्दगी उसे कतई पसन्द नहीं।

ट्रेन एक कॉलेज से होकर गुज़रने लगी थी। कॉलेज का मुख्यद्वार और उसमें प्रवेश करते छात्र आलोकनाथ को नज़र आने लगे। कभी वह भी तो इन छात्रों की तरह एच. डी. जैन कॉलेज, आरा का छात्र था। जिस वर्ष मालती से उसकी शादी

हुई उसी वर्ष बी.ए. हिन्दी आनर्स की परीक्षा उसने प्रथम श्रेणी से उत्तीर्ण की। पहले उसने सोचा था कहीं नौकरी लग जाने के बाद शादी करेगा। नौकरीशुदा व्यक्ति का सुखी दाम्पत्य और किसान-परिवार के बेरोज़गार युवक की पत्नी की पीड़ा से भलीभाँति परिचित था वह। लेकिन प्रयासोपरान्त उसे शीघ्र नौकरी नहीं मिल सकी। इस बीच मालती के प्रणय ने उसे विचलित भी तो कर दिया था। मालती से प्रेम-सम्बन्ध के बाद उस नारी रत्न को पा लेने की प्रबल कामना जाग उठी थी उसके मन में। पता नहीं, ऐसी बाँकी लड़की फिर कभी मिल सकेगी भी या नहीं? नौकरी के लिए प्रयास करता रहेगा पहले मालती को अपना तो ले।

लेकिन मालती को अपनाने के बाद नौकरी की चिन्ता के साथ-साथ मालती की चिन्ता भी सताने लगी थी उसे। मालती का खटना और उसके स्वास्थ्य का गिरना नहीं देखा जा रहा था उससे। घर-बाहर, खेत-खलिहान हर जगह यही चिन्ता उसके ऊपर सवार होती चली गयी कि कैसे मालती को अनुकूल स्थिति प्रदान करे वह।

अनाज अगोरिया के लिए अपने घर के पिछवाड़े के खलिहान में सोया है आलोकनाथ। पायल की हलकी झंकार से उसे पता चल जाता है, मालती उसका खाना लेकर आ रही है। वह जान-बूझकर नींद का अभिनय करने लगता है। मालती खाना बगल में रख उसे जगाने के लिए पास बैठ जाती है। बस, वह मालती को पकड़ अपने पास लिटा लेता है। मालती कहती है—"छोड़ों भी अगर भैया जी आ जायेंगे तब...?"

वह कहता है—"आज वे खलिहान में नहीं आयेंगे, आज मेरे सोने की बारी है...।"

तो इसीलिए नींद का नाटक कर रहे थे। मालती उसे प्यार से झिड़कती है। वह कहता है—"इस बार अवर सेवा चयन परिषद् का मेरा इण्टरव्यू बहुत अच्छा गया है मालती...मेरा मन कहता है, इस बार मेरा हो जायेगा...।"

"तुम्हारे मुँह में घी-शक्कर।" यह कहते हुए मालती का चेहरा भी खिल उठता है काश! भगवान् हमारी सुन लेता।

"तब तुम्हे मैं रानी बनाकर रखूँगा मालती..तब तुम्हें कोई खटा नहीं पायेगा और इस तरह तुम्हारा स्वास्थ्य भी खराब नहीं होगा...तुम्हारी-जैसी दीपशिखा को तो राजमहल में होना चाहिए था। लेकिन गृहस्थी के इस जंजाल में खींच लाया मैं...पर देर-सबेर तुम्हें अनुकूल स्थिति में अवश्य ले जाऊँगा। इन किसानी झमेलों में तुम्हें बरबाद नहीं होने दूँगा...।"

"अच्छा चलो पहले खाना खा लो... सपनों में उलझकर अपनी सेहत न गँवाओ... तुम जहाँ हो, वहीं मेरे लिये सब-कुछ है...जो सामने है उसी पर हमें सन्तोष करना चाहिए-भविष्य किसने देखा है", आलोकनाथ का हाथ पकड़ वह खाने के पास ला बैठाती है। अवसर अनुकूल देख पिछले कई बार की तरह इस बार फिर वह मालती को अपनी ही थाली में साथ-साथ खिलाने लगता है। बार-बार की भाँति मालती कह उठती "घर से कोई आ जाये और देख ले तब..."

आलोकनाथ कहता है—"तब क्या? किसी और को नहीं, अपनी पत्नी को खिला रहा हूँ अपने साथ...।"

"पर गाँव-घर के लोग तो इसे अच्छा नहीं मानते। कहीं गाँव में कोई पति-पत्नी एक थाली में खाते हैं? अम्माँ जी कहती हैं कि इससे दोष लगता है पत्नी को... भला पति देवता के साथ एक ही थाली में खाना चाहिए उसे...? मालती अपने मन का संशय और रूढ़िवादी परम्परा का भय व्यक्त करती है। उसके संशयग्रस्त मन को समझाता है आलोकनाथ 'शहर में तो अधिकांश सभ्य परिवारों के यहाँ मैंने पति-पत्नी को एक साथ खाते पाया है...।

इस पर कहती है मालती—"वह शहर है। वहाँ की बात छोड़ो... हम जहाँ गाँव में रहते हैं यहाँ तो कोई ऐसा नहीं करता...।"

आलोकनाथ अब अपने को रोक नहीं पाता 'सवाल गाँव और शहर का नहीं मालती, अपनी समझदारी और जीवन जीने की पद्धति का है इन्हीं अशिक्षितों और जाहिलों में गाँव को गँवार बना दिया है व शिक्षितों और समझदारों ने शहर को सभ्य बनाया है।"

"अच्छा बाबा खाती हूँ, तुमसे बहस करने में नहीं जीत पाऊँगी। लेकिन कान खोलकर सुन लो, सबों के सामने नहीं, इसी तरह अकेले में ही खाऊँगी...।"

"लेकिन नौकरी लगने और शहर में तुम्हें ले चलने के बाद तुम्हारी यह शर्त नहीं मानूँगा।"

"मत मानना।"

इसके बाद साथ-साथ खाते हुए फिर नौकरी पर मालती को ले जाने के सपने बुनने लगता है आलोकनाथ। पता नहीं, ऐसा हो पायेगा भी या नहीं, इस संशय के रहते हुए भी उसके सपनों में तैरने लगती है मालती...। उसकी आँखों की चमक और चेहरे की मोहकता बढ़ जाती है..। आलोकनाथ को लगता है, जब नौकरी की कल्पना मात्र से ही ऐसा खिल उठती है मालती, तब नौकरी पर साथ रहते हुए तो एकदम विहँसती और दमकती रहेगी। उसके घर को स्वर्ग बनाये रखेगी। उसे हर हालत में

नौकरी से जुड़ जाना है। गाँव की किसानी से तो शहर की चपरासीगिरी भी बेहतर है...।

सुबह के प्रथम चरण ही गाड़ी आरा आ पहुँची। आलोकनाथ फुर्ती से उतर गया ट्रेन से। आरा आने के एक स्टेशन पहले से ही गाड़ी से उतरने के लिए तत्पर और बेचैन हो गया था वह, ताकि चढ़नेवालों की भीड़ के धक्कमपेल से पहले ही उतर जाये।

अपने जिले की ज़मीन पर पैर रखते ही उसका हौसला फिर बुलन्द हो गया। वह आँखें फाड़े देखने लगा चारों तरफ। कहीं कुछ नहीं बदला था। चिरपरिचित प्लेटफार्म! चिरपरिचित रास्ते। उसका जिया-भोगा शहर। अपने विद्यार्थी जीवन के छह साल गुजार चुका था वह इस शहर में। गाँव में रहते हुए भी परिवार के सदस्यों के इलाज और आवश्यक वस्तुओं की खरीदारी के लिए अक्सर आता रहा था यहाँ। उसके गाँव का प्रमुख हाट-बाजार यह शहर ही तो है। उसे लगा-जैसे उसके अन्दर से उसका गँवई मन कह रहा हो—"अब कभी परदेश मत जाना आलोक। परदेश का सोना और अपने देश की माटी बराबर। गाँव की खेती-बारी को ही नये सिरे से चमका देना था फिर अपने इस शहर आरा में ही आकर कोई कारोबार कर देना। परदेश के सुख से अपने देश का दु:ख भी बेहतर...।

आलोकनाथ तेजी से प्लेटफार्म लाँघते हुए बिहारी मिल बस स्टैण्ड की ओर चल पड़ा उसके गाँव जाने के लिए बस, टैक्सी, टेंकर, जीप, टैम्पू वहीं से मिलेंगे। पेट्रोल पम्प तक उसके पहुँचने तक एक मिनी बस सवारियों से भरकर तैयार थी। उसके बाद एक दूसरी गाड़ी का नम्बर था। लेकिन दूसरी गाड़ी के भरने की प्रतीक्षा के लिए उसके पास धैर्य कहाँ? यह जानते हुए कि इस बस में जगह नहीं मिलेगी, बस खुलते हुए दौड़कर चढ़ गया वह और गलियारे में खड़े अन्य यात्रियों की तरह पाइप पकड़कर खड़ा हो गया। यहाँ से नजदीक ही है उसका गाँव। घण्टे डेढ़ घण्टे का रास्ता है।

बस की खिड़की से भागते एक-एक गाँव को पहचान रहा था वह। बीस-पच्चीस मिनट के बाद ही शिवालावाला शक्करडीह आ गया उसके सामने। इस गाँव की गली-गली से परिचित है वह। यही है अजयपाल का गाँव। उसे मुम्बई ले जानेवाले अजयपाल यहीं के निवासी हैं। अनेक बार उनके गाँव जा चुका है वह। जिस कारखाने में उसे काम मिला था, उस कारखाने में बड़े बाबू थे अजयपाल। उनकी बदौलत ही नौकरी मिली उसे। लेकिन मुम्बई के उस दंगे और विस्फोट में पता नहीं जीवित हैं या मारे जा चुके अजयपाल? उसके बाद से उससे भेंट नहीं हुई और न उनका अता-पता ही वह पा सका। अब गाँव जाने के बाद उसे सब पता चल जायेगा

उसके गाँव में बहन ब्याही है अजयपाल की। बस से पीछे छूटते उस गाँव को निर्निमेष दृष्टि से निहारने लगा था वह। अजयपाल की याद ताजा हो आयी उसे..

इण्टरव्यू देते-देते थक गया है आलोकनाथ। पर कहीं नौकरी नहीं मिल पा रही है। अपने सपनों पर पानी फिरता महसूस करने लगा है वह। अपनी हर असफलता पर मालती के चेहरे की निराशा पढ़ और व्यथित हो जाता है। यहीं गाँव में रहकर और मात्र इण्टरव्यू देकर नौकरी नहीं पा सकेगा वह। किसी महानगर में जाना और दलाल को पकड़ना होगा...। अजयपाल के नाम की चर्चा पहले ही से है उसके इलाके में। रुपये लेकर मुम्बई के एक कारखाने में नौकरी दिलाता है वह उसने सोचा था कि स्वयं प्रतियोगिता परीक्षा पास कर नौकरी हासिल कर लेगा। अजयपाल-जैसे दूसरे रास्ते का सहारा नहीं लेगा। पर शीघ्र ही उसे लग जाता है कि विज्ञान और तकनीकी विषयों की डिग्री न लेकर हिन्दी ऑनर्स की पढ़ाई पढ़ मार खा गया है वह। अब अजयपाल के अतिरिक्त और कोई चारा नहीं उसके समक्ष।

वह दौड़ लगाने लगा है अजयपाल के गाँव की। मुम्बई से उसके आते ही उसके यहाँ दरबार लगाने जुट जाता है...। उसकी व्यग्रता देख एक दिन एकान्त में ले जाकर कहता है अजयपाल—"अब बहुत मुश्किल हो गया है आलोक। कोई अधिकारी छूँछा सलाम सुननेवाला नहीं। ऊपर से नीचे तक सबका शेयर बँधा है। पच्चीस-तीस हज़ार से कम का प्रश्न ही नहीं..तुम्हारे बगल के गाँव के उस चौधरी को तो पैंतीस हज़ार खर्च करने पड़े थे..पर तुम तो मेरे नतहर के हो..तुम्हारे गाँव मेरी बहन ब्याही है—तुम्हें सिर्फ़ पन्द्रह हज़ार का ही इन्तजाम करना है...तुम्हारे लिये मैं लड़ूँगा कहूँगा कि मेरा अपना भगीना है...।

लेकिन पन्द्रह हज़ार का इन्तजाम भी आलोकनाथ-जैसा किसान परिवार कहाँ से करे? इतनी बड़ी राशि गाँव में उधार-पैंचा देने के लिए भी कोई तैयार नहीं होता है। अन्तत: उसके यहाँ यह निर्णय होता है कि गोंयड़ के पास का बीघा खेत रेहन कर दिया जाये। नौकरी पाने के बाद पैसे चुकाकर रेहन छुड़ा लेगा आलोकनाथ..।

मालती से अब हर रात इसी विषय पर चर्चा शुरू हो गयी है उसकी—"एक मन करता है कि तुम्हें जाने दूँ और एक मन कहता है कि नहीं जाने दूँ, रोके रहूँ अपने पास। उतनी दूर और अनजान जगह में तुम्हें भेजते हुए मेरा मन घबरा रहा है।"

"तुम ऐसे घबराओगी तो कैसे जाऊँगा मालती। नौकरी के लिए तो परदेश जाना ही पड़ता है। वह जगह अनजान कैसे है जब अजयपाल वहीं नौकरी करता है। उसके साथ ही जाना और साथ रहना है...।"

"वहाँ जाने पर मुझे भूल न जाना। सुनते हैं मुम्बई में ऐसी-वैसी छोकरियाँ भरी हुई हैं, जो किसी भी मर्द-मानुष का दिल फेर देती हैं...।"

"तुम मेरे बारे में ऐसा सोच कैसे रही हो मालती? क्या मेरे प्रेम पर तुम्हें विश्वास नहीं? मैं तुम्हारे लिये ही मुम्बई जा रहा हूँ सिर्फ़ तुम्हारे लिये मुम्बई पहुँचने और नौकरी पाने के बाद मेरा पहला काम यहाँ से आकर तुम्हें ले चलना होगा...।"

अजयपाल के साथ मुम्बई जाने की अन्तिम रात। उसके साथ सारी रात जगी रहती है मालती। उसकी आँखें भरी हुई और चेहरा आर्द्र है—"एक तुम ही तो इस घर में मेरा इतना ख्याल करते हो...अब जा रहे हो तो न जाने क्या होगा? तुम्हारे लाड़ की बदौलत ही इस घर में टिकी रही। तनिक भी विलम्ब न करना पहुँचते ही चिट्ठी भेजना... संकट में विन्ध्यवासिनी को ज़रूर गोहराना...।"

आलोकनाथ अनुभव करता है, बिछुड़न का दुःख और आगत भविष्य के सुख के मध्य डूबती-उतराती नज़र आती है मालती। मालती से जुदा होते हुए मर्द होकर भी उसका कलेजा पानी-पानी हुआ जा रहा है। लेकिन मालती को मालती बनाये रखने और अपने लाड़ को उसके असली मुकाम तक पहुँचाने के लिए उसे जाना ही है।

भागती बस की खिड़की के बाहर देखता जा रहा था आलोकनाथ। शक्कराडीह के बाद के गाँव भी पीछे छूटते चले जा रहे थे। परिचित खेत-बधार और इलाके नज़र आते जा रहे थे। खेतों में काम करनेवाली और सड़क के किनारे के अपने घरों के सामने खड़ी-बैठी इलाके की औरतें भी नज़र आती जा रही थीं। पीछे से या बगल से देखने पर कभी-कभार कोई औरत मालती-जैसी उसे जान पड़ती। लेकिन चेहरा सामने आते ही उसका मन भिन्ना उठता। यह तो मालती के गोड़ के धोवन के बराबर भी नहीं। मुम्बई से लेकर सउदी अरब तक और फिर दिल्ली से यहाँ तक जितनी औरतें नज़र आयी उसे उनमें से मालती की समतावाली कोई नहीं दिखी। कोई लम्बी होती तो कोई नाटी। कोई मोटी तो कोई पतली। कोई गोरी होती तो उसके नाक-नक्श ठीक नहीं होते। किसी के नाक-नक्श अच्छे होते तो रंग स्याह होता। किसी के हाथ सलोने होते, तो पैर बेडौल और बदरूप। किसी की आँखें सुन्दर होतीं तो नाक चिपटी। किसी के होंठ पतले होते तो दाँते छितरी और निकली हुई। मालती-जैसा दूधिया रंग दमकता चेहरा, साँचे में ढले अंग, औसत लम्बाई और छरहरा होते हुए आकर्षक और मांसल शरीर उसे कहीं नज़र नहीं आया। सही अर्थों में सर्वाङ्ग सुन्दरी है मालती...। उसे लगता, अपनी-जैसी मालती सिर्फ़ अकेली नार है। अपने परिचितों-मित्रों से जब वह ऐसा कहता तो वे हँस उठते—"तुम पत्नी प्रेम में पागल हो गये हो, इसीलिए वह तुम्हे ऐसा लगती है...तुमने अभी सुन्दरता देखी ही कहाँ...?"

लेकिन उसे लगता है, उसके भाग्य से जलने और ईर्ष्या करनेवाले मित्र ही ऐसा कहते हैं...।

जैसे-जैसे बस आलोकनाथ के गाँव के करीब पहुँचती जा रही थी, उसके मन की विकलता मालती से मिलने के लिए बढ़ती जा रही थी। बस जब उसके गाँव के किनारे के पीपल वृक्ष के नीचे आ रुकी तो भीड़ भरे दरवाज़े से शीघ्र उतरने में देर का अनुमान कर विद्यार्थी जीवन की तरह वह ड्राइवर के पासवाली खिड़की से फाँदकर नीचे उतर गया। अपने गाँव की मिट्टी चिरपरिचित हवा-धूप का स्पर्श पाते ही उसका मन युवावस्था की तरह हुलस उठा।

उसका घर सड़क के इस बस-ठहराव से साफ़ दिख रहा था। थोड़ी ही दूर पर नीम गाछ के नीचे आँगन में गड़े महावीरी झण्डेवाला वह खपड़ैल का मकान उसी का तो है। उसकी इच्छा हुई कि बचपन की तरह छलाँग लगाकर एक ही दौड़ में पहुँच जाये अपने घर। लेकिन फिर उसे लगा कि इस अवस्था में वह ठीक नहीं होगा। ऐसा देख क्या सोचेंगे उसके ग्रामवासी?

अब वह तेज़ी से अपने घर की ओर कदम बढ़ाते हुए आँखें फाड़े देखता जा रहा था कि घर के आसपास कहीं दिख जाये मालती। कितना अच्छा होता अगर सबसे पहले मालती पर ही उसकी नज़र पड़ती। वह रास्ते से ही यह मनाता आ रहा था कि गाँव पहुँचने पर सबसे पहले मालती ही उसकी नज़र के सामने आये। पता नहीं ईश्वर उसकी यह मनौती पूरी करेंगे भी या नहीं?

लेकिन यह क्या? बस से उसके उतरते और अपने घर की ओर बढ़ते हुए जैसे ही गाँववालों ने उसे देखा, पूरे गाँव में जैसे भूचाल आ गया चिल्लाते हुए इधर से उधर दौड़ पड़े लोग—"आलोकनाथ ज़िन्दा है लौट आया अपने घर...।"

उसने महसूस किया शायद गाँव के लोगों ने उसे मरा हुआ समझ लिया था इसलिए उसका लौटना अनहोनी ही है उनके लिए।

बिजली की तरह यह खबर सनसनाती हुई क्षण भर में ही गाँव के इस छोर से उस छोर तक दौड़ गयी। फिर घर में सोये-बैठे, खेत-खलिहान में काम करनेवाले, नदी-बगीचे की ओर गये लोगों में से जिसने जहाँ भी सुना वहीं से दौड़ लगा दी। झुण्ड-के-झुण्ड औरत-मर्द चल पड़े आलोकनाथ को देखने।

अपने दरवाज़े आलोकनाथ के पहुँचने तक जैसे सारा गाँव उमड़ आया था वहाँ। भीड़ को चीरकर उसकी माँ को उसके सामने पहुँचा दिया गाँववालों ने। एक क्षण तक तो वह पहचान ही नहीं सका अपनी माँ को। इन सात साल के अन्दर ही कितनी बूढ़ी हो गयी है? सूखे हाथ-पाँव। झुकी कमर। माथे के बाल पककर एकदम सन। पोपले गाल। झुर्रियों से भरा चेहरा। अन्दर तक धँसी आँखें। उसे निहारती हुई वे आँखें चमकती और अश्रुपूरित जान पड़ीं। उसने झुककर माँ के चरण छूने चाहे कि उसे बाँहों में समेटकर रो पड़ीं वे—"अब तक कहाँ छिपा था मेरे लाल...तुझे याद कर-

करके तो मैं मर गयी..तू आ गया मेरी साध पूरी हो गयी...भगवान् ने छप्पर फाड़कर मेरा अँचरा भर दिया...अब मैं तुझे कभी नहीं जाने दूँगी..।''

माँ को चुप कराते हुए उसने देखा, पास ही खड़े भैया रो रहे थे। माँ की तरह वे भी बूढ़े लग रहे थे। वह भैया के चरण-स्पर्श के लिए उनकी ओर भी झुका। उन्होंने उसे बाँहों में भर लिया और फूट-फूटकर रो पड़े—''यहाँ से जाकर तुमने मुझे अनाथ बना दिया था आलोक तुम्हारे जाते ही सारी गृहस्थी थउस गयी..अब तुम आ गये मैं सब सँभाल लूँगा..तुम चुपचाप बैठकर देखते रहना...।''

भैया के निकट खड़ी भाभी तो उसे माँ की पतोह नहीं, गोतिनी जान पड़ीं। इतनी बूढ़ी हो गयीं भाभी। भाभी ने भी उसे अपने पाँव छूने नहीं दिया उसकी बाँह पकड़कर फूट पड़ी ''बाहर जाकर भूल गये थे अपनी भाभी को। तुम्हारे नहीं रहने पर हमारे ऊपर क्या कुछ नहीं गुज़रा अब हमें छोड़कर कहीं मत जाना खेती-बारी के काम अब तुम्हारे भैया से अकेले नहीं सपरता...।''

भाभी से मुक्त हो उसकी आँखें मालती को ढूँढ़ रही थीं। लेकिन वहाँ उपस्थित अपने घर व गाँव के लोगों के बीच वह कहीं नज़र नहीं आ रही थी। शायद छोटी बहू होने के चलते घर के भीतर हो। बाहर से आये पति के सामने गाँव के लोगों की उपस्थिति में वह कैसे आये? गाँव के रिवाज के अनुसार यह कतई अच्छा नहीं माना जाता। इस स्थिति में दरवाज़े पर उपस्थित गाँव-भर के लोगों को छोड़कर वह मालती से मिलने घर के अन्दर चल पड़े या भाभी से कहकर मालती को यहीं बुलवा ले यह भी तो उसे अच्छा नहीं जान पड़ा...।

इस बीच गाँव के लोग लगातार उससे पूछते जा रहे थे अब तक कहाँ था वह? क्यों नहीं आ रहा था? अपने समाचार की चिट्ठी-पत्री क्यों नहीं भेज रहा था? यहाँ तो उसे मर गया समझ उसका किरिया-करम और श्राद्ध आदि सब किया जा चुका है...।

उसे लगा, मालती से शीघ्र मिलने के लिए गाँव के लोगों की जिज्ञासा शान्त कर उन्हें हटाना होगा। इसके सिवा अब दूसरा रास्ता नहीं। बस, पूरा वृत्तान्त उसने संक्षेप में कह सुनाया। उसकी यह अजीबोगरीब दास्तान सुन हैरत महसूस करते हुए लौटने लगे लोग। जानता है आलोकनाथ, अब महीने भर तक इस घटना की चर्चा होगी उसके गाँव में। एक ढर्रे पर जी रहा उसका गाँव इस तरह की अनहोनी घटना को जल्द पचा भी तो नहीं पाता है...।

आलोकनाथ सुन रहा था, लौट रहे गाँव के लोग उसकी भवितव्यता को सराहते जा रहे थे। पण्डित जयराम बाबा की आवाज़ जो उसे साफ़ सुनायी पड़ रही थी—''जाको राखे साइयाँ मार सकै न कोय...।''

आलोकनाथ देख रहा था, गाँव के अधिकांश आदमियों के चले जाने के बाद भी उसके टोला-पड़ोस के लोग वहाँ से टसकने का नाम तक नहीं ले रहे थे। पर अब उसके पास और धैर्य नहीं कि वह प्रतीक्षा कर सके। उसकी जानकारी के तरह तो आसपास के लोग थे, जिनके बीच मालती आती-जाती रहती थी। उसने भाभी से अब स्पष्ट शब्दों में कहा—'मालती कहाँ है? अब तक क्या कर रही है घर के अन्दर?''

उसका प्रश्न सुन तो जैसे सूख गयी भाभी! जर्द हो गया उनका चेहरा। उसने देखा, माँ और भैया के चेहरे पर भी हवाइयाँ उड़ने लगीं। क्या हुआ मालती को वह जैसे अन्दर से पागल-सा हो उठा। उससे पहले कि चिल्लाकर पूछा जल्दी बताओ मेरी मालती कहाँ है, पड़ोस के सूरदेव काका कह उठे—"उसने तो दूसरी शादी कर ली।"

"क्या...?" और आलोकनाथ का मुँह खुला-का-खुला रह गया। जैसे अचानक फालिज मार गया हो उसे या बज्रपात हो गया हो उस पर...।

वह जानता था, सूरदेव काका बराबर कुभाखर बोली बोलते हैं। कभी किसी का भला नहीं चाहते। बदजुबानी के लिए दो-तीन बार मार भी खा चुके हैं। गाँव के लोग तो उन्हें अपशकुनिया मानते हैं। उनकी बात की पुष्टि के लिए अपने परिवारजनों की ओर ताकने लगा वह। अगर उसके साथ इस अवसर पर ऐसा गन्दा मजाक किया होगा सूरदेव काका ने तो अभी वह उनकी बोलती बन्द करके रहेगा लेकिन उसकी माँ उसे पकड़कर रोते हुए बताने लगी सब-कुछ—"क्या बताऊँ बचवा...वह तो तेरे बिछोह में सूखकर काँटा हो गयी थी। जब से आकर अजयपाल ने बताया कि दंगे में तुम मारे गये तब से वह कभी न भरपेट खा सकी और न सो सकी तीन-चार बरिस के बाद बहुत समझाने-बुझाने पर अब तनिक रास्ते पर आयी थी। लेकिन ब्रजनन्दन की पत्नी क्या मरी रोज़ आने लगा वह। तीन बच्चों को छोड़कर उसकी पत्नी मरी थी। मालती से शादी करने के लिए एकदम उजुरू हो गया। मालती के माँ-बाप और गाँव-घर को भी राजी कर लिया। सबने कहा कि अभी उसकी उम्र ही क्या है? कैसे बितायेगी पूरा जीवन ब्रजनन्दन के अनाथ बच्चों को माँ मिल जायेगी और उसे भी सहारा मिल जायेगा अभी पिछले साल ही तो शादी करके ले गया ब्रजनन्दन... बेटी की तरह उसे विदा किया मैंने... तुम्हारे लिये उसका दिन-रात रोना-बिलखना अब मुझसे भी देखा नहीं जाता था...।"

माँ की बात सुन क्षण-भर के लिए हतप्रभ और किंकर्त्तव्यविमूढ़ बना रहा आलोकनाथ। क्या सोचकर आया था और क्या हो गया? अचानक उसे लगा, जैसे सब-कुछ उलट गया हो और पर्वत की ऊँची चोटी पर बैठा वह पाताल में धँसता

जा रहा हो। उसे अपने अन्दर की सारी शक्ति निचुड़ गयी लगने लगी। क्षण भर के लिए वह अपने को एकदम निरुपाय और असहाय महसूस करने लगा। फिर तत्क्षण उसका संघर्षशील दुर्दमनीय जुझारू प्रेमी मन जाग गया। इस तरह हताश होकर कुछ नहीं कर सकेगा वह। मालती को पाने के लिए उसे फिर नये सिरे से लग जाना चाहिए। उसे मर गया समझ ब्रजनन्दन ने पत्नी बना लिया मालती को और मालती भी गाँव-घर के कहने पर चली गयी उसके साथ। लेकिन अब तो वह आ गया है किसी और के पास नहीं छोड़ेगा अपनी मालती को और पाताल की गर्त से ज्वालामुखी की तरह फूटकर बाहर निकल आया वह 'मैं मालती को लेने जा रहा हूँ माँ। ब्रजनन्दन के पास उसे हर्गिज नहीं छोड़ सकता।

उसकी यह बात सुन वहाँ उपस्थित सभी लोग चौंक उठे— "क्या...?"

मुनरिका तिवारी अब अपने को रोक नहीं सके—"यह क्या कह रहा है आलोक?" अब वह किसी और की ब्याहता है। राम-राम, तूने यह कैसे सोच लिया...?"

जवाब में उसी दृढ़ता के साथ कहा आलोक ने—"जब तक वह नहीं जानती थी कि मैं जीवित हूँ तब तक चाहे वह किसी की पत्नी बनी रही लेकिन अब तो आ गया मैं...।"

इस पर कहा चन्द्रदेव ने—"अब मेरे लिवा लाने से भी वह नहीं आयेगी... जब तक तुम्हारी पत्नी थी तब तक उस पर तुम्हारा अधिकार था। अब तो वह ब्रजनन्दन की है...।"

इस सम्बन्ध में गणपति राय ने भी कहा—"वह तुम्हारे यहाँ से बहुत आराम में है। ब्रजनन्दन सचिताह गृहस्थ है। उसके यहाँ दो-दो बनिहार-चरवाह खटते हैं..लगहर तो उसके यहाँ सालों भर रहती है..एक गाय बिसूखती नहीं कि दूसरी ला बाँधता है..अब वह तुम्हारे यहाँ आनेवाली नहीं...।"

आलोकनाथ की माँ ने भी समझाया—"मैं तुम्हारी दूसरी शादी कर दूँगी बेटा... उससे भी सुघड़ तिरिया उतार दूँगी। दूसरे के घर जाने के बाद अब उसका सत-पत कहाँ रहा?"

लेकिन आलोकनाथ ने किसी की एक न सुनी मैं यह सब-कुछ नहीं सुनना चाहता माँ..मैं मालती को लेने जाऊँगा मेरा मन कहता है, वह मेरे साथ आयेगी वह आना नहीं चाहेगी तो उसके साथ जोर-जबर्दस्ती नहीं करूँगा।

इस पर माँ ने पुनः समझाया उसे— "तू यह ठीक नहीं सोच रहा... गाँव-घर में आज तक ऐसा हुआ ही नहीं। तू वहाँ पहुँचेगा तो वहाँ के लोग क्या सोचेंगे? कोई तेरी बात नहीं सुनेगा...।"

जवाब में उसी आवेग के साथ कहा उसने—"मुझे वहाँ किसी से बातचीत नहीं करनी माँ। मैं सिर्फ़ मालती की राय जानना चाहूँगा कि मेरे जीवित होते हुए भी वह रहेगी ब्रजनन्दन के साथ? अगर मालती उसके साथ रहना चाहेगी तो मैं बैरंग वापस आ जाऊँगा...।"

इसके बाद उसके भैया और गाँव के लोगों ने उसे रोकने के लिए तरह-तरह से समझाना प्रारम्भ किया। लेकिन उनके लाख प्रयास के बाद भी उसके ऊपर कोई दूसरा रंग नहीं चढ़ पाया। अपने दृढ़निश्चय और अटल इरादे के अनुसार उसी क्षण चल पड़ा वह।माँ कहती रही—"पहले कुछ खा-पी लो और आराम कर लो... राह-बाट के थके हो बाद में जो मन में आये करना।

लेकिन पानी तक नहीं पी सका वह। खाने की थाली और लोटे का पानी लेकर लौट जाना पड़ा भाभी को। उसके साथ चलने के लिए भैया और पड़ोस के दो-चार लोग भी तैयार हो गये—"अकेले हम नहीं जाने देंगे तुम्हें... तुम होश में नहीं...ऐसे मामलों में खून-खराबा होते देर नहीं लगती...।"

पर किसी को साथ नहीं चलने दिया उसने। भैया को आगाह कर दिया—"अगर मेरे साथ चलने की कोशिश की तो फिर सदा के लिए आपसे सम्बन्ध तोड़ लूँगा... मुझे रोकने और मेरे मार्ग में विघ्न डालने की कोशिश मत कीजिये। मैं कोई दूध पीता बच्चा नहीं अपना नफा-नुकसान सब समझता हूँ...।"

जेठ का महीना दुपहरिया तपने लगी थी। खेत-खलिहान में काम करनेवाले लोग अपने-अपने घरों को को लौट गये थे। राह चलते यात्री भी बढ़ गयी धूप को देख किसी कुएँ या बावली के किनारे वृक्ष की छाँव में आराम करने लगे थे। मैदानों में दाना चुगने और चहचहानेवाले पक्षी भी वृक्ष की डालों पर अपने घोंसलों या पत्तों की झुरमुट में जा छिपे थे लेकिन आलोकनाथ धूप को चीरते हुए आगे बढ़ा जा रहा था उसके अन्दर मालती के प्रेम की आग सर से पाँव तक दहक रही थी। उस दहकन के समक्ष धूप की यह जलन उसके लिए कुछ भी नहीं। वह तो नदी की राह में था, जिसके बहाव को रोका नहीं जा सकता, जिसे अपने समक्ष किसी अवरोध की परवाह नहीं...।

ब्रजनन्दन का गाँव नजदीक ही था। कई बार वहाँ जा चुका था आलोकनाथ। ब्रजनन्दन दूर के रिश्ते में उसका मौसेरा भाई था। उन दोनों में कौन बड़ा है, इसका निर्धारण नहीं हो सकता था कभी। आलोकनाथ की माँ की तरह उसकी माँ भी यही कहती कि सुराजी साल के अगहन महीने में ही पैदा हुआ है ब्रजनन्दन।

इस स्थिति में दोनों ने अपने को हमउम्र मान लिया था तथा एक-दूसरे के साथ मित्रवत् व्यवहार करते थे। लेकिन मित्र होकर यह शत्रु का काम कैसे किया ब्रजनन्दन ने...?

आलोकनाथ को ब्रजनन्दन से सम्बन्धित सारी बातें याद आती जा रही थी। मालती से शादी के बाद वह अक्सर आता रहता था उसके यहाँ। मालती को भाभी कहता। उसकी उपस्थिति में मालती लजा-शरमाकर घर में छिपना चाहती तो बोल उठता। देवर से इतना लाज-शरम क्यों भाभी?

मालती कुछ भी बनाकर लाती तो कहता—"भाभी के हाथ के बने खाने का स्वाद और मजा ही कुछ और है।"

आलोकनाथ ने लक्ष्य किया था, वह अक्सर मालती को घूरा भी करता। लेकिन आलोकनाथ जानता था, वह शादीशुदा है। उससे चार साल पहले ही उसकी शादी हो गयी थी। उसकी पत्नी शान्ति भी अच्छी थी। ब्रजनन्दन और शान्ति में खूब पटती भी। वह अक्सर शान्ति की तारीफ किया करता। फिर भी उसके यहाँ आने पर क्यों निहारा करता था मालती को? इस सम्बन्ध में आलोकनाथ का मन शंकित भी होने लगा था। इसी दौरान एक दिन ब्रजनन्दन ने कह दिया उससे—"तुम्हारी पत्नी बहुत सुन्दर है आलोक। तुम भाग्य के साँढ़ हो...।"

बस, चट पूछ दिया था उसने—"और तुम्हारी पत्नी! वह क्या कम सुन्दर है?"

वह ब्रजनन्दन की चोरी रँगे हाथों पकड़ लेना चाहता था। लेकिन ब्रजनन्दन ने तत्क्षण सँभाल लिया अपने को —"मेरी पत्नी भी अच्छी है..हम दोनों भाइयों को जोड़-जुगुत पत्नियाँ मिली हैं।"

बाद में आलोकनाथ ने समझा लिया था अपने मन को, ब्रजनन्दन की नियत खराब नहीं। अपनी पत्नी से पूरी तरह सन्तुष्ट है वह। मालती का अनुपम सौन्दर्य तो किसी का ध्यान अपनी ओर खींच लेता है। फिर वह तो उसका मुँहलगा मौसेरा भाई ही है।

पर अब लगता आलोकनाथ को कि उसी समय से मालती पर डीढ़ लगाये था वह। अवसर अनुकूल पाते ही उसे लेकर चम्पत हो गया। किन्तु फिर उसे लगता कि नहीं, अगर उसकी पत्नी शान्ति जीवित होती तो वह हर्गिज मालती को नहीं ले जाता। यहाँ एक क्षण के लिए उसे यह भी लगा कि सम्भव है, मालती को पाने के लिए ही जहर देकर मार दिया हो अपनी पत्नी को। लेकिन उसे लगा, ऐसा नहीं, कभी नहीं हो सकता। अपने घर और गाँव के लोगों से तो उसे यह ज्ञात हुआ है कि अपने अन्तिम बच्चे के प्रसव के दौरान मरी है शान्ति। इसके अतिरिक्त शान्ति से ब्रजनन्दन के प्रेम का वह भी तो साक्षी है...! बेतरह मानता था उसे ब्रजनन्दन...।"

एक बार दोनों अपनी-अपनी पत्नियों के साथ विन्ध्याचल गये थे और जयपुरिया धर्मशाला में साथ-साथ ठहरे थे तो ब्रजनन्दन और शान्ति का दाम्पत्य प्रेम देख वह दंग रह गया था। उसके मन की सारी शंका जाती रही थी।

अब उसे साफ़ महसूस होने लगा था कि शान्ति की मृत्यु और उसके नहीं रहने की सूचना के बाद ही ब्रजनन्दन ने ऐसा किया है। लेकिन अब जबकि वह आ गया है उसकी मालती को उसे सौंप देना चाहिए।

आलोकनाथ को रह-रहकर अजयपाल पर भी ग़ुस्सा आता जा रहा था। उसे महसूस हो रहा था कि घूस लेनेवाले व्यक्ति का आचरण भी झूठा और फरेबी हो जाता है। बिना उसकी खोज-खबर किये और उसके बारे में पक्की जानकारी पाये उसने सीधे कह दिया—"दंगे में मारा गया आलोकनाथ।"

पता लगाने की जहमत क्यों मोल ले और बार-बार उसके परिवारवालों को पूछने का मौका क्यों दे? कितना घटिया आदमी है अजयपाल क्या वह नहीं जानता कि किसी की मौत की सूचना से किसी की दुनिया भी उजड़ सकती है...। मालती को लेकर लौटने के बाद मिलेगा इस अजयपाल से। उसे बतायेगा कि झूठ क्या होता है और सच क्या?

धूप को चुनौती देते हुए नदी के वेग के साथ आगे बढ़ता आलोकनाथ देखते-देखते ब्रजनन्दन के गाँव के निकट पहुँच गया। यहाँ से ब्रजनन्दन का मकान अब साफ़ दिखायी पड़ रहा था। गाँव के बीचोंबीच ऊपर तक उठा हुआ पक्के का वह दोमंजिला मकान ब्रजनन्दन का ही तो था। वहाँ तक पहुँचने में आलोकनाथ को अब तनिक भी देर नहीं...।

लेकिन यहाँ थोड़ी देर आलोकनाथ को रोककर मैं आपके साथ विचार-विमर्श करना चाहता हूँ। मेरी तरह शायद आप भी सोच रहे हों कि वहाँ पहुँचने पर क्या होगा आलोकनाथ के साथ? सम्भव है, उसको लेकर तरह-तरह के अनुमान लगा रहे हो आप और तरह-तरह की कल्पनाएँ कर रहे हों...। निष्कर्ष तक पहुँचने के लिए आपका मन बेताब हो। लेकिन ऐसी घटनाओं का निष्कर्ष इतना सहज और आसान नहीं होता कि शीघ्र बता दिया जाये...।

इस बात की उम्मीद की जा सकती है कि आलोकनाथ के प्रेम की आस्था और विश्वास की जीत हो भी सकती है। उसके पहुँचने के बाद यह सुनते ही कि वह जीवित हैं और उसे लेने आया है, मालती सारी सुविधाओं को त्याग बेतहाशा भागते हुए आलोकनाथ से आ लिपटी जैसे वर्षों के बिछुड़े अपनी सुध-भूल एक-दूसरे में आ समाये उनका यह आन्तरिक और हार्दिक मिलन देखते ही बनेगा। इस स्थिति में चाहकर भी कोई उन्हें अलग नहीं कर पायेगा।

समीप खड़ा ब्रजनन्दन अपने घर और गाँव के लोगों से ऐलानिया तौर पर कह देगा "मालती और आलोक के इस मिलन को न रोका जाये मैं मालती को आलोक के सुपुर्द करता हूँ...।"

असल में वह अनुभव करता है कि इतने लाड़ खुलेपन और समर्पण भाव से उससे कभी नहीं मिली थी मालती...। उसकी पूर्व पत्नी के बच्चों की माँ ज़रूर बन गयी थी। लेकिन सही अर्थों में उसकी पत्नी नहीं बनी थी। अपने पति के साथ उसका यह सच्चा प्रेम और प्रबल आन्तरिक आकर्षण देख उसकी आँखें भर आयेंगी। अपनी पत्नी शान्ति की याद उसे बरबस आ जायेगी। आलोकनाथ के साथ मालती को वह बाइज़्ज़त विदा कर देगा। मालती को लौटाने का मलाल उसे तनिक भी नहीं होगा, बल्कि आलोकनाथ के जीवित लौट आने और दोनों पति-पत्नी के मिल जाने से उसे खुशी ही होगी...।

लेकिन उसके विपरीत यह भी तो हो सकता है कि यहाँ आलोकनाथ के पहुँचने पर मालती से उसे मिलने तक नहीं दिया जाये। इतनी सुन्दर पत्नी पाने के बाद उसे लौटाने के लिए ब्रजनन्दन किसी भी मूल्य पर तैयार नहीं होगा। सुन्दर स्त्री पाने के लिए तो राजे-महाराजे बड़े-बड़े युद्ध तक कर देते थे। दूर के मौसेर भाई का नाता इस बीच कहाँ आड़े आनेवाला? घर और गाँव के लोग भी इस बिन्दु पर उसी का साथ देंगे। आलोकनाथ अधिक चीखेगा-चिल्लायेगा और उछल-कूद मचायेगा तो ब्रजनन्दन के घर और गाँववाले उसकी जमकर पिटायी कर देंगे—"मजनू बने हो साले... किसी की ब्याहता पत्नी को ले जाने आये हो..तेरी ऐसी की तैसी...और उसे मारकर धराशायी कर देंगे। वह तड़पता और कराहता रहेगा। उसके घायल होने की सूचना पाकर उसके भैया दौड़ते हुए आयेंगे। फिर जख्मी और गम्भीर हालत में उसे अस्पताल ले जायेंगे। वहाँ खुली आँखों से वह छत निहारा करेगा। डॉक्टर की दवा से कोई फायदा नहीं होगा, उसके तैताने बैठी माँ और भाभी रोती रहेंगी तथा उसके जीवन की लिए मन्नतें करती रहेंगी।

इसके अलावा इस बात की भी गुंजाइश है कि आलोकनाथ के वहाँ पहुँचने पर उससे मिलने के लिए घर से भागकर दरवाज़े तक आयी मालती को ब्रजनन्दन और उसके घर के लोग खींचकर अन्दर कर देंगे। इधर गाँव के लोग आलोकनाथ को पीछे खींच रहे होंगे। वह चिल्लाता रहेगा—"मैं आ गया मालती... तुझे लेने आया हूँ...।"

जवाब में वह भी आवाज़ लगाती जायेगी—"मैं आ रही हूँ... तुम्हें छोड़कर मैं नहीं रह सकती।"

ब्रजनन्दन और उसके घरवाले मालती पर काबू पाने की कोशिश करते रहेंगे और गाँव के मुस्टण्ड नौजवान आलोकनाथ पर...। इस स्थिति में मालती के तन पर

तो कब्जा पा लेंगे ब्रजनन्दन के घरवाले लेकिन उसके मन और दिल पर अधिकार नहीं जमा पायेंगे। इसी क्षण जबर्दस्त हार्ट अटैक होगा मालती को और उसके प्राण-पखेरू उड़ जायेंगे।

फिर मालती के मरते ही सारा दृश्य बदल जायेगा। आलोकनाथ के मन में आयेगा कि मालती की मृत्यु का बदला चुकाने के लिए भिड़ जाये ब्रजनन्दन के परिवार के साथ, लेकिन फिर तुरन्त न जाने ऐसा क्या हो जायेगा कि वह किंकर्त्तव्यविमूढ़ बना रहेगा। ब्रजनन्दन द्वारा मालती का दाह संस्कार वह चुपचाप देखता रहेगा। फिर मालती की चिता जलते ही न जाने कहाँ का वैराग्य उसके अन्दर आ समायेगा कि सब-कुछ छोड़ संन्यासी बन वह जंगलों की ओर चल देगा।

आलोकनाथ के साथ कुछ भी तो हो सकता है। मैं अकेले अब यह निर्णय लेना नहीं चाहता कि क्या होगा उसके साथ? जब इतनी दूर तक आप मेरे साथ आये हैं तो अब यह निर्णय मेरे अकेले के वश का नहीं। आप भी सोचियेगा इस स्थिति में क्या हो सकता है। आलोकनाथ के साथ...?

•

हरिहर काका

हरिहर काका के यहाँ से मैं अभी-अभी लौटा हूँ। कल भी उनके यहाँ गया था, लेकिन न तो वह कल ही कुछ कह सके और न आज ही। दोनों दिन उनके पास मैं देर तक बैठा रहा, लेकिन उन्होंने कोई बातचीत नहीं की। जब उनकी तबीयत के बारे में पूछा तो माथा उठाकर एक बार मुझे देखा। फिर माथा झुकाया तो दुबारा मेरी ओर नहीं देखा। हालाँकि उनकी एक ही नज़र बहुत-कुछ कह गयी। जिन यन्त्रणाओं के बीच वह घिरे थे और जिस मन:स्थिति में जी रहे थे, उसमें आँखें ही बहुत-कुछ कह देती हैं। मुँह खोलने की ज़रूरत नहीं पड़ती।

हरिहर काका से मैं गहरे जुड़ा हूँ। अपने गाँव में जिन चन्द लोगों को सम्मान देता हूँ उनमें हरिहर काका भी एक हैं। हरिहर काका के प्रति मेरे जुड़ाव के अनेक व्यावहारिक और वैचारिक कारण हैं। उनमें प्रमुख कारण दो हैं। एक तो यह कि वे मेरे पड़ोस में रहते हैं और दूसरा यह कि मेरी माँ बताती है, बचपन में वे मुझे बहुत दुलार करते थे। अपने कन्धे पर बैठाकर घुमाते। एक पिता अपने बच्चे को जितना प्यार करता है, उससे कहीं ज़्यादा प्यार वे मुझे करते थे और जब मैं सयाना हुआ तब मेरी पहली दोस्ती उनके साथ ही हुई। हरिहर काका ने भी जैसे मुझसे दोस्ती के लिए ही इतनी उम्र तक प्रतीक्षा की थी। माँ बताती है कि मुझसे पहले गाँव में किसी अन्य से इतनी गहरी दोस्ती उनकी नहीं हुई थी। वह मुझसे कुछ भी नहीं छिपाते थे। खूब खुलकर बातें करते, लेकिन फिलहाल मुझसे भी कुछ कहना उन्होंने बन्द कर दिया है। उनकी इस स्थिति ने मुझे चिन्तित कर दिया है। जैसे कोई नाव बीच मझधार में फँसी हो और उस पर सवार चिल्लाकर भी अपनी रक्षा न कर सकते हों, उनकी स्थिति कुछ वैसी ही हो गयी है।

हरिहर काका के बारे में मैं सोचता हूँ तो मुझे लगता है, वह यह समझ नही पा रहे कि कहें तो क्या कहें? अब कोई ऐसी बात नहीं जिसे कहकर हल्का हो सकें।

कोई ऐसी उक्ति नहीं जिसे सुनाकर मुक्ति पा सकें। हरिहर काका की स्थिति में भी होता तो निश्चय ही इस गूँगेपन का शिकार हो जाता। माँ कहती है, गूँगेपन का शिकार आदमी दो तरह से होता है। एक जन्मजात और दूसरा परिस्थिति प्रदत्त। यह दूसरा गूँगापन ज़्यादा भयावह और पीड़ादायक होता है। बहुत-कुछ कहने के लिए आदमी भीतर से उबलता रहता है। अन्तर में आँधी चलती रहती है। बवण्डर उठते रहते हैं, लेकिन मुँह से बोल नहीं फूटते। मुँह पर तो बाहर से ताला लगा दिया रहता है...।

हरिहर काका इस स्थिति में कैसे आ फँसे। यह कौन-सी स्थिति है? इसके लिए कौन जिम्मेवार है? यह सब बताने से पहले अपने गाँव का और खासकर अपने गाँव की ठाकुरवारी का संक्षिप्त परिचय मैं आपको दे देना उचित समझता हूँ क्योंकि उसके बिना यह कहानी अधूरी ही रह पायेगी।

मेरा गाँव कस्बाई शहर आरा से चालीस किलोमीटर दूर है। हसन बाज़ार बस स्टैण्ड के पास। मेरे गाँव में सभी जातियों के लोग नहीं रहते। जो हैं, उनमें बड़ी जाति के ब्राह्मण, भूमिहर, राजपूत और कायस्थ तथा छोटी जाति के डोम, चमार, रजवार, कहार, नाई, बढ़ई, मुसहर, लोहार आदि। हालाँकि बहुलता मेरे गाँव में बड़ी जाति के लोगों की है। उनकी तुलना में छोटी जाति के लोगों की संख्या एक-तिहाई से अधिक नहीं। मेरे गाँव की कुल आबादी लगभग ढाई-तीन हज़ार होगी। मेरे गाँव में तीन प्रमुख स्थान हैं। पहला गाँव के पश्चिम किनारे का बड़ा-सा तालाब। दूसरा, गाँव के मध्य स्थित बरगद का पुराना वृक्ष और तीसरा गाँव के पूरब में ठाकुर जी का विशाल मन्दिर, जिसे गाँव के लोग ठाकुरबारी कहते हैं।

मेरे गाँव में इस ठाकुरबारी की स्थापना कब हुई, इसकी ठीक-ठीक जानकारी किसी को नहीं। इस सम्बन्ध में गाँव में जो पुरानी कहानी प्रचलित है, वह यह कि वर्षों पहले जब यह गाँव पूरी तरह बसा भी नहीं था, कहीं से एक सन्त आकर इस स्थान पर झोपड़ी बना रहने लगे थे। वह सुबह-शाम यहाँ ठाकुर जी की पूजा करते थे। गाँव के लोगों से माँगकर खा लेते और गाँव के लोगों के अन्दर पूजा-पाठ की भावना जागृत करते। बाद में लोगों ने आपस में चन्दा एकत्रित कर वहाँ ठाकुर जी का एक छोटा-सा मन्दिर बनवा दिया। फिर जैसे-जैसे यह गाँव बसता गया और इसकी आबादी बढ़ती गयी, वैसे-वैसे इस मन्दिर के कलेवर में भी विस्तार होता गया। लोग ठाकुर जी को मनौती मनाते कि पुत्र हो, मुकदमें में विजय हो, लड़की की शादी अच्छे घर में तय हो, लड़के को नौकरी मिल जाये। फिर इसमें जिसको सफलता मिलती, वह खुशी से ठाकुर जी के ऊपर रुपये, जेवर, अनाज चढ़ाता। अधिक खुशी होती तो ठाकुर जी के नाम अपने खेत का एक छोटा-सा टुकड़ा लिख देता। यह परम्परा तब से आज तक जारी है। गाँव में अधिकांश लोगों को इस बात का पक्का विश्वास है कि उन्हें अच्छी फसल होती है तो ठाकुर जी की कृपा से।

मुकदमें में उनकी जीत हुई तो ठाकुर जी के चलते। लड़की की शादी इसीलिए जल्दी तय हो गयी, क्योंकि ठाकुर जी को मनौती मनायी गयी थी। लोगों के इस विश्वास का ही यह परिणाम है कि गाँव की अन्य चीज़ों की तुलना में ठाकुरबारी का विकास हज़ार गुना अधिक हुआ। अब तो यह गाँव ठाकुरबारी से ही पहचाना जाता है। यह ठाकुरबारी न सिर्फ़ मेरे गाँव की एक बड़ी और विशाल ठाकुरबारी है, बल्कि पूरे इलाके में इसकी जोड़ की दूसरी ठाकुरबारी नहीं।

ठाकुरआरी के नाम पर बीस बीघे खेत हैं। मेरे गाँव के और आसपास के धार्मिक लोगों की एक समिति बनी है, जो ठाकुरबारी की देख-रेख और संचालन के लिए प्रत्येक तीन साल पर एक महन्थ और पुजारी की नियुक्ति करती है।

ठाकुरबारी का काम लोगों के अन्दर ठाकुरजी के प्रति भक्तिभावना पैदा करना तथा धर्म से विमुख हो रहे लोगों को रास्ते पर लाना है। ठाकुरबारी में भजन-कीर्त्तन की आवाज़ बराबर गूँजती रहती है। मेरा गाँव जब भी बाढ़ या सूखे की चपेट में आता है, ठाकुरबारी के अहाते में तम्बू टँग जाता है। फिर गाँव के लोग और ठाकुरबारी के साधु-सन्त सम्मिलित रूप से अखण्ड हरिकीर्त्तन शुरू कर देते हैं। इसके अतिरिक्त गाँव में किसी भी पर्व-त्योहार की शुरुआत ठाकुरबारी से ही होती है। होली में सबसे पहले गुलाल ठाकुर जी को ही चढ़ाया जाता है। दीवाली का पहला दीप ठाकुरबारी में ही जलता है। जन्म, शादी और जनेऊ के अवसर पर अन्नवस्त्र की पहली भेंट ठाकुर जी के नाम की जाती है। ठाकुरबारी के ब्राह्मण-साधु व्रत-कथाओं के दिन घर-घर घूमकर कथावाचन करते हैं। लोगों के खलिहान में जब फसल की दवनी होकर अनाज की 'ढेरी' तैयार हो जाती है, तब ठाकुरजी के नाम 'अगउम' निकालकर ही लोग अनाज अपने घर ले जाते हैं।

ठाकुरबारी के साथ मेरे गाँव के अधिकांश लोगों का सम्बन्ध बहुत ही घनिष्ठ है मन और तन दोनों स्तर पर। कृषि-कार्य से अपना बचा हुआ समय वे ठाकुरबारी में ही बिताते हैं। ठाकुरबारी में साधु-सन्तों का प्रवचन सुनकर ठाकुरजी का दर्शन कर वे अपना यह जीवन सार्थक मानने लगते हैं। उन्हें यह महसूस होता है, ठाकुरबारी में प्रवेश करते ही वे पवित्र हो जाते हैं, उनके पिछले सारे पाप खत्म हो जाते हैं।

परिस्थितिवश इधर हरिहर काका ने ठाकुरबारी जाना भी बन्द कर दिया है। हालाँकि पहले यह अक्सर ही ठाकुरबारी जाते थे। मन बहलाने के लिए कभी-कभी मैं भी ठाकुरबारी जाता हूँ, लेकिन वहाँ के साधु-सन्त मुझे फूटी आँखों नहीं सुहाते। काम करने में उनकी कोई रुचि नहीं। ठाकुर जी को भोग लगाने के नाम पर दोनों जून हलवा-पूड़ी खाते और आराम से पड़े रहते हैं। उन्हें अगर कुछ आता है, तो सिर्फ़ बात बनाना। भोले-भाले ग्रामीणों को अपनी बातों में उलझाये रहते और अपनी

इन्हीं फालतू बातों को प्रवचन की संज्ञा देते हैं। ऐसे कामचोर लोगों का महत्त्व मेरी नज़र में दो कौड़ी का नहीं। मैंने देखा है, जिन लोगों की शादी नहीं हुई और जो काम करना नहीं चाहते वैसे ही लोग बाल-दाढ़ी बढ़ाकर साधु हो जाते हैं। फिर आराम से किसी मठ या मन्दिर में बैठकर तरह-तरह के व्यंजनों का भोग लगाते हैं। साथ ही सामाजिक दृष्टि से सम्मान के पात्र भी बने रहते हैं। मैं घोर आस्तिक हूँ। ईश्वर की सत्ता में मेरा पक्का विश्वास है, लेकिन ईश्वर के नाम पर अपना पेट पालनेवाले ऐसे पाखण्डी साधु कभी मेरे विश्वासपात्र नहीं बन सकते।

इस विषय पर हरिहर काका के साथ भी मैं कई बार बातें कर चुका हूँ लेकिन उन्होंने हर बार यह कहकर मुझे चुप करा दिया है, ऐसा नहीं कहना चाहिए। साधु-सन्तों को ऐसा कहने से दोष लगता है। हालाँकि मैंने महसूस किया है हरिहर काका के मन के किसी कोने में मेरी बात जँचती अवश्य है, लेकिन आधुनिक शिक्षा से वंचित परम्परा और संस्कार में आकण्ठ डूबे वे इतनी जल्दी मेरी बात मानते भी तो कैसे? उसके लिए तो पर्याप्त समय की ज़रूरत थी।

हरिहर काका चार भाई हैं। सबकी शादी हो चुकी है। हरिहर काका को छोड़कर सबके बाल-बच्चे हैं। बड़े और छोटे भाई के लड़के काफी सयाने हो गये हैं। दो की शादियाँ हो गयी हैं। उनमें से एक पढ़-लिखकर शहर के किसी दफ़्तर में क्लर्की करने लगा है, लेकिन हरिहर काका की अपनी देह से कोई औलाद नहीं। भाइयों में हरिहर काका का नम्बर दूसरा है। औलाद के लिए उन्होंने दो शादियाँ कीं। लम्बे समय तक प्रतीक्षारत रहे, लेकिन बिना बच्चा जने उनकी दोनों पत्नियाँ स्वर्ग सिधार गयीं। लोगों ने तीसरी शादी करने की सलाह दी, लेकिन अपनी गिरती हुई उम्र और धार्मिक संस्कारों की वजह से हरिहर काका ने इनकार कर दिया। भाई के बच्चे हैं, फिर उन्हें निरबंसिया कहने की किसकी मजाल? वह इत्मीनान और प्रेम से अपने भाइयों के परिवार के साथ रहने लगे।

हरिहर काका के परिवार के नाम पर कुल साठ बीघे खेत हैं। प्रत्येक भाई के हिस्से पन्द्रह बीघे पड़ेंगे। कृषि कार्य पर वे लोग निर्भर हैं। शायद इसीलिए अब तक संयुक्त परिवार के रूप में रहते आ रहे हैं।

हरिहर काका की दोनों पत्नियों की मृत्यु के बाद उनके तीनों भाइयों ने अपनी-अपनी पत्नियों को यह सीख दी थी कि वह हरिहर काका की अच्छी तरह सेवा करें। समय पर उन्हें नाश्ता खाना दें। किसी बात की उन्हें तकलीफ न होने दें, लेकिन औरतों को तो फकत अपने मर्दों के सिवाय और कोई नज़र ही नहीं आता। प्रारम्भ में तो कुछ दिनों तक वे हरिहर काका की खोज-खबर लेती रहीं, फिर उन्हें कौन

पूछनेवाला? 'ठहर- चौका' लगाकर पंखा झलते हुए अपने मर्दों को अच्छे-अच्छे व्यंजन खिलातीं। हरिहर काका के आगे तो बची-खुची चीज़ें आतीं। कभी-कभी तो रूखा-सूखा खाकर ही हरिहर काका को सन्तोष करना पड़ता। इस पर भी औरतें पीठ पीछे भुनभुनातीं-फुसफुसातीं, जैसे हरिहर काका को वे दोनों जून खाना क्या खिलाती हैं, उपकार करती हैं।

हरिहर काका की तबीयत अगर कभी खराब हो जाती तो वह मुसीबत में पड़ जाते। इतने बड़े परिवार के रहते हुए भी कोई उन्हें पानी देनेवाला तक नहीं। सभी अपने कामों में मशगूल। बच्चे या तो पढ़-लिख रहे होते या धमाचौकड़ी मचाते। मर्द खेतों पर गये रहते। वह तो औरतों पर निर्भर थे कि उनकी औरतें हरिहर काका की सेवा टहल करती होंगी, लेकिन औरतें तो हरिहर काका का हाल पूछने भी नहीं आतीं। दालान के कमरे में अकेले पड़े उन्हें स्वयं उठकर अपनी ज़रूरतों की पूर्ति करनी पड़ती। ऐसे वक़्त अपनी पत्नियों को याद कर हरिहर काका की आँखें भर आती। उनकी पत्नियाँ थीं तो इस घर में उनकी कितनी इज़्ज़त थी। कभी अपने से लेकर एक गिलास पानी भी उन्होंने नहीं पिया था। उन्हें लगता कि कहने के लिए इतना बड़ा परिवार है। अपनी जोरू के अतिरिक्त कोई अपना नहीं। भाइयों के परिवार से हरिहर काका के मोहभंग की शुरुआत इन्हीं क्षणों में हुई। और फिर, एक दिन विस्फोट हो ही गया। बर्दाश्त करते-करते उस दिन हरिहर काका की सहनशक्ति जवाब दे गयी। उस दिन शहर में क्लर्की करनेवाले हरिहर काका के भतीजे का एक दोस्त उनके गाँव आया था। उसी के आगमन के उपलक्ष्य में हरिहर काका के यहाँ दो-तीन तरह की सब्जी, बजके, चटनी, रायता आदि बने थे। बीमारी से उठे हरिहर काका का मन स्वादिष्ट भोजन के लिए बेचैन था। मन-ही-मन उन्होंने अपने भतीजे के दोस्त की सराहना की जिसके बहाने उन्हें अच्छी चीज़ें खाने को मिलनेवाली थीं, लेकिन बातें बिल्कुल विपरीत हुईं। सबों ने खाना खा लिया। हरिहर काका को कोई पूछने तक नहीं आया। उनके तीनों भाई खाकर खलिहान में चले गये। दवनी हो रही थी। वे इस बात के प्रति निश्चिन्त थे कि उनकी पत्नियों ने हरिहर काका को पहले ही खिला दिया होगा।

अन्त में हरिहर काका ने स्वयं दालान के कमरे से निकल हवेली में प्रवेश किया। तब उनके छोटे भाई की पत्नी ने रूखा-सूखा खाना लाकर उनके सामने परोस दिया- भात, मट्ठा और अचार। बस, हरिहर काक के बदन में तो जैसे आग लग गयी। थाली उठाकर उन्होंने बीच आँगन में फेंक दी। झन्न की तेज आवाज़ के साथ आँगन में थाली गिरी। भात बिखर गया। विभिन्न घरों में बैठी हरिहर काका के भाई की पत्नियाँ, लड़कियाँ, बहुएँ सब एक ही साथ बाहर निकल आयीं। इधर हरिहर काका गरजते हुए हवेली से दालान की ओर चल पड़े, "तुम सब समझ रही हो कि मुफ्त में

खिलाती हो, तो अपने मन से यह बात निकाल देना। मेरे हिस्से के खेत की पैदावार इसी घर में आती है। उससे तो मैं दो-चार नौकर रख लूँ, आराम से खाऊँ, तब भी कमी नहीं होगी। मैं अनाथ और बेसहारा नहीं हूँ। मेरे धन पर तुम सब मौज़ कर रही हो, लेकिन अब मैं तुम सबों को बताऊँगा आदि...।''

हरिहर काका जिस वक़्त यह बोल रहे थे उस वक़्त ठाकुरबारी के पुजारी जी उनके दालान पर ही विराजमान थे। वार्षिक हुमाध के लिए घी और शकील लेने आये थे। लौटकर उन्होंने महन्थ जी को विस्तार से सारी बात बतायी। महन्थ जी के कान तो जैसे वर्षों से ऐसे संवाद की प्रतीक्षा में थे। उनके कान खड़े हो गये। वह दिन उन्हें शुभ महसूस हुआ। उस दिन को उन्होंने ऐसे ही गुज़र जाने देना उचित नहीं समझा। तत्क्षण टीका-तिलक लगा, कन्धे पर रामनामी लिखी चादर डाल ठाकुरबारी से चल पड़े। संयोग अच्छा था। हरिहर काका के दालान तक उन्हें नहीं जाना पड़ा। रास्ते में ही वे मिल गये। ग़ुस्से में घर से निकल खलिहान की ओर जा रहे थे। लेकिन महन्थ जी ने उन्हें खलिहान नहीं जाने दिया। वापस अपने साथ ठाकुरबारी पर लेते आये। फिर एकान्त कमरे में उन्हें बैठा, खूब प्रेम से समझाने लगे—''हरिहर! यहाँ कोई किसी का नहीं है। सब माया का बन्धन हैं। तू तो धार्मिक प्रवृत्ति का आदमी है। मैं समझ नहीं पा रहा हूँ कि तुम इस बन्धन में कैसे फँस गये हो? ईश्वर से भक्ति लगाओ। उसके सिवाय कोई तुम्हारा अपना नहीं। पत्नी, बेटे, भाई-बन्धु सब स्वार्थ के साथी हैं। जिस दिन उन्हें लगेगा कि तुमसे उनका स्वार्थ सधनेवाला नहीं, उस दिन वे तुम्हें पूछेंगे तक नहीं। इसीलिए ज्ञानी, सन्त, महात्मा ईश्वर के सिवाय किसी और से प्रेम नहीं लगाते। तुम्हारे हिस्से में पन्द्रह बीघे खेत हैं। उसी के चलते तुम्हारे भाई के परिवार तुम्हें पकड़े हुए हैं। तुम एक दिन कहकर तो देख लो कि अपना खेत उन्हें न देकर दूसरे को देंगे, तब वे तुमसे बोलना बन्द कर देंगे। खून का रिश्ता खत्म हो जायेगा। तुम्हारे भले के लिए मैं बहुत दिनों से सोच रहा था, लेकिन संकोचवश नहीं कह रहा था। आज कह देता हूँ, तुम अपने हिस्से का खेत ठाकुर जी के नाम पर लिख दो। सीधे बैकुण्ठ को प्राप्त करोगे। तीनों लोक में तुम्हारी कीर्ति जगमगा उठेगी। जब तक चाँद-सूरज रहेंगे, तब तक लोग तुम्हें याद करेंगे। ठाकुर जी के नाम पर ज़मीन लिख देना, तुम्हारे जीवन का महादान होगा। साधु-सन्त तुम्हारे पाँव पखारेंगे। सभी तुम्हारा यशोगान करेंगे। तुम्हारा यह जीवन सार्थक हो जायेगा। अपनी शेष ज़िन्दगी तुम इसी ठाकुरबारी में गुजारना, तुम्हें किसी चीज़ की कमी नहीं होगी। एक माँगोगे तो चार हाजिर की जायेगी। हम तुम्हें सिर आँखों पर उठाकर रखेंगे। ठाकुर जी के साथ तुम्हारी भी आरती लगायेंगे। भाई का परिवार तुम्हारे लिये कुछ नहीं करेगा। पता नहीं पूर्व जन्म में तुमने कौन-सा पाप किया था कि तुम्हारी दोनों पत्नियाँ अकाल मृत्यु को प्राप्त हुई। तुमने औलाद का मुँह तक नहीं देखा। अपना यह जन्म

तुम अकारथ न जाने दो। ईश्वर को एक भर दोगे तो दस भर पाओगे। मैं अपने लिये तुमसे कुछ नहीं माँग रहा। तुम्हारा यह लोक और परलोक दोनों बन जाये, इसकी राह बता रहा हूँ।

हरिहर काका देर तक महन्थ जी की बातें सुनते रहे। महन्थ जी की बातें उनके मन में बैठती जा रही थीं। ठीक ही तो कह रहे हैं महन्थ जी कौन किसका है? पन्द्रह बीघे खेत की फसल भाइयों के परिवार को देते हैं तब तो कोई पूछता नहीं, अगर न दें तब क्या हालत होगी? उनके जीवन में तो यह स्थिति है? मरने के बाद कौन उन्हें याद करेगा? सीधे-सीधे हड़प जायेंगे। ठाकुर जी के नाम पर लिख देंगे तो पुश्तों तक लोग उन्हें याद करेंगे। अब तक के जीवन में ईश्वर के लिए कुछ नहीं किया। अन्तिम समय में तो यह बड़ा पुण्य कमा लें, लेकिन यह सोचते हुए भी हरिहर काका का मुँह खुल नहीं रहा था। भाई का परिवार तो अपना ही होता है। उनको न देकर ठाकुरबारी में दे देना उनके साथ धोखा और विश्वासघात होगा...।

अपनी बात समाप्त कर महन्थ जी प्रतिक्रिया जानने के लिए हरिहर काका की ओर देखने लगे। हरिहर काका ने मुँह से तो कुछ नहीं कहा, लेकिन उनके चेहरें के परिवर्तित भाव महन्थ जी की अनुभवी आँखों से छिपे न रह सके। अपनी सफलता पर महन्थ जी को बहुत खुशी हुई। उन्होंने सही जगह वार किया है। इसके बाद उस वक़्त ठाकुरबारी के दो सेवकों को बुलाकर महन्थ जी ने यह आदेश दिया कि एक साफ़-सुथरे कमरे में पलँग पर बिस्तरा लगाकर हरिहर के आराम करने का इन्तजाम करें। फिर तो महन्थ जी के कहने में जितना समय लगा था, उससे कम समय में ही सेवकों ने हरिहर काका के मना करने के बावजूद उन्हें एक सुन्दर कमरे में पलँग पर जा लिटाया। और महन्थ जी उन्होंने पुजारी जी को यह समझा दिया कि हरिहर काका के लिए विशेष रूप से भोजन की व्यवस्था करें। फिर तो ठाकुरबारी में चहल-पहल शुरू हो गयी।

इधर शाम को हरिहर काका के भाई जब खलिहान से लौटे तो उन्हें इस दुर्घटना का पता चला। पहले तो अपनी पत्नियों पर वह खूब बरसे। फिर एक जगह बैठकर चिन्तामग्न हो गये। हालाँकि गाँव के किसी व्यक्ति ने भी उनसे कुछ नहीं कहा था। महन्थ जी ने हरिहर काका को क्या-क्या समझाया है, इसकी भी जानकारी उन्हें नहीं थी, लेकिन इसके बावजूद उनका मन शंकालु और बेचैन हो गया। दरअसल बहुत-सारी बातें ऐसी होती हैं जिनकी जानकारी बिना बताये ही मिल जाती हैं।

शाम गहराते-गहराते हरिहर काका के तीनों भाई ठाकुरबारी पहुँचे। उन्होंने हरिहर काका को वापस घर चलने के लिए कहा, इससे पहले कि हरिहर काका कुछ कहते महन्थ जी बीच में आ गये—"आज हरिहर को तुम लोग यहीं रहने दो।

बीमारी से उठा है। इसका मन अशान्त है। ईश्वर के दरबार में रहेगा तो शान्ति मिलेगी।''

लेकिन हरिहर काका के भाई उन्हें घर ले चलने के लिए जिद करने लगे। इस पर ठाकुरबारी के साधु-सन्त उन्हें समझाने लगे। वहाँ उपस्थित गाँव के लोगों ने भी कहा कि एक रात ठाकुरबारी में रह जायेंगे तो क्या हो जायेगा? अन्तत: हरिहर काका के भाइयों को निराश हो वहा से लौटना पड़ा।

रात में हरिहर काका को भोग लगाने के लिए जो मिष्टान्न और व्यंजन मिले वैसा पहले उन्होंने कभी नहीं खाया था। घी चूते मालपुए, रस बुनिया, लड्डू छेने की तरकारी, दही, खीर... पुजारी जी ने स्वयं अपने हाथों से खाना परोसा। पास में बैठे महन्थ जी धर्म-चर्चा से हरिहर काका के मन में शान्ति पहुँचाते रहे। एक ही रात में ठाकुरबारी में हरिहर काका ने जो सुख-शान्ति और सन्तोष पाया, वह अपने अब तक के जीवन में नहीं पाया था।

इधर दूसरी तरफ हरिहर काका के तीनों भाई रात-भर सो नहीं सके। भावी आशंका उनके मन को मथती रही। पन्द्रह बीघे खेत! इस गाँव की उपजाऊ ज़मीन अगर हाथ से निकल गयी तो फिर वह कहीं के नहीं रहेंगे।

सुबह तड़के ही तीनों भाई पुन: ठाकुरबारी पहुँचे। हरिहर काका के पाँव पकड़ रोने लगे। अपनी पत्नियों की गलती के लिए माफी माँगी तथा उन्हें दण्ड देने की बात कही। साथ ही खून के रिश्ते की माया फैलायी। हरिहर काका का दिल पसीज गया। वह पुन: वापस घर लौट आये।

लेकिन यह क्या? इस बार अपने घर पर जो बदलाव उन्होंने लक्ष्य किया, उसने उन्हें सुखद आश्चर्य में डाल दिया। घर के छोटे-बड़े सब उन्हें सिर-आँखों पर उठाने को तैयार। भाइयों की पत्नियों ने उनके पैर पर माथा पटक गलती के लिए क्षमा-याचना की। फिर उनकी आवभगत और जो खातिर शुरू हुई वैसी खातिर किसी के यहाँ मेहमान आने पर भी नहीं होती। उनकी रुचि और इच्छा के मुताबिक दोनों जून खाना नाश्ता तैयार। पाँच महिलाएँ उनकी सेवा में मुस्तैद तीन भाइयों की पत्नियाँ और दो उनकी बहुएँ। हरिहर काका आराम से दालान में पड़े रहते। जिस किसी चीज़ की इच्छा होती, आवाज़ लगाते ही हाजिर। हालाँकि हरिहर काका अब तक यह समझ गये थे यह सब महन्थ जी के चलते ही हो रहा है, इसलिए महन्थ जी के प्रति उनके मन में आदर और श्रद्धा के भाव निरन्तर बढ़ते जा रहे थे।

बहुत बार ऐसा होता है कि बिना किसी के कुछ बताये गाँव के लोग असली तथ्य से वाकिफ हो जाते हैं। हरिहर काका की इस घटना के साथ ऐसा ही

हुआ। दरअसल लोगों की जुबान से घटनाओं की जुबान ज़्यादा पैनी और असरदार होती है। घटनाएँ स्वयं ही बहुत-कुछ कह देती हैं, लोगों के कहने की ज़रूरत नहीं रहती। न तो गाँव के लोगों से महन्थ जी ने ही कुछ कहा और न हरिहर काका के भाइयों ने ही। इसके बावजूद गाँव के लोग सच्चाई से अवगत हो गये। फिर तो गाँव की बैठकों में बातों का जो सिलसिला चल निकला उसका कोई अन्त नहीं। हर जगह हरिहर काका का प्रसंग शुरू। कुछ लोग कहते, हरिहर को अपनी ज़मीन ठाकुर जी के नाम लिख देनी चाहिए। उससे उत्तम और कुछ नहीं। जब अपनी देह से कोई औलाद नहीं तो अपनी जायदाद ईश्वर को ही सौंप देनी चाहिए। इससे कीर्ति भी अचल बनी रहती है, लेकिन इसके विपरीत कुछ लोगों की मान्यता यह कि भाई का परिवार तो अपना ही होता है। सारे परिवार की आशा टिकी रहती है। अपनी जायदाद उन्हें न देना उनके साथ अन्याय होगा। खून के रिश्ते के बीच दीवार बनानी होगी।

जितने मुँह उतनी बातें। ऐसा ज़बरदस्त मसला पहले कभी गाँव को नहीं मिला था, इसीलिए गाँव के लोग मौन होना नहीं चाहते थे। अपने-अपने तरीके से समाधान ढूँढ़ रहे थे और प्रतीक्षा कर रहे थे कि कुछ घटित हो। हालाँकि इसी क्रम में बातें गर्माहट भरी भी होने लगी थीं। लोग प्रत्यक्ष और परोक्ष रूप से दो वर्गों में बँटने लगे थे। कई बैठकों में दोनों वर्गों के बीच आपस में तू-तू और मैं-मैं भी होने लगी थी। एक वर्ग के लोग चाहते कि हरिहर काका अपने हिस्से की ज़मीन ठाकुर जी के नाम लिख दें। तब यह ठाकुरबारी न सिर्फ़ इलाके की सबसे बड़ी ठाकुरबारी होगी, बल्कि पूरे राज्य में इसका मुकाबला कोई दूसरी ठाकुरबारी नहीं कर सकेगी। इस वर्ग के लोग धार्मिक संस्कारों के थे, साथ ही, किसी-न-किसी रूप में ठाकुरबारी से जुड़े थे। असल में सुबह शाम जब ठाकुरजी को भोग लगाया जाता तब साधु-सन्तों के साथ गाँव के कुछ पेटू और चटोर प्रसाद पाने के लिए वहाँ जुट जाते। ये लोग इसी वर्ग के हिमायती थे। दूसरे वर्ग में गाँव के प्रगतिशील विचारों वाले लोग तथा वैसे किसान थे, जिनके यहाँ हरिहर काका-जैसे औरत मर्द पल रहे होते। पूरे गाँव का वातावरण तनावपूर्ण हो गया था और लोग कुछ घटित होने की प्रतीक्षा करने लगे थे।

इधर भावी आशंकाओं के मद्देनज़र हरिहर काका के भाई उनसे यह निवेदन करने लगे थे कि अपनी ज़मीन वे उन्हें लिख दें। इस गाँव में उनके सिवाय उनका और अपना है ही कौन? इस विषय पर हरिहर काका ने एकान्त में मुझसे काफी देर तक बात की। अन्तत: हम इस निष्कर्ष पर पहुँचे कि जीते जी अपनी जायदाद का स्वामी किसी और को बनाना ठीक नहीं होगा। चाहे वह अपना भाई या मन्दिर का महन्थ ही क्यों न हो? उदाहरण के रूप में हमारे सामने अपने गाँव और इलाके में

कुछ ऐसे लोग नज़र आये, जिन्होंने अपनी ज़िन्दगी में ही अपनी जायदाद अपने उत्तराधिकारियों या किसी अन्य को लिख दी थी, लेकिन इसके बाद उनका जीवन कुत्ते का जीवन हो गया। कोई उन्हें पूछनेवाला नहीं। हरिहर काका बिल्कुल अनपढ़ व्यक्ति थे, फिर भी इस बदलाव को उन्होंने समझ लिया और यह निश्चय किया कि जीते जी किसी को ज़मीन नहीं लिखेंगे। अपने भाइयों को समझा दिया, मर जाऊँगा तो अपने आप मेरी ज़मीन तुम्हें मिल जायेगी। ज़मीन लेकर तो जाऊँगा नहीं। इसीलिए लिखवाने की क्या ज़रूरत?

उधर महन्थ जी भी हरिहर काका की टोह में रहने लगे। जहाँ कहीं उन्हें एकान्त में पाते, कह उठते—"विलम्ब न करो हरिहर। शुभ काम में देर नहीं करते। चलकर ठाकुर जी के नाम ज़मीन बय कर दो। फिर पूरी ज़िन्दगी ठाकुरबारी में राज करो। मरोगे तो तुम्हारी आत्मा को ले जाने के लिए स्वर्ग से विमान आयेगा। देवलोक को प्राप्त करोगे...।"

लेकिन हरिहर काका न 'हाँ' कहते और न 'ना'। कहकर वे महन्थ जी को दुःखी करना नहीं चाहते थे, क्योंकि भाई के परिवार से जो सुख-सुविधाएँ उन्हें मिल रही थीं वह महन्थ जी की कृपा से ही। और 'हाँ' तो उन्हें कहना है नहीं। अपनी ज़िन्दगी में अपनी ज़मीन किसी को नहीं लिखनी।

पर बीतते समय के अनुसार महन्थ जी की चिन्ताएँ बढ़ती जा रही थीं। जाल में फँसी चिड़िया पकड़ से बाहर हो गयी थी। महन्थ जी को लग रहा था, हरिहर धर्म-संकट में पड़ गया है। एक ओर वह चाहता है, ठाकुर जी को लिख दूँ किन्तु दूसरी ओर भाई के परिवार के माया-मोह में बँध जाता है। इस स्थिति में उसका अपहरण कर ज़बरदस्ती उससे लिखवाने के अतिरिक्त दूसरा कोई विकल्प नहीं बाद में हरिहर स्वयं राजी हो जायेगा।

महन्थ जी लड़ाकू और दबंग प्रकृति के आदमी थे। दो खून करके दस साल जेल की सजा काट चुके थे। जेल से छूटने के बाद साधु हो गये। अपनी योजना को कार्यरूप में परिणत करने के लिए वह जी-जान से जुट गये। हालाँकि यह सब गोपनीयता का निर्वाह करते हुए ही वह कर रहे थे। हरिहर काका के भाइयों को इसकी भनक तक नहीं थी।

बात अभी हाल की ही है। आधी रात के आसपास ठाकुरबारी के साधु-सन्त और उनके पक्षधर भाला, गँड़ासा और बन्दूक से लैस एकाएक हरिहर काका के दालान पर आ धमके। हरिहर काका के भाई इस अप्रत्याशित हमले के लिए तैयार नहीं थे। इससे पहले कि वे जवाबी कार्रवाई करें और गुहार लगाकर अपने लोगों को जुटायें, तब तक आक्रमणकारी हरिहर काका को लेकर चम्पत हो गये।

मेरे गाँव में किसी ने ऐसी घटना नहीं देखी थी। न गाँव के इतिहास में सुनी ही थी। सारा गाँव जाग गया। हरिहर काका के भाई के शुभचिन्तक तो उनके यहाँ जुटने लगे, लेकिन अन्य लोग अपने दालान और मकान की छतों पर एकत्रित हो आहट लेने और बातचीत करने लगे।

हरिहर काका के भाई तैयार होकर अपने लोगों के साथ उन्हें ढूँढ़ने निकल पड़े। अपने प्रत्युत्पन्न मतित्व से उन्हें लगा, यह काम महन्थ का है। वह मय दलबल सहित ठाकुरबारी जा पहुँचे, लेकिन वहाँ उन्हें बिल्कुल खामोशी और शान्ति नज़र आयी। रोज़ की भाँति ठाकुरबारी का मुख्य फाटक बन्द था। वहाँ के वातावरण में उन्हें रात का सन्नाटा और सूनापन व्याप्त मिला। इन्हें लगा यह काम महन्थ का नहीं बाहर के डाकुओं का है। अब हरजाने की मोटी रकम लेकर वह हरिहर को मुक्त करेंगे।

हरिहर काका की खोज में उनके लोग अब किसी दूसरी दिशा की ओर प्रस्थान करते कि इसी समय ठाकुरबारी के अन्दर से बातचीत करने की सम्मिलित किन्तु धीमी आवाज़ सुनायी पड़ी। अचानक सबके कान खड़े हो गये। फिर एक क्षण में ही उन्हें यह लग गया कि हरिहर काका इसी में हैं। अब क्या सोचना? ठाकुरबारी का फाटक वह पीटने और चिल्लाने लगे। बस, इसी समय ठाकुरबारी की छत से रोड़े और पत्थर उनके ऊपर गिरने लगे। वे तितर-बितर होने लगे। जवाब के लिए उन्होंने अपने हथियार सँभाले, लेकिन उनके हथियार सँभालने से पहले ही ठाकुरबारी के कमरों की खिड़कियों से फायरिंग शुरू हो गयी। हरिहर काका के भाइयों की जमात के एक मजबूत नौजवान के पैर में गोली लग गयी। वह गिर गया। उसके गिरते ही हरिहर काका के भाइयों के पक्षधर भाग चले। अब सिर्फ़ हरिहर काका के तीन भाई बच गये। अपने तीनों के बूते इस युद्ध को जीतना उन्हें सम्भव नहीं जान पड़ा। इसीलिए वह कस्बे के पुलिस थाना की ओर दौड़ पड़े।

इधर ठाकुरबारी के भीतर महन्थ और उनके कुछ चन्द विश्वासी साधु सादे और लिखे कागजों पर हरिहर काका के अँगूठे के निशान जबरन ले रहे थे। हरिहर काका पढ़े-लिखे नहीं थे, इसीलिए अँगूठे के निशान के माध्यम से ही उनकी मिल्कियत ली जा रही थी। हरिहर काका तो महन्थ के इस व्यवहार से जैसे आसमान से ज़मीन पर आ गये थे। उन्होंने तो सपने में भी नहीं सोचा था कि महन्थ जी इस रूप में भी आयेंगे। जिस महन्थ को वह आदरणीय एवं श्रद्धेय समझते थे, अब उन्हें घृणित, दुराचारी और पापी नज़र आने लगा था। अब वह उस महन्थ की सूरत भी देखना नहीं चाहते थे। अब अपने भाइयों का परिवार महन्थ की तुलना में उन्हें ज़्यादा पवित्र नेक ओर अच्छा लगने लगा था। अपना खून अपना ही होता है। गैर खून कभी अपना नहीं हो सकता। हरिहर काका ठाकुरबारी से अपने घर पहुँचने के लिए बेचैन थे, लेकिन लोग उन्हें पकड़े हुए थे। और महन्थ जी उन्हें समझा रहे थे, ''तुम्हारे भले के लिए यह

सब किया गया हरिहर। अभी तुम्हें लगेगा कि हम लोगों ने तुम्हारे साथ जोर-ज़बरदस्ती की, लेकिन बाद में तुम समझ जाओगे कि जिस धर्म-संकट में तुम पड़े थे, उससे उबारने के लिए यही एकमात्र रास्ता था...।"

एक ओर ठाकुरबारी के भीतर जबरन अँगूठे का निशान लेने और समझाने का कार्य चल रहा था, दूसरी ओर हरिहर काका के तीनों भाई सुबह होने से पहले ही पुलिस की जीप के साथ ठाकुरबारी आ पहुँचे। पुलिस-इन्चार्ज ने ठाकुरबारी के फाटक पर आवाज़ लगायी। दस्तक दी, लेकिन अन्दर से कोई जवाब नहीं। अब पुलिस के जवानों ने ठाकुरबारी के चारों तरफ घेरा डालना शुरू किया। ठाकुरबारी अगर छोटी रहती तो पुलिस के जवान उसे आसानी से घेर लेते, लेकिन विशालकाय ठाकुरबारी को पुलिस के सीमित जवान घेर सकने में असमर्थ थे। फिर भी जितना सम्भव हो सका, उस रूप में उन्होंने घेरा डाल दिया और अपना-अपना मोर्चा सँभाल सुबह की प्रतीक्षा करने लगे।

हरिहर काका के भाइयों ने सोचा था, जब वह पुलिस के साथ ठाकुरबारी पहुँचेंगे तो ठाकुरबारी के भीतर से हमले होंगे और डाकू रूपी साधु-सन्त रंगे हाथों पकड़ लिये जायेंगे, लेकिन ऐसा कुछ भी नहीं हुआ। ठाकुरबारी के अन्दर से एक रोड़ा भी बाहर नहीं आया। शायद पुलिस को आते हुए उन्होंने देख लिया था।

सुबह होने में अभी कुछ देर थी, इसीलिए पुलिस-इन्चार्ज रह-रहकर ठाकुरबारी का फाटक खोलने तथा साधु-सन्तों को आत्मसमर्पण करने के लिए एक आवाज़ लगा रहे थे। साथ ही पुलिस वर्ग की ओर से हवाई फायर भी किये जा रहे थे, लेकिन ठाकुरबारी की ओर से कोई जवाब नहीं आ रहा था।

फिर अचानक सुबह के एकदम तड़के एक वृद्ध साधु ने ठाकुरबारी का फाटक खोल दिया। उस साधु की उम्र अस्सी वर्ष से अधिक की होगी। वह लाठी के सहारे काँपते हुए खड़ा था। पुलिस-इन्चार्ज ने उस वृद्ध साधु से हरिहर काका तथा ठाकुरबारी के महन्थ, पुजारी एवं अन्य साधुओं के बारे में पूछा, "लेकिन उसने कुछ भी बताने से इनकार कर दिया। पुलिस-इन्चार्ज ने कई बार उनसे पूछा। डाँट लगायी। धमकियाँ दी लेकिन हर बार वह एक ही वाक्य कहता, "मुझे कुछ मालूम नहीं।" ऐसे वक़्त पुलिस के लोग मार-पीट का सहारा लेकर भी उगलवाते हैं, लेकिन उस साधु की वय देखकर पुलिस-इन्चार्ज को महटिया जाना पड़ा।

पुलिस-इन्चार्ज के नेतृत्व में पुलिस के जवान ठाकुरबारी की तलाशी लेने लगे, लेकिन न तो ठाकुरबारी के नीचे के कमरों में ही कोई पाया गया और न छत के कमरों में ही। पुलिस के जवानों ने खूब छानबीन की, लेकिन उस वृद्ध साधु के अलावा कोई दूसरा ठाकुरबारी में नहीं मिला।

हरिहर काका के भाई अब एक ही साथ चिन्तित परेशान और दुःखद आश्चर्य से घिर गये। ठाकुरबारी के महन्त और साधु-सन्त हरिहर को लेकर कहाँ भाग गये? अब क्या होगा? काफी पैसे खर्च कर हरिहर के भाई पुलिस ले आये थे। पुलिस आने के बाद वह अन्दर-ही-अन्दर गर्व महसूस कर रहे थे। उन्हें लग रहा था कि अब हरिहर को वे आसानी से अपने घर ले जायेंगे तथा साधु-सन्तों को गिरफ्तार करवा जेल भिजवा देंगे, लेकिन दोनों में से एक भी नहीं हुआ।

ठाकुरबारी के जो कमरे खुले थे उनकी तलाशी सबसे पहले की गयी। बाद में जिन कमरों की चिटकिनी बन्द थी, उन्हें भी खोलकर देखा गया, लेकिन एक कमरे के बाहर बड़ा-सा ताला लटक रहा था। पुलिस के जवान और हरिहर काका के भाई सब वहीं एकत्र हो गये। उस कमरे की कुंजी की माँग वृद्ध साधु से की गयी तो उसने साफ़ कह दिया मेरे पास नहीं।

जब उससे पूछा गया, 'इस कमरे में क्या है? तब उसने जवाब दिया अनाज है।

पुलिस-इन्चार्ज अभी यह सोच ही रहे थे कि इस कमरे का ताला तोड़कर देखा जाये या छोड़ दिया जाये कि अचानक उस कमरे के दरवाज़े को भीतर से किसी ने धक्का देना शुरू किया।

पुलिस के जवान सावधान हो गये। साथ ही उस कमरे का ताला तोड़ना भी उन्होंने प्रारम्भ कर दिया कमरे के भीतर से धक्का लगाया जा रहा है। ज़रूर अन्दर कोई रहस्योद्घाटन के लिए सब बेचैन हो गये।

ताला तोड़कर कमरे का दरवाज़ा जब खोला गया तब कमरे के भीतर हरिहर काका को जिस स्थिति में उनके भाइयों ने पाया उसे देखकर उनका खून खौल उठा। उस वक़्त अगर महन्थ पुजारी या अन्य नौजवान साधु उन्हें नज़र आ जाते तो वे उन्हें नहीं छोड़ते।

हरिहर काका के हाथ-पाँव तो बाँध ही दिये गये थे, उनके मुँह में भी कपड़ा ठूँस दिया गया था। पुलिस के आने की आहट पा हरिहर काका ज़मीन पर लुढ़कते हुए दरवाज़े तक आये थे और पैर से दरवाज़े पर धक्का लगाया था।

हरिहर काका को बन्धन मुक्त किया गया और उनके मुँह से कपड़े निकाले गये। अब हरिहर काका ने ठाकुरबारी के महन्थ,पुजारी और साधुओं की काली करतूतों का पर्दाफाश करना शुरू किया कि वह साधु नहीं डाकू, हत्यारे और कसाई हैं। कि उन्हें इस कमरे में बन्द कर गुप्त दरवाज़े से भाग गये। कि उन्होंने कई सादे और लिखे हुए कागजों पर जबरन उनके अँगूठे के निशान लिये आदि।

हरिहर काका ने देर तक अपने बयान दर्ज कराये। उनके शब्द-शब्द से साधुओं के प्रति नफरत और घृणा व्यक्ति हो रही थी। जीवन में कभी किसी के खिलाफ उन्होंने इतना नहीं कहा होगा, जितना ठाकुरबारी के महन्थ, पुजारी और साधुओं के बारे में उन्होंने कहा। पुलिस ने विधिवत् अपना कोरम पूरा किया।

अब हरिहर काका पुनः अपने भाइयों के साथ रहने लगे। इस बार उन्हें दालान पर नहीं, घर के अन्दर रखा गया किसी बहुमूल्य वस्तु की तरह सँजोकर छिपाकर हरिहर काका की सुरक्षा की पूरी व्यवस्था उनके भाइयों ने कर डाली रिश्ते-नाते में जितने सूरमा थे, सबको बुला लिया गया। जायज और नाजायज तरीके से प्राप्त हथियार जुटा लिये गये। हरिहर काका के ऊपर चौबीसों घण्टे पहरे दिये जाने लगे। अगर किसी आवश्यक कार्यवश हरिहर काका घर से गाँव में निकलते तो चार-पाँच की संख्या में हथियारों से लैस लोग उनके आगे-पीछे चलते। रात में उनको चारों तरफ से घेरकर लोग सोते। उनके भाइयों ने ड्यूटी बाँट ली थी। आधे लोग सोते तो आधे लोग जागकर पहरा देते रहते।

इधर ठाकुरबारी का दृश्य भी बदल गया था। एक-से-एक खूँखार साधु ठाकुरबारी में आ गये थे। किसी के हाथ में त्रिशूल नज़र आता तो किसी के कन्धे पर फरसा। उन्हें देखकर ही डर लगता। गाँव के बच्चों ने तो ठाकुरबारी जाना ही बन्द कर दिया। महन्थ ने विभिन्न मठों, मन्दिरों और ठाकुरबारियों के कुख्यात साधुओं को बुला लिया था।

मैं आपको बता चुका हूँ हरिहर काका को लेकर मेरा गाँव प्रारम्भ से ही दो वर्गों में बँट गया था। इस नयी घटना को लेकर दोनों ओर से प्रतिक्रियाएँ व्यक्त की जाने लगी। एक ओर के लोगों का कहना कि अब साधुओं और डाकुओं में कोई अन्तर नहीं। छिः-छिः साधु होकर वह कर्म महन्थ ने साधु-सन्तों का नाम डुबो दिया। अब लोगों की नज़र में न तो ठाकुरबारी की पवित्रता रह गयी और न महत्त्व ही।

लेकिन दूसरी तरफ के लोग कहते, बहुत अच्छा हुआ। धर्म के विकास और परमार्थ के लिए कभी-कभी चोर-डाकू का रूप भी धारण करना पड़ता है। इसमें दोष नहीं लगता। महन्थ जी ने तो अपने निजी स्वार्थ के लिए यह सब किया नहीं। एक पवित्र उद्देश्य को लेकर किया है। इसके लिए हरिहर का संकेत भी तो उन्हें मिला था। हरिहर की आन्तरिक इच्छा उन्होंने लक्ष्य कर ली थी...।

और इधर तीसरी तरफ हरिहर काका एक सीधे-सादे और भोले किसान की अपेक्षा अब चतुर और ज्ञानी हो चले थे। इतनी लम्बी उम्र गुजारने के बाद भी जो ज्ञान उन्हें प्राप्त नहीं हुआ था वह इधर की घटनाओं से प्राप्त हो गया था। वे महसूस करने लगे थे, उनके भाई अचानक उनको जो आदर, सम्मान और सुरक्षा प्रदान करने

लगे हैं उसकी वजह सगे भाई का सम्बन्ध नहीं, उनकी जायदाद है। इसी गाँव में जायदादहीन भाई को कौन पूछता है? हरिहर काका को अब सब नज़र आने लगा था। महन्थ की चिकनी-चुपड़ी बातों के भीतर की सच्चाई भी अब वह जान गये थे। ठाकुर जी के नाम पर वह अपना और अपने-जैसे साधुओं का पेट पालता है। उसे धर्म और परमार्थ से कोई मतलब नहीं। निजी स्वार्थ के लिए साधु होने और पूजा-पाठ का ढोंग रचाया है। साधु के बाने में महन्थ, पुजारी और उनके सहयोगी, लोभी, लालची और कुकर्मी हैं। छल, बल, कल, किसी भी तरह धन अर्जित कर बिना परिश्रम किये आराम से रहना चाहते हैं। अपने घृणित इरादों को छिपाने के लिए ठाकुरबारी को माध्यम बनाया है। हरिहर काका ने मन-ही-मन तय कर लिया है, अब महन्थ को वे अपने पास फटकने तक नहीं देंगे। साथ ही अपनी जायदाद भाइयों को भी नहीं लिखेंगे, अन्यथा वह दूध की मक्खी हो जायेंगे। कोई उन्हें पूछेगा तक नहीं। बुढ़ापे का दु:ख बिताये नहीं बीतेगा।

लेकिन हरिहर काका सोच कुछ और रहे थे और वातावरण कुछ दूसरा ही तैयार हो रहा था। ठाकुरबारी से जिस दिन उन्हें वापस लाया गया, उसी दिन से उनके भाई और रिश्ते-नाते के लोग समझाने लगे कि अपनी जायदाद अब वे अपने भतीजों के नाम लिख दें। वह जब तक ऐसा नहीं करेंगे महन्थ की गिद्ध दृष्टि उन पर लगी रहेगी। सिर पर मँडरा रहे तूफ़ान से मुक्ति पाने के लिए उने समक्ष अब यही एक रास्ता है।

हरिहर काका को वैसे लोग घण्टों समझाते। सुबह, दोपहर, शाम रात गये तक यही चर्चा, लेकिन हरिहर काका साफ़ नकार जाते। कहते 'मेरे बाद तो मेरी जायदाद इस परिवार को स्वत: मिल जायेगी, इसीलिए लिखने का कोई अर्थ नहीं महन्थ ने अँगूठे के जो जबरन निशान लिये हैं, उसके खिलाफ मुकदमा हमने किया ही है।

हरिहर काका के भाई जब समझाते-समझाते हार गये तो उन्होंने डाँटना और दबाव देना शुरू किया, लेकिन वे इस रास्ते भी राजी नहीं हुए। स्पष्ट कह दिया, अपनी ज़िन्दगी में नहीं लिखेंगे। बस, एक रात उनके भाइयों ने वही रूप धारण कर लिया, जो महन्थ और उनके सहयोगियों ने किया था। हरिहर काका को अपनी आँखों पर विश्वास नहीं हुआ। उनके वही अपने सगे भाई जो उनकी सेवा और सुरक्षा में तैयार थे, जो उन्हें अपना अभिन्न समझते थे, जो उनकी नींद सोते और जागते थे, हथियार लेकर उनके सामने खड़े कह रहे थे, "सीधे मन से कागजों पर जहाँ-जहाँ भी जरूरत है, अँगूठे के निशान बनाते चलो अन्यथा मारकर यहीं घर के अन्दर गाड़ देंगे। गाँव को कोई सूचना तक नहीं पायेगी।"

अगर पहलेवाली बात होती तो हरिहर काका डर जाते। अज्ञानता की स्थिति में ही मनुष्य मृत्यु से डरते हैं। ज्ञान होने के बाद तो आवश्यकता पड़ने पर मृत्यु को वरण करने के लिए भी तैयार हो जाते हैं। हरिहर काका ने सोच लिया, ये सब एक ही बार उन्हें मार दें, वह ठीक होगा, लेकिन अपनी ज़मीन लिखकर रमेसर की विधवा की तरह शेष ज़िन्दगी घुट-घुटकर मरे यह ठीक नहीं। रमेसर की विधवा को बहला-फुसलाकर उसके हिस्से की ज़मीन रमेसर के भाइयों ने लिखवा ली। शुरू में तो उसका खूब आदर, मान किया, लेकिन बुढ़ापे में उसे दोनों जून खाना देते उन्हें अखरने लगा। अन्त में उसकी वह दुर्गति हुई कि गाँव के लोग देखकर सिहर जाते। हरिहर काका को लगता अगर रमेसर की विधवा ने अपनी ज़मीन नहीं लिखी होती तो अन्त समय तक लोग उसके पाँव पखारते होते।

हरिहर काका ग़ुस्से में खड़े हो गये और गरजते हुए कहा, "मैं अकेला हूँ...तुम सब इतने हो! ठीक है, मुझे मार दो मर जाऊँगा, लेकिन जीते जी एक धूर ज़मीन भी तुम्हें नहीं लिखूँगा..तुम सब ठाकुरबारी के महन्थ पुजारी से तनिक भी कम नहीं...।"

"देखते हैं, कैसे नहीं लिखोगे? लिखना तो तुम्हें है ही, चाहे हँसकर लिखो या रोकर...।"

हरिहर काका के साथ उनके भाइयों की हाथापाई शुरू हो गयी। हरिहर काका उनसे छूट गाँव में भाग जाने के लिए बेचैन थे, लेकिन उनके भाइयों ने उन्हें मजबूती से पकड़ रखा था। प्रतिकार करने पर अब वे उन पर प्रहार भी करने लगे थे। अकेले वे कई लोगों से जूझ सकने में असमर्थ थे, फलस्वरूप अपनी रक्षा के लिए खूब जोर-जोर से चिल्लाना शुरू कर दिया। अब हरिहर काका के भाइयों को चेत आया कि मुँह तो उन्हें पहले ही बन्द कर देना चाहिए था। उन्होंने तत्क्षण हरिहर काका को पटक उनके मुँह में कपड़ा ठूँस दिया, लेकिन ऐसा करने से पहले ही उनकी आवाज़ गाँव में पहुँच गयी थी। टोला-पड़ोस के लोग उनके दालान में जुटने लगे थे। ठाकुरबारी के पक्षधरों के माध्यम से तत्काल यह खबर महन्थ जी तक भी चली गयी, लेकिन हरिहर काका के परिवार और रिश्ते-नाते के लोग सबों को समझा देते कि परिवार का निजी मामला है, इससे दूसरों को क्या मतलब? लेकिन महन्थ जी कब माननेवाले थे। उन्होंने तो वह तत्परता और फुर्ती दिखायी कि हरिहर काका के भाइयों ने भी नहीं दिखायी थी। रातोंरात वह पुलिस की जीप के साथ आ धमके।

पुलिस के आने के बाद निजी मामले का सवाल खत्म हो गया। घर तलाशी शुरू हुई। फिर हरिहर काका को उससे भी बदतर हालत में बरामद किया गया, जिस हालत में ठाकुरबारी से बरामद किया गया था।

बन्धनमुक्त होने और पुलिस की सुरक्षा पाने के बाद हरिहर काका ने बताया कि उनके भाइयों ने उनके साथ बहुत जुल्म किया है, कि जबरन अनेक कागजों पर उनके अँगूठे के निशान लिये हैं, कि उन्हें खूब मारा पीटा है, कि उनकी कोई भी दुर्गति बाकी नहीं छोड़ी है, कि अगर और थोड़ी देर तक पुलिस नहीं आती तो वह उन्हें जान से मार देते।

हरिहर काका के पीठ, माथे और पाँवों पर कई जगह जख्म के निशान थे। वह बहुत घबराये हुए से लग रहे थे। अचानक गिरकर बेहोश हो गये। फिर उनके मुँह पर पानी छींटकर उन्हें होश में लाया गया। हरिहर काका के भाई और भतीजे तो पुलिस आते ही चम्पत हो गये। पुलिस की पकड़ में रिश्ते के दो व्यक्ति आये। रिश्ते के शेष लोग भी फरार थे...।

हरिहर काका के साथ घटी घटनाओं में यह अब तक की सबसे अन्तिम घटना है। इस घटना के बाद हरिहर काका अपने परिवार से अलग रहने लगे हैं। उनकी सुरक्षा के लिए राइफलधारी पुलिस के चार जवान मिले हैं। हालाँकि इसके लिए उनके भाइयों और महन्थ की ओर से काफी प्रयास किये गये हैं। असल में हरिहर काका के भाइयों को इस बात की चिन्ता है कि वे जब उन लोगों से अलग अकेले रहने लगेंगे, तब ठाकुरबारी के महन्त पुनः उन्हें ले भागेंगे। और यही चिन्ता महन्थजी को भी है। जब हरिहर काका ने अपनी सुरक्षा के लिए पुलिस की माँग की तब नेपथ्य में रहकर ही उनके भाइयों और महन्थजी ने उन्हें पूरी सहायता पहुँचायी। यह उनकी सहायता का ही परिणाम है कि एक व्यक्ति की सुरक्षा के लिए गाँव में पुलिस के चार जवान तैनात है। अपने बूते हरिहर काका से यह सम्भव न हो पाता।

जहाँ तक मैं समझता हूँ, हरिहर काका पुलिस की सुरक्षा में रह ज़रूर रहे हैं, लेकिन वास्तविक सुरक्षा ठाकुरबारी और अपने भाइयों की ओर से ही उन्हें मिल रही है। ठाकुरबारी के साधु-सन्त और हरिहर काका के भाई इस बात के प्रति पूरी तरह तैनात हैं कि उनमें से कोई या गाँव का कोई अन्य हरिहर के साथ जोर-जबर्दस्ती न करने पाये। साथ ही हरिहर काका के प्रति अपना सद्भाव और मधुर व्यवहार प्रकट कर पुनः उनका ध्यान अपनी ओर खींच लेने के लिए दोनों दल के लोग प्रयत्नशील हैं, लेकिन हरिहर काका ने तो जैसे उनकी ओर पलटकर नहीं देखने की कसम खा ली है।

हरिहर काका के ससुराल के लोग उनकी पत्नी की मृत्यु के बाद बहुत कम आते थे। नहीं के बराबर, लेकिन यह सुनकर कि हरिहर काका अपने परिवार से अलग रहने लगे हैं, आते हैं और उन्हें अपने साथ ले चलने का प्रस्ताव रखते हैं। पर हरिहर

काका से उनकी नीयत भी छिप नहीं पाती। वे भी धन हड़पने के ही चक्कर में हैं। वे उन्हें भी बैरंग वापस कर देते हैं।

मेरे गाँव में एक नेता जी हैं। वह न तो कोई नौकरी करते हैं और न खेती-गृहस्थी। फिर भी मौज उड़ाते रहते हैं। राजनीति की जादुई छड़ी उनके पास है। उनका ध्यान हरिहर काका की ओर जाता है। वह तत्काल गाँव के कुछ विशिष्ट लोगों के साथ उनके पास पहुँचते हैं और यह प्रस्ताव रखते हैं कि उनकी ज़मीन में हरिहर उच्च विद्यालय नाम से एक हाईस्कूल खोला जाये। इससे हरिहर काका का नाम अमर हो जायेगा। उनकी ज़मीन का सही उपयोग होगा और गाँव के विकास के लिए एक स्कूल मिल जायेगा, लेकिन हरिहर काका के ऊपर तो अब कोई भी दूसरा रंग चढ़नेवाला नहीं था। नेता जी भी निराश होकर लौट गये।

उन दिनों मेरे गाँव की चर्चाओं के केन्द्र रहे हरिहर काका घर, आँगन, खेत-खलिहान, अलाव, बगीचे, बरगद हर जगह उनकी ही चर्चा। उनकी घटना की तरह विचारणीय और कोई दूसरी घटना नहीं। गाँव में आये दिन छोटी-बड़ी घटनाएँ घटती रहती हैं, लेकिन हरिहर काका के प्रसंग के समक्ष उनका कोई अस्तित्व नहीं। गाँव में जहाँ कहीं और जिन लोगों के बीच हरिहर काका की चर्चा छिड़ती फिर उसका कोई अन्त नहीं। लोग तरह-तरह की सम्भावनाएँ व्यक्त करते 'राम जाने क्या होगा? दोनों ओर के लोगों ने अँगूठे के निशान ले लिये हैं, लेकिन हरिहर ने अपना बयान दर्ज कराया है कि वे दोनों में से किसी को अपनी ज़मीन का उत्तराधिकारी नहीं मानते। दोनों ओर के लोगों ने जबरन अँगूठे के निशान लिये हैं। इस स्थिति में उनके बाद उनकी जायदाद का हकदार कौन होगा?

लोगों के बीच बहस छिड़ जाती है। उत्तराधिकार के कानून पर जो जितना जानता होता उससे दस गुना अधिक उगल देता। फिर भी कोई समाधान नहीं निकलता। रहस्य खत्म नहीं होता। आशंकाएँ बनी ही रहतीं, लेकिन लोग आशंकाओं को नज़रन्दाज कर अपनी पक्षपरता शुरू कर देते कि उत्तराधिकार ठाकुरबारी को मिलता तो ठीक रहता। दूसरी ओर के लोग कहते हरिहर के भाइयों को मिलता तो ज़्यादा अच्छा रहता।

ठाकुरबारी के साधु-सन्त और हरिहर काका के भाइयों ने कब क्या कहा, यह खबर बिजली की तरह समूचे गाँव में फैल जाती। खबर झूठी है या सच्ची, इस पर कोई ध्यान नहीं देता। जिसे खबर हाथ लगती वह नमक-मिर्च मिला उसे आगे बढ़ा देता।

एक खबर आयी कि महन्थ जी और हरिहर काका के भाई इस बात के लिए अफसोस कर रहे हैं कि अँगूठे के निशान लेने के बाद उन्होंने हरिहर को खत्म क्यों नहीं कर दिया। बात आगे बढ़ती ही नहीं।

एक दूसरी खबर आयी कि हरिहर काका मरेंगे तो उन्हें अग्नि प्रदान करने के लिए ठाकुरबारी के साधु-सन्तों और उनके भाइयों के बीच काफी लड़ाई होगी। दोनों ओर से अग्नि प्रदान करने का निश्चय हो चुका है। इस सन्दर्भ में उनकी लाश हस्तगत करने के लिए खून की नदी बहेगी।

एक तीसरी खबर आयी कि हरिहर काका की मृत्यु के बाद उनकी ज़मीन पर कब्जा करने के लिए उनके भाई अभी से तैयारी कर रहे हैं। इलाके के मशहूर डाकू बुटन सिंह से उन लोगों ने बातचीत पक्की कर ली है। हरिहर काका के पन्द्रह बीघे खेत में से पाँच बीघे बुटन लेगा और दखल करा देगा। इससे पहले भी इस तरह के दो-तीन मामले बुटन ने निपटाये हैं। पूरे इलाके में उसके नाम की तूती बोलती है। डकैती तो वह करता ही है। भाड़े पर खेत दखल और हत्या करना उसका मुख्य धन्धा है।

एक चौथी खबर आयी कि महन्थजी ने भी निर्णय ले लिया है, हरिहर की मृत्यु के बाद देश के कोने-कोने से साधुओं और नागाओं को वह बुलायेंगे। धर्म के नाम पर जितनी सहायता उन्हें मिलेगी, उसका दशांश भी हरिहर के भाई नहीं पा सकेंगे। वह क्या खाकर लड़ेंगे? हाथी पर चढ़कर अयोध्या, प्रयाग, हरिद्वार से जब हज़ारों की संख्या में नागा यहाँ पहुँचेंगे तब किसकी मजाल जो सामने आये? वह इस पूरे गाँव को धूल में मिला देंगे। हरिहर ने ठाकुर जी के नाम पर अपनी ज़मीन लिख दी है। अब तो वह ठाकुरजी की सम्पत्ति है।

रहस्यात्मक और भयावनी खबरों से मेरे गाँव का आकाश आच्छादित हो गया है। दिन प्रतिदिन आतंक का माहौल गहराता जा रहा है। सबके मन में यह बात है कि हरिहर कोई अमृत पीकर तो आये हैं नहीं। एक-न-एक दिन उन्हें मरना ही है। फिर एक भयंकर तूफ़ान की चपेट में यह गाँव आ जायेगा। उस वक़्त क्या होगा, कुछ कहा नहीं जा सकता? यह कोई छोटी लड़ाई नहीं, एक बड़ी लड़ाई है। जाने-अनजाने पूरा गाँव इसकी चपेट में आयेगा ही। इसीलिए लोगों के अन्दर भय भी है और प्रतीक्षा भी, एक ऐसी प्रतीक्षा जिसे झुठलाकर भी उसके आगमन को टाला नहीं जा सकता।

और हरिहर काका! वह तो बिल्कुल मौन हो अपनी ज़िन्दगी के शेष दिन काट रहे हैं। एक नौकर रख लिया है। वही उन्हें बनाता-खिलाता है। उनके हिस्से की ज़मीन में जितनी फसल होती है, उससे अगर वह चाहते तो मौज की ज़िन्दगी बिता सकते थे, लेकिन वह तो गूँगेपन का शिकार हो गये हैं। कोई बात कहो, कुछ पूछो कोई जवाब नहीं। खुली आँखों से बराबर आकाश को निहारा करते हैं। सारे गाँव के लोग उनके बारे में बहुत-कुछ कहते-सुनते हैं, लेकिन उनके पास अब कहने के लिए कोई बात नहीं।

पुलिस के जवान हरिहर काका के खर्चे पर ही खूब मौज-मस्ती कर रहे हैं। जिसका धन वह रहे उपास, खानेवाले करें विलास। अब तक जो नहीं खाया था, दोनों जून उसका भोग लगाते हैं। हरिहर काका की खटिया के पास ही चौकी पर पसर दिन-भर ताश खेलते हैं तथा सामने की गली से गुज़रनेवाली गाँव की लड़कियों को घूरा करते हैं।

•

नरेश बहू

अपने गाँव की एक अजीब औरत से मैं आपका परिचय करा रहा हूँ। उसका वास्तविक नाम क्या है, मुझे मालूम नहीं। गाँव का दिया हुआ नाम नरेश बहू है। वह मेरे गाँव में न तो बिटिया के रूप में जन्मी थी और न पतोहू के रूप में उसका आगमन हुआ था। बल्कि आज से पच्चीस साल पहले बगल के गाँव से भागकर मेरे गाँव आयी थी। और तब से आज तक वह निरन्तर मेरे गाँव में ही रहती आ रही है।

मेरे गाँव से बाहर, सड़क के किनारे जामुन का एक घना वृक्ष है। उसी वृक्ष के नीचे वह सारा दिन बैठी रहती है। वहाँ बैठकर बाहर से आनेवाले लोगों को वह चुपचाप निर्निमेष दृष्टि से देखती रहती है। फिर जब शाम गहराने को होती है, किसी के आने की सम्भावना खत्म हो जाती है वह गाँव लौट आती है।

शुरू-शुरू में गाँव के लोगों को उसका इस तरह बैठना ठीक नहीं लगा था। कई लोगों ने उसे टोका था। कुछ लोगों ने डाँट भी लगायी थी। लेकिन उसने किसी की एक न सुनी। अपने कामों से निबट वह रोज़ उस जामुन-वृक्ष के नीचे आ बैठती। फिर एकटक गाँव आनेवाले राहगीरों को देखती रहती। उसका वहाँ बैठना और राहगीरों को एकटक देखना तब से आज तक निरन्तर जारी है।

अब धीरे-धीरे गाँव के लोग उसे पागल समझने लगे हैं। अक्सर उसके बारे में बातचीत करते हुए वे उसे पागल की संज्ञा से अभिहित करने लगे हैं। लेकिन यही बात मुझे अखरने लगी है। पागलों की तरह कोई भी हरकत वह नहीं करती। पागलों की तरह का व्यवहार उसमें किसी ने आज तक नहीं देखा है। फिर उसे पागल कहना, उसके प्रति अन्याय नहीं तो और क्या है?

मुझे लगता है, मेरी तरह गाँव के लोग भी यह जानते हैं कि जामुन-वृक्ष के नीचे बैठकर वह किसकी प्रतीक्षा करती है, लेकिन जान-बूझकर भी लोग अनजान

बनने की कोशिश करते हैं। इसीलिए समय रहते आपको मैं यह बता देना चाहता हूँ कि वह पागल है या क्या है और जामुन-वृक्ष के नीचे बैठ किसकी प्रतीक्षा करती है।

बात बहुत पुरानी है। एक दिन मेरे गाँव का एक युवक वीरू अपने खेतों में हल जोत रहा था। वह गर्मियों का मौसम था। जेठ की चिलचिलाती दोपहरी थी और वीरू तेजी से हल जोते जा रहा था। आषाढ़ की पहली बरखा से पहले ही वीरू अपने खेतों को जोत देना चाहता था। इसीलिए पूरी शक्ति और मन से जुट गया था। पर मौसम अनुकूल नहीं था। वह शीघ्र ही थम गया। फिर रोज़ की भाँति कुछ क्षण आराम के लिए सड़कों के किनारे महुआ गाछ के नीचे आ बैठा।

अभी मुश्किल से उसको बैठे हुए दस-पन्द्रह मिनट भी नहीं हुए थे कि अचानक सड़क से हाँफती हुई एक जवान औरत वहाँ आयी। वह वीरू के लिए अपरिचित थी। फिर भी वेश-भूषा और रंग-ढंग से वीरू को साफ़ लग गया कि घर के अन्दर पर्दे के भीतर रहनेवाली बहुरिया है।

वीरू के करीब आते ही वह भय और घबराहट के स्वर में रोते हुए बोली—"भैया मुझे बचा लो। वे पकड़ लेंगे तो ज़िन्दा जला डालेंगे। उनके साथ अब एक मिनट भी मैं नहीं रहूँगी। अगर मैं जानती तो शादी से पहले ही जहर खा लेती...।"

वीरू ने मुड़कर देखा, सचमुच उस औरत को पकड़ने के लिए कुछ लोग तेजी से आ रहे थे। इससे पहले की वीरू उस औरत से कुछ पूछता आ धमके। उनकी संख्या तीन थी। उनमें से एक ने तेजी से आगे बढ़ उस औरत के बाल पकड़ लिये। फिर कसकर उसके चेहरे पर एक तमाचा लगाया। इसके बाद उसे खींचते हुए ले चल पड़ा—"हरामजादी, भागकर कहाँ जायेगी... इज़्ज़त बिगाड़ने पर तुली है। चल तुझे इस बार काटकर आँगन में गाड़ नहीं दिया तो मेरा नाम नरेश नहीं...।"

अब तक वह वीरू हतप्रभ खड़ा चुपचाप देखता रहा। उसे तो जैसे काठ मार गया था। वह समझ नहीं पा रहा था कि क्या करे। लेकिन जब उस पुरुष के साथ घसीटती हुई जब औरत ने एक बार फिर पलटकर उसे देखा और अपनी रक्षा के लिए गिड़गिड़ायी भैया, मुझे बचा लो। मैं ज़िन्दगी भर तुम्हें याद रखूँगी..ये कसाई इस बार मुझे ज़िन्दा नहीं छोड़ेंगे तब वीरू की सारी किंकर्त्तव्यविमूढ़ता खत्म हो गयी। उसका पुरुष जाग गया। वह सिंह की भाँति तेजी से लपका और एक ही झटके में उस औरत को उस पुरुष के चंगुल से मुक्त कर दिया। अब उस पुरुष के सामने वीरू था। औरत उसके पीछे हो गयी थी।

"तुम इसे रोकनेवाले कौन हो?" उस पुरुष ने गरजते हुए वीरू से पूछा।

"और तुम इसे बलात् ले जानेवाले कौन हो?" वीरू का जवाब भी एक गरजता हुआ सवाल था।

"मैं इसका पति हूँ। यह मेरी पत्नी है।" उस पुरुष ने चिल्लाकर अपने अधिकार से वीरू को वाकिफ कराया।

"लेकिन पत्नी का अर्थ भेड़-बकरी नहीं होता" वीरू ने सधे हुए लहजे में जवाब दिया।

"आखिर तुम कहना क्या चाहते हो?" वह पुरुष फिर गरजा।

"मेरे कहने का मतलब यह कि अब यह तुम्हारी पत्नी नहीं है। जब तक तुमसे निभ सकी ठीक था। अब यह तुम्हारे साथ नहीं रहना चाहती।"

"और यह फैसला करनेवाले तुम हो?"

"नहीं, मैं फैसला करनेवाला नहीं हूँ। किन्तु एक अबला की रक्षा करने से चूकूँगा भी नहीं।"

"तुम गुण्डे हो...शोहदे हो... किसी की इज़्ज़त बर्बाद करने पर तुले हो।

"गालियाँ मत बको वरना...जबान खींच लूँगा।"

"तू मुझे धमकी देता है... हट जा मेरे सामने से।" उस पुरुष ने वीरू को धक्का लगाया।

"तेरी ये मजाल!" वीरू दहाड़ उठा, "मैं तेरा खून पी जाऊँगा और वीरू ने अपने मजबूत हाथों से उस पुरुष का गला पकड़ लिया। उसके साथ के दोनों व्यक्ति जिनमें एक मरियल बूढ़ा था और एक रोगी लगनेवाला दुबला-पतला युवक अपने गाँव की ओर भाग चले। इधर आस-पड़ोस के खेतों में काम करनेवाले किसान हल्ला सुन जुटने लगे। वीरू के खेत मेरे गाँव में काफी नजदीक हैं और उस पुरुष का गाँव भी वहाँ से करीब ही पड़ता है। इसीलिए बहुत जल्दी ही दोनों गाँवों में सनसनी की तरह यह खबर फैल गयी। फिर दोनों गाँवों के लोग वहाँ तेजी से जुटने लगे। देखते-देखते वहाँ लोगों की भीड़ उमड़ पड़ी। फिर बातों-बातों में ही लोग तैश में आ गये। सवाल वीरू और पुरुष के झगड़े का नहीं रहा। सवाल एक गाँव से दूसरे गाँव का मोर्चा लेने का हो गया। उस पुरुष के गाँव के युवकों ने ऐलान किया, "यह औरत हमारे गाँव की बहू है। हमारे गाँव की इज़्ज़त है। हम इसे अपने गाँव ले जायेंगे।"

मेरे गाँव के युवकों ने जवाब दिया, "यह औरत चाहे किसी भी गाँव की हो जब यह जाना चाहती है तब आप इसे ले जा सकते हैं इसे जबरन हम नहीं ले जाने देंगे।"

'शरणागतानाम् रक्षा परमो धर्मः' मेरे गाँव के पण्डित जी ने इस श्लोक का उच्चारण भी कर दिया। बस दोनों ओर का युवक अपने-अपने सिर पर कफन बाँध सामने आ गये। भाले और गँड़ासे दोनों ओर से चमक उठे। कई बन्दूकें भी कन्धों पर आ गयी। इससे पहले कि खून का दरिया बहता दोनों ओर के बुजुर्ग बीच में आ गये। मेरे गाँव और उस गाँव के काफी लोग एक-दूसरे के परिचित थे, दोनों गाँवों में पटती भी थी इसीलिए बुजुर्ग दोनों गाँवों के बीच खून-खराबा होने देना नहीं चाहते थे। मेरे गाँव के बुजुर्ग अनुनय-विनय और मुलायम स्वर में उस गाँव के बुजुर्गों से बोले आप लोग इस औरत को ले जा सकते हैं...यह औरत आपके गाँव की ही इज़्ज़त है...इसे रोकने का हमारा कोई अधिकार नहीं...लेकिन यह एक मानवीय ज़िन्दगी है...इसीलिए हम जरूर यह जानना चाहेंगे कि इज़्ज़त से कोई ज़िन्दगी बड़ी होती है या छोटी?''

हमारे गाँव के बुजुर्गों के इस सवाल पर उस गाँव के बुजुर्ग निरुत्तरित हो गये। फिर देर तक आपसी समझौते की बातें दोनों ओर से चलती रहीं। अन्ततः उस औरत को छोड़कर ही उस गाँव के लोगों को लौटना पड़ा। वह औरत हमारे गाँव आ गयी। उसका पुरुष हार गया था। उसके आतंक और मनमानी की चरम सीमा आ गयी थी। और वीरू जीत गया था। उसकी लड़ाई बलात्कार और शोषण के खिलाफ थी। मानवीय हक के लिए बलात्कार और शोषण के खिलाफ लड़ी जानेवाली लड़ाई की जीत होती ही है।

हाँ, तो उस दिन वीरू के खेत के पास से शाम को मजमा हटा। शाम गहराने के बाद मेरे गाँव के लोग वापस लौटे। उनके चेहरे पर हर्ष और उल्लास की रेखाएँ थीं। गर्व से सीना फुलाये हुए थे। वे बलात् और शोषण के खिलाफ लड़ी जानेवाली लड़ाई में एक औरत को जीतकर ले आये थे।

गाँव में घुसने के बाद हर घर की खिड़कियों और दरवाज़ों पर औरतें आ जुटी थीं। ढेर सारी औरतें गलियों में भी उतर गयी थीं। वे उस औरत को अच्छी तरह देख लेना चाहती थीं, जिसके कारण दो गाँवों के बीच खून का दरिया बहनेवाला था।

शाम के गहराते अँधेरे में उस औरत को रामबुझावन सिंह के दालान पर ले जाया गया। रामबुझावन सिंह मेरे गाँव के सबसे ऊँची पगड़ी के व्यक्ति हैं। सारा गाँव उनकी इज़्ज़त करता है। जमींदारी चले जाने के बाद भी उनके पास इतनी जायदाद है कि समूचे गाँव पर उनका रोब-दाब पूर्ववत् बना हुआ है। गाँव में किसी भी तरह

की वारदात होती है या कोई भी समस्या सामने आती है रामबुझावन सिंह के दालान पर ही उसका फैसला होता है।

रामबुझावन सिंह के सामने उस औरत को पेश किया गया। अब तक हर फैसले की भाँति इस बार भी गांव के लोगों का जमघट वहां लग चुका था। औरतें, बच्चे, बड़े, बूढ़े सभी जुट गये थे। मसनद के सहारे आराम से बैठे रामबुझावन सिंह कुछ क्षणों तक उस औरत को देखते रहे। फिर उन्होंने अपना पहला सवाल उछाला, "तुम अपने पति के घर से क्यों भागी हो?"

उसने कोई जवाब नहीं दिया। माथा झुकाये वह चुपचाप खड़ी रही। भीड़ पूरी तरह खामोश हो गयी थी। असल में रामबुझावन सिंह को ही नहीं, सारे गाँव को इस सवाल का उत्तर चाहिए था। सभी यह जानने के लिए व्यग्र थे कि आखिर वह क्यों भागी?

रामबुझावन सिंह पुन: बोल पड़े, "क्यों, चुप क्यों हो? डर रही हो? अब तुम्हें कोई तकलीफ नहीं देगा..अब तुम स्वतन्त्र हो। लेकिन यह तो बताओ आखिर क्यों भागी हो, कहाँ जाओगी?"

इस बार भी वह कुछ नहीं बोली। चुपचाप पूर्ववत् ख़ड़ी रही। लेकिन लग रहा था जैसे अन्दर-ही-अन्दर छटपटा रही हो। इधर भीड़ भी बेचैन थी। साँस रोके लोग उसके उत्तर की प्रतीक्षा कर रहे थे।

रामबुझावन सिंह फिर बोल पड़े। इस बार उन्होंने अपना सवाल बदल दिया था, "अच्छा, यह बताओ, किस गाँव की बेटी हो? तुम्हारे बाप का क्या नाम है? क्या तुमको तुम्हारे गाँव पहुँचवा दिया जाये?"

इस सवाल को सुनते ही वह फफककर रो पड़ी। फिर रोते हुए ही बोली अगर माँ-बाप ही होते तब मेरी यह हालत कभी न होती।

"क्यों, क्या हुआ तुम्हारे माँ-बाप को?"

"वे बचपन में ही मुझे छोड़ इस दुनिया से चले गये।"

"फिर तुम्हारी शादी किसने की?"

"चाचा-चाची हैं। उन लोगों ने ही मेरी शादी की। शादी के बाद दहेज में उन्होंने काफी सामान देना मंजूर किया था, लेकिन शादी हो जाने पर उन्होंने कुछ भी नहीं दिया। बस, इसी के चलते मेरे ससुरालवाले मुझसे नफरत करते हैं...आखिर मेरा कसूर ही क्या है? मैं क्या कर सकती हूँ? मेरी सास मुझे रोज़ पीटती है...मेरा पति रोज़ शाम को दारू पीकर आता है और अपनी माँ के कहे अनुसार मुझे दो-चार हाथ लगाता है। वे मुझे मार-मारकर दहेज न मिलने का ग़ुस्सा उतार रहे हैं।

"तब तुम अपने चाचा-चाची को खबर क्यों नहीं करती हो?"

"खबर की थी पर उन्होंने कोई सुनवायी नहीं की। फिर भागकर एक बार वहाँ गयी थी। लेकिन उनकी अपनी औलाद होती तब वे शरण देते मुझे आँगन में एक क्षण भी खड़ा नहीं होने दिया—"इज़्ज़त चली जायेगी... भागकर आयी है...गाँव क्या कहेगा? उल्टे पाँव लौट जा और मजबूरन मैं पुनः ससुराल लौट आयी लेकिन अब मैं एक दिन भी ससुराल नहीं रहना चाहती। भले ही माँग-खाकर किसी गाँव में जीवन बिता लूँगी किन्तु अब वहाँ नहीं जाऊँगी। मेरी सास मुझे ज़िन्दा खा जाना चाहती है मेरा पति मेरे साथ जानवरों की तरह व्यवहार करता है।" उस औरत ने आंचल हटाकर अपनी पीठ रामबुझावन सिंह के सामने कर दी थी। लोग देखकर दंग रह गये। उसकी सारी पीठ जख्मों से भरी थी। उसकी पीठ काले-काले जख्म, उसकी सास और पति के अत्याचार की जीवन्त कहानी बता रहे थे।

रामबुझावन सिंह ने ऐलान किया, "अब तुम शान्ति से रहो यहाँ तुम्हें कोई तंग नहीं करेगा। इतने बड़े गाँव में एक पेट के लिए तुम्हें तकलीफ नहीं उठानी पड़ेगी। इस गाँव में तुम कहीं भी रह सकती हो। आज मेरे घर जाकर सोओ कल सुबह जहाँ इच्छा हो रहना।" इसके बाद सभा खत्म हो गयी।

रामबुझावन सिंह ने नौकर को इशारा दिया। रामबुझावन सिंह का नौकर उस औरत को लेकर हवेली के अन्दर चला गया।

अब भीड़ बिखरने लगी। लोग टुकड़ों-टुकड़ों में बँट अपने-अपने घर की ओर चल पड़े। फिर हर घर के आस-पासवाली बैठकें गर्म हो गयी।

अक्सर रात के नौ बजते-बजते सभी बैठकें खत्म हो जाती थी, लेकिन उस दिन रात के बारह-एक बजने के बाद भी लोग बैठकों से उठना नहीं चाहते थे लोगों को जबरदस्त मसाला मिल गया था। कुछ लोग अपने गाँव की शक्ति और एकता की तारीफ कर रहे थे। कुछ लोग उस औरत के साहस की कुछ ऐसे लोग भी थे, जो उस औरत की जवानी और भावी सम्बन्ध की कल्पना व्यक्त कर रहे थे। कुछ लोग उसके भागने का मूल्यांकन करने लगे थे। अधिकांश लोगों के अनुसार उसका भागना सही था अपवादस्वरूप कुछ ऐसे लोग भी थे जो उसके भागने को गलत करार दे रहे थे। इसी तरह बातें उस औरत के इर्द-गिर्द ही चक्कर काट रही थी। फिर पता नहीं कब बातें वीरू पर केन्द्रित हो गयीं। उस औरत की तरह उस घटना में वीरू की भी महत्त्वपूर्ण भूमिका थी।

वीरू—मेरे गाँव का एक संघर्षशील और कर्मठ युवक। वीरू! जिसने ज़िन्दगी में कभी समझौता करना नहीं जाना। वीरू! जिसके सामने निरन्तर कठिनाइयाँ खड़ी होती गयीं और वह कठिनाइयों को रौंदता गया। वीरू! जिसने गाँव और वहाँ के लोगों के हक में कोई भी गलत काम नहीं किया। उस वीरू को गाँव ने क्या दिया,

मुझसे मत पूछिये। मुझे चिन्ता है, कहीं वीरू की असली कहानी भी मैं कह पाऊँगा या नहीं?

हाँ, तो वीरू का पूरा नाम वीरेन्द्र कुमार सिंह था। लेकिन सारा गाँव उसे वीरू-वीरू ही कहता। उसके पिता मेरे गाँव के निराले व्यक्ति थे। उनके पास काफी पुश्तैनी ज़मीन थी। लेकिन अपनी ज़मीन को संचित रखना तथा कायदे से उसका इस्तेमाल वे नहीं जानते थे। लम्बे समय तक वे भोग में डूबे रहे। अपनी पुश्तैनी जगह-ज़मीन दोनों हाथों से लुटाते रहे।

तब उनके पास चमचों की भीड़ थी। उनकी एक आवाज़ पर गाँव के कई चमचे हाजिर हो जाते। गाँव में उनका रोब-दाब भी कायम हो गया था। गाँजा-भाँग और खोआ-मलाई के उनकी बैठक चर्चित बन गयी थी। लेकिन भोग की आँखें अन्धी होती है। वीरू के पिता भी अन्धे हो गये थे। यह उनके अन्धेपन का ही सबूत है कि शराब का अनियन्त्रित दौर चलने लगा था और इलाके की नामी वेश्याएँ उनके सामने थिरकने लगी थीं। फिर क्या था? वे शीघ्र ही लुट गये।

और उनका लुट जाना चारों तरफ से हुआ था। दो-चार बीघे खेत छोड़ सारा धन दौलत खत्म हो गया। इस बीच पत्नी भी उन्हें छोड़ स्वर्ग सिधार गयी। उनकी पत्नी एक लम्बे समय से बीमार थी। लेकिन पत्नी के इलाज में उन्होंने कोई रुचि नहीं ली। रोग शय्या पर पड़ी पत्नी ने कराह-कराह कर दम तोड़ दिया।

पत्नी की मृत्यु के बाद उनके चमचों ने उनके लिए एक बदचलन औरत ला दी। पेशेवर जिस्मबाज थी। उसको लेकर मेरे गाँव में हज़ारों कहानियाँ प्रसिद्ध हैं। लेकिन स्थानाभाव के कारण यहाँ किसी भी कहानी का जिक्र मैं नहीं करूँगा। बस आप इतना ही जान लें कि वीरू का जन्म उसी औरत की कोख से हुआ था।

वीरू को एक साल का छोड़ वह औरत गाँव के एक जुआरी के साथ भाग गयी थी। फिर वह गाँव कभी नहीं लौटी। काफी समय बाद वह जुआरी लौटा। तब वह अपाहिज हो चुका था। उस औरत ने उसे बर्बाद कर छोड़ा था। कभी-कभी उस औरत को लेकर मैं सोचता हूँ कि आखिर उसको किसने बर्बाद किया था, जिसका बदला चुकाने के लिए वह कई-कई लोगों को बर्बाद कर रही थी। खैर यहाँ छोड़िये। किसी दूसरी कहानी में उसके जीवन की पड़ताल की कोशिश करूँगा।

हाँ, तो वीरू का लालन-पालन उसके मस्तमौजी किस्म के पिता ने ही किया। तब उसके पिता की सारी मस्ती उतर चुकी थी। उनका सब-कुछ लुट चुका था। अभावों ने उनकी ज़िन्दगी की गाड़ी को जकड़ लिया था। उनके पास फटकनेवाले

चमचे अब उनसे दूर हो गये थे। अब वे उन्हें देखना भी नहीं चाहते। भोग के कारण उनके शरीर की शिथिल हुई इन्द्रियाँ भी रोगग्रस्त होने लगीं। किसी तरह अपने शेष बचे दो-चार बीघे खेत से वे अपना पेट भर रहे और वीरू के बचपन को किशोरावस्था की ओर बढ़ाते रहे।

गाँव के बड़े-बुजुर्ग बताते हैं, वीरू के पिता के अन्तिम दिन बहुत कष्टपूर्ण थे। वे भयानक और असाध्य बीमारियों से इस कदर ग्रसित हो गये थे कि कोई उनके पास एक क्षण भी खड़ा होना स्वीकार नहीं कर पाता। लेकिन यह उनका सौभाग्य था कि ऐन मौके पर वीरू बचपन को लाँघ किशोरावस्था में आ गया था। फिर उनकी सेवा-टहल होने लगी थी। वीरू रात दिन उनकी सेवा में लगा रहता। उन्हें खाट से उठाना-बैठाना, खिलाना-पिलाना सब-कुछ वीरू करता।

सुनने में आता है वीरू के पिता ने अपनी ज़िन्दगी के अन्तिम दिनों में इस बात के लिए पश्चात्ताप किया और आँसू बहाये कि वीरू के लिए उन्होंने कुछ भी नहीं किया। मरते वक़्त उन्होंने अपने शेष बचे खेत वीरू के नाम कर दिये लेकिन इससे उन्हें सन्तोष नहीं हुआ। उनकी ज़िन्दगी के अन्तिम दिनों में पुत्र की जो भूमिका वीरू ने अदा की पिता की भूमिका में वे चुक गये।

उनकी मृत्यु के बाद वीरू एकदम अकेला बच गया था। उसे ऐसी स्थितियों से गुज़रना पड़ा था कि वह पढ़-लिख नहीं सका था। अपना पेट चलाने और अपनी अकेली दुनिया आबाद करने के लिए उसने नये सिरे से खेती-गृहस्थी प्रारम्भ किया। जब उसके पिता थे, खेत ठीका-बटाई पर दिये जाते थे। जो कुछ अनाज मिलता उसी से गुज़र-बसर होता लेकिन पिता की मृत्यु के बाद वीरू स्वयं खेती-गृहस्थी में उतर आया। शुरू-शुरू में उसे मुँह की खानी पड़ी। वह खेती-गृहस्थी के लिए नया था। फलतः कम अनाज ही वह पैदा कर सका। हम पर गाँव के चोर-बदमाशों ने उसे कमजोर और अकेला समझ उसके अनाज का आधा हिस्सा गायब कर दिया। फिर भी वह टूटा नहीं। उस पहले साल तकलीफ और परेशानियों के बीच वह ज़रूर घिर गया। लेकिन धीरे-धीरे अपनी संघर्ष-क्षमता और मेहनत के बल हर मुश्किल को आसान बनाता गया।

चूँकि उसकी पैदाइश एक बदचलन औरत की कोख से हुई थी। इसीलिए सारा गाँव उससे घृणा करता था लोग उसके साथ उठना-बैठना और खाना-पीना स्वीकार नहीं करते गाँव की सभाओं और उत्सवों में भी उसे शामिल नहीं किया जाता। वह गाँव में रहकर भी एकदम अकेला था। उसे न तो किसी ने साथ दिया था और न अपना स्नेह संरक्षण ही। फलतः धीरे-धीरे वह गाँव से कटता गया और अपनी खेती-गृहस्थी की दुनिया में जुटता गया।

वह किसी से कुछ भी रिश्ता नहीं रखता और न किसी से कुछ अपेक्षा ही करता था। सुबह से शाम तक वह सारा दिन अपने खेतों में खटता रहता। शुरू शुरू में उसे अपनी दुनिया उजाड़ और वीरान लगती। लेकिन बाद में खुला आकाश, तेजी से बहती हवा, खेतों की सोंधी गन्ध और लहराती हुई फसलों ने उसे अपने साथ जोड़ लिया। फिर क्या था? वह गाँव से बिल्कुल कट गया। अपने खेतों के एक कोने से ही उसने अपने लिये एक कोठरी बना ली।

खेतों में रहते हुए पता नहीं चलता गाँव में कब क्या हुआ। वह गाँव जाता भी कम था, किसी आवश्यक कार्यवश ही। जिस तरह गाँव ने उसके साथ उपेक्षा बरती थी वह भी गाँव के साथ उपेक्षा बरतने लगा था। वह गाँव की किसी भी बात में रुचि नहीं लेता। अपने को बराबर किसी-न-किसी काम में उलझाये रहता। इस क्रम में उसे दो फायदे हुए पहला तो यह कि दिन-रात खेतों की देखभाल करने के कारण उसकी फसलें सभी किसानों से अच्छी होने लगी थीं। दूसरा यह कि अब चोर-बदमाश उसकी फसलों को तहस-नहस नहीं कर पाते। हालाँकि रातों में चोर उस बधार में जाते, तब उसके पास अवश्य चले आते। लेकिन उसकी अक्खड़ता और निडरता देख उसे अपना गुरू समझ आगे बढ़ जाते।

काफी समय तक प्रकृति के साहचर्य में रहने से उसे दो चीज़ें उपलब्ध हुई थीं- अक्खड़ व्यक्तित्व और सुगठित स्वस्थ शरीर। अब लोग उसे अकेला और असहाय नहीं समझते। उसके साथ मनमानी और अत्याचार करते हुए डरते। वह लौह पुरुष की तरह सर्दी-गर्मी और आँधी-पानी के बीच भी अपने खेतों में काम करता। अपने शरीर को उसने प्रकृति के बिल्कुल अनुकूल बना लिया था। शायद यही कारण था कि बीमारी आदि की परेशानियों से वह बचा रहता।

उन दिनों गाँव के लोग उसकी कसरती देह और निरन्तर खेतों मे खटते रहने की चर्चा बराबर करने लगे थे। परिश्रम और मेहनत के बल उसने अपने खेतों की मिट्टी को बिल्कुल उर्वरा बना दिया था उसके आस-पड़ोस के किसान और गाँव के लोग अब खेती गृहस्थी के मामले में उसे साथ रखना चाहने लगे थे। लेकिन लोगों के लाख चाहने के बावजूद वह किसी के साथ नहीं हो सका। बचपन में गाँव द्वारा मिले अपमान ने गाँव के लोगों के प्रति उसके मन में एक गाँठ पैदा कर दी थी। उस गाँव के चलते ही वह गाँव के लोगों की समस्याओं में रुचि लेना नहीं चाहता। लेकिन एक लम्बे समय बाद बगल के गाँव से भागकर आ रही एक औरत के साथ हो रहे अत्याचार के खिलाफ वह कूद पड़ा। पता नहीं, इसके लिए उसे प्रेरणा प्रकृति से मिली थी या ज़िन्दगी से मुझे ठीक-ठीक मालूम नहीं। शायद इसके बारे में मेरे गाँव के अन्य लोग भी नहीं जानते। लेकिन उसी दिन से सारे गाँव की चर्चाओं का वह

विषय बन गया। हर एक होंठ पर उसका नाम उभर आया। हर बैठक में उसके अक्खड़ व्यक्तित्व और लौह-शरीर के किस्से शुरू हो गये।

जैसा कि आप जान चुके है, वीरू के चलते ही वह औरत मेरे गाँव आयी थी। लेकिन वीरू से अधिक मेरे गाँव को श्रेय मिला, क्योंकि टक्कर एक गाँव की दूसरे गाँव से हो गयी थी। पर इसके मूल में वीरू का ही पौरुष था। अन्याय के खिलाफ पहला कदम वीरू ने ही उठाया था। मुझे पूरा विश्वास है, अगर वीरू के स्थान पर कोई और होता तो वह स्थिति कभी नहीं आती। उस घटना के पहले कभी मेरे गाँव में किसी महिला को न्याय दिलाने के लिए कोई तीसरा आदमी खड़ा नहीं हुआ था।

बात आगे बढ़ी थी। वह औरत अब मेरे गाँव में ही रहने लगी थी। अपने पति नरेश के अत्याचारों से वह पूर्णत: मुक्त थी। लेकिन मेरे गाँव की मानसिकता अभी उतनी विकसित नहीं थी कि नरेश के नाम से भी उसे मुक्त कर दे। शायद यही कारण था कि नरेश से अलग हो जाने के बाद भी मेरे गाँव के लोग उसे नरेश बहू से ही सम्बोधित करते। फिर धीरे-धीरे समूचे गाँव में उसका यही नाम प्रचारित हो गया।

शुरू-शुरू में नरेश बहू दो-तीन दिनों तक रामबुझावन सिंह के घर रही। फिर गाँव में घूमने लगी। जल्द ही उसने गाँव के सभी घरों से अपना परिचय कर लिया। सभी घरों में उसका उठना-बैठना शुरू हो गया था, पर उसे चैन नहीं था। वह बेचैनी के साथ किसी को खोज रही थी। जब समूचे गाँव में वह उसे नहीं मिला तब वह गाँव से बाहर खेतों में उसे ढूंढने लगी। फिर खेतों के बीच एक दिन वह उसे मिल ही गया। वह वीरू था।

इस गाँव में आने के तीन-चार दिन बाद से ही वह वीरू को ढूँढ़ने लगी थी। वैसे वह कभी किसी से नहीं पूछती कि उसको इस गाँव ले आनेवाला युवक कहाँ है? लेकिन उसकी आँखें निरन्तर उसे ही खोजा करतीं। आखिर वह कैसा और कौन-सा युवक है? उससे तो उसका कोई भी परिचय नहीं फिर भी कैसा और कौन-सा युवक हैं? उससे तो उसका कोई भी परिचय नहीं। फिर भी उस युवक ने ही उसकी ज़िन्दगी को किनारे लगाया। और शायद इसीलिए उस युवक को देखने तथा उसको जानने की जिज्ञासा उसके मन में तीव्र हो गयी थी।

जिस समय नरेश बहू वीरू के पास पहुँची, दुपहरिया तप रही थी। खेतों में काम करनेवाले किसान अपने घर चले गये थे। लेकिन वीरू का घर तो उसका खेत ही था। अपने खेत के पास ही सड़क के किनारे महुआ गाछ के नीचे उसी दिन की भाँति वह आराम कर रहा था। लेकिन उस दिन नरेश बहू दु:ख, तकलीफ और परेशानियों

के कारण हाँफते हुए वहाँ पहुँची थी, परन्तु इस बार वह शान्ति और गम्भीरता के साथ आयी थी। रास्ते भर उसे अनेक सवाल कचोटते रहे—उस युवक से कैसे बात करेगी? दोपहर में उसका अकेला आना—वह बुरा तो नहीं सोचेगा? अगर वह उसे चरित्रभ्रष्ट समझ ले तब।

सहमते हुए नरेश बहू महुआ गाछ के साये में उसके पास पहुँची। उसे देखते ही वह पहचान गया। उससे पहले कि नरेश बहू कुछ कहती वह बोल उठा, "कैसी हो?"

"ठीक हूँ।"

"अब तो कोई तकलीफ नहीं?..

"नहीं"

"यहाँ पुनः कैसे आयी हो?"

"आपसे मिलने। आपने मेरे लिये बहुत-कुछ किया है।"

"नहीं ऐसी बात नहीं है। मैंने तुम्हारे लिये कुछ भी नहीं किया। वह तो मेरा फर्ज था।"

"लेकिन लोग आज अपने फर्ज को कहाँ याद रख पाते हैं?"

"लोगों को छोड़ो। मुझे लोगों से कोई मतलब नहीं। मैं तो बराबर लोगों से दूर रहता हूँ।"

"अकेले आपका जी लग जाता है? अकेलापन खलता नहीं?"

"अकेले कहाँ हूँ। मेरे बैल हैं। खेत हैं। घर हैं। मिट्टी है। पानी है। हवा है। आकाश है।"

"मैं सब-कुछ जान चुकी हूँ। मुझे दुःख है गाँव ने आपके साथ अन्याय किया है।"

"नहीं, गाँव ने मेरे साथ कुछ भी नहीं किया। मुझे गाँव से कोई शिकायत नहीं।" इस बार उसकी आवाज़ भर्रा गयी थी, जिससे साफ़ जाहिर हो रहा था उसे गाँव से शिकायत है, लेकिन वह किसी से कहना नहीं चाह रहा। फिर दोनों मौन हो गये। एक लम्बी खामोशी को भेदते हुए उसने पूछा 'गाँव में अपने रहने और खाने-पीने का इन्तजाम तो कर लिया है न?

एक छोटी चुप्पी के बाद जवाब में कुछ सोचते हुए वह बोली, "अभी तो इधर उधर ही खाना मिल जा रहा है। लेकिन अब कुछ करूंगी। मुझे ढेंकी से चावल कूटना आता है। जाँते से गेहूँ पीसना जानती हूँ। घर-आँगन की झाड़-बुहार तथा चौका-बर्तन कर सकती हूँ। अपना पेट चलाने भर इस गाँव में काम कर लूँगी। अभी तो किसी-

किसी के घर औरतों के साथ ही रह जाती हूँ। लेकिन बाद में अपने रहने का इन्तजाम भी कर लूँगी।

इसके बाद पुन: वे दोनों चुप हो गये। फिर देर तक चुप रहे। अब तक शाम ढल चुकी थी। दिन में ठण्डापन उतर आया था। किसान पुन: खेतों में आ गये थे। वीरू भी खेतों में जाना चाहता था। लेकिन नरेश बहू को अकेले छोड़कर जाना वह ठीक नहीं समझता था। शायद नरेश बहू ने भाँप किया। अत: वह वीरू से विदा ले गाँव की ओर चल पड़ी। अभी उस महुआ गाछ से आगे वह दो-तीन कदम भी नहीं बढ़ पायी थी कि वीरू ने अवाज लगायी, "सुनो।" "क्या? मुड़ते हुए वह वीरू को ताकने लगी।

अपना पेट भरने के सिवाय मेरे पास कुछ भी नहीं, फिर भी तुम्हें किसी बात की तकलीफ हो या किसी चीज़ की ज़रूरत पड़े, मुझे याद कर लेना।" कहते हुए वीरू खेतों की ओर चल पड़ा।

नरेश बहू भी गाँव की ओर मुड़ चली। लेकिन रास्ते भर वह पलट-पलटकर वीरू को देखती जाती। वीरू-जैसा आदमी वह अब तक नहीं देख पायी थी। वीरू उसे बिल्कुल प्रकृति-पुरुष जँचा था। इस दुनिया के छल-कपट और शोषण-प्रपंच से बिल्कुल अलग प्रकृति की तरह ही पवित्र और ईमानदार।

नरेश बहू ने यह साफ़ महसूस किया कि वीरू ने शोषण और अत्याचार से उसे मुक्त किया है। इसीलिए उसे इस बात की चिन्ता है कि कहीं फिर वह फँस न जाये। उस क्षण नरेश बहू के मन में कहीं गहरे तक वीरू का पौरुष उतर गया। वह मन-ही-मन सोचने लगी—काश वीरू शुरू में ही उसकी ज़िन्दगी में आ गया होता।

मेरे गाँव में बात का बतंगड़ बनते देर नहीं लगती है। कोई कुछ देखे न देखे नमक मिर्च मिलाकर बात को बेबात बना देता है। नरेश बहू के साथ भी ऐसा ही हुआ। जिस दिन वह वीरू से मिलकर गाँव लौटी, उसी दिन सनसनी की तरह यह खबर पूरे गाँव में फैल गयी कि नरेश बहू का वीरू से गलत सम्बन्ध है कि वीरू को नरेश बहु ने फाँस रखा है कि नरेश बहू एक चरित्रहीन महिला है। कुछ लोगों ने तो यहाँ तक कहा कि नरेश बहू का वीरू से बहुत पहले का सम्बन्ध है कि अक्सर रातों में वह वीरू के पास आती थी कि वीरू से साँठ-गाँठ करके ही वह अपने घर से भागी थी कि यही कारण था कि उसके लिए वीरू ने नरेश से लड़ाई मोल ली आदि-आदि।

फिर नरेश बहू के साथ मेरे गाँव के लोगों का वही सलूक शुरू हो गया, जो चरित्रहीन और बदचलन महिला के साथ होता है। गाँव के प्राय: सभी मनचले नरेश बहू को कामुक नज़रों से घूरने लगे। उसके साथ ठिठोली करना तथा एकान्त में छेड़ना

लोगों ने शुरू कर दिया। उसकी मजबूरियाँ और असहाय-निरूपाय ज़िन्दगी लोगों के दिमाग से लुप्त हो गयी। उसकी जवानी ही लोगों के मन में उठने लगी। फिर उसे इस्तेमाल करने के दुष्चक्रों और षड़यन्त्रों का जाल भी लोग बुनने लगे।

शुरुआत रामबुझावन सिंह के बड़े लड़के ने ही की। नरेश बहू को अपने घर चौका-बर्तन के लिए स्थायी रूप से रख लिया। साथ ही उसके रहने के लिए अपने मकान के बाहर की एक कोठरी भी दे दी। इससे पहले नरेश बहू ने गाँव के कई घरों में अपना काम शुरू कर दिया था। अपने जीविकोपार्जन की समस्या वह हल कर चुकी थी। लेकिन रामबुझावन सिंह का बड़ा लड़का तो षड्यन्त्रों के बीच उसे फँसाकर मनमानी करना चाहता था। इसीलिए उसने ऐसा किया।

शुरू-शुरू में जब नरेश बहू गाँव आयी थी और रामबुझावन सिंह ने दो-तीन दिन के लिए अपने घर उसे पनाह दी थी, यह बात गाँव की समझ में आ गयी थी लेकिन इस बार जब दोबारा रामबुझावन सिंह के बड़े लड़के ने अपने घर नरेश बहू को रखने का इन्तजाम किया, यह बात भी गाँव की समझ में आ गयी क्योंकि अब स्थिति कुछ और हो गयी थी। उस स्थिति और इस स्थिति के बीच का बदलाव गाँव के लोगों ने सहज ही भाँप लिया था।

इसी बीच नरेश बहू का नाम वीरू के साथ जुड़ गया था और उसे एक बदचलन औरत करार दे दिया गया था। गाँव के लोग दोषी नरेश बहू को ही समझने लगे थे। रामबुझावन सिंह के लड़के के घृणित षड्यन्त्र की ओर तो किसी का ध्यान ही नहीं जाता था। पर अचानक एक ऐसी घटना घट गयी कि लोग चौंक गये लोगों को ऐसी अपेक्षित घटना की तनिक भी आशा न थी। पानी में रहकर मगर से वैर यह तो असम्भव था। किन्तु नरेश बहू ने ऐसा ही करके दिखा दिया था।

बात सर्दियों के मौसम की है। एक दिन सुबह तड़के ही नरेश बहू ने चीख-चिल्लाकर समूचे गाँव को जुटा दिया। फिर गाँव के लोगों के सामने रो-रोकर वह कहने लगी, “रामबुझावन सिंह का बड़ा लड़ा सुरेन्दर रात में मेरी आबरू लूटने आया था। अपनी रक्षा करते हुए हुए मैंने उसके दायें हाथ का मांस काट लिया है..अब वह मुझे जाने से मारने और गाँव से भगाने की धमकी दे रहा है..आप लोगों ने इस गाँव में मुझे शरण दी है। मुझे बचाइये। आप लोगों के घर भी माँ-बहन और बहू-बेटियाँ हैं... मेरी इ़ज़्ज़त की रक्षा कीजिये। और वह फूट-फूटकर रोने लगी, उसकी रुलायी इतनी करुण थी कि उसके अन्तर्मन का दर्द बिल्कुल स्पष्ट हो रहा था। एक क्षण तक उसका बात सुनने और उसकी स्थितियों का मुआयना करने के बाद भीड़ से प्रतिक्रियाएँ शुरू हो गयी। अधिकांश लोग नरेश बहू के पक्ष में ही थे। लेकिन रामबुझावन सिंह के परिवार से मिलते-जुलते कुछ लोग विपक्ष में भी आ गये।

नरेश बहू न्याय चाहती थी। जिस तरह गाँव में उसके आने के बाद रामबुझावन सिंह के दालान पर फैसले किये गये थे, उसी तरह इस घटना को लेकर भी वह फैसला चाहती थी। लेकिन यह उसकी नासमझदारी थी। वह गाँव को अच्छी तरह जान नहीं पायी थी। रामबुझावन सिंह के खुद अपने लड़के के खिलाफ उनके दरवाज़े पर कैसे पंचायत हो सकती थी? और किस तरह की पंचायतें रामबुझावन सिंह के दरवाज़े पर होती थी इसका भी नरेश बहू को पता नहीं था।

रामबुझावन सिंह के दरवाज़े की पंचायतों के बारे में आपको बता दूँ। मेरे गाँव पर उनका और उनके-जैसे परिवारों का ही आधिपत्य है। गाँव से बाहर की समस्याओं के फैसले तो रामबुझावन सिंह के दरवाज़े पर न्यायपूर्ण ढंग से हो जाते हैं लेकिन गाँव के भीतर की समस्याओं के फैसले बराबर एकतरफा ही हुआ करते हैं। और सब-कुछ जानते हुए भी गाँव की साधारण जनता विरोध नहीं कर पाती। साधारण जनता की मानसिकता अभी उस रूप में निर्मित नहीं हुई थी कि अन्याय के खिलाफ सामूहिक जेहाद छेड़ सके।

नरेश बहू ने रामबुझावन सिंह के मकान के पास ही भीड़ इकट्ठी की थी, इसीलिए भीड़ की आँखें रामबुझावन सिंह के परिवार के सदस्यों को ढूँढ़ने लगी। रामबुझावन सिंह का बड़ा लड़का सुरेन्दर काफी समय तक कहीं छिपा रहा। फिर सामने आया। अपने विरुद्ध भीड़ लगी देख वह और नहीं छिपना चाहता था। अपनी गलती को पचाने के लिए अपने चेहरे पर आक्रोश का एक झूठा मुखौटा लगाये वह नरेश बहू को गालियाँ बकते हुए भीड़ के बीच आ घुसा... 'हरामजादी बेहया... वेश्या... मुझे बदनाम कर रही है जिस थाली में खाती है उसी में छेद करती है पति को छोड़ भागते शरम नहीं लगी... अब अपने सतीत्व का ढिंढोरा पीट रही है..अब तुझे मैं एक मिनट भी गाँव में रहने नहीं दूँगा..जल्दी निकल यहाँ से तुझे इस गाँव से भगाकर ही दम लूँगा। और बेशुमार गालियाँ बकने लगा। भीड़ में खामोशी छा गयी। हालाँकि लोगों ने साफ़ देखा सुरेन्दर के दायें हाथ में पट्टी बँधी थी जो उसके अत्याचार का सबूत पेश कर रही थी। फिर भी लोगों ने कुछ नहीं कहा। आखिर उसके खिलाफ जोखिम कौन मोल ले? और वह भी एक लावारिस औरत के लिए?

धीरे-धीरे भीड़ बिखरने लगी। लोगों को यह लग गया कि उसके दरवाज़े भीड़ की शक्ल में जुटने के कारण भी वह नाराज होने लगा है। फिर उससे नाराजगी कौन मोल ले? अब नरेश बहू अपने को बिल्कुल डरी, सहमी और असहाय महसूस करने लगी। देर तक सुरेन्दर नरेश बहू को भद्दी-भद्दी गालियाँ बकता रहा फिर अपने हाथ में लाठी ले अपने कुछ आदमियों के साथ उसे गाँव से भगाने चल पड़ा।

आगे-आगे रोती-कलपती नरेश बहू और पीछे से अपने हाथ में लाठी लिये गालियाँ बकते हुए अपने आदमियों के साथ सुरेन्दर। अपने-अपने दालान दरवाज़े और बैठकों से गाँव के लोग चुपचाप देख रहे थे। उनका अन्तर्मन इस अन्याय को सहने के लिए स्वीकार नहीं करता था। लेकिन अपनी असमर्थता के चलते वे कुछ बोल नहीं पा रहे थे।

नरेश बहू को ले सुरेन्दर गाँव से बाहर सड़क पर आ गया। जिस सड़क से नरेश बहू गाँव आयी थी उसी सड़क से सुरेन्दर उसे भगाना चाहता था। लेकिन नरेश बहू के लिए यह एक सुखद संयोग था कि उस समय वीरू अपने खेतों में पानी चढ़ा रहा था। नरेश बहू को रोती-कलपती तथा उसके पीछे अपने आदमियों के साथ सुरेन्दर को देख वीरू सड़क पर आ गया। फिर नरेश बहू के पास पहुँचकर पूछा क्यों, "क्या बात है?"

नरेश बहू ने माथा उठाकर भर नज़र वीरू को देखा। फिर फफक-फफककर रो पड़ी। वह कुछ भी बोल नहीं सकी। तब वीरू ने सुरेन्दर से पूछा, "क्यों बाबू साहब क्या हुआ है।"

"मत पूछो यह वेश्या है..बेहया है...कुलटा है..इसे अब मैं एक मिनट भी गाँव में नहीं दूँगा।"

"आखिर बात क्या है?" वीरू ने तेजी से कहा। उसे जल्द ही सब-कुछ जान लेने की बेचैनी सताने लगी। शायद नरेश बहू ने भी उसकी बेचैनी लक्ष्य कर ली। फिर रो-रोकर उसने पूरी घटना का जिक्र वीरू से कर दिया अब क्या था? घटना सुनते ही वीरू की आँखों में खून उतर आया। उसने मुड़कर सुरेन्दर सिंह की ओर देखा। फिर एकदम सधे हुए लहजे में बोला, "बाबू साहब गाँव न तो आपका है और न मेरा। इसे गाँव से भगाने का आपका कोई अधिकार नहीं।"

सुरेन्दर एकाएक सन्न रह गया। उसने स्वप्न में भी नहीं सोचा था कि वीरू इस रूप में आयेगा। वीरू की गम्भीर और शक्तिपूर्ण आवाज़ ने एक क्षण के लिए उसे भयभीत कर दिया। वह अपने आदमियों को ताकने लगा। फिर अपने को संयत कर गाँव की ओर मुड़ते हुए गरज उठा, "देखता हूँ... कौन इसे गाँव में रखता है...समूचे गाँव में इसे रोकने की किसी की हिम्मत नहीं हुई तो तू सामने आया है...मैं तुझे किस खेत की मूली समझता हूँ लगता है तेरी सामत आयी है..अगर कलेजा हो तो इसे लेकर गाँव में घुस तुम्हारी हड्डी-पसली एक न कर दी तो मेरा नाम सुरेन्दर नहीं।

अब वीरू से भी चुप नहीं रहा गया। वह भी दहाड़ उठा, "आ रहा हूँ बाबू साहब देखता हूँ कौन रोकता है? गाँव तुम्हारे बाप का नहीं है।"

फिर नरेश बहू के लाख रोकने और मना करने के बावजूद वीरू रुक नहीं सका। उसी समय नरेश बहू को ले गाँव में चल पड़ा। इधर सुरेन्दर अपने दालान पर अपने आदमियों के साथ गरजता रहा। वीरू को गाँव में घुसने के बाद उसे मारने की धमकियाँ भी देता रहा। लेकिन इससे कोई फर्क नहीं पड़ा। वीरू नरेश बहू को लेकर गाँव में आ ही गया।

गाँव के लोग अचानक वीरू को देख एक बार फिर भीड़ की शक्ल में बँधने लगे। वीरू गाँव में कहीं नहीं रुका। वह सीधे रामबुझावन सिंह के दालान पर चला गया। उसकी लाल-लाल आँखों से ही गाँव के लोगों को लग गया था कि आज ज़रूर कुछ होगा। रामबुझावन सिंह के दालान पर वीरू के पहुँचने तक लोगों की भीड़ वहाँ लग चुकी थी। वहाँ पहुँचते ही वीरू ने गम्भीर आवाज़ में सुरेन्दर से कहा—"आ गया हूँ गाँव में। कर लो क्या कर लेते हो?"

"मारो साले को इस दोगले की यह मजाल" दालान के भीतर से रामबुझावन सिंह गरजे। फिर सुरेन्दर अपने आदमियों के साथ वीरू के ऊपर टूट पड़ा वीरू निहत्था था। सुरेन्दर और उसके आदमियों के हाथों में लाठियाँ थीं। वे तड़ातड़ वीरू के ऊपर वार करने लगे। लेकिन जब वीरू का माथा फूट गया और खून उसके कपड़े को भिगोते हुए ज़मीन पर गिरने लगा, तब एक अज्ञात भय से डरकर सुरेन्दर और उसके आदमी पीछे हट गये पर वीरू ने उन्हें फिर ललकारा क्यों बाबू साहब, हो गया? बस, यही थी तुम्हारी शक्ति?"

इस बार वीरू की आवाज़ निरुत्तरित हो रह गयी। कहीं से कोई जवाब नहीं आया। न तो रामबुझावन सिंह ने ही कुछ कहा और न सुरेन्दर ने ही। लेकिन भीड़ की आँखें अब बहुत-कुछ कहने लगी। लोग बोल नहीं रहे थे पर सबों की आँखें चिंगारिया उगलने लगी थी। वीरू ने भीड़ की ओर देखकर कहा—"यह ठीक नहीं हुआ है।"

फिर वह पलटकर गाँव से चल पड़ा। गाँव से चलते वक़्त गरजकर उसने अपनी बात रामबुझावन सिंह और सुरेन्दर को सुना दी। बाबू साहब तुम्हारी हिम्मत और शक्ति मैंने देख ली। अब मेरी हिम्मत और शक्ति तुम देखना। यह औरत इसी गाँव में रहेगी। इसे लेकर शीघ्र ही आऊँगा। देखूँगा तुम कैसे रोकते हो?"

फिर वीरू गाँव से चला गया। उसके साथ नरेश बहू भी चली गयी। गाँव से बाहर खेतों के बीच स्थित अपनी कोठरी में नरेश बहू को लेकर वीरू आया। वहाँ पहुँचते ही नरेश बहू ने वीरू को सेवा-शुश्रूषा शुरू कर दी। वीरू के जख्मों पर उसने गरम पानी से सेंक किया। उन पर पट्टी लगायी। वीरू के खेत के आसपास के किसान बताते हैं कि जिस लगन-निष्ठा और मन के साथ नरेश बहू ने वीरू की सेवा की कोई पत्नी भी अपने पति की सेवा नहीं करती।

वीरू जल्द ही ठीक हो गया। लेकिन तन से ठीक होने के बाद भी वह मन से ठीक नहीं हुआ। नरेश बहू को गाँव में रखने के लिए वह बराबर चिन्ताओं और योजनाओं में डूबा रहता। मन-ही-मन उसने तय कर लिया था चाहे जो हो, नरेश बहू को गाँव में रखेगा ही। गाँव सिर्फ़ रामबुझावन सिंह के बाप का ही नहीं है।

मेरे गाँव की विचित्र स्थिति है। मेरे बाबू जी स्वर्गीय वंशरोपन लाल जो एच. डी. जैन कॉलेज आरा में प्रोफेसर थे, मेरे गाँव के सबसे पढ़े-लिखे व्यक्ति थे। उन्होंने अपनी सारी ज़िन्दगी गाँव में ही गुजार दी थी। गाँव में आ-जाकर ही वे कॉलेज में पढ़ाते थे। गाँव-जीवन के एक लम्बे अनुभव के बाद एक बार उन्होंने मुझसे कहा था बेटा अपने गाँव के लोगों के ऊपर बातों और विचारों का उतना असर नहीं होता, जितना घटनाओं का। गाँव के लोगों को कोई बात घटनाओं के माध्यम से ही समझानी चाहिए।

और सचमुच बाबू जी की बात सही थी। नरेश बहू की बात और अन्याय के खिलाफ उसके विचार किसी को भी समझ में नहीं आये थे। लेकिन वीरू की घटना ने सबको समझा दिया था। वीरू के माथे से छलक आये खून ने चेतना के स्तर पर लोगों को झकझोर दिया था। वर्षों से जड़ीभूत उनकी सांस्कारिक चुप्पी टूट गयी थी। वे बोलने लगे थे। गाँव की बैठकों, चौपालों और गलियों में प्रतिक्रियाएँ शुरू हो गयी थीं। कोई कुछ कहता कोई कुछ। अधिकांश लोग रामबुझावन सिंह और उनके लड़के को ही दोषी ठहराते। लेकिन उनके पक्षधर यह सुनना नहीं चाहते। फिर बातें गर्मागर्म हो जाती। लोग एक-दूसरे को गलत ठहराने तथा गुस्से से अनाप-शनाप बकने लगते। फिर धीरे-धीरे ऐसी स्थिति आ पहुँची जो आनी ही थी। गाँव दो वर्गों में बँट गया। एक वर्ग नरेश बहू को गाँव में रखने के पक्ष में हो गया। दूसरा वर्ग उसे गाँव से खदेड़ने के पक्ष में। लेकिन नरेश बहू को गाँव में रखने के पक्षवाले लोग सच्चाई के साथ थे और उनकी संख्या भी अधिक थी इसीलिए वे कहीं से भी समझौते के लिए तैयार नहीं हुए। आन पर मर मिटने के लिए आमादा हो गये। फिर एक रोज़ ऐसा भी आया जब दोनों पक्षों से चुनौतियाँ हुईं। उसी रोज़ नरेश बहू को गाँव ले आने के लिए पहले पक्षवाले वीरू के खेत के पास जा पहुँचे।

उस समय वीरू चिन्तामग्न था। जब से नरेश बहू को अपनी कोठरी में ले आया था उसे गाँव में रखने के लिए वह बेचैन रहता था। लेकिन एकाएक नरेश बहू को गाँव ले जाने के लिए आयी भीड़ को देखकर वह खुशी से फूला नहीं समाया। वह तो सोच रहा था कि उसे अकेले ही सब करना पड़ेगा, लेकिन अचानक इतने सारे लोग उसके साथ हो गये थे। वह पुनः जोश-खरोश और अपने असली तेवर के साथ

उभर आया। फिर क्या था। वह नरेश बहू को लेकर उसी समय गाँव चल पड़ा। इस बार वह पहली बार की भाँति अकेला नहीं था, उसके साथ गाँव की एक बड़ी भीड़ थी।

सुरेन्दर अपने दरवाज़े पर अपने आदमियों के साथ सिर्फ़ पैंतरे बाँधता रह गया। इस बार दोबारा नरेश बहू को गाँव से निकालने की शक्ति वह बटोर नहीं पाया। रामबुझावन सिंह को भी अपनी असमर्थता दिख गयी। शायद इसीलिए सुरेन्दर को ही उन्होंने डाँट लगायी। सुरेन्दर भी चुप लगा गया। आखिर चुप रहने के सिवाय दूसरा विकल्प भी तो नहीं बचा था उसके पास।

अब नरेश बहू पुन: गाँव में रहने लगी। गाँव में उसे रखने के लिए नये सिरे से उसे प्रतिष्ठित किया गया था। इसीलिए गाँव के लोगों की नज़र में अब उसकी मान-मर्यादा भी बढ़ गयी थी। अब लोग उसके साथ मनमानी करते हुए भी डरने लगे थे। समूचे गाँव में रामबुझावन सिंह और उनके-जैसे दो-चार घरों को छोड़ प्राय: सभी घरों में वह पुन: आने-जाने लगी। इस बार वीरू ने उसे गाँव में चौका-बर्तन न करके सब्जी बेचने की सलाह दी। वीरू की सलाह उसे पसन्द आयी। वह सब सब्जी बेचने लगी। अब वह अपने जीविकोपार्जन के मामले में भी पूरी तरह स्वतन्त्र हो गयी। न किसी का रोब-दाब और न किसी का लेना-देना। गाँव के करीब ही हसन बाजार कस्बे से वह सब्जियाँ खरीदकर लाती और घूम-घूमकर समूचे गाँव में बेचती। इस काम से उसे अच्छा मुनाफा भी होने लगा। फिर चन्द दिनों के अन्दर ही गाँव के एक किसान परिवार की जनानी ड्योढ़ी में अपने रहने के लिए उसने किराये की एक कोठरी भी ले ली।

अब नरेश बहू की ज़िन्दगी को एक ठौर मिल गया। उसकी बिखरी और विश्रृंखलित ज़िन्दगी को बटोरकर किसी ने एक साफ़-सुथरा आयाम दे दिया था। वह बहुत तरीके की ज़िन्दगी जीने लगी। उसे सामाजिक प्रतिष्ठा मिल चकी थी और ज़िन्दगी जीने के रास्ते भी। उसे अब कोई तकलीफ नहीं थी। वह खूब प्रेम से कमाने खाने लगी थी। हाँ, कभी-कभार वह वीरू के पास अवश्य जाती। वह घण्टों वीरू के पास बैठती उससे बाते करती। फिर गाँव लौटती। लेकिन यह बात मेरे गाँव के मनचलों को पसन्द नहीं आती। उनकी नज़र में वीरू से उसका गलत सम्बन्ध था। इस आधार पर उनकी नज़र में वह एक गलत औरत थी। फिर एक गलत औरत के साथ गलती करने के सिवाय कुछ और वे जानते ही नहीं थे। बस कुछ लोग दोबारा उसके साथ मनमानी करने की सोचने लगे। पहली घटना को काफी समय बीत गया था लोग उसे भूल चले थे। अब पुन: उसके साथ दूसरी घटना घट गयी।

वह घटना मेरे गाँव के लहठन चौधरी से सम्बन्धित है। वैसे नरेश बहू के प्रति सुरेन्दर के अत्याचार के समय लहठन चौधरी नरेश बहू के पक्ष में ही था, लेकिन वीरू के साथ नरेश बहू के बढ़ते हुए मेल-जोल ने उसे सब-कुछ भूल जाने के लिए बाध्य कर दिया था। वह जानता था, नरेश बहू वीरू की पत्नी नहीं है। फिर भी दिन दहाड़े वीरू से मिलती है और हँस-हँसकर बातें करती है। मेरे गाँव के लिए यह बिल्कुल नयी बात थी। इस बात को लहठन चौधरी-जैसे लोग स्वीकार नहीं कर पाये। फलत: उसकी परिणति एक घृणित घटना के रूप में सामने आ गयी।

हुआ यह कि एक रोज़ नरेश बहू को लहठन चौधरी ने सब्जी खरीदने के लिए अपने घर बुलाया। लहठन चौधरी की पत्नी अपने बाल-बच्चों के साथ मायके गयी थी। एकान्त पाकर लहठन चौधरी ने यह साजिश रची थी। फिर जैसा कि उसने सोचा था, नरेश बहू के आते ही उस पर टूट पड़ा। पहले तो नरेश बहू की बाँह पकड़ रुपये-पैसों की लालच दिया। फिर जोर-जबरदस्ती करने लगा। लेकिन नरेश बहू भी अपनी तरह की अकेली महिला थी। उसने लहठन चौधरी की जरा भी इज़्ज़त बाकी नहीं रखी। हो-हल्ला करके सारा गाँव जुटा लिया। साथ ही, सब्जी बेचनेवाले अपने तराजू से लहठन चौधरी को घायल भी कर दिया। हालाँकि इस क्रम में वह खुद भी घायल हो गयी थी। लहठन चौधरी ने भी उसे पीटा था।

पता नहीं, किसने वीरू को खबर कर दी। भीड़ के बीच अचानक वह कहीं से आ धमका। अब तक लहठन चौधरी ने बात बदलकर 'उल्टा चोर कोतवाल को डाँटे' वाली स्थिति कायम कर रखी थी। नरेश बहू को अपने दालानवाली कोठरी में बन्द कर भीड़ के सामने उसके ऊपर वह आरोप लगाया था कि मेरी पत्नी की अनुपस्थिति में मेरे घर कपड़े और बर्तन चुराने आयी थी।

वीरू ने भीड़ के निर्णय की प्रतीक्षा नहीं की। लहठन चौधरी के सामने आकर पूछा, "चौधरी, कितने रुपये का तुम्हारा माल चोरी हुआ है?"

एक क्षण को चौधरी सकपका गया। इससे पहले कि वह कुछ कहता, कोठरी के भीतर से नरेश बहू चिल्ला उठी, "यह झूठ बोल रहा है। मैंने इसके घर चोरी नहीं की है..सब्जी खरीदने के लिए इसने मुझे बुलाया...फिर एकान्त पाकर मेरे साथ जबरदस्ती करने लगा।" और नरेश बहू फूट-फूटकर रो उठी। उसकी रुलायी पुन: उसी दिन की तरह हृदयबेधक और मार्मिक थी।"

वीरू ने फिर लहठन चौधरी से पूछा, "चौधरी तुम्हारी तो पत्नी और बाल-बच्चे हैं फिर तुम किसी गैर औरत की इज़्ज़त क्यों बर्बाद करते हो?"

"यह पूछनेवाले तुम कौन हो? तुम थोड़े ही सरदार हो। तुम गुण्डे हो..यह औरत तुम्हारे साथ फँसी हुई है..यह कुलटा है...।" लहठन चौधरी अब असली बात पर आ गया।

"हाँ चौधरी, तुम ठीक कह रहे हो। वीरू गरज उठा, "लेकिन तुम्हारी तरह मैंने कभी इसके साथ जोर-जबरदस्ती नहीं की। अगर स्वेच्छा के साथ यह औरत तुम्हारे साथ भी रहना चाहे तो सिर्फ़ मुझे ही नहीं, गाँव के किसी को एतराज नहीं होगा।"

लहठन चौधरी, वीरू की इस बात पर चुप लगा गया। भीड़ को भी वीरू की यह बात पसन्द आयी। लेकिन अचानक अपनी गलती पकड़े जाने के कारण लहठन चौधरी भीड़ की आँखों से कहीं गुम हो गया। खैर, सर्वसम्मति से नरेश बहू को मुक्त कर दिया गया। लहठन चौधरी की आलोचनाएँ और थू-थू हुईं। फिर नरेश बहू जिस घर में रहती थी, वहाँ चली गयी।

वीरू भी गाँव से बाहर अपने खेतों में चला गया। धीरे-धीरे अपने-आप भीड़ बिखर गयी। लेकिन इस बार वीरू को लेकर समूचे गाँव में अजीब तरह की प्रतिक्रियाएँ शुरू हो गयी। वीरू की दलील इतनी सही थी कि उस वक़्त किसी ने उसका विरोध नहीं किया। लेकिन घटना के बाद अपनी समझ और सोच के मुताबिक लोगों ने उसका विरोध करना शुरू कर दिया।

मेरे गाँव के लोग कब किस बात के पक्ष में आ जायेंगे और कब, किस बात का विरोध करने लगेंगे, यह जान पाना मुश्किल है। नरेश बहू को गाँव ले आने और सुरेन्दर के अत्याचार से उसे मुक्त करने का श्रेय गाँव ने वीरू को दिया था। गाँव की नज़र में वीरू की भरपूर प्रतिष्ठा और विशिष्ट महत्त्व भी कायम हो गया था। लेकिन लहठन चौधरी की इस घटना ने लोगों के दिलोदिमाग से वीरू को उतार दिया।

वीरू की यह बात कि अपनी इच्छानुसार नरेश बहू कभी भी किसी के साथ रह सकती है, गाँव के लोगों की समझ में नहीं आयी। लहठन चौधरी ने समूचे गाँव में इस बात का प्रचार कर दिया कि वीरू गुण्डा है। व्यभिचारी है। वह गाँव में अनाचार फैलाना चाहता है। आज तक इस गाँव में कभी ऐसा नहीं हुआ कि कोई और अपने मन के अनुसार किसी के साथ रह ले। यह तो कुकर्म है। गाँव का पतन हो जायेगा आदि।

धार्मिक और रूढ़िवादी प्रवृत्ति के मेरे गाँव के लोग शीघ्र ही लहठन चौधरी की बातों में आ गये। फिर बिना अपने से सोचे-समझे वीरू का विरोध करने लगे। इस स्थिति का फायदा उठाया सुरेन्दर ने। वह वीरू से अपनी दुश्मनी साधने के लिए वर्षों से वक़्त की प्रतीक्षा में था। उसे यह अनुकूल वक़्त लगा। वह लहठन

चौधरी के साथ हो गया। फिर वीरू को तंग करने और मारने-पीटने की योजनाएँ बनाने लगा।

फिर एक दिन वह सब-कुछ हो ही गया, जिसके लिए सुरेन्दर ने वर्षों से तैयारी की थी। शाम के अँधेरे में अपने धान कटे खेत के बोझे सुरेन्दर ने चुपके से मँगवा लिये। फिर सुबह हल्ला मचाया कि मेरे खेत से धान के बोझे गायब हो गये। इसके बाद काफी लोगों को लेकर वह वीरू के पास पहुँचा। उसने वीरू से पूछा, ''मेरे धान के बोझे क्या हुए?''

''मुझे कुछ भी मालूम नहीं।'' वीरू ने जवाब दिया।

''तुम खेतों में रहते हो, तो फिर किसको मालूम होगा?''

''मैं खेतों में रहता हूँ अपनी फसल की रक्षा के लिए दूसरे के लिए नहीं।''

''इसका मतलब यह कि बोझे तुमने चुराये हैं।''

''होश में आकर बात करो।''

''चोरी और सीनाजोरी दोनों। चोर कही के और सुरेन्दर ने अपने आदमियों को ललकारते हुए वीरू के ऊपर वार किया। फिर चारों ओर से वीरू के ऊपर लोग वार करने लगे। अभिमन्यु की तरह अकेला वह देर तक उन लोगों से लड़ता रहा। फिर गिर पड़ा। उसे बुरी तरह चोटें आयी। करीब उसे अधमरा करके लोग लौटे।

उस समय नरेश बहू सब्जी खरीदने कस्बे गयी हुई थी। वहाँ से लौटने पर यह खबर सुन दौड़ते हुए वीरू के खेत में पहुँची। लेकिन वहाँ उसे वीरू नहीं मिला। वीरू के बैल भी नहीं थे। उसकी कोठरी खुली हुई थी। कोठरी में वीरू की चीज़ें भी नहीं थी। नरेश बहू दौड़-दौड़कर इस खेत से उस खेत उसे ढूँढ़ती रही। लेकिन वह कहीं नहीं दिखा। पता नहीं वह कहाँ चला गया था।

फिर महीनों तक नरेश बहू उसे ढूँढ़ती रही। उसका कहीं कोई पता-ठिकाना नहीं मिला। नरेश बहू अब बिल्कुल उदास और गमगीन रहने लगी। उसकी आँखें धँस गयीं। उसके चेहरे की कान्ति गायब हो गयी। फिर भी गाँव के लोगों को उस पर दया नहीं आयी। उल्टे उस पर लोगों को गुस्सा ही आया। आखिर वह वीरू के लिए क्यों पश्चात्ताप कर रही है? वीरू उसका पति तो है नहीं। वीरू के लिए उसका घुलना गाँव के लोगों की नज़र में उसकी चरित्रहीनता और भ्रष्टता ही थी। लोग इस पर रहम न खाकर, उस पर व्यंग्य करने लगे। कोई कहता, वीरू अब है नहीं, वह मर गया। कोई कहता, वीरू अक्सर रातों में आता है। कोई कहता, अब वीरू कभी नहीं आयेगा।

इसी तरह समय गुज़रता रहा। नरेश बहू भी किसी तरह खींचते हुए अपनी ज़िन्दगी की गाड़ी आगे बढ़ाती रही। उसे अब अपनी ज़िन्दगी में कोई आकर्षण नहीं जान पड़ता। सब्जियों के रोज़गार में भी उसका मन नहीं लगता। वह अपने को बहुत

असहाय और निरुपाय समझती। किसी की फब्ती और छेड़खानी पर बवाल नहीं करती।

फिर अचानक जाने एक रात क्या हुआ कि वह जोर-जोर से रोने लगी। पता नहीं, सुरेन्दर और लहठन चौधरी-जैसे लोगों ने उसके साथ अत्याचार किया था क्या? किसी को कुछ मालूम नहीं। लोगों के लाख पूछने पर उसने कुछ भी नहीं बताया। कई दिनों तक सिर्फ़ चुपचाप रोती रही। फिर उसी समय से रोज़ नियमत: बाहर से गाँव आनेवाली सड़क के किनारे, जामुन-वृक्ष के नीचे बैठकर किसी की प्रतीक्षा करने लगी।

शुरू-शुरू में गाँव के लोगों को उसका इस तरह बैठना ठीक नहीं लगा। कई लोगों ने उसे टोका। कुछ लोगों ने डाँट भी लगायी। लेकिन उसने किसी की एक न सुनी। सुबह-शाम अपने कामों से निबट, वह रोज़ नियम से उस जामुन-वृक्ष के नीचे बैठने लगी।

उसका वहाँ बैठना और किसी की प्रतीक्षा करना तब से आज तक जारी है। हालाँकि एक लम्बे समय बाद गाँव के लोग अब उसे पागल समझने लगे हैं। लेकिन पागलों की तरह व्यवहार और हरकत वह नहीं करती है। पागलों की तरह कभी गाँव के किसी आदमी के साथ पेश नहीं आयी है। फिर उसे पागल कहना उसके प्रति अन्याय नहीं तो और क्या है?

जहाँ तक मैं समझता हूँ, अब आप भी यह समझ गये होंगे कि वह पागल है या क्या है और जामुन-वृक्ष के नीचे बैठ किसकी प्रतीक्षा किया करती है?